IDEAL LIBRARY

The Birth of Poetry Party

*The Ancient Chinese Intellectuals
and the World of Poem*

by Kang Pil-Yim

Published by Hangilsa Publishing Co., Ltd., Korea, 2016

시회의 탄생

중국의 지식인 시의 나라를 열다

강필임 지음

이상의 도서관 52

한길사

▄▄▄ 이상의 도서관 52

시회의 탄생

중국의 지식인 시의 나라를 열다

지은이 강필임
펴낸이 김언호

펴낸곳 (주)도서출판 한길사
등록 1976년 12월 24일 제74호
주소 10881 경기도 파주시 광인사길 37
홈페이지 www.hangilsa.co.kr
전자우편 hangilsa@hangilsa.co.kr
전화 031-955-2000~3 **팩스** 031-955-2005

부사장 박관순 **총괄이사** 김서영 **관리이사** 곽명호
영업이사 이경호 **경영담당이사** 김관영 **기획위원** 유재화
편집 백은숙 신종우 안민재 노유연 이지은 김광연 원보름
디자인 창포 **마케팅** 윤민영 양아람 **관리** 이중환 문주상 이희문 김선희 원선아
CTP출력·인쇄 예림인쇄 **제본** 한영제책사

제1판 제1쇄 2016년 2월 29일

값 20,000원
ISBN 978-89-356-7145-8 03820

● 잘못 만들어진 책은 구입하신 서점에서 바꿔드립니다.

● 이 도서의 국립중앙도서관 출판시도서목록(CIP)은
  e-CIP홈페이지(http://www.nl.go.kr/ecip)에서 이용하실 수 있습니다.
  (CIP제어번호: CIP2016003870)

● 저작권자와 연락이 닿지 않아 계약이 체결되지 않은 일부 도판에 대해서는
  연락을 주시면 정당한 인용허락을 받겠습니다.

● 이 책은 2011년 정부(교육부)의 재원으로 한국연구재단의 지원을 받아 수행된 연구입니다.
  (NRF-2011-812-A00163)

삶은 한순간이고
우리는 잠시 머물다 갈 뿐이다.
그러니 한밤중에
촛불이라도 켜놓고 놀아야 할진대
더이상 무엇을 망설이는가!
우아한 담소와 술잔으로
마음 주고받으니
어느새 달빛도 다가와
함께 취하는 듯하다.

시詩가 아니면 이 아름다운 순간을
무엇으로 담아내겠는가!

시회는 문학공간이자 문화공간이었다 | 머리말 · 11

제1부 풍류, 시로 즐기다

1 동아시아 문화와 시회

1. 시의 맛, 시인의 멋, 시회에서 완성되다 · 18
2. 시의 나라, 시회에서 예술을 입히다 · 29
3. 과거, 시회에서 기원하다 · 31

2 시회의 개념

1. 시회의 정의 · 35
2. '시회' 용어의 출현 · 40
3. 시회, 시사, 백일장, 살롱 · 41
   1) 시사와 시회 · 41
   2) 백일장과 시회 · 44
   3) 살롱과 시회 · 46

3 시회의 기원

1. 부시언지와 시가이군 · 51
2. 인재집단의 운용 · 58
3. 문인아회의 풍류 · 62
4. 풍류회에서 시회로 · 68

4 시회의 탄생배경

1. 문학에 대한 가치관념의 변화 · 73

2. 문인의 주체의식 강화 · 76

3. 인물품평과 인재선발 · 81

4. 종이 사용의 확대 · 82

5. 놀이적 본능과 풍류적 삶 · 85

제2부 시의 나라가 열리다

5 시회의 재구성

1. 서원아회 · 93

2. 죽림아회 · 101

3. 금곡아회 · 112

4. 난정아회 · 121

   1) 수계와 난정아회 · 121

   2) 난정아회 참가 문인 · 123

   3) 「난정집서」 · 128

   4) 「난정시」: 철학을 사유하다 · 134

   5) 「난정시」: 산수의 아름다움을 그려내다 · 138

5. 백련사아회 · 142

6 시회의 확장

1. 시회 확장의 배경 · 154

2. 가족 시회 · 159

3. 친왕 문학집단 · 166

   1) 경릉왕 문학집단 · 167

2) 소강 문학집단 · 174

4. 문인 시회 · 181

7 시회의 문화

1. 시회의 시간과 공간 · 193

　1) 시회의 시간 · 193

　2) 시회의 공간 · 195

2. 시회의 진행방식 · 199

　1) 출제창작 · 199

　2) 창화창작 · 204

　3) 연합창작 · 210

3. 시회의 경쟁과 평가 · 214

　1) 경쟁 · 214

　2) 평가 · 218

4. 시회와 유희 · 225

5. 시회와 문학후원, 패트런 · 233

6. 시회와 문학전파 · 236

제3부 시의 맛, 시인의 멋

8 시회와 문학

1. 시회의 창작 체재 · 242

2. 시회와 시가 내용 · 244

3. 시회와 시가 형식 · 247

9 시회의 작품

1. 출사, 시로써 나를 알리다 · 254

1) 하늘처럼 영원하시길 · 254

2) 공정하게 인재를 선발하시니 · 260

2. 우리네 인생길이 같을진대 · 267

1) 그저 처세에 서툴렀나보오 · 267

2) 그대의 좌절은 너무 길었소 · 276

3) 제게 주신 「행로음」 · 284

3. 그대 마음 이어 짓노라 · 294

4. 시로 맺은 인연 · 307

1) 바람에 꽃은 날마다 시들고 · 307

2) 「연자루」에 남긴 하소연 · 316

5. 함께 겨루고 배우고 · 322

1) 유신체를 배우다 · 322

2) 망천을 함께 노닐며 · 327

3) 가을 저녁 시회 · 333

느림과 여유의 소통공간 | 맺는말 · 339

주註 · 343

참고문헌 · 361

시회는 문학공간이자 문화공간이었다

• 머리말

    동아시아의 고대 문인들은 풍류風流를 즐겼고 풍류를 알아야 진정한 문인 사대부 반열에 들었다. 시문詩文창작, 서화書畫, 악기, 노래 같은 예술이 그것이다. 특히 시가창작은 어느 시대든 출중한 능력으로 인정받았으며, 지식인 계층의 문화적 권력이었다. 그렇기 때문에 문인들은 시가창작에 몰두해서 맹교孟郊는 "지극한 친구는 오로지 시뿐"至親唯有詩: 「吊盧殷」이라거나, "백 년 인생 뜻 맞는 일 없어도 괜찮지만, 하루라도 시를 짓지 않고는 못 견디겠다"乍可百年無稱意, 難教 一日不吟詩: 「秋日閑居寄先達」고 선언하기도 했다.

    문인들에게 시 짓기는 "생각함에 사악함이 없다"사무사(思無邪)는 도덕적 가치에 대한 자기실현 덕목이기도 했지만, 사회적 교류를 위한 필수 교양이었다. 그들은 만남, 이별, 축하, 폄적 등 삶의 중요한 순간마다 시회詩會를 통해 소통하며, 감정을 표현하고 정서적으로 교감했으며 아픔을 치유받았다.

설사 관직을 멀리하고 은거한 문인이라 해도 시 짓기를 멀리할 수는 없었다. 그들은 초록이 물든 경치를 마주하거나 낙화가 비처럼 내리는 봄날에, 비가 그쳐 안개가 먼 산자락에 걸려 있을 때나 가을밤 달빛이 소리 없이 찾아올 때면, 벗을 찾아 시를 지어 나누고 즐겼다. 시회는 유연자적悠然自適한 삶, 자연과 사람의 경계를 넘어선 소통을 드러내는 한 방식이었기 때문이다.

시회는 때로는 치열했다. 시회에서는 작품에 대한 평가와 감상이 전개되고, 자신의 문학적 재능이 공개되었으며, 시대에 따라서는 관직에 발탁되기도 했기 때문에, 문인들이 암묵적이면서도 치열하게 경쟁하는 장소이기도 했다. 그러나 또한 시회는 문인들이 문학적 영감을 얻는 창조의 공간이자 지적 놀이를 즐기는 유희의 공간이었으며, 좋은 작품이 전파되는 중요한 매개지이기도 했다. 이렇게 시회는 일종의 문학공간이자 문화공간이었다.

왕희지王羲之가 주최한 난정아회蘭亭雅會, 백거이白居易가 은퇴 후 낙양洛陽에서 결성한 구로회九老會, 소동파蘇東坡와 황정견黃庭堅 등이 참여한 서원아집西園雅集 등은 시대와 사회를 초월하여 수많은 시회의 모델이 되었고, 풍류의 기준이 되었다. 고려의 죽고칠현竹高七賢과 해동기로회海東耆老會, 그리고 조선의 선비나 여항문인閭巷文人들의 그 많은 시가교류는 대부분 시회에서 이루어졌다. 지금도 우리는 시동호회나 시낭송회에 참여하여 팍팍한 삶을 잠시 쉬어가기도 한다.

시회, 옛 문인들의 '시 나누기'. 거기에는 옛 문인들의 생생한 숨결이 남아 있고, 풍성한 담론이 녹아 있으며, 새로운 정신세계가 들어 있다. 이제 우리도 여기에 한번쯤 귀 기울여보며 잃어버렸던 삶의 가치와 여유를 찾아야 하지 않을까.

이 책은 품격을 갖추고 정신문화를 추구했던 옛 문인의 지적 교류에 대한 고찰이다. 고대 문인은 정신문화의 주체였고, 시는 정신문화의 중심이었으며, 시회는 그 정신문화를 창조·소비·소통하는 데 있어 중요한 매개체였다. 그러한 지적 문화의 요람이자 우아한 소통문화로서의 시회가 어떻게 탄생하였는지 그 과정을 돌아보고 시회의 문화와 작품을 이야기하고자 한다.

오늘날 우리는 물질적으로는 부유해졌지만 정신적으로는 혼란스럽다. 이 책을 통해 옛 지식인의 지적 소통문화를 들여다봄으로써 지나치게 물질에 경도된 우리의 삶을 되돌아보고자 한다. 또 정신문화의 가치에 대한 재발현과 지적 모임의 대중화, 나아가 문학의 귀환을 절실히 꿈꾸어 본다.

제1부

풍류, 시로 즐기다

풍경 좋은 곳에서 함께 취하노라니
꽃잎이 날려 와 술잔에 떨어진다.
남은 봄 그런대로 즐길 만하니
해가 진다고 재촉하지 말게나.
술은 다행히도 해마다 있고
꽃은 당연히 해마다 필 것.
잠시 음악 같은 시를 즐겨야 할지니
옥산 무너지듯 취하지는 마시게.
이 고상한 아회 끝내기가 못내 아쉬우니
좋은 시절이 이보다 더할 수는 없으리라.

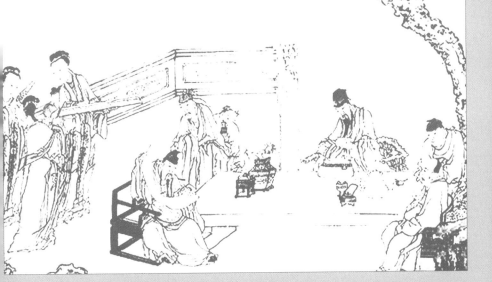

1 동아시아 문화와 시회

고대 동아시아의 문인들은 시가를 지어 자신의 감정을 표현했고, 편지글 대신 시를 지어 전하기도 했다. 또 시 짓기 모임인 시회를 열어 시가를 주고받으며 소통하고, 그 기회를 빌려 자신의 문학적 재능을 알리거나 다른 사람의 재능을 평가하기도 했다. 당唐나라 이후에는 시가창작 능력이 과거시험의 중요한 기준이 되기도 했다. '시국'詩國, 시의 나라라고 할 수 있을 만큼 중국의 시가가 크게 발전할 수 있었던 것은 이처럼 시가가 서정적 기능뿐만 아니라 일정한 사회적 실용성을 지녔기 때문이다. 한국에서도 문인들은 시회를 통해 정신적으로 소통하고 풍류적 정취를 함께 나누었는데, 조선 후기에는 시회문화가 여항문인에게까지 확대되어 문화의 향유 계층을 넓혔다. 이처럼 시는 동아시아 정신문화의 핵심이었고, 시회는 그 정신문화를 창조하고 소비하는 데 중요한 매개이자 문인들의 우아한 소통문화였고 지적 유희였다.

1. 시의 맛, 시인의 멋, 시회에서 완성되다

인간은 즐거움을 추구하는 동물이다. 그것은 삶의 본질이기도 하다. 다만 그 즐거움의 내용과 방식은 시대와 사회에 따라 다르다. 현대인들은 대체로 영화, 공연, 전시 등 문화산업의 생산품을 통해 즐거움을 향유한다. 즐거움도 산업사회에서 이윤창출의 대상이 되었다는 의미다. 다른 말로 하면 우리는 개인의 본질적 즐거움이나 자유보다는 인위적·제도적으로 만들어진 여가활동에 익숙해져 있다는 것이다. 그 즐거움은 감각적이고 물질적이며 쾌감지향적이다. 반면 고대 동양의 문인들이 찾았던 즐거움은 어떤 것이었는가? 우주의 원리와 도를 깨닫거나 학문을 수양하고 대자연의 정취와 멋을 즐기며 예술을 향유하는 것이었다. 이는 본질적이고 정신적이며 자기만족적인 즐거움이다. 거친 밥 한 그릇과 물 한 바가지로도 즐거워했던, 그래서 공자도 칭찬해 마지않던 안회顔回의 안빈낙도가 어디 『논어』 속 문장으로만 존재했겠는가? 하지만 안회가 누렸던 즐거움은 요즘이라면 「세상에 이런 일이」라는 TV 프로그램의 주제가 될 법한 일이다.

문인들이 시, 서書, 화畵, 음악 등 다양한 예술을 향유했지만, 그 예술장르 간의 지위는 서로 달랐다. 그 가운데 시의 지위가 가장 높았다. 시가 유가사상을 중심에 둔 정치적 교화의 중요한 수단이었다면, 서예나 회화는 문인 사대부의 개인적 취미였고 그 중심에는 노장老莊적 사고가 있었다. 문인들의 최고의 지적 향유였던 시가에 대해 백거이는 그 즐거움을 이렇게 전했다.

이제 내 시를 아껴주는 사람은 이 세상에서는 오직 그대뿐이구려. 천년 백 년이 흐른 뒤에라도 그대 같은 사람이 또 있어서 나의 시를 알아줄 것이라고 어찌 장담하겠습니까? 그러니 8, 9년 동안 그대와 함께 형편이 좋으면 시로써 서로 경계하였고, 형편이 나쁘면 시로써 서로를 권면하였으며, 서로 멀리 있을 때에는 시로써 위로하였고, 같이 지낼 때는 시로써 서로 즐겼었지요. 나를 알아줄 것도 시요, 나를 벌할 것도 시밖에 없습니다. 금년 봄, 성 남쪽에 놀러 갔을 때 그대와 말 위에서 서로 짧은 작품을 읊기로 하고, 차례로 주고받으며 노래한 것이 이십여 리나 끊이지 않고 이어졌으니, 다른 사람은 끼어들 수도 없었지요. 나를 아는 사람은 시선詩仙이라 여겼고, 나를 모르는 사람은 시마詩魔라고 생각했을 겁니다. 왜냐고요? 마음을 수고롭게 하고 소리를 내면서도 아침부터 저녁까지 전혀 힘들어하지 않았으니 시마가 아니면 무엇이겠습니까? 우연히 어떤 사람과 아름다운 경치를 마주하거나 꽃 피는 시절 주연酒宴을 마치거나 또는 달밤에 술이 거나해지면 읊조리고 또 읊조리느라 늙음이 곁에 와 있는 것조차 알지 못하였습니다. 설령 그렇다 하더라도 난새와 학을 타고 봉래蓬萊와 영주瀛州에서 노니는 자의 즐거움도 이보다 더하지는 않을 겁니다. 그러니 또 신선이 아니고 무엇이겠습니까?[1]

이 글은 백거이가 그의 절친한 친구 원진元稹에게 보낸 편지글이다. 그에게 시는 어려운 시절을 격려하는 데 힘이 되고, 좋은 시절에는 교만하지 않도록 경계하고, 떨어져 있는 시절에는 위로가 되며, 함께할 때는 그 즐거움을 배가시키는, 그래서 나를 나일 수 있게 해주는 것이라 했다. 하지만 그 시란 것이 짓기가 결코 쉬운 것이 아니어서 아침부터 저녁까지 마음을 수고롭게 하는데, 그래도 그 끝도 없는 마음의 수고로움마저 기꺼이 감수할 수 있다고 했다. 심지어 '시마'처럼 보일 수도 있겠다고 했다. 시마, 즉 떨쳐내려 해도 떨쳐낼 수 없는 마귀가 붙은 듯, 머릿속의 시상을 떨쳐버리고 지워버리려 해도 끈질기게 달라붙어 마치 마귀에 걸린 듯한 상태 또는 그런 사람을 일컫는 말이다. 좋은 시를 짓기 위해서라면 시상을 마음에 걸어두고 며칠씩 침식을 잊고 골몰하는 시인을 비유하는 말이다. 시마, 좋은 시가 지어졌을 때의 즐거움을 알기에 능히 감수할 수 있는 말이다.

그가 시로써 얻을 수 있는 즐거움은 여기에 그치지 않는다. 누군가와 좋은 경치를 대할 때나 꽃 피는 시절, 그리고 달빛이 다정한 때 술 한 잔과 함께 시 한 수를 읊다 보면 늙어가는 것도 모른다 했다. 그 즐거움은 난새를 타고 학을 부리며 봉래산에서 노니는 신선놀음보다 더 좋다고도 했다. 그들이 시를 통해 누렸던 정신적인 즐거움과 자기만족의 깊이를 가늠할 만하다. 현대인들이 좇는 순간적이고 감각적인 즐거움과는 차원이 다르다. 그래도 무엇보다 시는 혼자 음미하는 것보다는 마음 통하는 누군가와 진심을 나누며 그 문학적 아취雅趣를 음미할 때 더 깊고 소중해진다.

한국 문인도 결코 뒤지지 않는다. 조선의 김창흡金昌翕은 「예원의 열 가지 즐거움」藝苑十趣을 이렇게 꼽았다.

· 벼랑 위 절집에서 한 해가 저물 무렵 눈보라는 온 산에 섞어 치고, 차가운 밤 스님은 잠이 들고 혼자 앉아 책을 읽을 때.

- 봄, 가을 한가한 날 높은 산에 올라 멀리 보니, 몸과 마음이 상쾌해져 시상이 솟구칠 때.
- 문을 닫아거니 꽃이 지고 주렴 밖에선 새가 울 때, 새로 술동이를 여는 마음이 시구와 꼭 맞을 때.
- 굽이치는 물결 따라 술잔을 띄워놓고 애·어른 할 것 없이 모두 모여서 술 한 잔에 시 한 수를 읊은 것이 어느새 책 한 권이 되었을 때.
- 고요하고 맑은 밤 밝은 달빛이 마루에 비칠 때, 부채를 부치며 글을 외우는데 그 소리가 낭랑할 때.
- 산천을 다니느라 말도 하인도 지쳤지만, 말안장 위에서 또는 길 가며 읊은 작품이 시주머니에 가득할 때.
- 산에 들어가 책을 읽다 공부를 마치고 집에 오니, 마음이 충만하고 기운이 넘쳐 신명든 듯 글이 써질 때.
- 친한 벗 멀리 있었으나 뜻밖에 만나게 되어, 그동안의 공부를 자세히 물어보고 새로 지은 작품을 외워보라 주문할 때.
- 새로운 글과 구하기 힘든 책이 벗의 집에 있다는 말을 듣고, 하인을 보내 빌려와서 허둥지둥 포장을 풀 때.
- 숲 너머 시내 건너에 사는 좋은 벗이 새 술이 잘 익었다고 알려오며 시를 지어 보내 나에게 수창하기를 청할 때.[2]

    예원에서의 즐거움을 열 가지로 나누어 꼽았지만, 실상은 자연과의 교감 속에서 시적 정취를 느끼고 시를 새로 짓거나 음미하는 열 가지 경우라고 하는 것이 더 정확할 듯하다. 하루의 거의 모든 시간, 일 년 사시사철이 시를 짓기 위한 삶이고 시를 즐기는 삶이다. 가히 시적인 삶이다. 옛 문인들이 추구했던 즐거움이란 이처럼 정신적·자기만족적 즐거움이었고 시는 그에 맞는 예술장르였다.

시가창작이 문인들 삶의 많은 부분을 차지한 만큼, 좋은 시를 짓기 위한 시인들의 고심도 상상 이상이었다. 이백李白은 두보杜甫를 보고 "묻노니 어찌하여 그렇게 말랐는가, 오로지 지금껏 시 짓는 고통 때문일 테지"借問別來太瘦生, 總爲從前作詩苦: 「戲贈杜甫」라고 했다. 안쓰럽게 야윈 두보에게 시를 짓느라 그렇게 야윈 것이냐고 농담을 던진 것이겠지만, 대시인인 이백도 시를 짓는 고통인 시고詩苦가 어떤 것인지 알기에 할 수 있는 말이다. 실제로 두보는 "본래 나란 사람의 성질은 좋은 시구를 탐하여, 시구가 사람들이 놀랄 만하지 않으면 죽어도 그만두지 못한다"爲人性僻耽佳句, 語不驚人死不休: 「江上値水如海勢, 聊短述」고 털어놓기도 했다. 이 시 이후 아름다운 시를 쓰기 위해 노심초사하다가 야윈 것을 '시수'詩瘦라 일컫기도 한다.

이뿐이랴. 지금까지도 중국 시가의 절창으로 꼽히는 최호崔顥의 시 「황학루」黃鶴樓. 이 시에 대해 엄우嚴羽는 이 시를 당나라 7언 율시 가운데 최고의 작품으로 꼽기도 했다.[3] 사람들이 이 시를 너도나도 음송하며 칭찬하자, 그것보다 뛰어난 시를 짓겠노라고 도전장을 내밀었던 이백도 더 이상 좋은 시가 나올 수 없음을 인정하고, 그 대신 금릉현 난징의 봉황대鳳凰臺에서 「금릉의 봉황대에 올라」登金陵鳳凰臺라는 시를 지었다는 고사를 남긴 작품이다. 그 「황학루」의 시인 최호가 병이 들어 쇠약해졌는데도 주변에서는 "몸에 병이 나서 그런 것이 아니라 시를 짓느라 수척해졌을 뿐"이라고 했단다.[4] 시인들에게 시를 짓는 고심으로 수척해지는 것쯤은 다반사였던 까닭이다. 고려

말의 정몽주鄭夢周도 "아침 내내 소리 높여 읊고 나지막이 읊조리니, 마치 모래를 헤치며 사금을 찾는 듯. 시 짓다가 바싹 야윈 것을 놀리지 마시라, 아름다운 시구 찾기가 어렵기 때문이니"終朝高詠又微吟, 苦似披沙欲鍊金. 莫怪作詩成太瘦, 只緣佳句每難得:「吟詩」라고 시 짓기의 어려움을 토로했다.

'시마'가 어찌 백거이에게만 붙었으랴. 고려의 이규보李奎報도「시벽」詩癖이라는 제목의 시에서 "어찌할 수 없는 시마란 것이, 아침저녁 나에게도 몰래 와서는, 한 번 붙으면 잠시도 놓아주지 않으니, 나를 이 지경에 이르게 했네"無奈有魔者, 夙夜潛相隨, 一着不暫捨, 使我至於斯, "내 몸속 기름기와 진액일랑은 다 빠져나가, 살이 남질 않았다네. 뼈만 남아 괴롭게 읊조리나니, 이 몰골이 정말로 우습구나"滋膏與脂液, 不復留膚肌. 骨立苦吟哦, 此狀良可嗤, "살고 죽는 것은 필시 시 때문일 터, 이 병은 의원도 고치기 어려우리라"生死必由是, 此病醫難醫고 했다. 스스로 '시벽'이라 진단했을 정도면 가히 시에 혼신을 다해 미쳐 있다는 것이리라. 몰골은 뼈만 남기고 의원도 고칠 수 없는 병, 시벽은 그런 병이다. 무언가에 미치는 것 가운데, 시에 미치는 것이야말로 가장 고상한 병이 아닐까 싶다. 우리는 과연 무언가에 이렇게 미쳐본 적이 있는가?

'시마'든 '시고'든 '시수'든 좋은 시를 얻기 위한 옛 시인들의 '시 앓이'는 구양수歐陽修나 소식蘇軾 같은 대문호도 예외는 아니었다. 구양수는 글을 지으면 벽에다 붙여놓고 볼 때마다 고쳤는데, 마지막 완성작에는 처음의 글자가 한 글자도 남아 있지 않은 적이 많았다고 한다. 소식의「적벽부」赤壁賦도 수정에 수정을 거듭한 초고가 수레 석 대를 가득 채웠다고 한다. 사실인지의 여부를 떠나, 그들의 창작에 대한 집착과 고심이 어떠했는지 가늠하기도 어렵다.

고통이 크면 기쁨도 큰 법이다. 그런 만큼 산고를 통해 좋은 시구를 얻었을 때의 기쁨도 클 수밖에 없다. 당나라 시인 가도賈島는 "두 구절을 삼 년 만에 얻게 되어, 한 번 읊어보는데 두 눈에 눈물이 흐르네. 만약 지음知音이 알아주지 않는다면, 고향으로 돌아가 누우리라"兩句三年得, 一吟淚雙流. 知音如不賞, 歸臥故山秋:「題詩後」고 했다. 맘에 드는 시구를 끝내 지어내고 기쁨의 눈물을 흘린 것이다. 삼 년 만에 지어낸 두 구절이 도대체 어떤 내용인지 알 수 없지만, 맘에 드는 구절을 얻기 위해 시상을 내내 마음에 얹어두고 곱씹었을 그 노력이 참 대단하다 싶다. 그뿐 아니다. 지음이 알아주지 않는다면 모든 것을 버리고 낙향해 버리겠다는 그 결연함은 시 한두 구에 자신의 모든 것을 건 듯한 느낌마저 준다. 이쯤 되면 시를 짓다 야윈 정도의 고통인 '시수'는 우스워진다. 시를 짓는 것이 진정 고통이라면, 안 지으면 그만일 터. 말은 '시고'라 하면서도 그 '시고'조차 시로 지어내며 투정했으니, '시고'의 즐거움을 진정 즐긴 듯하다.

결국 작시에서 손을 뗄 수 없다고 토로하는 시인도 등장했다. 맹교는 "백 년 인생 뜻 맞는 일 없어도 괜찮지만, 하루라도 시를 짓지 않고는 못 견디겠다"乍可百年無稱意, 難敎一日不吟詩:「秋日閑居寄先達」고 하더니, "살아서는 결코 한가한 날 없으리니, 죽어야만 시를 읊조리지 않겠네"生應無暇日, 死是不吟詩:「苦吟」라고 했다. 시를 짓느라 하루도 한가한 날이 없지만 그래도 죽기 전에는 멈출 수 없을 것 같단다. 시고를 즐기는 것이 아니라면 감당하기 힘든 경지다. 또 두순학杜荀鶴은 "깊은 산에 노는 땅이 많아도, 농사도 양잠도 할 힘이 없다네. 그것을 꾸려갈 재주가 없는 것이 아니라, 이 모두 시 짓느라 바쁘기 때문이지"深山多隙地, 無力及耕桑. 不是營生拙, 都緣覓句忙: 「山中寄友人」라고 했다. 매요신梅堯臣도 "인간의 시벽이 돈 욕심보다 더하니, 애간장 졸이며 시구 찾느라 몇 봄을 보냈던고"人間詩癖勝錢癖, 搜索肝脾過幾春: 「詩癖」라며, 좋은 시에 대한 욕망 앞에서는 생계나 현세의 물욕 따위는 아무것도 아니라고 회상한다. 시에 미쳐 있다고, 좋은 시구를 지어냈다고, 심미적인 만족이나 심리적인 보상 외에 어떤 직접적인 보상을 얻을 수 있는 것도 아닌 듯싶은데, 살 도리를 찾거나 먹고살 방도를 궁구할 마음자리가 없다. 아니, 이쯤 되면 먹고살 방도를 고민하는 것이 오히려 사치인 듯싶다. 돈과 경제성을 좇으며 물질만능으로 흐르는 현대인들은 이해하기 어려운, 애처로울 정도의 시 사랑이다.

그런데 시인들의 좋은 시를 향한 고심은 과연 자기도취, 자기만족만을 위한 것일까? 옛 문인들에게 즐거움은 혼자 즐기는 것이 아닌, 함께 공유하는 것이어야 했다. "벗이 멀리서 찾아오면, 또한 즐겁지 아니한가?"有朋自遠方來, 不亦樂乎: 『論語』 「學而」라는 것도 혼자가 아닌, 함께하는 즐거움을 표현한 것이다. 또한 공자가 제자들에게 포부를 묻자 증점曾點이 말하기를 "늦은 봄철에 봄옷으로 갈아입고 어른 대여섯 명, 아이 예닐곱 명과 함께 기수沂水에 가서 목욕하고 무우舞雩 언덕에 가서 시원한 바람을 쐬고 시를 지어 읊으면서 돌아오겠습니다"라고 하였다. 이 말을 듣고 공자는 "나도 증점과 함께하고 싶다"고 했다.[5] 이처럼 즐거움이란 함께하는 가운데 있는 것이었다. 시회는 그런 문인들이 문학적 아취를 함께 나누며 시인의 멋을 향유하는 시공간이었다.

시회가 문학적 아취를 교류하는 시공간이지만, 인간은 본능적으로 그 교류에 만족하지 않고 시회 속에서 인정받는 것에서 존재의 의미를 찾게 된다. "지음이 알아주지 않는다면, 고향으로 돌아가 누워버리리라"고 했던 가도뿐 아니라, 제기齊己도 "좋은 시구 찾기를 범 찾듯 했고, 알아주는 이를 만나면 신선 만난 듯했지"覓句如探虎, 逢知似得仙, 「寄鄭谷郎中」라며 좋은 시구를 다른 사람에게 인정받았을 때의 기쁨을 표현했다. 결국 시인들이 좋은 시를 얻기 위해 그토록 고심했던 것은 자기만족적 즐거움을 위해서뿐만 아니라 궁극적으로는 다른 사람에게 인정받기 위해서였다. 시회는 그 '시고'를 인정받을 수 있는 최상의 자리였다.

대시인 이백도 종제들과 함께하는 시회에서 자신의 재능을 낮추며 겸손해했다. 그는 「봄밤 도화원에서 종제들과 연회를 하면서 쓴 서문」春夜宴從弟桃花園序에서 복사꽃 날리는 정원에서의 시회를 이렇게 묘사했다.

무릇 세상은 만물의 임시 숙소이고, 시간은 영원한 여행자다. 그런데 사람의 일생은 꿈과 같아서, 즐거운 시간은 얼마 되지 않는다. 옛날 사람들이 촛불을 켜놓고 한밤중까지 놀았다는 것은 정말로 당연한 일이리라. 하물며 봄은 아지랑이 낀 경치로 나를 부르고, 천지는 나에게 문학적 재능을 주었으니 …… 복사꽃이 피는 향기로운 정원에서 형제들이 함께 모여 즐기는 모임을 적는다. 아우들은 뛰어난 영재들로 모두 다 사혜련謝惠連과 같거늘, 나만은 노래를 불러도 사령운謝靈運이 되지는 못하

황신(黃愼), 「춘야연도리원도」(春夜宴桃李園圖), 타이저우시박물관.

는 것이 부끄럽구나. 풍경의 감상은 끝없이 이어지고 우아한 담소는 갈수록 맑아지니, 옥으로 꾸민 돗자리를 꽃밭에 펼치고 앉아, 새 깃 모양 술잔을 날리며 달빛 속에서 취하련다. 좋은 시가 아니면 무엇으로 가슴속의 아름다운 생각을 펼쳐낼 수 있으리. 만일 시를 짓지 못하면 벌주는 저 금곡원金谷園 연회의 벌주 숫자에 맞추리라.[6]

삶이란 한순간이고, 이 세상은 우리가 잠시 머물다 가는 곳이다. 그러니 한밤중에 촛불이라도 켜놓고 놀아야 할진대, 이 복사꽃 향기로운 정원에서 무엇을 망설이겠는가! 봄 풍경을 감상하고 우아한 담소와 술잔으로 마음을 주고받으니, 어느새 달빛도 다가와 함께 취하는 듯하다. 이 아름다운 순간, 시가 아니면 다른 무엇으로 담아낼 수 있겠는가! 아니, 어찌 시로써 가슴속의 정회를 풀어내지 않을 수 있겠는가! 그런데 만약 사령운처럼 멋지게 시를 지어낼 수 있으면 좋으련만 그러지 못하니 부끄러울 뿐이다.

이백이 이렇게 옛 시인을 운운한 것은 겸손이라 쳐도, 좋은 시를 지어 인정받고 싶은 마음이 있음은 부정할 수 없다. 시회는 이렇게 자신의 문학적 재능을 인정받을 수 있는 공간이다. 이백이 묘사한 이 도화원 시회의 장면에는 옛 시인들이 추구했던 풍류적 정취, 시인의 멋, 시의 맛이 그대로 녹아 있다.

고대 문인들은 관직으로의 출사出仕를 꿈꾸었고, 득의를 한 후에는 부귀와 권세를 쥐고 화려한 정원을 지어 많은 인재를 불러 교류했는데, 이때 시회는 중요한 매개였다. 득의하지 못한 선비들은 산수 간을 떠돌며 실의를 떨치고 시문을 지어 우울함을 달랬으며, 폄적된 인사들도 시문을 통해 불우함을 달래며 미래를 기약했다. 자발적으로 은거를 선택한 은사들도 세상과 격절한 채로 심산유곡으로 들어가 자족적인 삶을 즐겼는데, 시문은 유연자적한 삶을 표현하는 좋은 방법이었다. 이렇게 고대의 문인 사대부들은 사는 방식과 환경은 서로 달랐어도 정치적 득실을 초월하여 주변 문인들과의 시회를 통한 문학적 교제에는 적극적이었다. 그 이유는 문인들은 시회에서의 창조적·예술적 행위를 통해 고아하고 지적인 예술적 취향을 향유하고, 동시대 새로운 미적 가치를 확립하고 공유함으로써 배타적 신분계층을 확보할 수 있었기 때문이다. 또 일정한 사상과 세계관을 공유하고 절차탁마함으로써 문화적 권력을 만들어낼 수도 있었다. 이처럼 시회는 시가라는 고급 문화예술의 생산과 소비, 교류와 전파, 학습과 창조 등이 이루어지는 시공간이었다.

2. 시의 나라, 시회에서 예술을 입히다

중국은 '시국', 시의 나라였다. 시의 나라라고 하는 것은 단순히 옛날부터 시를 광범위하게 즐겨왔고, 그래서 전해오는 시가 많다는 사실 때문만은 아닐 것이다. 중국에서 시는 문학뿐만 아니라 전체 문화예술장르 가운데서도 가장 고귀한 위치에 있었다. 여기에는 다양한 이유가 있지만, 중국 전통시에 있는 뛰어난 예술성도 '시국'이라는 명성의 중요한 지렛대가 되었을 것이다.

에드가 드가Edgar de Gas는 발레리나 등 움직이는 인물의 순간적인 아름다움을 많이 그린 프랑스 화가다. 그가 어느 날 시인인 스테판 말라르메Stéphane Mallarmé에게 물었다. "저는 왜 시를 쓸 수가 없죠? 시상은 떠오르는데요"라고. 그러자 말라르메는 너무나 간단하게 "시는 시상으로 쓰는 것이 아니라 말로 쓰는 것이기 때문이죠"라고 대답했다고 한다. 대답이 기본적이고 간단할수록 물어본 사람은 더 당혹스러운 법이다. 머릿속에 좋은 구상이 있다고 해서 누구나 명화를 그려낼 수는 없는 것과 마찬가지다.

이처럼 시가나 문학이 언어의 예술이라는 것은 너무나 당연하고, 이는 어느 언어권에서나 마찬가지지만, 특히 중국 시가의 경우에는 그 무게감이 다르다. 말 그대로 중국 고전시는 한자의 형形, 음音, 의義가 가진 다양한 특징을 잘 살려낸, 뛰어난 예술성을 지닌 정신문화유산이다. 평측, 운율 등 단음절어인 한자의 특징을 운용해 만들어내는 시가의 음악미, 대구나 장법 등을 이용한 구조적 정제미와 세련미 및 통일감, 시가의 제한된 글자 수에도 불구하고 한자의 풍부

장대천(張大千), 「서원아집도」.

한 어휘를 이용해 담아내는 심도 있는 내용과 그 다의성多義性 등 중국 고전시가의 예술성은 간단히 정리하기도 쉽지 않다. 이러한 시가의 예술성은 부단한 예술적 혁신과 창조적 변화, 오랜 실험과 단련을 거쳐 형성된 것인데, 그 바탕에는 시인들의 현세적 물욕을 초월하는 '시벽' '시고' '시마' 같은 집착에 가까운 추구가 있었고, 시회라는 지적 소통문화 속에서의 교류, 경쟁, 절차탁마가 있었기 때문이다.

　전통 유가적 관점에서 보면 시는 단순한 언어의 예술만은 아니었다. 시는 문이재도文以載道, 즉 도를 담는 도구이자 제세濟世의 수단으로서 정치사상을 담고 민생을 덕치로 이끄는 유용한 수단이었다. 하지만 위진남북조魏晉南北朝 시대에 유가사상의 퇴보와 그 지위를 대체한 노장사상의 대두로 순문학이 중시되고 사상성보다는 예술성이 강조되면서, 문인들은 시가에 형식미를 더할 수 있는 다양한 기법을 발전시켰다.

이러한 시가의 예술성 추구는 현실적 공용성을 강조하는 유가적 관점의 시론과는 충돌하는 유미주의적 관점이다. 유가적 시교관詩教觀으로 무장한 전통 문인들은 위진남북조의 시가 유미주의적이고 낭만주의적이며 개인주의적이라고 폄하한다. 그러나 시는 그저 수사적 이미지를 나열하거나 현실과 괴리된 감미로운 어휘를 읊으며 과도한 낭만주의를 좇아서도 안 되지만, 교화의 수단으로 사용되거나 현실참여를 주장하는 웅변 또는 관념적 설교여서도 안 된다. 유가적 시교관이든 노장적 문학관이든, 위진남북조를 거치며 만들어진 시가형식상의 다양한 규율과 수사기법이 있었기 때문에, 당시唐詩와 송시宋詩의 탄생이 가능했고, '시국'이라는 명성을 얻을 수 있었다. 그 시가규율과 수사기법의 탄생은 그 시대 문인들의 언어를 통한 부단한 예술적 실천과 미학적 추출이 있었기에 가능했던 것이다. 그리고 그 중심에 시회가 있었다.

3. 과거, 시회에서 기원하다

전통적으로 문인들은 시가를 읊어 자신의 감정을 표현했을 뿐만 아니라 시회에서의 창작을 통해 자신의 시재詩才를 알리고 다른 사람의 재능을 평가해왔다. 이처럼 문인들에게 시는 세상으로 나아가기 위한 통로였고, 이름을 알려 출세와 성공으로 가기 위한 기본 요소였다. 황제와 신하가, 또는 관료들 간에, 혹은 재야의 문인들은 서로 시를 주고받았는데, 좋은 시는 순식간에 입소문을 탔기 때문에 문인은 이름을 얻었고 출사에 유리할 수 있었다. 그뿐만 아니라 작시 능력은 어느새 인재선발의 중요한 방식이 되었는데, 시가창작에 필요한 학문적 기초와 직관적·감성적 능력을 제세와 경국經國을 위한 필수능력으로 보았던 것이다. 작시 능력을 제세와 경국의 능력으로 인식하는 관념은 『시경』詩經을 "생각함에 사악함이 없다"는 식의 인격 도야를 위한 윤리서이자 정치외교의 교본으로 인식했던 공자 시대에 이미 형성되었던 가치관이다.

특히 당나라의 과거科擧시험에서 고위 관료로 나가기 위한 진사과進士科에서는 유가 경전이 아니라 시부詩賦창작 능력을 시험했다. 과거에서 언제부터 시문창작 능력을 평가했는지는 정확하지 않다. 다만 당 고종 영륭永隆 2년에 유사립劉思立이 다음과 같은 건의를 올렸다.

고공원외랑考功員外郞 유사립은, 명경과明經科는 대다수가 의론 조목을 베끼고 진사과는 오직 옛 책문을 외울 뿐이어서, 실질적인 인재는 없고 유사有司는 사람 수로만 품급을 충당하고 있다고 의견을 올렸다. 이에 조령을 내려, 이후로 명경과는 시첩 열 문제 중 여섯 문제 이상, 진사과는 잡문雜文 두 편을 시험하여 문율問律을 통과한 자만 책문을 시험하도록 했다.[7]

유사립은 명경과나 진사과 응시생들이 경전을 암기하는 데만 뛰어날 뿐 실질적인 인재는 없다고 파악했다. 이에 잡문을 짓게 하여 문인들의 문학적 재능을 평가하고자 한 것이다. 기계적인 암기능력보다는 문학을 통해 발휘되는 창의적인 사고력과 인간적인 감성을 시험하겠다는 것이다. 이후 제도가 정착하기까지 어느 정도의 변동은 있었지만, 측천무후則天武后 집권기부터 이미 고위 관직은 모두 문장으로 현달한 사람들 차지였다.[8]

문학적 재능으로 출사의 꿈을 이룰 수 있는 가능성이 열리자, 당나라 문인들은 너도나도 시부창작에 매달렸고,[9] 진사과 경쟁은 더욱 치열해졌다.

> 진사는 당시 사람들에게 숭상된 지 오래되었는데, 이 때문에 현명하고 재능 있는 선비들은 사실상 진사과에만 몰렸다. 여기에서 배출된 진사들은 평생 이름 있는 문인이 되었기 때문에, 당시에는 급제자 명단에 오르기 위한 경쟁이 늘 치열했다.[10]

결국 "삼십이면 명경과에서는 늙었고, 오십이면 진사과에서는 젊었다"三十老明經, 五十少進士라는 말이 생겨났고, "진사과 과거시험장에서 늙어 죽더라도 여한이 없다"[11]고 자처하는 사람도 생겨났다. 그렇게 해서 당나라 진사 급제자들은 동시대 최고의 문학인재들로 채워졌고, 진사과에 급제한 열 명 중 예닐곱은 영달의 반열에 올랐으며, 두세 명은 최고의 지위에까지 오르기도 했다.[12] 당·송宋 시대에 탁월한 정치가가 대부분 훌륭한 시인인 까닭도 여기에 있다.

이러한 '시부취사'詩賦取士 형식의 과거제도는 위진남북조 시대에 시회에서 이미 시작된, 작시능력으로 개인의 능력을 평가하고 관리를 선발하던 문화의 연장선이라 할 수 있다.

> 수隋 나라, 당나라 때 시부창작을 통해 문인을 선발한 것은, 시문창작 능력을 관리 선발의 중요한 기준으로 삼았던 남조의 풍조에서 시작된 것이다. 남조 문인들은 시부창작에 열중했는데, 이는 관직 진출과 상당한 관계가 있었기 때문이다.[13]

당나라가 시가문학의 황금시대가 될 수 있었던 것에는 다양한 배경이 있지만, 이처럼 과거제도의 역할도 무시할 수 없다.[14]

중국과 한국에서 시가가 크게 발전할 수 있었던 것은, 시가로 자신의 감정을 토로할 수 있는 서정적 기능과 함께 작시능력을 검증하는 과거시험에 힘입은 바가 크다. 그뿐 아니라 시가는 서신 대용으로도 사용되어 친구를 부르는 초청의 글도 시로 지어야 멋스러운 시대였다. 이처럼 시는 정치적·사회적·문화적 활동의 중요한 수단이자 목적이었고, 이렇게 시가가 실용적으로까지 그 기능이 확대된 이유는 바로 시회문화가 있었기 때문이다.

2 시회의 개념

1. 시회의 정의

『낙양가람기』洛陽伽藍記에는 북위北魏의 임회왕臨淮王 원욱元彧이 주변의 문인들을 불러 시회를 여는 장면이 자세하게 묘사되어 있는데, 당시 귀족의 대저택에서 열린 시회의 전형적인 환경과 문화를 엿볼 수 있다.

법운사法雲寺 북쪽에는 시중상서령侍中尙書令 임회왕 원욱의 저택이 있었다. 원욱은 유가의 경전에 박통하였고, 지혜롭고 맑고 똑똑하였으며, 풍류와 의태가 자상하였고, 용모와 행동이 훌륭하였다. ……원욱은 자연을 매우 사랑하며 빈객들을 중시하였다. 봄바람이 살랑살랑 불어오고 꽃과 나무가 비단처럼 펼쳐질 때면, 아침에는 남관에서 식사를 하고 밤이면 후원에서 놀이를 즐겼다. 관료들이 무리를 이루고 뛰어난 인재들이 자리를 메우며, 거문고 가락이 아름다운 음향을 내고 술잔이 흐르듯 돌게 되면, 시부로 그 광경을 진술하고 맑은 언어를 재치 있게 주고받았다. 그러한 분위기에서 누구 하나 현오함을 맛보지 못하거나 편협함과 인색함을 던져버리지 못하는 자가 없었다. 그런 까닭에 원욱의 집에 가보았던 이들은 그곳에서는 신선이 되어 하늘로 올라간다고 말한다. 형주의 수재인 장비張丕는 주로 오언시를 지었는데, 이를테면 '서로 다른 숲이건만 꽃 색깔은 한 가지요, 서로 다른 나무건만 새 울음은 같도다'라고 읊었다. 그러자 원욱이 그에게 교룡비단을 하사하였는데, 자룡비단을 받은 이도 있었다. 오직 하동 출신 배자명裴子明만은 좋은 시를 지어내지 못하여 벌주 한 섬을 받았는데, 그가 여덟 말을 마시고 그만 취하여 잠에 곯아떨어지자 당시 사람들은 그를 산도山濤에 비유하였다.[1]

원욱은 봄바람이 부드럽고 꽃이 비단처럼 화사한 날, 우수한 인재들을 불러 후원에서 날이 저물도록 연회를 즐겼다. 한쪽에서는 음악이 연주되는 가운데 술잔이 돌고 재치 있고 멋진 말들이 오가면, 마치 신선이 되어 하늘을 나는 듯 서로 마음을 열고 즐거워했다. 이 자리에서 모두 오언시 창작에 몰두했는데, 좋은 구절을 읊으면 칭찬이 오갔고, 장려의 의미로 몇몇에게는 값진 비단이 하사되기도 했다. 하지만 그중에는 시를 제대로 짓지 못해 벌주를 마시고 취해 곯아떨어진 사람도 있다.

원욱이 개최한 이날 시회는 일종의 '지식인의 시 짓기 놀이'다. 놀이는 본질적으로 "일상생활의 바깥에서 벌어지고 진지하지 않은 성격이 있으며 독립되어 있는 자유로운 행위이지만, 놀이하는 사람을 완벽하게 몰두하도록 만든다. 그것은 물질적 이해와는 상관없는 행위이고, 아무런 이득도 제공하지 않는다. 그 나름의 시간과 공간의

마원(馬遠), 「서원아집도」부분, 윌리엄 록힐 넬슨 갤러리.

한계가 있는 놀이터 안에서 고정된 규칙에 따라 일정한 방식으로 수행된다. 사회적 집단의 형성을 촉진하고 그 집단은 은밀함 속에 자신을 감추면서 위장과 기타 수단을 동원하여 평범한 세상으로부터 벗어나 있음을 강조한다."[2] 즉 이날 시회는 진지하거나 엄숙한 행위가 아니라 일상에서 벗어난 지식인의 자유로운 '시 짓기 놀이'였고, 참여한 문인들은 물질적 이해와 상관없이 심미적·예술적 취향과 경험을 공유함으로써 유대감을 지닌 사회적 집단을 형성하게 된다. 또 놀이가 근본적으로 내포하고 있는 경쟁, 평가, 유희도 개입되어 있음을 알 수 있다.

이처럼 '시회'는 일정한 시간과 공간에 모여 시를 짓는 문인 간의 교류활동인데, 경직되거나 장중한 의식행위가 아니라 '열린 시 짓기 놀이' '지적 유희의 장'으로 정의할 수 있다. 따라서 시회의 참여역시 결코 의무적으로 수행해야 하는 일은 아니고, 오히려 그것을 즐기고자 하는 욕망에서 개최하거나 참여한다. 시가창작의 구체적인 조건은 시대와 상황에 따라 다소 차이가 있지만, 일반적으로 특정한 주제로 시를 짓고 난 후 돌려보며 품평하고 문학적으로 서로 절차탁마한다. 시가창작이 모임의 주요 목적일 수도 있고, 궁정이나 관가의 의식, 절기 활동 등 특정한 행사의 일부로 진행될 수도 있다. 일회성일 수도 있고, 일정한 주기를 두거나 불규칙하게 반복적으로 개최될 수도 있다.

사실 고대 동아시아 문인들은 만남, 이별, 축하, 의식, 순수한 교유 등 다양한 목적의 모임에서 시를 짓고 서로 주고받았다. 이렇게 시가창작이 곁들여진 모임을 모두 시회라고 할 수 있다. 현전하는 많은 시가가 실제로는 이러한 시회에서 창작된 작품이다.

주지하다시피 전통 시대 문인의 함의는 현대의 그것과 크게 달랐다. 현대의 '문인'이 소설이나 시를 '독자적' '개별적' '직업적'으로 창작하는 전업 작가라면, 고대의 문인은 현대의 '지식인'에 가깝다. 고대 문인들의 시가창작 환경이나 방식을 현대 문인들의 '독자적' '개별적' '직업적' 창작 방식과 다르게 이해해야 한다는 의미다. 고대 문인들은 작품을 개별적으로 짓는 경우도 있었지만, 만남·이별·축하·교유 등 다양한 사회적 관계 속에서 시를 창작하고 서로 주고받았다. 현존하는 많은 송별시送別詩, 증답시贈答詩, 창화시唱和詩 등은 이러한 자리에서 지어진 작품들이다. 백거이도 자신의 "뛰어난 시구나 경계성警戒性 작품은 서로 창화하며 얻은 것이 많은데, 다른 사람이 창작해내지 못한 것이어서 특히 아꼈다"[3]고 했다. 고대의 시가창작 문화를 개인에게 국한할 것이 아니라 집단의 교류 속에서 보아야 하는 이유다. 그리고 그 창작의 중요한 시공간이 바로 시회라고 할 수 있다.

시회는 전통 시대 동아시아 지식인이 시가를 통해 지적이고 예술적인 교류를 하며 우아하게 소통하던 문화였고, 사상적·문학적 취향을 공유할 수 있는 열린 모임이자 고급문화를 즐기는 풍류적 모임으로서, 일종의 지적인 유희였다. 비록 현재는 고대 문인들이 즐겼던 시가와 시회문화가 한자라는 표현매체의 특수성, 학술과 문화의 서구 지향성 등 여러 이유로 그 효용가치를 상실한 지 오래지만, 그것이 가진 정신적 가치의 크기나 미학적 깊이, 사회문화사적 의미마저 없어진 것은 아니다. 따라서 그 현재적 의미를 찾는 노력이 필요하다. 또 시회라는 지적·정서적 소통문화는 물질적 가치의 절대화와 소통 부재의 시대에 있는 우리에게 절대적으로 필요한 문화양식일 수 있다. 시회와 같은 지적 놀이공간, 정서적 소통공간이 확대되어 그곳에서 진정한 자아 찾기와 정신문화의 재발현이 실현되기를 꿈꾸어 본다.

2. '시회' 용어의 출현

시회문화는 위진남북조 시대에 점진적으로 형성되었으나, '시회'라는 용어는 당나라 중기에 등장한다. 노륜盧綸이 시에서 "대나무 그림자 흐릿하고 소나무 그림자 길게 드리운 곳에, 시원한 돗자리 깔고 소박한 거문고를 타니 바람도 청량하다. 봄날의 시회에는 아름다운 꽃이 가득하고, 한밤중 술을 깨니 난향이 향기롭다"竹影朦朧松影長, 素琴清簟好風涼. 連春詩會烟花滿, 半夜酒醒蘭蕙香:「題賈山人園林」라고 시회의 시간과 공간, 분위기 등을 표현했다. 맹교는 "옛날 교유에는 시회가 북적거렸는데, 지금은 시회가 썰렁하구나"昔遊詩會滿, 今遊詩會空:「送陸暢歸湖州, 因憑題故人皎然塔陸羽墳」라고 그 옛날 성황을 이루었던 시회를 추억하며 그들이 다 떠나고 난 후 썰렁한 시회의 분위기를 그려냈다. 이밖에 가도도 "한여름 밤에 시회 이야기를 나누니, 그리워도 돌아갈 수 없다네"夏夜言詩會, 往往追不及:「送汲鵬」라고 옛 시회를 언급했다. 주로 당나라 중기 시인들의 시에서 '시회'라는 용어가 사용된 것으로 보아 이 시기에 시회문화가 본격적으로 확대되고 시회라는 용어가 보편적으로 수용되었음을 유추할 수 있다.

시회와 유사한 개념으로 '문회'文會라는 용어가 간헐적으로 등장한다. 낙빈왕駱賓王이 "도산에서 옥을 들며 창성한 시대를 맞고, 곡수에서 마음을 열고 문회를 즐기리라"塗山執玉應昌期, 曲水開襟重文會:「疇昔篇」라고 3월 3일에 열렸던 곡수회曲水會에서의 문학교류를 설명하고 있다. 전기錢起는 성 동쪽 별장에서 문우文友 두세 명과 피서를 하며 열었던 문회를 묘사하여 "아름다운 풍경 대하니 문회는 더욱 소중하고, 맑은 읊조림을 즐기느라 술잔은 더욱 늦어진다"美景惜文會, 清吟遲羽觴:「太子李舍人城東別業與二三文友逃暑」라고 했다. 대숙륜戴叔倫도 "그때가 되면 문회를 열어, 풍류로 완씨 집안을 능가하리라"到日應文會, 風流勝阮家:「送李審之桂州謁中丞叔」라고 문회를 통해 완적阮籍을 넘나드는 풍류를 좇고자 하는 희망을 써냈다. 비록 문회라는 용어를 사용했지만, 결국 시회와 유사한 개념임을 알 수 있다. 이 밖에 '음사'吟社, '시주지회'詩酒之會라는 표현도 등장한다.

3. 시회, 시사, 백일장, 살롱

1) 시사와 시회

시가를 통한 집단적 교류문화로서 시회와 비슷한 개념인 시사詩社가 있다. 일반적으로 시사는 시회에 비해 상대적으로 규모가 크고 고정적인 조직구성원이 있으며 활동시간도 비교적 규칙적이고 조직적인 모임을 지칭한다. 시사는 이러한 자신들의 조직과 활동 등을 규정한 '사약'社約을 두기도 한다. 일종의 창작동인이라 할 수 있다. '동사'同社, '결사'結社, '동맹'同盟, '시맹'詩盟 등의 용어로 쓰이기도 한다. 즉 시회는 참여인원과 시간 등이 고정적이거나 조직적이지 않은 반면, 시사는 결사를 맺어 시가를 음영하는 등 조직성을 갖춘다는 차이가 있다. 하지만 시회와 시사 모두 정해진 규칙에 따라 시를 짓고 작품을 품평하면서 시가예술의 절차탁마를 주요 목적으로 하는 아회雅會이며, 음주, 풍류, 학문적 담론 등 전통적 아회문화를 계승했고, 또 시대마다 문학과 예술의 심미적 경향을 일정 부분 주도하며 예술적 가치를 확립했다는 점에서는 공통적이다. 이처럼 시사는 시회문화를 기초로 하여 발전한 것으로, 넓은 의미로는 시회에 포함된다.

시사가 언제 발생했는지는 학자들 사이에서 의견이 분분하지만, 북송北宋 시대에 성행하기 시작했다는 점에서는 의견이 일치한다.[4] 북송에 시사가 성행한 것은 시사의 창작활동이 과거시험 준비에 도움이 되었기 때문이다. 과거시험을 준비하는 문인들은 정기적으로 모여 제목을 정하고 시를 지어 서로 품평하면서 새로운 구법이나 표현을 배울 수 있었다.

시대적으로 보면, 송나라의 시사는 후대의 시사에 비해 상대적으로 조직이 느슨하고 특정한 지역을 중심으로 문인들이 결집했다는 특징이 있다. 원元나라 이후 시사는 지역성을 탈피하고 본격적으로 조직적 구성을 갖추기 시작했다. 시사에서 개최하는 시회의 형식도 일정한 규율을 갖추었다. 우선 시회의 개최 사실을 공고하고 시제와 창작형식 및 원고제출기한 등을 정한다. 또한 권위 있는 시험관을 초빙하여 시험과 평가를 주재하게 하는데, 등수를 매기고 우수작을 선별하며 각 작품에 대한 평어를 적고 상을 주는 방식으로 진행된다. 대표적인 것이 월천음사月泉吟社인데, 시인들을 대상으로 시 경연대회를 개최했던 유명한 시사다. 조선의 백일장白日場도 이와 유사한 형식이다. 시회에서 문인들의 문학적 교류보다는 실력을 겨루고 우열을 가리는 의미가 강화된 것이다.

시사의 활동이 특히 개성적이고 두드러졌던 시기는 명明나라 때다. 명나라의 시사는 단순한 문학동인에서, 나아가 강호의 문인들이 조정의 당쟁과 정치적 혼란에 대처하며 정치와 사회의 변혁을 추구하는 등 특수한 정치적 목적이나 동기를 가진 결사로 발전하기도 한다. 때로는 겉으로는 시사를 표방하지만 정치적 결사의 성격이 더욱 강한 경우도 있었다. 시가 그 자체가 자신의 정치적 의지를 표현할 수 있고 상대의 정치적 신념을 확인할 수 있는 수단이기도 했지만, 역설적으로 시사의 정치색을 가릴 수 있는 좋은 안전장치가 될 수 있었기 때문이다. 하지만 그들의 활동에도 여전히 술을 마시고, 시를 지어 읊고, 산수를 즐기는 등의 전통적 아회문화가 그대로 계승되고 있었다.

청淸나라 때의 문인아회는 대체적으로 명나라 때와 성격을 달리했다. 청 정부가 문인들의 사적인 결사를 금지하고 문자옥을 통해 자유로운 사유를 억압하자, 시사 역시 전통적 문인아회로 회귀했다. 마음 내키는 대로 즐기고, 거문고나 바둑, 서화 등의 문인 풍류를 즐겼으며, 경전을 논하고 시가를 창작하는 등의 문인교류가 중심이 되었다.

이처럼 시사는 문인들의 고상하고 우아한 시회문화가 조직성을 갖추어 집단화된 문화이며, 시사의 활동 외에도 수많은 시회가 여

전히 문인들 사이에서 개최되었다.[5]

2) 백일장과 시회

시회와 유사한 문화로 조선시대에 시행된 백일장이 있다. 백일장은 시제詩題를 제시하고 즉석에서 시문을 짓게 하여 우수한 작품을 선발하는 행사로서, 조선시대에 학문을 장려하기 위한 정책의 하나였다.

백일장의 '백일'白日이 대낮이라는 의미이므로, 백일장은 대낮에 시재를 겨루는 행사라고 할 수 있다. 문인들의 연회나 시회가 주로 밤에 주연과 함께 이루어진 것과 구분하여 '낮에 이루어지는 시문 경연'이라는 의미에서 생겨난 말로 유추해볼 수 있는데, 그 기원이 명확하지는 않다. 다만 『태종실록』太宗實錄에 따르면, 태종 14년1414 7월 17일, 태종이 성균관에서 옛 성인과 스승들에게 헌작례獻爵禮를 행하고 명륜당明倫堂에서 유생들에게 친히 시무책時務策을 물으시고 그 답안을 작성하게 했다. 시간을 유시酉時까지로 제한하고, 하륜河崙, 조용趙庸, 변계량卞季良 등에게 그들이 써낸 문장을 감수하게 하였다. 이때 참가한 사람은 모두 540여 명인데, 이들은 향시에 합격한 거자擧子들로서 중앙에서 회시를 볼 자격을 가진 사람들이었다. 『태종실록』은 이러한 내용과 함께 "거자 백일장은 이로부터 시작되었다"고 기록했으므로[6] 백일장의 역사적 기원은 여기에서 찾을 수 있다고 할 수 있다. 비록 정식 과거시험이 아니어서 관직은 주어지지 않았지만, 문학적 기량을 인정받고 자신의 재예才藝를 널리 알릴 수 있는 명예로운 기회였다.

백일장은 이처럼 유생들의 학업을 장려하기 위한 목적에서 출발했지만, 우수한 작품을 선별하여 표창하면서 유생들에게는 자신들의 실력을 겨루어볼 수 있는 기회가 되기도 했다. 그런 까닭에 학문을 장려하려는 수령이나 관찰사 들이 백일장을 개최하기도 했고, 향교나 서원에서도 과거를 준비하는 유생을 대상으로 백일장을 열기도 했다. 관아나 유림에서 백일장의 개최가 결정되면, 고을의 양반들에게 날짜와 장소를 알리기만 하면 된다. 주로 관아 앞의 공터, 서원, 향교 등이 제공된다. 유생들은 백일장 당일 지정 장소에 모여 현장에서 제시되는 주제로 시부창작 능력을 겨루게 된다. 이때 유생들에게 백일장은 단순히 문장겨루기가 아닌, 넓은 의미에서 수학과정의 하나이자 일종의 모의고사였고, 성적우수자들은 상품을 받기도 했다.

시회와 백일장은 현장에서 제시되는 주제에 맞추어 즉석에서 시를 짓고 작품을 평가한다는 점에서 유사성이 있으나 실시 목적, 참여자, 진행방식 등에서 다소 차이가 있다. 시회가 관직이 있고 없고를 떠나 문인들의 지적 교류이자 고급 유희로서 전체 연령대에서 보편적으로 통하는 교류문화였다면, 상대적으로 백일장은 학문을 장려하기 위한 목적 또는 시부창작 능력을 겨루어보는 의미가 두드러지며, 따라서 참여 문인도 젊은이들 위주였다. 또 시회가 문인 상호 간의 문학적 교류, 즉 시가를 통한 응수 창화와 정서적 소통이 주요 목적이었기 때문에 음주나 학문적 담론이 함께 이루어졌다면, 백일장은 시부창작 능력에 대한 경쟁과 평가에 그 무게가 실렸다.

요즘도 '전국 소월 백일장'이나 '전국 고교생 백일장' '교내 백일장'처럼 '백일장'이라는 이름으로 국가나 각종 단체에서 아마추어 문인을 대상으로 하는 글쓰기 경연을 벌이고 우수한 작품을 선발하여 시상한다. 문학적 기풍을 일으키고 글쓰기를 장려하기 위한 목적인데, 현재는 주로 시나 수필이 그 대상이다. 또 아마추어 시 애호가들의 시작 동호회도 종종 '시회'라는 이름을 붙이기도 한다. 현대 중국에서는 청명시회清明詩會, 단오시회端午詩會, 신년시회新年詩會 등 다양한 절기나 행사를 기념하는 '시회'가 이어지고 있는데, 전통 시대의 그것과 같은 지식인의 보편적 교류문화라고 하기는 어렵고, 시회가 가진 경연의 의미에서 자유롭지 않은, 일종의 '시작 경연대회'새시회(賽詩會)라고 할 수 있다.

이처럼 현대의 시회는 과거처럼 빈번하지도 않고 그때만큼 커다란 명예가 주어지지도 않지만, 여전히 우리 문화 속에서 면면히 이어지고 있다. 다만 문학이 우리 삶에서 초라해진 것처럼, 시회의 사회문화적 울림도 미미하다. 전통 시대 지식인의 지적 소통문화로서의 시회는 이미 대중의 관심에서 멀어졌다 해도, 그 전통이 만들어 낸 정신적 가치나 사회문화사적 의미를 현대적으로 살려 새로운 숨결을 불어넣을 필요가 있다.

3) 살롱과 시회

동아시아에 시회문화가 있다면 서구에는 '살롱'Salon문화가 있다. 'Salon'은 이탈리아어 salone에서 유래된, 응접실이라는 의미의 프랑스어다. 살롱문화는 르네상스 시기, 이탈리아 북부 도시들의 경제적인 잠재력과 정치적인 힘을 바탕으로 형성되었다. 그 기원은 당시 궁정의 안주인들이 특정한 지식과 재능을 지닌 사람들을 궁정으로 불러들여 활발한 토론을 벌였던 사교모임에서 찾을 수 있다. 이때 사교활동에 참여할 수 있는 조건은 교양을 전제로 하는 신분의 평등, 순화된 언어, 세련된 매너 등이었다. 궁정의 안주인들은 문학과 예술의 전통적인 수요자였지만 문학과 예술의 적극적인 후원자이기도 해서, 이탈리아의 르네상스 문화를 키워냈다.

17세기 프랑스에서도 귀족이나 부르주아의 부인 들이 응접실을 개방하고, 취미나 기호를 같이하는 사람들을 초대하여 문학, 예술, 학문 등에 대해 자유롭게 토론하거나 작품을 발표하고 비평하는 살롱문화가 발생하였다. 이 살롱에는 언변, 재치, 매너만 있으면 자유롭게 참여할 수 있었으므로, 문인·철학자·정치인·학생까지 참여하는 사상과 문화 교류의 장이 되었다.

프랑스 최초의 살롱으로 꼽히는 것은 랑부예 부인Marquise de Rambouillet, 1588~1665의 살롱이다. 당시 프랑스는 오랜 종교적 대립과 내란이 수습된 직후였기에, 상류사회는 위계와 격식이 엄격한 베르사유 궁전보다는 편안하고 자유로운 공간이 필요했다. 그것이 바로 살롱이었다. 랑부예 부인은 이탈리아 귀족의 딸로 태어나 랑부예 후작과 결혼하면서 파리에 살게 되었는데, 아름답고 지적이었을 뿐 아니라 예술적으로도 재능이 있었다. 대단한 독서가이기도 해서 당시로서는 드물게 전용 서재를 갖고 있었다고 한다. 그녀의 살롱에서는 세련되고 지적인 대화가 펼쳐졌고, 강연회·독서낭독회·음악 연주회·연극공연 등이 진행되었다. 특히 살롱의 특수형태라 할 수 있는 문학살롱은 문학작품의 생산자와 수용자, 문학에 관심 있는

「랑부예 부인 저택의 문학 살롱에서 책을 읽고 있는 앙투안 고도」(Antoine Godeau reading at Madame de Rambouillet's literary salon at the Hôtel de Rambouillet).

참여자들이 모여 나누던 문예담론에서 시작되었다. 이후 많은 시인들이 유명한 살롱을 통해 작품을 발표하였고, 그곳에서 얻은 평판이 작품의 성패에 영향을 미치게 되면서 새로운 흐름을 이끌기도 하였다. 나아가 살롱에 참여한 사람들을 즐겁게 하기 위한 독자적인 문학형식도 발달하게 되었다. 이를테면 살롱에 늘 찾아오는 사람들이 제각기 중세 전설에 나오는 기사의 이름을 붙여 고어로 편지를 교환하거나, 롱도rondeau를 부활시켜 시인들이 서로 시를 겨루는 것이 그것이다. 롱도란 후렴구를 지닌 단시短詩 형식을 말한다. 이처럼 살롱은 문학적 명성과 유행이 만들어지는 비공식적인 소규모 아카데미 같은 역할을 했다.[7] 이러한 사교모임은 프랑스혁명 때까지 계속되었다.

17세기 살롱이 단순히 세련된 사교의 장이었다면, 18세기 살롱은 활동범주가 문학·음악·미술 등 문화예술 전반으로 확대되었고, 철학적 담론도 살롱의 커다란 즐거움이 되었다. 살롱의 주역도 궁정 귀족에서 부르주아 출신의 계몽사상가들, 즉 철학자로 바뀌었다. 17세기의 문학살롱이 이때 와서는 철학살롱으로 바뀐 것이다. 또 참석자의 범위가 확대되어 각 분야별로 상호비판적인 관계가 형성되면서, 의식개혁과 사회개혁의 선구자로서 시대정신을 결집하는 요람이 되었다. 이처럼 살롱은 단순한 사교의 장을 넘어 신분의 벽을 깬 대화와 토론의 장이자 지식 교류의 장이었고, 문학공간이자 한 시대의 문화를 창출하는 문화공작소 같은 역할을 했으며, 유럽의 변화를 촉진한 계몽사상의 산실이었다.

시회와 살롱은 동서양이라는 공간적인 차이, 발생 시기의 차이가 있다. 또 살롱은 주로 귀족 부인이 이끌었고, 시회는 주로 남성이 주도하였다. 반면 시회와 살롱은 모두 궁정에서 기원했고, 사교의 장, 대화와 담론의 장, 사상과 문화 교류의 매개, 문학의 생산과 소비의 중심이라는 점에서 상당한 유사성이 있다. 특히 시회와 살롱에 적합한 특수한 문학 장르를 탄생시켰고 문학평론과 문학적 평판이 만들어지는 곳이었다는 점도 공통적이다. 또 살롱이 유럽 계몽사상의 산실이었다는 점과 시회가 명나라의 정치적·사회적 변혁을 이끄는 시사를 배태했다는 점에서도 상당한 유사성이 있다.

3 시회의 기원

시회는 시가를 통한 지적·예술적 교류이자 사상적·문학적·문화적 취향을 공유하는 열린 인적 집단이고, 시를 통한 고급 유희를 즐기는 풍류 모임이다. 그런데 왜 하필 시였을까? 그리고 왜 그것을 혼자가 아니라 주고받으며 즐겨야 했을까? 이 글에서는 시회문화의 기원에 대한 다양한 역사적 요소들을 유추해본다.

1. 부시언지와 시가이군

중국 문인들에게 글은, 전통적으로 "군자는 글로써 벗을 모은다" 君子以文會友:『論語』「顔淵」고 여길 정도로 지식인들의 표상이었고 소통의 중요한 매개였다. 여기서 글은 시문을 포괄한다. 즉 시가를 단순히 한 개인의 독백적 감정표현의 수단을 넘어서서 사회적 기능을 갖는다고 본 것이다.

시가에 대한 실용주의적 인식은 오랜 '부시언지'賦詩言志 전통에서
도 볼 수 있다. '부시언지'란 시를 지어 마음속 뜻을 나타낸다는 의
미다. 개인적으로는 사상과 감정을 표현하는 것이지만, 정치외교적
으로는 시를 예악의 구성 요소로서 활용하거나 정치외교의 수단으
로 활용하는 것을 말한다. 『시경』에 나오는 「숭고」崧高를 보자.

신백의 인품과 공적은
유순하고 인자하고 바르며
온 세상을 바르게 이끌어
사방에 그 명성을 떨쳤다네.
길보가 이 송시를 지으매
그 가사가 매우 뛰어나도다.
이 노래가 진실로 아름다우니
신백에게 주고자 하노라.

申伯之德　柔惠且直

揉此萬邦　聞于四國

吉甫作誦　其詩孔碩

其風肆好　以贈申伯

이 시는 주周 선왕宣王이 봉지封地로 떠나는 신백申伯을 위해 개최한
송별연에서 신하인 윤길보尹吉甫가 부른 노래다. 우선 신백의 덕성과
공적을 찬양하고, 이어 이 시를 그의 송별연에 바친다는 내용을 담

았다. 시를 지어 바치는 것은 당시 주나라의 예악제도 중 하나였고, 윤길보는 조정 대변인이라는 위치에서 시를 지어 의식을 진행한 것이다. 외교적인 장소에서도 '부시언지'는 반드시 거쳐야 하는 절차에 가까웠다.

옛날 제후나 경대부가 이웃 나라 사신을 만날 때는 넌지시 말을 던져 서로를 파악했다. 읍하며 예를 표할 때는 반드시 시로써 그 뜻을 비유했는데, 상대가 현명한지 아닌지를 파악하고 그 나라의 성쇠를 관찰하고자 함이다. 그래서 공자가 "시를 배우지 않으면 대화를 할 수가 없다"고 한 것이다.[1]

시를 배우지 않으면 대화를 할 수 없다는 공자의 주문 때문인지 정치외교적인 자리에서는 시를 통해 자신의 의중을 상징적으로 표현했고, 상대의 의중을 탐색했다. 물론 이때 사용한 시는 『시경』의 시구이지, 자신이 직접 지은 시는 아니다. 그 구체적인 예를 보자.

진晉나라는 정鄭나라를 공격할 의도를 갖고 숙향叔嚮을 보내, 그 나라에 인재가 있는지 없는지를 살피게 했다. 정나라의 자산子産은 시를 읊어 말하기를 "그대가 진실로 나를 생각한다면, 치마를 걷고서 유수洧水를 건너가겠소. 그대가 나를 생각하지 않는다면, 나에게 어찌 다른 사람 없겠소?"라고 했다. 숙향은 진나라로 돌아가 말하기를 "정나라에는 인재가 있습니다. 자산이 있으니 쳐들어갈 수 없습니다. 진秦나라와 초楚나라가 가까워 (우리가 위험한 상황에서) 그들(정나라)의 시에 다른 마음이 있으니 공격하면 안 되겠습니다"라고 아뢰었다. 진晉나라는 결국 정나라를 공격할 계획을 버렸다. 공자도 "『시경』에서 인재를 얻는 것보다 더 중요한 것은 없다고 했는데, 자산이 정나라를 위기에서 구했구나"라고 했다.[2]

정나라의 자산이 읊은 시는 『시경』의 「건상」褰裳 편이다. 내용은 당신이 진심으로 나를 사랑한다면 나도 기꺼이 그대를 따르겠지만, 그렇지 않다면야 나도 다른 사람을 찾겠다는 내용이다. 여성이 남성에게 진실함을 요구한 내용으로, 연인의 사랑을 독점하고픈 여인의 마음을 솔직하고 거침없이 표현한 작품이라 할 수 있다. 당시 정나라는 진晉나라와 초나라라는 두 강대국 사이에 끼어 눈치를 보는 상황이었는데, 이 시를 이용하여 진나라의 압박에서 벗어났을 뿐만 아니라 오히려 진나라의 구애를 받는 상황이 되었다. 시 한 수를 통한 비유와 암시로 두 나라의 운명을 건 담판을 벌인 셈이고, 자산과 숙향은 그 의도를 정확하게 간파해낸 것이다. 과연 공자의 말대로, '시'『시경』를 배우지 않으면 대화를 할 수 없는 수준이다.

정치외교적인 자리에서의 부시언지는 시를 인용한 간접적 의사표현이다. 그런데 시에는 비유나 함축 등 모호하거나 완곡한 표현들이 많이 사용되므로 자칫 중요한 정치외교적 자리에서는 부적합하게 여겨질 수도 있지만, 그러한 언어적 모호함이나 완곡함이 오히려 직선적인 언사보다도 품격 있다고 여겨졌을 수 있다. 시를 읊을 때는 낭송자의 신분이나 당시 상황, 그리고 의도하는 바에 적합한 시구나 시편을 선택하게 된다. 이때 품격을 갖추어야 함은 말할 것도 없다. 그뿐만 아니라 상대가 읊은 시에 대해서도 내포하는 의미가 무엇인지를 앞뒤 상황에 맞추어 정확하고 신속하게 간파해야 한다. 이처럼 부시언지는 의미 있고 중요한 자리에서는 꼭 필요한 의례의 하나였다.

심지어 공자는 시를 배우고도 정치나 외교를 잘하지 못하면 시를 많이 배운들 쓸모가 없다고 했다.[3] 마치 시를 배우는 목적이 정치와 외교를 잘하기 위해서인 듯도 하다. 그래서인지 정치외교적인 자리에서 군신君臣들이 즉흥적으로 시를 지어 읊거나 『시경』의 시를 읊으면서 에둘러 표현한 예는 『춘추좌씨전』春秋左氏傳이나 『국어』國語 등 고대 역사서에 넘쳐난다.

당시 문화가 이러하여 '시'를 읊지 못하면 조정 연회에도 참석하기 어려웠다. 춘추 시대 진晉나라의 공자 중이重耳, 훗날의 진 문공(晉 文公)가 진秦나라에 머물 때 진나라 목공穆公이 연회에 초청했다. 그러자 그를 수행하던 대부 자범子犯은 "저는 글재주가 조최趙衰만 못하니, 조최로 하여금 수행하게 하십시오"라고 하였다.[4] 자범은 시를 읊지 못할까 걱정되어 조최를 수행원으로 추천한 것이다. 이처럼 연회 중에 시를 읊는 것은 춘추전국 시대에 이미 형성된 문화였다.

또 전국 시대 형가荊軻와 관련된 고사도 유명하다. 연燕나라 태자 단丹의 식객이었던 형가가 진왕秦王, 훗날의 진시황을 암살하기 위해 떠나던 날, 태자 단과 이 일을 아는 몇몇 빈객들이 역수易水에서 이별을 하게 된다. 길을 떠나기에 앞서, 형가는 고점리高漸離의 축筑 연주에 맞추어 비장한 심정을 이렇게 노래했다. "바람소리 쓸쓸하고 역수는 차갑구나. 장사는 한 번 가면 다시 돌아오지 못하리라." 마치 자신의 앞날을 내다보기라도 하는 듯한 그 노랫가락에 참석자들이 모두 눈물을 흘렸다고 한다.[5] 형가가 자신의 심정을 담아 노래를 부른 것도 모임에서 시를 통해 자신의 의지와 심회를 표현하는 문화의 한 단면이다. 이러한 문화는 훗날 크고 작은 모임에서 즉석으로 시를 짓는 방식으로 변화·발전하면서 시회 탄생의 기초가 된다.

나라 간의 외교에서 '부시언지'를 중요한 소통방식으로 활용하는 것은 한자문화권 내에서는 부단히 지속되어온 문화다. 전통 시대 한국과 중국은 사신을 파견할 때나 이들을 맞을 접빈사接賓士를 뽑을 때 모두 글솜씨가 뛰어난 문인을 선발했다. 이들이 만나는 자리는 자국의 대표로서 외교적 역량을 발휘하는 자리이기도 했지만, 시를 주고받으며 문화적·문학적 역량도 과시해야 했기 때문이다. 이처럼 한중 사신과 접빈사의 만남은 시를 통한 외교이자 시처럼 하는 외교였고, 시를 통해 국격을 높여야 하는 자리였다. 이때의 작품들이 지금도 전해온다.

시가를 통해 자기 심중을 표현하는 문인문화는 사회주의 중국에도 여전히 통용되는 고급문화다. 그럴듯한 축사에 옛 시인의 시구 하나쯤 인용해 넣는 것은 다반사요, 대답하기 난처한 질문에 시를 인용한 모호한 화법으로 할 말은 하면서 역풍을 피해가기도 한다. 어디 그뿐이랴. 후진타오가 미국을 방문하여 "언젠가는 모름지기 정상에 올라, 뭇 산들의 작음을 굽어보리라"會當凌絶頂, 一覽衆山小·「望嶽」는 두보의 시구를 인용했는데, 그 의도를 두고 의견이 분분했었다. 한중 정상의 만남에도 종종 시구가 오고간다. "천 리 밖 멀리까지 바라보고자 하면, 다시 한 층을 더 올라가야 하네"欲窮千里目, 更上一

層樓:「登鶴鵲樓」라는 왕지환王之渙의 시구를 주고받으며 양국이 더 긴밀한 우호를 위해 노력할 것을 에둘러 표현했었다. 시진핑 주석이 한국을 방문했을 때는 "동쪽 나라 화개동은, 호리병 속의 별천지"東國花開洞, 壺中別有天:「壺中別天」라는 최치원崔致遠의 시구를 인용하여 한국을 아름다운 나라로 칭송하고 양국의 우호를 다짐했다. '부시언지' 전통은 지금도 미미하지만 살아 있다.

'이문회우'以文會友, '부시언지' 전통과 더불어 시가는 '시가이군'詩可以群, 즉 '여럿이 모이게 할 수 있는' 유용한 수단이었다. 전통적으로 "군자는 두루 사귀되 한쪽에 치우치지 않고, 소인은 한쪽에 치우치고 두루 사귀지 않는다"君子周而不比, 小人比而不周:『論語』「爲政」고 했다. 이 말은 군자는 대의와 공익을 위해 서로 뜻이 맞는 사람들과 힘을 합해 추구하되, 사사로운 이익을 좇느라 파당을 형성하지 않는다는 의미이지만, 뜻을 함께하는 사람과는 '무리'를 형성할 수 있는 근거가 되기도 했다. 또 공자의 제자인 자로가 공자에게 "어떻게 해야 선비라 할 수 있습니까?"라고 물으니, 공자는 "진심으로 책선責善하고 격려하며 순순하게 화락하면 선비라 할 수 있다. 친구 사이에도 책선하고 격려하며, 형제 사이에도 화락해야 한다"고[6] 답했다. 물론 이 구절도 선비는 서로 단합하고 협력해야 한다는 것을 말하고 있지만, 서로 뜻을 같이하는 문인들이 서로 단합하여 우호적이며 생산적인 교류를 할 수 있는 사상적 근거가 되었다. 이러한 군자들의 교류에서 시문은 중요한 매개가 될 수 있었다.

시가는 감흥을 불러일으킬 수 있고, 살필 수 있고, 여럿이 모이게 할 수

있고, 원망할 수 있다.[7]

『논어』「양화」陽貨편에 수록된 이 구절의 의미는, 시가는 한 개인의 감정이나 사상을 표현할 수 있을 뿐 아니라 그것을 통해 세상을 관찰할 수 있고 군신 간이나 문인들이 함께 어울릴 수도 있게 하며 세상에 대한 감정을 표현할 수도 있다는 것이다. 특히 '여럿이 모이게 할 수 있다'는 것은 시가가 사람들의 교류에 사용되어 상호 간의 감정 교류를 통해 집단의 결속력과 동질성을 강화할 수 있는 사회적 기능을 지녔다는 것이다. 이러한 전통 관념은 궁중의 의전성儀典性 모임에서부터 개인 간의 사교적 모임에서까지, 시가창작이 필수적이면서 중요한 교류 행위가 되도록 했다.

"생각함에 사악함이 없다"는 시가의 도덕적 가치인식, 군자는 글로써 벗을 모으고 교류하며以文會友 시를 통해 자신의 의중을 전달하던 전통문화賦詩言志, 시는 정서적 교류를 다지고 결속력과 동질성을 강화할 수 있다는 인식詩可以群 등은 시가의 실용적 기능을 강화했고, 훗날 시회의 탄생과 지속적인 발전에 중요한 토대가 되었다.

2. 인재집단의 운용

문인들은 시회에서의 소통을 토대로 사상적·문화적 지향점을 공유하며 사회적 인맥을 형성하기도 한다. 이러한 지식인들의 집체적 교류문화는 선진先秦 시기에 이미 존재했다. 하지만 선진 시기의 문인집단은 문학창작을 위한 모임이 아니라 대부분 학술유파이거나 정치적 붕당, 빈객집단이었다.

춘추전국 시대의 공자집단孔子集團, 묵자집단墨子集團 등은 학술적 권위를 지닌 대스승을 중심으로 그 제자들이 모여 형성된 학술유파로서, 지식인들의 사상적·행동적 집체라 할 수 있다. 또 전국 시대에는 제후국 군주나 재상, 권신權臣 등이 빈객집단을 두는 것이 일종의 풍조였다. 제후국 간 경쟁이 치열해지면서 이 빈객집단은 부국강병을 위한 두뇌집단으로 기능했는데, 학문을 연마한 문사文士로만 구성된 것이 아니라 무사武士도 상당수였다. 위魏나라의 문후文侯, 조趙나라의 혜문왕惠文王과 평원군平原君, 연燕나라의 소왕昭王, 제齊나라의 맹상군孟嘗君 등의 권력자들은 수천 명의 빈객을 두고 귀하게 대우했다. 또 왕실에서 관직과 녹봉을 주며 운영한 두뇌집단도 있었다. 제나라의 직하학궁稷下學宮이 그것이다.

> 제나라 선왕은 유학을 높이 받들었다. 맹가孟軻, 순우곤淳于髡 등은 상대부의 녹봉을 받는데, 관직을 맡지는 않으면서 국사를 논의했다. 대략 제나라 직하의 선생들은 천여 명에 이르렀다.[8]

직하학궁은 성문 근처 직하稷下라는 곳에서 운영됐던 일종의 왕립 아카데미다. 직하의 선생들에게는 녹봉을 주어 경제적 부담을 줄여주면서 직무에 대한 부담 없이 자유롭게 정치와 학문을 토론할 수 있는 분위기를 제공했다. 심지어 정치를 논하되 간언할 책무도 없고, 떠나고 싶으면 마음대로 떠날 수 있는 자유까지 주었다. 이러한 학문과 사상의 자유에 힘입어 맹자와 순자 등의 대학자를 비롯한 수많은 학자와 논객이 몰려들어 백화제방百花齊放, 백가쟁명百家爭鳴을 만들어냈고, 제나라가 강대국으로 성장할 수 있는 기초가 되었다. 권력자들은 "인재를 얻는 자는 부강해지고, 인재를 잃는 자는 나약해진다"得士者富, 失士者貧:「解嘲」는 양웅揚雄의 말처럼, 부국강병을 위해 경쟁적으로 인재를 불러들여 인재집단을 운용하게 되었다.

한漢나라 때에도 군왕郡王이나 제후들이 빈객을 불러 모았다. 오왕吳王 유비劉濞, 회남왕淮南王 유안劉安,[9) 양효왕梁孝王 유무劉武[10) 등이 대표적이다. 양효왕은 문인을 불러 모아 망우관忘憂館에서 연 연회에서 여러 문인에게 부賦를 짓도록 했다.[11) 부는 한나라 문학의 중심 장르로, 문인들은 부를 통해 문재文才를 발휘했다. 이 자리에서 매승枚乘은 버들을, 노교여路喬如는 학을, 공손궤公孫詭는 사슴을, 추양鄒陽은 술을 주제로 부를 지었다. 작품 수준이 상대적으로 떨어지는 추양과 한안국韓安國에게는 벌주를 마시게 했다. 비록 시가 아닌 부 창작이었으나, 인재집단이 무사가 아닌 문사 위주로 구성되었음을 보여준다.

그런데 당시의 문학창작이나 문인에 대한 인식을 보면, 그 인재집단의 성격을 알 수 있다.

황제가 왕포王褒와 장자교張子僑 등을 문학대조로 임명하고, 여러 차례 그들을 거느리고 수렵을 나갔는데, 궁관에 이르자 갑자기 가송歌頌을 시키고 우열을 가려 사냥을 하사하겠다고 했다. 많은 신하가 퇴폐적이라고 말리자, 황제는 "'바둑이라는 것이 있지 않느냐, 그것을 하는 것도 역시 현명한 것이다'라고 공자가 말했다. …… 그에 비해 사부辭賦는 오히려 인의仁義를 담고 풍자와 비유를 하고, 새, 짐승, 풀, 나무 등 듣고 보는 것을 많이 담을 수 있으니, 노래, 몸짓, 바둑보다 훨씬 뛰어난 것이다"라고 했다.[12]

황제나 귀족들에게 문학은 노래, 몸짓, 바둑보다 그저 한 차원 높은 놀이에 불과했고, 황제는 빈객들을 통해 자신의 눈과 귀를 즐겁게 했을 뿐이다. 이 시기는 아직 문학의 가치에 대한 자각이 없었다. 그렇기 때문에 문학은 상류계층의 전문적인 놀이에 불과했고, 문인들은 광대와 다르지 않았다. 후대에 시회를 통해 정서적으로 소통하고 심미적 감성을 공유했던 수평적 교류문화와는 차이가 있다.

부 외에 시가를 지었던 모임도 있다. 백량대柏梁臺 아회가 그것인데, 무제武帝가 백량대에서 신하 25명과 돌아가며 각각 7언 1구씩 지었던 모임이 그것이다.[13] 이 자리에 참석한 사람 가운데 22명이 모두 조정의 문무관리였기 때문에, 지어낸 시구도 자신의 직무와 관련된 표현을 읊어냈고, 동방삭東方朔과 곽사인郭舍人은 해학적인 시구로 끝을 맺었다. 이들의 시구를 보면, 이날의 창작은 특정한 주제 없이 즉석에서 시구를 하나씩 지어낸 것에 불과한데, 이러한 시체는 훗날 '백량체'柏梁體라고 불렸고, 이날의 아회는 훗날 시회의 가능성을 열었다.

빈객이라는 종속적 신분에서 벗어나 후대 지식문화의 중심이 된 '사'士 계층은 한나라 말 황건의 난으로 시작된 대혼란기에 형성된다. 황건의 난에 놀란 한나라 조정은 각 지역의 재야 명사들을 초빙했다. 이때 각지의 재야 명사들도 자신들의 신분적 안정을 위해 조정의 강력한 실세와 결탁할 필요가 있었다. 조조曹操가 제국의 질서를 회복하겠다는 기치하에 강력한 권력을 휘두르자, 각지의 명사들은 조조라는 권력을 향해 모여들며 상호 수평적인 '사' 계층을 형성하기 시작했다. 특히 조조가 혼란의 시대를 끝내고 안정된 국가경영을 위해 인재를 적극적으로 초빙하면서, 조정의 중요 관직은 이들 재야지식인 출신의 '사' 계층이 차지하게 되었다. 이렇게 해서 공융孔融, 진림陳琳, 왕찬王粲, 서간徐幹, 유정劉楨, 완우阮瑀, 응창應瑒 등 이른바 건안칠자建安七子 문인들이 발탁되었고, 조비曹丕와 조식曹植을 핵심으로 문인집단을 형성하게 되었다. 이처럼 한나라 말에 이르러 정치권력 주변의 인재집단을 중심으로 지식인의 집체적 교류문화가 형성되었는데, 그 인재집단이 주로 학문적 기반을 갖춘 문인 계층으로 구성되면서 문학창작을 즐기고 소통하는 아회문화를 만들어냈다.

3. 문인아회의 풍류

고대의 학술유파나 빈객집단이 문인으로서의 계층적 주체의식을 형성하지 못하고 지배층의 두뇌집단 정도로 기능한 데 비해, 위진魏晉 시대의 문인들은 점차 주체적인 문인교류를 이끌고 아회문화를 즐겼다. 이 시기의 문인들이 아회에서 주로 추구한 것은 '풍류'였다.

풍류에 대한 이해는 매우 다양하다. 무한의 세계에서 관념적으로 노니는 것, 미적이고 예술적으로 노는 것, 자연과의 교감, 속된 것 또는 현실에서 벗어나고자 자유로움을 지향하는 것 등으로 이해된다.[14] 자유로움을 지향하는 것이란 어디에도 속박되지 않는 탈속성 또는 그러한 풍모를 말한다. 자연과의 교감이란 자연 속으로 들어가 자연이 환기하는 생명의 리듬을 체감하고, 자신의 생명의 리듬을 그 자연의 리듬과 일치시키는 것이다. 유가사상이 주변으로 물러나면서 세상사와 일정한 거리를 두고 있는 노장사상이 그 사상적 토대를 제공했다.[15]

위진 시대의 문인들이 지향했던 풍류란 구체적으로 현실을 초월하여 본성에 따라 마음대로 행동하거나, 시문·회화·서예 같은 예술이나 호화 취미를 능숙하게 즐기는 것, 자유롭게 번뜩이

송 휘종 조길(趙佶), 「청금도」(聽琴圖), 베이징고궁박물관.

는 재기를 발휘하며 청담淸談을 즐기는 것 등이었다.[16] 또 작은 일에 구애받지 않는 활달한 풍모를 지니는 것도 풍류였는데, 경우에 따라서는 술과 색色을 좋아하는 것도 풍류라고 여겼다.

서진西晉 명제明帝가 동궁東宮 시절, 사곤謝鯤에게 "그대는 유량庾亮과 비교하면 어떤 사람인가?"라고 묻자, 그는 "관복을 입고 조정에 나가 백관의 모범이 되는 데는 그를 따를 수 없지만 담담하게 은일하는 일이라면 그보다 낫다고 할 수 있습니다"라고[17] 자신을 표현했

다. 사곤은 미래의 최고 권력자 앞에서 당당하게, 조정에서 유가적 제세의 의지를 실천하는 것보다 산수 간에 마음을 두고 은일하는 삶을 더 자랑스러워한 것이다. 이는 문인들이 점차 유가적 예교나 공맹孔孟의 도를 실천하는 군자의 삶에 구속되지 않고, 자신의 주체 의식과 주체적인 정서를 중시하고 풍류지사風流之士를 지향한 것이 었다.

시끄러운 세속과 현세적 욕망을 벗어던지고 강호에 은거하는 삶이 곧 풍류라는 인식은 범울종范蔚宗의 「일민전론」逸民傳論에 잘 나타 난다.

『주역』周易에서 "은둔하는 때에 그 뜻이 크도다"라고 했다. 또 "임금과 제후를 섬기지 않고 자신의 일을 고상하게 여긴다"라고 했다. 이러한 까 닭에 요堯는 하늘의 원리를 본받아 영수 북면 고결한 선비의 뜻을 꺾지 않았고, 무왕은 행적이 지극히 아름다워 마침내 고죽군의 두 아들의 깨 끗한 절개를 온전하게 지켜주었다. 그 이후로 풍류가 더욱 많아지게 되 었는데, 멀리 떠나가는 행적은 같아도 그 행동하는 방법은 같지 않았다. 어떤 사람은 은거하여 자신의 뜻을 추구하기도 하였고, 어떤 사람은 현 실을 피하여 올바른 도를 보전하기도 하였다. 어떤 사람은 자신을 편안 하게 유지하며 조급한 행동을 진정시키기도 하였고, 어떤 사람은 위험 한 현실에서 벗어나 안정된 생활을 도모하기도 하였다. 어떤 사람은 세 속을 더럽게 여기며 절개 있는 행동을 하기도 하였고, 어떤 사람은 만물 이 오염되었다고 생각하며 자신을 맑은 물결에 씻어내려고 하였다. 저 들 중에는 비록 깨끗하게 행동하는 것으로 명성을 파는 부류도 있었지만, 시끄러운 속세에서 매미처럼 허물을 벗고 스스로 세상 밖으로 나간 사람들이니, 무릇 자신의 지혜와 교묘한 수법을 꾸미며 헛된 이익만을 좇는 자들과는 다른 사람들이다.[18]

이처럼 탈속과 은둔 등 풍류적 삶의 유행은 문인들에게 정치적 지배질서에서 일정한 거리를 유지하고 주체의식을 확인할 수 있는 기회가 되었다.

위진 문인들은 탈속, 은둔과 함께 청담과 인물품평을 즐겼다. 한편으로는 은일과 산수유람을 즐기며 현실적 초탈과 정신적 자유를 추구하면서도, 다른 한편으로는 청담을 나누거나 품평되고 품평하기 위한 문인 간의 인적 네트워크 속에서 존재한 셈이다. 인물품평에는 인품, 덕행, 기질, 행동방식, 교양 등 인물 내면에 대한 평가가 그 주안점이었다.

『세설신어』世說新語에 위진 명사들의 청담과 관련한 기록들이 상당수 전해온다. 한번은 명사들이 낙수洛水 소풍에서 돌아오자, 악광樂廣이 왕연王衍, 자(字)는 이보(夷甫)에게 "오늘 놀이는 즐거웠습니까?"라고 물었더니 이런 대답이 돌아왔다. "배외裴頠, 자는 복야(僕射)는 명리命理를 논했는데 우아하여 운치가 솟았고, 장화張華, 자는 무선(茂先)는 『사기』史記와 『한서』漢書에 대해 논했는데, 경청할 만한 가치가 있었소이다. 나와 왕융王戎, 자는 안풍(安豐)은 연릉延陵과 자방子房에 대해서 이야기했는데, 이것 또한 초연하고 심오하여 진지했다오."[19] 이 자리에 참석한 왕연, 배외 등은 명리적 담론에 뛰어난 인물이고, 장화는 후일 문단의 영수가 된 인물이다. 이 명사들의 행차를 '낙수희'洛水戲라 했으니 분명 소풍일진대, 낙수를 배경으로 명리를 토론하고 『사기』
와 『한서』를 비교하고 역사를 논했다. 그것도 우아하고 운치 있으
며 초연하고 심오하게 말이다. 그저 그런 소풍이 아니라 품격 있는
토론장이었고 배움의 시간이었다. 이것이 그들의 놀이문화였다. 이
처럼 당시 사람들에게 청담은 자신들의 품격을 지키기 위한 특별한
'지적 놀이'였다.

이들의 청담에서 중요한 부분을 차지하는 것이 재기才氣를 겨루는
것이다. 재기란 재치 있는 임기응변 능력을 말하는데, 기존의 사유
에 얽매이지 않는 자유로운 사고가 전제되어야 한다. 번뜩이는 재
기를 겨룬 예가 『세설신어』에 보인다. 순명학荀鳴鶴과 육사룡陸士龍이
처음 만나는 자리에서 장화가 서로 재기를 겨루어보게 했다. 순명
학은 순은荀隱, 자가 명학, 육사룡은 육운陸雲, 자가 사룡이다.

육사룡이 손을 들며 "구름 속에 있는 육사룡이오" 하자, 순명학이 "태양
아래의 순명학이오"로 받았다. 육사룡은 "새벽 푸른 구름은 이미 사라
지고 흰 꿩이 보이는데 어찌 활을 펼쳐 잡지 않는 것이오?" 하자, 순명
학은 "구름 속에 있는 힘센 용인 줄 알았는데, 그저 들판의 사슴에 불과
하더군요. 약한 짐승에 센 화살을 겨누는 것 같아 천천히 쏘려는 것입니
다"라고 대답했다.[20]

구름 속, 즉 '운간'雲間은 육사룡의 고향을, 태양 아래인 '일하'日下
는 도읍인 낙양을 일컫는 말이다. 구름 속 용과 태양 아래의 학으로
자신들의 고고함을 표현했다. 이어 육사룡이 순명학에게 학이 아니

라 꿩으로 보인다고 하자, 순명학도 육사룡을 용인 줄 알았는데 알고 보니 그저 그런 사슴에 불과한데 뭐 그리 서둘러 잡을 필요가 있겠느냐고 응수한다. 육사룡의 참패다. 선문답 같은 이 추상적인 대화는 모두 상대방의 자에 사용된 '룡'龍과 '학'鶴을 빗대어서 한 말이다. 겉으로는 가벼운 언어유희 같으나 팽팽한 긴장감이 유지되는 가운데, 상대에 대한 파악과 지식, 언변은 물론이고 순발력까지 갖추어야 가능한 재치 있는 응수다. 이처럼 청담을 통해 발현되는 그들의 재기와 교양, 자유로운 정신은 인물품평의 중요한 기준이었다.

놀이하는 인간이라는 의미의 『호모 루덴스』에 따르면, "모든 추상적인 표현 뒤에는 대담한 은유가 깃들어 있는데, 이 은유라는 것이 실은 말을 가지고 하는 놀이다. 이런 식으로 삶을 표현하는 과정에서 인간은 자연의 세계 바로 옆의 제2의 세계, 즉 언어의 세계詩의 세계를 창조했다."[21] 은유가 말로 하는 놀이이자 시라는 것은 순명학과 육사룡이 주고받은 청담식 언어표현에서 그대로 증명된다. 낙수회 같은 문인아회에서 추구했던 역사와 경전에 대한 지적 토론, 은유와 비유로 연속되는 청담과 임기응변적 재기는 이후 시가창작에 본격적으로 발휘된다. 역사와 경전을 인용하며 학식을 자랑하는 풍조는 후대의 예사隸事 문화로[22] 발전하고, 시가창작에서는 문학적 상상력과 결합하여 '용사'用事라는 표현수법으로 정착되면서, 은유나 비유와 같은 언어표현은 정련된 문자로 시가에 정착된다.

풍류를 표방한 청담과 인물품평은 결국 누군가에게 인정을 받고자 하는 인간의 본질적인 욕구에서 출발한다. 중요한 것은 자신과 동등한 분야, 동등 이상의 수준을 지닌 자의 인정을 받아야 한다는 점이다. 그러한 다른 사람의 인정이 있다면, 인간은 자신의 앎을 진정으로 확장하고 지속적인 자기계발과 자기발전을 꾀하게 된다. 위진 문인들도 문인 간의 아회에 적극적으로 참여했고 적극적으로 평가하고 평가받았다. 이 문인아회의 풍류행위는 점차 인간의 내면을 품평할 수 있는 시가창작으로 집중된다.

4. 풍류회에서 시회로

풍류란 관념적·미적·예술적으로 노는 것인데, 여기서 논다는 것은 단순한 즐김을 넘어서 도를 추구하는 경지까지를 아우르는 개념이다. 따라서 풍류는 당연히 다양한 교양을 바탕으로 하고, 시는 그 풍류의 최고의 표현이 된다. 왕효백王孝伯이 "명사는 반드시 특별한 재능이 필요한 것은 아니다. 다만 언제나 여가가 있어서 술을 통음할 수 있고 「이소」離騷를 숙독할 수 있으면 명사라고 할 수 있다"[23]고 한 것은 그들이 지향하는 이상적인 삶을 짧은 말로 정리한 것이다. 즉 본성에 따라 마음대로 행동하는 자유로움을 지향하는 것과 문학적 소양을 갖는 것이다. 풍류를 즐기며 인물의 분방한 개성과 재기를 평가하던 인물품평도 점차 문학이나 회화 등에 대한 심미적 평가로 기울어진다.[24] 하후담夏侯湛이 시를 지어 반악潘岳에게 보여주자, 반악은 "이 시는 단지 온아할 뿐만 아니라 그대의 천성적인 효성스러움이 나타나 있소이다"라고[25] 평가했다. 문학을 통해 자신의 내면이나 인격적 이상을 표현했다고 보고 시문의 풍격과 인물의 풍격을 동일시한 것이다. 이처럼 문인들에게 문학은 자신의 재능과 학식을 보여줄 수 있는 좋은 수단이자 최고의 풍류였다. 이때 문인들이 편폭이 긴 부보다는 시를 통해 자신의 개성을 표현하기 시작하면서 풍류회적 문인아회는 점차 시회로 기울어진다.

이처럼 시가창작이 중시되면서 이를 주요 목적으로 하는 풍류회, 즉 시회가 탄생한다. 난정아회가 그것이다. 동진東晉 영화永和 9년353 3월 3일, 당시 회계태수會稽太守로 있던 왕희지가 허순許詢, 사안謝安, 손작孫綽 등의 청담명사들과 함께 회계會稽의 난정蘭亭에 모여 화창한 봄날 자연에서의 그윽한 기분을 만끽하며 시를 지어 즐겼던 모임이다. 이들에게 시가창작은 자신의 재기와 학식을 보여줄 수 있는 좋은 수단이자 최고의 풍류였다. 이때부터 시가창작 능력은 문인들의 자기실현, 자기완성을 위한 기본 덕목이 되었고, 사교활동을 위한 교양이 되었다.

좋은 시를 짓기 위해서는 자연과 인간, 사회에 대해 끊임없이 탐색해야 했고, 열린 감성을 유지해야 했으며, 심미적 각도로 수사적 훈련을 거듭해야 했다. 이 과정은 서재에 틀어박혀 얻어내는 데에는 한계가 있다. 끊임없이 교류하며 배워야 하는 사회적 과정이기도 했다. 시회는 이와 같이 문인아회에서의 풍류문화가 더욱더 고급화·예술화된 문화다. 이전의 문인아회가 주로 정치성 문인아회로서 문인아회를 위한 문학창작이었다면, 이때는 순수하게 문학창작을 위한 문인아회라 할 수 있다.

풍류회가 점차 시회로 개최되자 자연을 가까이 하고 멋과 운치를 즐기는 것을 일컫는 '풍류'가 때로는 '문학적 아취', 즉 '문아'文雅,

김홍도, 「서원아집도」, 국립중앙박물관.

'풍아'風雅의 뜻으로 사용되기도 했다. 종영鐘嶸은 「시품서」詩品序에서
다음과 같이 말한다.

태강太康 연간에 삼장三張, 이륙二陸, 양반兩潘, 일좌一左가 크게 일어나
전왕의 뒤를 이었다. 그들에게는 풍류가 아직 남아 있어 또한 문장의 중
흥을 이루었다.[26)]

    삼장은 장재張載, 장협張協, 장항張亢을, 이륙은 육기陸機와 육운, 양
반은 반악과 반니潘泥, 일좌는 좌사左思를 일컫는데, 이들은 서진 시
대의 대표적인 문인이다. 이들이 풍류가 있어 문장을 중흥시켰다고
했는데, 여기서 풍류란 문학적 아취를 의미한다. 종영은 장협의 시
에 대해서도 문체가 화려하고 깨끗하며 수사가 사실적이어서 "풍
류가 있고 두루 달통하여 실로 절세의 고수라 할 만하다"風流調達, 實曠
代之高手고 평가했으니, 분명 문학적 아취 또는 문학을 두고 풍류라고

평가한 것이다.[27)]

　이처럼 풍류가 문학적 아취나 음풍농월로 인식되면서 문인들은 시가창작을 주요 목적으로 하는 시회를 개최하여 풍류를 즐겼다. 위진남북조 시대의 많은 문인아회는 이미 시회였다. 유협劉勰이 "시와 술 사이를 위엄 있게 노닐고, 연회에서 침착하게 교제하며, 붓을 들어 소리 높여 노래하고, 먹을 휘두르며 담소를 했다"傲雅觴豆之前, 雍客衽席之上, 洒筆以成酣歌, 和墨以籍談笑:『文心雕龍』「時序」고 한 것은, 연회에 술만큼이나 시도 빠질 수 없는 대상이었음을 나타낸다. 종영도 "좋은 모임에서 시를 지어 가까워지고, 친구를 떠날 때는 시를 빌어 슬픔을 표현한다"嘉會寄詩以親, 離群托詩以怨:「詩品序」고 했다. 위진남북조 시대의 문인들은 이미 시가를 통해 교분을 쌓았고, 이별할 때는 그 시를 빌려 심사를 표현했음을 보여준다. 이러한 모임이 시회다.

4 시회의 탄생배경

시회는 '부시언지'의 전통과 '시가이군'적 관념, 왕실이나 귀족들이 인재집단을 운용하던 전통, 문인 사대부들의 아회문화와 풍류전통 등이 복합적으로 영향을 미쳐 위진남북조 시대에 점진적으로 형성된 문화라 할 수 있다. 시회가 위진남북조 시대에 탄생할 수 있었던 데에는 그 시대적 배경이 있다.

1. 문학에 대한 가치관념의 변화

한나라 시대에는 유학을 경전화하여 절대적으로 받들면서 문학은 그저 경학의 부속품에 불과했다. 그 결과 문학은 노래나 춤 같은 오락의 하나로서 상류 계층의 눈과 귀를 즐겁게 하기 위해 사용되었다. 이러한 인식은 위진 시대에 와서 변하기 시작했다. 문학은 현실에서의 입신양명에 도움이 될 뿐만 아니라 죽은 후에도 영원히 이름을 남길 수 있는 위대한 일이라고 인식했다. 조조의 아들로 후에 위魏 문제文帝에 오른 조비는 이와 관련한 유명한 논점을 제기했다.

대체로 문장은 나라를 경영하는 위대한 일이며, 영원히 썩지 않는 성스러운 일이다. 사람의 수명은 때가 되면 다하게 되고, 부귀영화와 쾌락도 그저 일신이 즐기는 것에 불과하다. 이것들은 반드시 기한이 있으므로, 문장처럼 무궁한 생명력을 갖지 못한다. 그래서 옛날의 작가들은 붓과 먹에다 자신을 기탁하고, 죽간과 서적에 마음을 드러냈으니, 훌륭한 사관의 글을 빌리지 않고도 또 날듯이 치달리는 권세에 몸을 맡기지 않고도, 그 명성이 절로 후세에 전해졌다.[1]

여기서 말하는 문장은 주로 학술적 저술을 일컫는데, 시부 등의 문학작품도 포괄한다. 이른바 날듯이 치달리는 권세에 몸을 맡긴다 함은 정치권력을 좇고 허위적인 명성을 추구한다는 뜻이다. 사람은 죽어 사라져도 훌륭한 글은 그 명성이 남으므로, 헛된 명성을 부질없이 좇기보다 문장을 남겨 진정으로 영원한 명성을 얻어야 한다는 것이다. 요즘 말로 정리하면 '인생은 짧고 예술은 길다'인데, 지금은 당연한 말이 되었지만 유학을 절대적으로 숭상하느라 문학은 고급놀이쯤으로 여겨오던 당시로서는 크게 진보한 인식이었다고 할 수 있다. 그의 동생인 조식도 "가느다란 붓을 휘둘러, 문채로 아름다운 명성을 남기리라"騁我徑寸翰, 流藻垂華芬: 「薤露」며 문학적 업적을 쌓고자 했다. 문장이 현세적 입신양명보다 영원한 가치가 있음을 인정한 것이다. 후세의 문인들이 시마와 시고를 떨쳐내지 못했던 것도, 마음과 세상일이 서로 어긋날 때는 세상을 등진 채 시를 지어 남길 수 있었던 것도, 어쩌면 몸은 썩을지언정 시는 썩지 않고 영원하다는 이런 믿음 때문인지도 모른다.

이러한 문학관념의 변화는 실제 문인아회의 문화를 바꾸어 놓았다. 이전의 문인들은 "백 년도 못 사는 인생일진대, 늘 천 년의 근심을 품고 있다"人生不滿百, 常懷千歲憂:「古詩十九首」「人生不滿百」고 탄식하며 짧은 인생, 차라리 밤새 촛불이라도 켜놓고 놀아야 한다면서 술을 통음하며 잊고자 했다. 그 내면에는 인생의 유한함에 대한 어쩔 수 없는 무력감이 있었다. 그런 문인들의 아회문화가 문학이 지닌 절대적인 가치를 인식한 후에는 변화를 보이기 시작했다. 조비와 조식도 연회를 기념하는 시를 지어 남겼고, 서진의 석숭石崇도 금곡원에서 연회를 즐기는 도중 그 즐거운 시간은 영원할 수 없으니 시를 지어 남기고자 했으며, 그 전통을 이어 난정아회에서도「난정시」蘭亭詩를 지어 후세에 남겼다. 모두 인생은 짧아도 문학은 영원하다는 가치를 깨달았기 때문이다.

문학의 가치에 대한 새로운 인식은 문학에 대한 깊고도 섬세한 고민을 낳았다. 전통적으로 시가관념은 크게 '시언지'詩言志설과 '시연정'詩緣情설로 나눌 수 있다. 시언지는 시는 마음속의 뜻을 말한다는 것으로, 구체적으로는 시는 유가의 시교관에 부합하는 내용이어야 한다는 관념이다. 시연정은 시는 감정을 표현해야 한다는 것, 즉 시는 외부의 사물이나 경물에 자극을 받아 내면에서 촉발된 감정을 담아야 한다는 의미다. 시언지설에 따르면 시가는 경세제민經世濟民의 의지와 현실고발, 풍간諷諫, 풍자의 의미를 담아 문학의 사회적 역할을 강조하는 반면, 시연정설은 개인의 삶에 대한 보편적 감성을 음영한다.

　위진남북조 시대의 문인들은 문학을 정치교화의 수단으로 인식했던 시언지적 가치관에서 점차 개인의 희로애락이나 정신세계를 표현하는 시연정적 가치관을 갖게 되었다. 사람들은 이제 문학을 통해 인생과 생명에 대한 애착을 표현하고 개인의 감정을 이야기하기 시작했다. 자유에 대한 동경, 진실한 감정에 대한 갈구, 세속에 대한 멸시 등이 표현되어 나왔다. 서진의 육기가 "시는 정감의 흐름을 따라서 고운 어휘를 써야 한다"詩緣情而綺靡：「文賦」고 했듯이, 시를 감정을 토대로 한 문학 장르로 인식한 것도 이 시대였기에 가능했다. 이러한 문학관념의 변화는, 이 시기에 유학이 쇠퇴하고 그 자리를 노장사상이 대신하면서 문학이 유학의 속박에서 서서히 벗어났고, 이에 따라 상대적으로 자유롭고 인간의 개성을 존중하는 사조가 일어났기 때문이다. 문학이 유가적 구속을 벗어던지자 사회보다 개인으로 눈을 돌릴 수 있었고, 시가를 지어 개인의 감정과 사상을 교류하는 시회문화의 탄생도 가능했다. 또 문학의 외재적 아름다움 등에도 관심을 갖게 되면서 시가의 다양한 형식과 수사기법, 운율 등 시가의 형식에 대한 예술적 탐구도 이어졌다.

2. 문인의 주체의식 강화

　고대의 봉건적 사회질서 속에서 문인들은 정치적·경제적으로 완전히 독립된 계층이 아니라 지배계층과 피지배계층 사이의 중간계층이었다. 이러한 수직적 신분질서는 문인들의 독립적인 사유를 제한하고 자유로운 문학창작을 저해하게 된다. 대대수의 문인들은 시문 능력을 인정받아 관료로 출세하고자 했기 때문에 황실이나 고위관료, 문단의 영수에 의해 주도되는 시회에서는 그들의 주문에 맞춘 '의식적' 창작을 할 수밖에 없었다. 작품은 권력자에 대한 찬양과 아첨으로 채워지거나 문단의 핵심인사가 좋아하는 풍격風格으로 지어지는 등 창작에 대한 자기 검열이 필수적이다. 특히 위진남북조 시대는 과거라는 정식적인 관리선발제도가 정착하기 전이어서 그러한 종속적 지위로서의 구속력이 더욱 강했다.

하지만 정치적 득실에서 상대적으로 자유로운 사적 성격의 시회는 정치적 관계를 넘어서서 감정적 기반을 쌓을 수 있고, 나아가 예술적 지음 관계로 발전할 수도 있다. 즉 정치적으로 비교적 독립적이고 개성있는 창작을 위해서는 상대적인 평등이 전제되어야 하는데, 이를 위해서는 문인들의 주체의식 형성이 먼저 이루어져야 한다.

한나라 말기, 극심한 정치 혼란은 절대적 통치기준이었던 유학에 대한 회의를 불러일으켰고, 이어 유학의 퇴조와 노장사상을 배경으로 한 현학玄學이 일어났다. 현학은 철저하게 개인적이고 탈현실적인 철학적 탐구였다. 이 영향으로 문인 사대부들도 점차 현실정치에서 해방되기 시작했고, 심지어 관직에 초탈한 모습으로 사회적인 추앙을 받기도 했다. 그 대표적인 인물이 완적과 혜강嵇康으로 대표되는 죽림칠현竹林七賢이다.

완적은, 한때는 한나라 말 건안建安 시기196~220의 문인들처럼 "어찌 겁쟁이처럼 삶에 연연하리? 목숨 걸고 전쟁터에서 싸우리라. 충

조석진, 「죽림칠현도」.

성은 백세에 걸친 영광이고, 의로움은 돌에 새겨져 영원하리라"身爲
金驅士, 效命爭戰場, 忠爲百世榮, 義使令石彰:「詠懷詩」第39며 충의로 후세에 이름
을 떨치고자 했었다. 하지만 극심한 시대적 혼란과 불신으로 점철
된 현실을 목도하고 의식적으로 세상을 피했다. 그는 허위적 예교禮
敎에 얽매이지 않고 세속과 권력을 멸시하면서 고고하게 절조를 지
킬 방법을 고민하고 실천했던, 주체적이고 선지적인 지식인이었다.

혜강도 험악한 세상에서 "영예를 얻은 자는 그 몸을 더럽히고, 높
은 지위를 얻은 자는 재난과 근심이 많으니, 차라리 외물의 얽매임
을 던져버리고 자유롭게 생각하며 호연지기를 기르느니만 못하다"
榮名穢人身, 高位多災患. 未若捐外累, 肆誌養浩然:「五言詩一首與阮德如」고 했다. 혼란
한 시대에 출세하는 것은 후세에 명예로운 이름을 남길 수 있는 것
이 아니라, 오히려 이름과 지조를 더럽히고 재앙과 화를 부르는 것
이라고 여겼다. 그래서 그는 대장장이로 거친 삶을 꾸려가면서도
세상과 타협하지 않고 명예로운 삶을 추구하다 비운을 맞았다.

완적과 혜강처럼 더러운 세상에 협조하여 부귀공명을 얻기보다
는 명예롭게 이름과 절조를 남기겠다는 정신은 자신의 주체의식에
대한 자각을 바탕으로 한다. 후세에 이름을 남기겠다는 정신은 한
나라 말 건안 시기의 문인들과 일치하지만, 건안문인들이 나라를
위해 공을 세우겠다는 의지를 불태우며 봉건적 질서에 편입되기를
원했다면, 이들의 행위방식은 오히려 탈정치적이고 주체적이라 할
수 있다. 거문고를 연주하고 술을 마시며 근원적 도를 탐구하면서
인간의 자유로운 본성을 추구한 죽림칠현의 삶은 이후 풍류적 삶,
육조 문화의 전형이 되어 후대 문인들의 이상이 되었다.

구영(仇英), 「도원선경도」(桃源仙景圖), 톈진예술박물관.

문인 간의 집단성을 띤 아회가 정치적 관계를 넘어설 수 있느냐, 정치로부터 자유롭게 정서적 기반을 쌓을 수 있느냐 하는 것은 그 아회가 정치적 문인집단이냐 순수한 문학집회이냐의 중요한 기준점이 된다. 죽림칠현으로 대변되는, 문인의 주체의식 강화와 이를 바탕으로 한 탈정치적이면서 수평적인 문인아회가 결집되면서, 관방 중심으로 진행되던 문인아회가 점차 정치로부터 비교적 자유로운, 순수한 '이문회우'적 문인아회로 확대된다. 이 시대에는 혜강과 완적 외에도 수많은 명사가 등장하여[2] 죽림아회竹林雅會 같은 탈정치적이면서 수평적인 아회를 만들어냈다.

특히 당시 유행했던 현학은 그 주요한 훈련 방법이 청담식의 토론이었다. 문인들은 청담이라는 고아하고 지적인 교류를 통해 집단적 동류의식을 형성하고 공유할 수 있었다. 이는 물론 문인들의 강화된 주체의식이 있어서 가능했던 일이다. 이러한 청담문화와 그로 인해 체득된 집단적 동류의식은 시회의 탄생에 영향을 미친다. 시회 역시 여러 문인이 참석하여 시가를 통해 지적·감정적 교류를 전개함으로써 구성원들의 응집력을 높이고 집단적 동류의식을 형성하는 문화다.

3. 인물품평과 인재선발

위진남북조의 관료선발제도는 구품중정제九品中正制로 요약된다. 구품중정제는 중정관中正官이 인재의 언행과 자질을 관찰하여 9품으로 나누어 관료로 추천하는 제도로, 정실을 떠나 품성과 학식 등에 따라 공정하게 관리를 선발하겠다는 목적으로 만들어졌다. 한나라의 '청의'淸議 문화의 연장선상에 있으며, 위진남북조 시대 귀족제 사회의 형성에 기여했다.

그런데 중정관의 인물 선발은 기본적으로 당시의 인물평론을 참고하는 것이었으므로 인물품평의 장이 존재했다. 주로 사람들의 인격이나 교양, 재기에 대한 비평과 평가가 이루어졌는데, 그 방식이 바로 청담이었다. 그러다 보니 문인 사대부들은 학문보다 오히려 교유에 힘쓰게 되었는데, 권세와 이익을 찾아 서로 무리를 이루거나 인물 평가나 교유를 표방하고 서로를 알리면서 명성과 관직을 구하는 것이 시대적 풍조가 되었다.[3] 또 교유의 폭뿐 아니라 사회적 영향력이 있는 사람에게 평가를 받음으로써 명성을 높일 수도 있었다. 이러한 인물품평 풍조에 따라, 당시의 지식인이나 관직을 꿈꾸는 예비관료들에게는 교유의 장인 아회의 참여가 필요했고, 그곳에서의 재기와 학문의 발휘가 중요해졌다. 특히 문학적 아취, 풍류를 평가하는 데 시가창작이 중요한 기준이 되면서 아회는 점차

'시회'로 성격이 바뀌게 된다.

과거제도가 도입되기 이전인 위진남북조 시대에 문인아회에서 시를 잘 지어 관직을 얻거나 승진한 예는 역사 기록에 허다하다. 이러한 사회 환경은 문인들로 하여금 시재에 대한 꾸준한 자기계발과 자기발전을 추구하게 했고, 상호 간의 학습과 암묵적 경쟁까지 더해져 시가의 내용과 형식의 발전을 이끌 수 있었다. 위진남북조 시대에 시회의 탄생은 이처럼 아회에서의 인물품평과 시가를 통한 재학의 비교 그리고 경쟁문화가 중요한 역할을 했다. 이러한 풍조는 기본적으로 수·당 시대에 과거제도가 실시되어 인재선발을 대체하기까지 계속되었다.

4. 종이 사용의 확대

시회는 일정한 주제로 즉석에서 시를 지어 감상하고 교류하는 모임이다. 따라서 마음속의 정감을 바로 적어낼 수 있는 필기도구가 시회의 탄생과 발전에서 기본적인 조건이 된다. 이런 점에서 위진 시대는 종이가 보편화되며 죽간竹簡을 본격적으로 대체한 시기다.

종이가 서사재료로 보편화되기 이전, 동한東漢의 황실에서는 비단을 사용한 백서帛書를, 관가에서는 대나무나 얇은 나무판을 사용한 간독簡牘을 주로 사용했다. 종이가 이미 등장하기는 했지만 전통적인 간독에 비해 상대적으로 제조가격이 쌀 뿐, 모양이 조잡하고 쉽게 찢어져 환영받지 못했기 때문이다. 따라서 내구성이 요구되는 관방의 문서에는 여전히 간책이 사용되었으며, 종이는 여전히 정식 기록매체가 되지 못했다. 민간 보급 역시 상당한 시간이 필요했다.

한나라 말 건안 시기에 와서 종이가 백서나 간독을 대체하는 속도가 빨라지면서, 3~4세기에 책은 이미 종이로 만들어졌다. 서진의 좌사가 지은 「삼도부」三都賦를 장화가 칭찬하자, 사대부들이 너도나도 베끼는 바람에 "낙양의 종잇값을 올렸다"고[4] 할 정도였다. 이는 「삼도부」가 당시에 얼마나 각광받았는지를 표현하는 말이지만, 종이가 이미 학습을 위한 필사용으로도 광범위하게 사용되었음 또한 알려준다.

종이는 전통적인 간책에 비해 확실히 상대적인 장점이 있었다. 서진 초의 인물인 부함傅咸은 「지부」紙賦에서 종이의 좋은 점을 이렇게 설명했다.

> 그 물건의 특징은 ……아주 새로운 편리함이 있어서, 그것을 쓸 때는 펼치면 되고 쓰지 않을 때는 말아두면 됩니다. 그것은 접을 수도 펼 수도 있고 감출 수도 내어놓을 수도 있습니다. 만약 육친이 멀리 떠나 가족과 이별하고 있다면 편지함에 그 편지를 넣어 전할 수도 있습니다. 붓을 들어 날 듯이 마음을 적어내어 만 리 밖에 전하면, 어느 땅 한구석에서라도 그 마음을 잘 알 수 있습니다.[5]

지금은 너무나 당연하게 여겨지는 종이의 이러한 특징들이 당시에는 새롭고 편리한 신기술이고 신문물이었으며, 문헌의 제작과 전파에 일대 혁명을 가져왔다.

종이 사용의 확대는 문인들의 창작환경을 크게 개선했다. 종이라는 새로운 필기도구의 장점은 바로 편리함이다. 간독 사용이 일반적이던 시기, 필기도구는 필기용 칼도필(刀筆)과 널빤지였고, 칼을 이용해 한 글자 한 글자 새겨야 했다. 그러니 머릿속 문학적 구상을 즉석에서 짧은 시간 내에 문자화하기는 쉽지 않은 일이었다. 이에 비해 종이는 붓과 먹물만으로도 즉석에서 문자화할 수 있고, 이동과 전달도 수월하여 공간적 제약을 받지 않고 마음대로 재능과 감정을 표현할 수 있었다.

종이의 보급은 시회 같은 문학적 교류와 전파를 크게 촉진했다. 최초의 문인아회라 할 수 있는 서원아회西園雅會에서 조비가 문인들과 시가창작을 주도하고 작품을 주고받을 수 있었던 것도 간독이 아니라 즉석에서 시가를 적어낼 수 있는 종이라는 서사매체가 있어서 가능했다. 이 시기는 바로 종이가 보편화되기 시작한 시기다. 시회는 이처럼 종이라는 서사매체의 보급으로 얻게 된 작품창작과 발표, 교류의 편리성이 문인들의 창작욕을 자극했고, 아울러 문학의 위대한 가치에 대한 인식으로 고양된 창작에 대한 열망이 응집된 결과라 할 것이다.

기술의 발달은 지식의 역사를 바꾼다. 종이는 문인들의 창작욕을 자극하여 저술의 양을 폭발적으로 늘렸고, 후대 인쇄술의 발명은 그 지식을 대중화의 길로 이끌었다. 이제 인터넷이 전문지식을 대중화하고 있다.

5. 놀이적 본능과 풍류적 삶

　인간은 즐거움을 추구하는 동물이다. 그것은 삶의 본질이기도 하다. 그 즐거움을 얻기 위한 구체적인 행위가 놀이다. 시회 역시 지식인의 놀이 본능이 반영된 열린 지적 놀이다. 『호모 루덴스』에 따르면, 놀이는 첫째, 특정한 시간과 공간의 제약을 갖고 있는 활동이다. 둘째, 자유롭게 받아들여진 규칙에 입각하여 명확한 질서를 확립한다. 셋째, 일상적 필요나 물질적 실용성의 영역 밖에서 지속되는 활동이다. 따라서 놀이는 황홀과 열정의 분위기를 만들어내고, 목적에 따라 성스럽거나 축제 같은 분위기가 된다. 놀이의 행동 뒤에는 고양되고 긴장된 감정이 뒤따르고 이어 환희와 이완이 수반된다.[6] 이 기준에 따르면, 시회는 동아시아 고대 문인들이 즐거움을 얻기 위해 추구했던 지적 놀이다. 즉 시회는 특정 시간과 공간 내에서 벌어지는 자발적 행동이나 몰입 행위로서, 자유롭게 받아들여진 규칙을 엄격하게 따르면서 일상생활과는 다른 긴장, 즐거움, 환희, 이완 등이 수반되는데, 구체적으로는 시를 가지고 노는 행위다. 시회는 위진남북조 시대의 문인들이 지향했던 풍류적 정취와 심미적 추구 그리고 정신적 즐거움이 고스란히 반영되어 탄생한 문화이고, 또 그것을 함께 공유할 수 있는 최적의 놀이문화라 할 수 있다.

　동아시아 문인들에게 출중한 시가창작 능력은 일종의 문화적 권력이었다. 이러한 문화적 권력에 익숙해진 문인들은 시를 통해 자신의 감정을 전하기도 하지만, 때로는 시를 통해 자신의 학식, 교양, 재기, 창작능력 등을 겨루기도 한다. 그 경쟁은 일차적으로 시회 참석자를 대상으로 공감과 평가를 얻어내는 것이다. 경쟁은 놀이의 기본 요소다. 사회에서의 경쟁 역시 사회가 갖는 놀이적 요소이기도 하다.

시가창작에서 "언어의 리드미컬하고 대칭적인 배열, 각운과 유사운類似韻으로 의미의 핵심을 찌르는 것, 의미의 고의적인 가장, 어구의 인공적이고 예술적인 구성 등은 놀이 정신의 다양한 표현이다. 시가 갖고 있는 창조적 상상력도 마찬가지인데, 시구의 전환, 모티프의 발전, 분위기의 표현 등에는 작가가 독자를 매혹시키기 위해 조성하는 긴장, 즉 놀이의 요소가 작동한다."[7] 사회에서의 시가창작은 시인이 시가 내용의 구성, 예술적 시어의 선택, 운율 등 형식의 배열로 독자, 즉 사회 참가자를 매혹하기 위한 놀이 정신의 표현이라는 의미다. 독자를 매혹하기 위한 시가 내용의 구성과 수사의 운용도 놀이적 요소이고 그 결과물을 통한 비교와 경쟁도 놀이정신이라면, 사회야말로 문인들이 창조적이고 고아하게 즐기는 최적의 놀이인 셈이다. 사회에서의 시가창작이 지닌 이러한 놀이적 요소들은 위진남북조 시대의 시가 내용과 형식에 많은 창조적 영향을 미쳤고, 점차 인간의 본성이 지닌 아름다움에 대한 욕망과 결합하면서 시가 미학의 성숙을 이끌어냈다.

하나의 놀이는 점차 스스로 하나의 질서가 된다. 난정아회에서 정착된 사회는 점차 그 자체로도 일정한 문화적 질서를 갖는 지식인 사이의 완벽한 놀이가 되었고, 다시 어느 정도 시간이 경과하면서 일종의 문화현상으로 정착했으며, 나아가 하나의 전통으로 자리매김했다. 또 놀이의 특성상 그 내부적으로도 규칙을 갖추게 되는

데, 시회에서 만들어진 시가의 많은 신형식과 신체제 등이 그 결과다. 시회문화는 동아시아의 오랜 정신문화로서 수많은 시가 작품을 탄생시켰다.

시회는 '부시언지'의 전통과 '시가이군'적 관념을 토대로, 위진시대 문인아회의 풍류문화가 발전해서 형성된 문인들의 교류문화라 할 수 있다. 특히 위진남북조 시대에 문학의 가치와 순수문학에 대한 인식, 문인들의 주체의식 강화와 그를 배경으로 한 비정치적·수평적 교류문화의 탄생, 시가창작 능력으로 인재를 품평하는 사회적 분위기에 종이 사용의 보편화까지 복합적으로 맞물려 본격적으로 정착할 수 있었다. 물론 여기에는 즐거움을 추구하는 인간의 놀이적 본능과 예술적 본능도 작용했다.

제2부

시의 나라가 열리다

북쪽 길녘 이웃은 몇 집이나 떠났으며
동쪽 숲 옛 집에는 누가 살고 있는지
무리촌 꽃은 여전히 피고 질 터
유구산 풍경도 응당 그대로겠지요.
이렇게 그대의 긴 시에 화답합니다만
술에 취해 이별하면 이번엔 또 어디로 가시려는지요?
통함과 막힘은 언제나 있는 일임을 꼭 명심하십시오.
부침이 빠르거나 늦다고 탄식하지도 마시기 바랍니다.

5 시회의 재구성

청나라 소설 『홍루몽』紅樓夢 제37회에는 탐춘探春이 가보옥賈寶玉에게 편지를 보내 시회를 열 것을 제안하는 내용이 나온다. 편지 내용은 이러하다.

옛사람들은 명리를 좇고 공명을 이루어야 하는 위치에 있으면서도, 때로는 산수 간의 경치 좋은 곳에 조그마한 자리를 마련하여 원근의 벗들을 불러 모으고는, 타고 온 수레바퀴 부속을 우물 속에 던져버리거나 끌채를 빼앗아서라도 돌아가기를 만류하며 함께 어울렸었죠. 그리하여 그들 중 두세 명의 동지들이 함께 뜻을 같이하여 시사를 일으키기도 했으니, 설사 그것이 일시적인 기분으로 만들어진 것이라 해도 천고의 미담으로 남지 않았습니까? ……지금 대관원에는 시원한 바람이 부는 정원과 달빛이 고운 아름다운 정자가 있는데도, 연회를 열어 시인들을 불러 모으지 못하고 있습니다. 술집 깃발 날리는 행화촌杏花村이나 복사꽃잎

흐르는 도화원처럼 술잔을 주고받으며 한번 취해볼 수도 있지 않을까요? 누가 여산廬山의 백련사시회白蓮社詩會에는 수염 난 남자들만 뛰어나다고 참여케 하고, 분 바르고 연지 찍은 여자들은 회계의 동산東山에서 열리는 난정시회蘭亭詩會만 허락한다고 했습니까?

이렇게 탐춘의 제의로 대관원에서는 여러 사촌이 참여한 시회가 열리게 되었는데, 이름하여 해당시사海棠詩社다. 놀이에는 서로 약속된 규칙이 필요하듯 이 해당시사도 우선 시회의 규칙을 만들고 창작을 진행했다. 그 진행 순서는 이러하다. 우선 시회를 이끌 사회자를 뽑고, 시제와 시운을 낼 사람과 이것을 필사할 사람을 정했다. '해당화'로 시제를 정한 후에는 시 형식을 정했는데, 주변에 있던 시집을 아무렇게나 펼쳐보니 칠언율시가 나와서 칠언율시로 짓기로 정했다. 이어 압운자를 '문'門으로 정하고는 운패를 넣어둔 함에서 패를 뽑아 순서대로 운용해야 할 네 글자 '분'盆, '혼'魂, '흔'痕, '혼'昏을 정했다. 그러고는 각자 종이와 붓을 마련하여 창작구상에 들어갔고, 시녀는 '몽첨향'夢甜香에 불을 붙여 시간을 쟀다. 몽첨향은 길이는 세 치, 굵기는 등잔 심지 정도밖에 안 되는 짧고 가는 향이어서 아주 잘 타기 때문에 시를 지을 시간이 꽤 촉박하다. 이 가느다란 향이 다 타기 전에 정해진 운자를 순서대로 사용해 각자 칠언율시를 완성해야 한다. 이 해당시사는 청나라 귀족 사회의 일상적 놀이 문화를 보여준다.

이들이 시회의 모델로 생각했던 여산의 백련사시회나 회계의 난정시회는 시회 탄생 초기의 대표적 시회다. 이 두 시회가 탄생하기

진우(陳宇),「사녀도」(仕女圖),
칭화대미술관.

까지 문인아회는 어떠한 시대적·문화적 변화를 겪었을까? 이 글에서는 문인아회의 구체적인 상황을 재구성하여 그것이 시회로 탄생하기까지의 과정을 살펴본다.

1. 서원아회

서원아회는 한나라 말 건안 시기 조비가 문인들을 이끌고 서원西園에서 가졌던 문인아회다. 서원은 어원御苑인 동작원銅爵園의 별칭으로, 그 안에 동작대銅爵臺, 부용지芙蓉池 등이 있었다. 위 무제 조조의 둘째 아들인 조비는 오관중랑장五官中郎將, 부승상副丞相 등을 거쳐, 건안 22년217에는 위 태자에 봉해졌다. 그는 젊은 시절 대부분을 비교적 안정적인 환경 속에서 주변 문인들과 산천을 유람하거나 시를 짓고 감상하며 지냈다. 아버지인 조조가 각지의 인재를 적극적으로 초빙했던 까닭에 그의 주변에는 재능 있는 문인들이 많이 포진해 있었다. 그는 조식, 왕찬, 유정, 완우, 응창, 서간 등과 가깝게 지내며 문인집단을 이끌었는데, 이는 중국문학사상 최초의 문인집단으로 평가받는다. 이 건안문인들은 교양과 지식을 겸비한 인물들이었는데, 한편으로는 조비라는 정치권력에 기대어 일정한 정치적 야망을 펼치고자 했던 인물들이기도 하다.

서원아회는 여러 차례 개최되었는데, 건안 16년의 서원아회를 중요한 아회로 들 수 있다. 조비는 후일 오질吳質에게 보낸 편지에서 여러 문인과의 아회 정경을 이렇게 회상했다.

옛날, 교유하며 지낼 때는 길을 가면 수레가 앞뒤로 연이어 따라갔고, 멈춰서면 나란히 앉았으니, 잠시라도 서로 떨어져본 적이 있었는지요! 늘 술잔을 돌려가면서 술을 마실 때마다 악기가 연주되었고, 귀가 뜨거울 만큼 술이 거나해지면 고개 들어 시를 지어 음창했지요.[1]

옛날 남피에서 놀던 일을 떠올리면 정말로 잊을 수가 없습니다. 육경의 오묘한 뜻을 생각하기도 하였고, 제자백가의 사상을 이리저리 음미해보기도 하였습니다. 탄기놀이를 간간이 펼치기도 하였고, 육박놀이로 하루를 마치기도 하였지요. 격조 높은 이야기는 마음을 즐겁게 하였고, 슬픈 쟁 가락은 귀를 즐겁게도 하였습니다. 북장에서 말을 내달리기도 하였고, 남관에서 모두 함께 먹고 마시기도 했었지요. …… 밝은 해가 숨고 이어서 환한 달이 떠오르면 수레를 함께 나란히 타고서 후원을 유람하였는데, 수레바퀴는 천천히 움직였고 시종들은 아무 소리가 없었습니다. …… 때로는 수레를 몰고 북으로 굽이치는 강물을 따라 노닐었는데, 수행자들이 피리를 불면서 길을 인도하면 문학들은 뒤따르는 수레에 올

라 따랐습니다.[2]

이 편지글은 후일 건안 22년 전염병으로 서간, 응창, 유정 등의 친구들을 한꺼번에 잃고 난 후 지난날을 회상하며 지은 글이다. 여기서 말하는 문학은 관직명이다. 후세의 문학시종과 유사한데 조비 주변의 문인들이 대부분 포함되었다. 육경과 제자백가의 사상을 음미하고 격조 높은 이야기를 나누었으니, 그저 웃고 즐기는 술자리는 아니다. 특히 조비는 주변 문인들의 재능을 높이 인정하고 그들의 성정도 섬세하게 파악하는 등 문인에 대한 대우와 관심이 남달랐다. 이날 모임에서도 조비와 참가 문인의 관계는, 비록 정치적 지위는 달랐어도 시를 지어 즐기는 것에서는 상대적으로 수평적이어서 문인집단이 처음 구성되기 시작한 당시에는 상당히 파격적인 자리였을 것이다. 한나라의 빈객집단과는 그 성격이 다른 것이다.

건안 16년의 서원아회에서 유정, 완우, 응창, 조식은 「공연시」公宴詩라는 제목으로 작품을 남겼다. '공연'公宴이란 '공연'公讌과 같은 뜻으로, 신하가 공경公卿의 집에서 연회를 모시는 것, 즉 공경이 주최하는 연회를 말한다.[3] 조비의 「부용지에서 지은 시」芙蓉池作詩, 응창의 「오관중랑장을 모시고 건장대에 모여 지은 시」侍五官中郎將建章臺集詩도 이 시기 아회에서 지어진 작품으로 볼 수 있다. 왕찬의 「공연시」도 전해지는데, 일설에는 조조가 개최한 또 다른 서원아회에서 지어진 작품이라고 한다. 그러면 다음 조식의 「공연시」를 보자.

공자께서는 빈객을 존중하고 아끼며
연회가 끝날 때까지 지칠 줄 모르시네.
청정한 밤 서원에 나와 노닐며
나는 듯한 수레에 올라 서로를 따르네.
밝은 달은 은빛 광휘를 맑게 비추며
하늘의 별들은 여기저기 널려 있네.
가을 난초는 긴 산비탈을 뒤덮었고
붉은 연꽃은 푸른 연못에 가득하네.
물고기는 맑은 파도 위로 뛰어오르고
고운 새도 높은 가지에서 노래하는구나.
세찬 바람이 붉은 수레바퀴에 닿으니
공자의 가벼운 수레가 바람 따라 이동하네.
한적하게 소요하고 의지를 펼치면서
천 년토록 영원히 오늘 같길 기원하네.

公子敬愛客　終宴不知疲
清夜遊西園　飛蓋相追隨
明月澄清影　列宿正參差
秋蘭被長阪　朱華冒綠池
潛魚躍清波　好鳥鳴高枝
神飆接丹轂　輕輦隨風移
飄颻放志意　千秋長若斯

이날 아회는 붉은 연꽃이 절정을 이루어 연못을 뒤덮은 시절, 달빛이 맑게 비치는 밤에, 숲에선 새가 울고 도랑에선 물고기가 뛰어노는 서원에서 개최되었다. 밝은 달과 초롱초롱한 별빛이 그들을 환영하는 듯하고 초가을 난초와 연꽃은 은은한 향기로 취하게 한다. 물고기와 새들도 이 밤, 그들의 들뜬 기분을 아는 듯 흥을 보탠다. 장소까지 바꾸어가면서 밤까지 이어진 연회의 들뜬 분위기와 흥겨움이 행간 속에서 느껴진다.

이 시에서 조식은 서원 주변의 자연풍경을 정교한 대구로 그려냈다. 다른 문인들의 「공연시」도 주로 이렇게 '공연'의 분위기와 주변 환경을 그려내는 데 치중했는데, 자연에 대한 묘사가 많은 비중을 차지하여 이 공연시를 산수시의 먼 기원으로 보기도 한다. 왕찬도 이런 모임을 "산해진미가 그릇마다 가득하고, 맛있는 술은 금 술독에 넘쳐났으며, 아름다운 관현악 가락이 흐르는 가운데 서로 어울려 앉아 즐겼으니, 세상사 아무런 근심이 없고 그저 술잔이 늦게 돌아 불평스러울 뿐"嘉肴充圓方, 旨酒盈金罍. 管弦發徽音, 曲度清且悲. 合坐同所樂, 但愬杯行遲:「公宴詩」이라고 묘사했다. 조식은 이러한 즐거움이 천 년토록 영원하길 소망했는데, 이는 이날 아회를 이끈 조비의 은혜와 영광이 지속되기를 바라는 찬양의 글이다.

이 자리에서 참석자들은 "붓을 잡고 문장을 지어내니"援筆興文章: 應瑒「公宴詩」, "시인들의 언어가 언제나 들렸고"常聞詩人語: 王粲「公宴詩」, 때로는 특정한 참석자에게 "시를 지어 보내 안부를 묻기도"贈詩見存慰: 應瑒「侍五官中郎將建章台集詩」했다. 조비가 훗날 술이 거나해지면 시를 지어 음창했다고 회상한 바로 그 장면이다. 이날 시가창작이 매우 비중 있는 활동이었음을 보여준다.

그런데 이날 지어진 작품을 보면, 참석자들은 연회 주최자인 조비에 대해 '현주인'賢主人, '주인'主人, '현주'賢主, '공자'公子 등으로 표현했다.[4] 아회 주최자와 참석자 간의 관계가 여전히 주-객의 종속적 관계였음을 보여준다. 또 '공연'이라는 시제가 이미 참석자들의 신분질서가 수직적임을 말하고 있다. 문인들이 조비라는 미래의 절대적 정치권력에서 자유롭지 못했음을 설명한다. 여러 문인의 「공연시」 작품도 조비라는 한 명의 문학 향유자를 위해 연회환경에 대한 객관적 묘사와 더불어, 조비의 공덕을 찬송하고 그 높은 성덕이 영원하기를 축원하는 내용으로 구성되었다. 이처럼 서원아회는 비록 시를 창작하기는 했지만, 수평적이고 진실한 감정의 교류가 전제된 시회라기보다는 일차적으로 조비라는 정치권력을 중심으로 형성된 문인집단의 아회라 할 수 있다.

그렇다면 연회를 개최한 조비의 정서는 어떠했을까? 같은 자리에서 지어진 조비의 「부용지에서 지은 시」芙蓉池作詩를 보면 아회에 참석하는 정서나 시를 창작하는 태도가 다른 문인들과는 다름을 알 수 있다.

수레를 타고 한밤중에 노닐다가
서원에서 이리저리 소요한다.
두 도랑은 서로 물을 대며 흐르고
아름다운 나무는 개울을 두르고 있다.
낮은 가지는 깃털 단 수레지붕을 치고

높은 가지는 푸른 하늘에 닿아 있다.
빠른 바람이 수레바퀴에 불어오고
나는 새는 내 앞에서 빙빙 돈다.
붉은 노을은 밝은 달을 낀 채 비추고
밝은 별은 구름 사이에서 나와
높은 하늘에 찬란한 빛을 드리우니
오색이 어우러져 얼마나 아름다운가!
수명은 적송자나 왕자교와 다를 터
누가 신선되어 승천할 수 있겠는가?
이리저리 노닐며 즐거운 마음으로
나를 지키며 백 년을 마치리라.

乘輦夜行遊　逍遙步西園
雙渠相溉灌　嘉木繞通川
卑枝拂羽蓋　修條摩蒼天
驚風扶輪轂　飛鳥翔我前
丹霞夾明月　華星出雲間
上天垂光彩　五色一何鮮
壽命非松喬　誰能得神仙
遨遊快心意　保己終百年

이 시도 아회가 열리는 한밤중 서원의 풍경을 묘사했다. 서로 마
주하고 흐르는 도랑, 그 곁에 늘어선 아름다운 나무, 그 아래로 신선

한 바람을 가르며 수레가 지난다. 그 위로는 노을과 달빛, 별빛이 어우러진 오색찬란한 하늘빛이 넓게 펼쳐졌다. 좋은 시절, 좋은 분위기에 좋은 사람들, 이 좋은 순간을 영원히 누리고 싶어진다. 하지만 적송자赤松子나 왕자교王子喬가 승천하여 영원한 생명을 얻었다는 이야기 또한 허무맹랑한 말일 뿐이니, 짧은 백 년 인생이라도 그저 즐겁게 즐겨보리라! 정치권력 앞에서 그의 성덕을 찬양해야 했던 휘하의 문인들과는 고민의 차원이 다른, 귀공자의 염원으로 마무리했다. 유협劉勰도 건안문인들의 문학창작이 "풍월을 사랑하고, 연못과 동산에서 노닐면서 은혜와 영광을 노래하고, 연회의 기분을 서술했다"[5]고 평가했는데, 서원아회 같은 창작환경이 그들의 문학 제재와 창작동기, 감정기조에 영향을 준 것이라 할 수 있다. 이 서원아회가 순수하고 수평적인 시회라고는 보기 어렵지만, 문인 계층의 창작을 적극적으로 이끌어냈고 아회문화를 이끌었다는 점에서 의미가 크다.

조비는 문인집단과 서원아회를 이끌고 또 함께 시가를 창작하기도 했지만, "문장은 나라를 경영하는 위대한 일"蓋文章經國之大業:『典論』「論文」이라며 문학을 정치적 시각에서 보았다. 서원아회 같은 '공연'을 개최한 것도 자신의 정치적 인재집단을 유지하고자 하는 목적이 강하다고 할 수 있다.

조비 이후, 친왕의 문학활동은 자신의 정치적 의도와 불가분의 관계를 갖게 된다. 친왕들은 문인 학사를 초빙하여 시가를 창작하고 서적을 편찬하면서, 자신의 문학적 재능을 알리고 학술적 업적을 쌓으며 문인들의 호응을 얻는 등의 정치적인 공적을 쌓을 수 있었다. 후에 양梁나라의 소강蕭綱이 자신을 조비에, 상동왕湘東王 소역蕭繹을 조식에 비유하고 많은 문인집단을 거느리기도 했는데, 여기에 조비의 문학애호와 문인집단의 운용이 일정한 모범적 틀을 제공했다고 할 수 있다. 다만 시대에 따라 정치적 의도와 문학활동 가운데 어느 것의 비중이 컸느냐 하는 차이만 있을 뿐이다.

2. 죽림아회

위나라 말, 사마司馬씨 집단은 유혈로 정권을 찬탈하고 공포정치를 실행했다. 문인들은 철저하게 사마씨 신정권이나 조씨 구정권 편에 서거나, 세상사의 쟁투에서 초탈하여 초야에 묻혀 음주, 청담, 시가 음영 등에 삶을 맡길 수밖에 없었다. 죽림칠현은 후자의 삶을 택했다. 이른바 죽림칠현은 어지러운 세상을 멀리하고 죽림에서 노닐었던 혜강, 완적, 산도, 향수向秀, 유령劉伶, 완함阮咸, 왕융 등 일곱 명을 말하는데,[6] 이 시대 지식인의 표상이었다. 그 외에 여안呂安도 그들과 친분이 깊었다.

죽림아회는 그들 지식인의 자발적인 회합이다. 죽림칠현에 속하는 개별 인물 간의 교유는 이전에도 이미 있었지만, 죽림칠현 전체의 교유는 254년 이후에 시작되었고, 262년에 완적이, 263년에 혜강이 죽으면서 실제적인 교유가 끝이 났다고 보면, 9~10년 정도 지속되었다고 할 수 있다.

죽림칠현의 문학작품은 완적과 혜강의 작품을 제외하고는, 상수의 「사구부」思舊賦와 유령의 「주덕송」酒德頌이 전부다. 물론 이들 일

이사달(李士達), 『죽림칠현도권』 부분, 상하이박물관.

곱 명이 모두 참여한 집단적인 문학교류가 있었음을 확실하게 증명해줄 기록도 전해지지 않는다. 하지만 죽림칠현을 하나의 문학창작이 수반된 교유집단으로 평가하는 것은, 그들의 교유와 관련된 역사적 기록뿐만 아니라 그들의 정신세계나 삶의 방식에 공통점이 있고, 문학적 교유도 충분히 유추해낼 수 있기 때문이다.

이들은 서로 모여 마음 내키는 대로 술을 마시고 산천을 유람하고 시를 읊고 거문고를 울리며 담론을 즐겼다. 혜강의 「술모임 시」酒會詩 제1수에 그러한 자유로운 아회 풍경이 그려져 있다.

즐겁구나! 동산 가운데 노닐며
두루 돌아보니 그 끝을 알 수 없어라.
온갖 꽃이 향긋한 향기를 풍기고
높은 산은 아득히 우뚝 솟아 있네.
숲 속 나무들 어지러이 섞여 있고

깊은 연못엔 방어와 잉어가 노닌다.
빠른 화살로 나는 새를 떨어뜨리고
가는 낚싯줄로 고기를 낚아 올리니
좌중에서 터지는 감탄의 소리
느낀 기분은 달라도 탄성은 같다네.
냇가에 모여 앉아 맑은 술 서로 권하고
하얀 이 드러내며 나직이 노래하노니
질박한 거문고는 고아한 가락 퉁겨내고
맑은 소리는 바람타고 일어난다네.
이러한 아회 어찌 즐겁지 않으랴만
내 벗 동아자 없는 것이 안타깝구나.
술 마시며 고결한 선비 그리워하나니
옛 마음 지키며 끝까지 변치 않으리.
그저 칠현금 내어 가락 울리며

지기에게 내 마음을 부치노라.

樂哉苑中遊　周覽無窮已

百卉吐芳華　崇台邈高跱

林木紛交錯　玄池戲魴鯉

輕丸斃翔禽　纖綸出鱣鮪

坐中發美讚　異氣同音軌

臨川獻淸酤　微歌發晧齒

素琴揮雅操　淸聲隨風起

斯會豈不樂　恨無東野子

酒中念幽人　守故彌終始

但當體七絃　寄心在知己

아회 장면을 시로 그려낸 것으로, 시에는 이 '술모임'을 함께한 대상이 누구인지 구체적으로 드러나지는 않았지만 죽림칠현과의 교유도 필시 이러한 모습이었을 것이다. 온갖 꽃의 향기가 가득하고 숲이 무성한 가운데, 연못가 한쪽에서는 낚싯대를 드리운 채 즐거운 탄성이 그치지 않는다. 또 냇가에 모여 앉아 거문고를 울리며 술잔을 나누다 보면 세상 어느 것도 부러울 것이 없을 듯싶다. 대자연 속에서 자유롭게 소요했던 죽림아회의 구체적인 모습인데, 현실을 벗어나 존재와 정신의 자유를 만끽하는 은자적 삶의 모습을 찬미하고 있다. 이것만 보면 바쁜 현대인들이 늘 꿈꾸는 자연에서의 소풍과 하나도 다를 것이 없다. 시 말미에서는 고결한 뜻을 가진 동야자東野子 완덕여阮德如가 함께할 수 없음을 안타까워했다. 완덕여는 혜강과 친분이 있었던 인물인데, 어떤 인물인지 자세하게 전해지지는 않는다.

이처럼 죽림칠현은 유가적 구속을 초월하여 자연을 따르면서 인간의 욕망을 긍정하고 그 욕망에 자신을 내맡겼다. 죽림칠현의 대표인물인 완적은 술을 폭음하고 머리는 산발을 하거나 옷을 벗어젖히고 다리를 뻗고 앉는 등의 기행을 일삼았는데,[7] 이것은 당시로서는 의식적으로 세속적 예교와 구속을 벗어던진, 유교에 대한 저항운동이자 인간성 회복운동이라 할 수 있다. 이들은 죽림으로 표상되는 산수에 자발적으로 은둔하여 주체적 자아의식을 회복하고 적극적으로 현실정치에 저항하였던 것이다.

혜강도 노장의 학설을 좋아하고 현실정치를 거부했다. 산도가 선관직選官職을 그만두며 후임으로 그를 추천하자, 혜강은 「산거원산도에게 보내는 절교서」與山巨源絶交書라는 편지글을 보내 그와 절교를 선언했다. 편지글에서 그는 자신이 왜 관직에 적합하지 않은지를 아홉 가지나 꼽았는데 그 이유가 참 특별하다. 자신은 침상에서 뒹구는 것을 좋아하니 아침에 일찍 출근할 수 없다거나, 거문고 연주나 새, 물고기 잡기 등의 한가한 소일을 즐기는데 관리가 되면 그것을 할 수 없다는 이유 등이다. 관직을 게으름이나 소일거리보다도 하찮은 일로 만들어버렸다. 출사를 인생의 궁극적 목표로 삼았던 대다수 문인에게는 기도 안 찰 이유들이다. 물론 이 노골적으로 진지하지 않은 답도 그의 철저한 계산이겠지만 말이다. 그는 조조의 증손녀와 결혼하여 위나라 종실과 사돈인 까닭에 위를 멸망시킨 사마씨와 대척점에 설 수밖에 없었다. 이러한 이유로 사마씨 정권과 타협하지 않고 공개적으로 은일을 표방했다. 사마씨의 사람이었던 종회鐘會가 그를 방문했다가 냉대를 받자, 사마소司馬昭의 면전에서 혜강이 시대를 망치고 정교를 어지럽힌다고 모함하여 그를 사형장에 세웠다. 사형을 앞두고 있을 때, 3천 명의 태학생太學生들이 혜강을 스승으로 모시고 싶다고 상소를 올렸다 하니 당시에 그의 영향력이 얼마나 컸는지를 알 수 있다. 혜강의 「잡시」雜詩를 보자.

미풍이 맑게 불어
운기가 사방으로 퍼지고
희고 흰 밝은 달은
높은 성벽에 걸려 있다.
흥이 돋아 공자를 불러
손 잡고 수레에 오르니
날쌘 말은 힘이 펄펄
재갈 떨치며 서성인다.
날듯이 밤길을 내달려
친구의 초려를 찾으니
등불을 환하게 밝히고
화려한 장막 길게 펼치네.
난새 모양 술잔에 미주를 따르고
신기한 솥으로 생선을 삶았으며
거문고를 타면 사광보다 낫고

노래하면 면구보다 뛰어나다네.

호르듯 자연을 노래하고

낮추어 현허함을 찬미하니

누가 또 영특하고 현명하여

그대와 더불어 즐길 수 있으랴!

微風淸扇	雲氣四除
皎皎亮月	麗於高隅
輿命公子	攜手同車
龍驥翼翼	揚鑣踟躕
肅肅宵征	造我友廬
光燈吐輝	華幔長舒
鸞觴酌醴	神鼎烹魚
弦超子野	歎過綿駒
流詠太素	俯讚玄虛
孰克英賢	與爾剖符

이 시는 산들바람이 불고 밝은 달이 높이 오른 한밤중에 불현듯 친구가 떠오르자, 그를 찾아가서 즐기는 아취를 묘사했다. 달빛이 환하게 내려앉은 밤, 산들바람까지 부드럽게 불어오니 산책을 하다가 문득 친구가 그리워진다. 좋은 풍경을 보면 좋은 사람이 그리워지는 것은 인지상정, 달빛이 그 그리움을 구체화했다. 혜강은 아무 계산 없이 그저 친구가 보고 싶다는 마음 하나로 찾아간다. 보고 싶

은 충동에 따르는 것이야말로 본성에 자신을 내맡기는 것이다. 이것이 곧 자연을 따르는 것이고 풍류적인 삶이다. 힘 좋은 말은 시인의 바쁜 마음을 알았을까. 수레를 날듯이 몰아서 찾아간 친구는 술과 안주를 내어놓으며 마음껏 반긴다. 거문고를 울리며 노래를 부르고, 천지의 도를 읊조리며 담론을 즐긴다. 자연과 친화된 죽림의 교유, 그들의 노장적 삶을 엿볼 수 있는데, 참 부러운 교유다.

혜강은 평소 여안과 절친하여 그가 생각나면 천릿길도 마다 않고 달려가 만났다고 한다. 이 시에서 찾아간 친구도 여안으로 읽힌다. 여안은 성격이 호방하고 강직했다. 혜강은 여안의 형 여손呂巽이 동생인 여안의 아내와 간통하고도 오히려 동생을 불효죄로 무고하자, 여안의 억울함을 증명하려 함께 잡혀 하옥되었고, 결국 거기에 종회의 모함까지 더해져 사형을 받게 된다. 비록 그들의 교유는 아름다운 불행으로 끝이 났지만, 생전의 교유는 격의 없었고 고아했으며 순수했다.

이 「잡시」나 앞에서 예로 든 「술모임 시」 모두 벗들과 격의 없는 아회를 묘사한 시다. 비록 누구와 함께했는지 또는 그 참석자들이 시를 지어 서로 교류했는지에 대한 명확한 기록은 없다. 하지만 시 속에 반영된 탈속적 삶이 죽림칠현의 공통적 지향점과 닿아 있고, 당시 지식인들이 청담과 함께 시를 지어 자신을 표현하고 교류했다는 점, 그리고 「잡시」나 「술모임 시」처럼 실제 아회를 묘사한 시가 전해진다는 점에서 죽림아회에서도 시가창작이 이루어졌을 것으로 보인다.

죽림칠현의 또 다른 인물인 유령은 다른 사람과의 교유에는 신중

했지만 완적이나 혜강과는 마음이 통하여 죽림의 교유를 즐겼다고
한다. 그는 예법을 거부하고 술을 좋아하여 언제나 하인에게 술단
지와 삽을 들고 따라다니게 하면서 "내가 죽거든 그 자리에 함께 묻
어달라"고 했다. 그에게 술을 마시는 것은 내면의 욕구에 따라 스스
로를 내맡기는 행위로서, 노장적 삶을 현실에서 실천하는 방법이었
다. 유일하게 전해지는 그의 글 「주덕송」도 표면적으로는 술에 대
한 예찬론이지만, 대인선생大人先生이라는 가공인물을 내세워 자신
의 모습을 기탁한 것이다. 대인선생은 하늘을 지붕 삼고 땅을 자리
삼으며, 술단지를 애지중지하면서 예법에는 날카로운 비평을 가한
인물이다. 이는 당시 귀족과 사대부들의 허위적인 예법을 신랄하게
풍자하고 조롱한 것이다. 이렇게 술을 통한 그의 허위적인 예교에
의 거부는 완적의 삶의 방식과도 통한다. 완적도 보병步兵의 주방에
술이 많다는 소리를 듣고 보병교위步兵校尉라는 관직을 자청했다.

산도는 죽림칠현 중 가장 연장자로서, 노장을 좋아하여 종종 은
거하며 자신을 드러내지 않았던 인물이다. 혜강, 여안, 완적과 죽림
의 교유를 나누며 나이를 초월한 우정을 맺었다.[8] 산도의 아내 한
씨가 남편이 혜강, 완적과는 이상하리만큼 친분이 깊은 것을 보고
그 이유를 물으니, 산도는 "내 일생 중에 친구로 삼을 만한 자는 이
둘 외에는 없소"라고 답했다 한다. 상수도 산도의 소개로 혜강과 교
류하게 된 인물이다.

상수는 훗날 자신들의 교유를 회고하며 지은 「사구부」 서문에서
다음과 같이 술회했다. "나와 혜강, 여안은 이웃하며 살았다. 이 두
사람은 모두 재능이 뛰어났으나 구속받는 것을 싫어하였다. 다만

「죽림칠현과 영계기」, 한대 화상석 탁본, 난징박물관.

혜강은 뜻이 높고 원대하여 자잘한 세상사에는 소홀하였고, 여안도 구속을 싫어하여 세상사에 무관심하였는데, 나중에는 각각 사건에 연루되어 사형되었다."[9] 상수와 혜강 그리고 여안이 구속받기를 싫어하는 기질이 비슷하고 특히 친밀했음을 유추할 수 있다. 실제로 상수는 낙양에서 대장장이였던 혜강의 조수 노릇을 했다. 상수는 사리 판단이 명확하고 시야가 원대하며 노장을 좋아했는데, 뜻이 통했던 이 벗들과 담론의 깊이를 더해가며 주고받았던 문장이 지금도 전해진다.

완함은 완적의 조카다. 그의 저작이나 관련기록이 거의 없어 구체적인 행적을 알기는 어렵지만, 그 역시 본성에 충실하고 허위적인 명교를 정면으로 무시했던 인물이다. 산도가 완함을 천거할 때 그를 "곧고 깨끗하며 욕심이 적다. 사리분별이 확실하고 외계의 사물에 마음을 움직이지 않는다"고[10] 평가했다. 하지만 결국 술을 탐하고 허황하다는 지적을 받아 관직에 등용되지는 못했다.

죽림칠현 가운데 기질과 처세가 다소 이질적인 인물이 왕융이다. 죽림칠현의 인물들이 출신이 한미한 데 반해 그는 귀족 가문 출신에 관직도 비교적 순탄했다. 왕융은 부친이 완적과 친구였던 까닭에 어려서부터 완적과 교분을 맺고 죽림의 교유에 참여하게 되었는데, 최고 연장자인 산도와는 무려 29세의 나이 차이가 난다. 그는 시세에 순응하고 현실적인 욕망에 충실했는데, 심지어 역사상 인색한 사람으로 유명하다. 이와 같이 다른 죽림의 명사들과는 다른 그의 기질과 행태 때문에, 후대의 안연지顔延之는 그를 죽림칠현에서 제외하기도 했다. 하지만 이러한 그의 행동도 외면적 형식에 구애되지 않는, 내면적 욕구에 충실한 행위일 수 있다.

이처럼 죽림칠현은 허위적인 예교에 얽매이지 않고 내면의 소리에 귀를 기울이면서 본성대로 행동했다. 죽림에서 노닐고 산천을 유람하며 시를 읊거나 거문고를 울리고 술을 나누며 담론을 즐겼는데, 이것이 바로 자연지도自然之道를 실천하는 방식이었다. 난세라는 시대적 환경과 노장적 사조의 유행이 그들 간의 교유를 촉진하기는 했지만, 정치적 지향이나 인품은 서로 맞지 않았다. 결국 상수, 왕융, 산도는 사마씨 집단에 붙어 출사를 했고, 완적은 사마씨의 정치적 압박을 받자 술에 취해 멋대로 사는 방식으로 세상사에서 멀어지고자 했다. 혜강은 사마씨에게 협력하지 않고 공공연히 저항하다가 결국 희생되었다. 이러한 그들의 행위는 지나치게 탈정치적이어서 오히려 정치적인 의미를 지닌다. 죽림칠현의 삶은 이후 풍류지사들의 삶의 기준이 되어 맹목적인 추종의 대상이 되기도 했다.

죽림칠현의 말로는 비록 달랐지만, 자유로운 영혼을 표방한 그들의 등장은 정치적 상하관계를 벗어난 수평적 아회의 유행을 가져왔고, 이는 후일 시회가 본격적으로 유행하고 확대하는 데 중요한 기초가 된다. 다만 죽림아회가 시가창작을 주요 목적으로 한 시회라고는 보기 어려운데, 그들에게 시가창작은 노장적·탈속적 삶을 지향하는 자신을 표현하는 하나의 방식이었다. 진정한 의미의 시회가 탄생하기까지는 아직 시간이 더 필요했다.

3. 금곡아회

죽림칠현이 자유로운 영혼을 표방하고 명교를 본성에 위배되는 허위라고 비판하며 수평적 교유문화를 개척했지만, 그들의 행위는 아직 주류사회에서 벗어난 이방인이자 방외인의 삶이었다. 오히려 세속적 질서에 편입되고자 밤낮없이 분주한 것이 당시 일반적인 지식인의 현실이었고 대세였다. 대표적인 아회가 금곡아회金谷雅會다.

금곡아회는 서진 원강元康 6년296 석숭이 자신은 정로장군征虜將軍으로 전보되고 왕후王詡는 장안으로 발령나자, 문인 30명을 자신의 금곡원 별장으로 불러 개최했던 송별연이다. 금곡원은 재택梓澤, 금곡간金谷澗이라고도 불리며 서진의 도성인 낙양의 서북쪽 근교현재의 뤄양 고성(古城) 동북쪽에 위치한다. 석숭은 서진의 문인이지만, 후세에는 오히려 대부호 또는 사치와 낭비의 대명사로 더 유명한 인물이다. 그는 형주자사荊州刺史로 있으면서 항해와 무역으로 큰돈을 벌자 호화로운 별장을 지었는데, 심지어 화장실에도 십여 명의 시녀들을 배치하여 화장품과 향수를 들고 손님들을 접대하게 해서 세상을 놀라게 했다고 한다. 그의 사치와 방종은 여기서 그치지 않는다. 미녀들에게 술을 권하게 해서 손님이 술을 모두 마시지 못하면 그 미녀의 목을 베어 죽였다고 한다.[11] 석숭에게는 녹주緣珠라는 애첩愛妾이 있었는데, 훗날 조왕趙王 사마륜司馬倫의 측근이었던 손수孫秀가 녹주의 미색을 탐하여 그녀를 자신에게 달라고 했다. 그러나 석숭은 이를 거절했고, 이 때문에 역모를 꾀한다는 누명을 쓰고 삼족이 멸해지는 비운을 당했다.

석숭이 쓴「금곡시서」金谷詩序에 금곡아회의 정경이 잘 나타난다.

나는 원강 6년 태복경을 좇아 사지절이 되어 청주와 서주의 군대를 관장하는 정로장군이 되었다. 별장은 하남현의 경계에 있는 금곡간에 지었다. 높고 낮은 지형에 맑은 샘과 무성한 숲이 있는데, 각종 과실나무, 대나무, 잣나무와 약초류 등 없는 것이 없다. 또 물레방아, 연못, 동굴 등 눈을 즐겁게 하고 마음을 기쁘게 해주는 것이 두루 갖추어져 있다. 때마침 정서대장군쵀주인 왕후가 장안으로 돌아가게 되어, 나는 명사들과 함께 이 금곡간에서 송별연을 열었다. 밤낮으로 잔치를 베풀며 몇 번이나 장소를 옮겼는데, 높은 산에 올라가 사방을 내려다보거나 물가에 나란히 앉아 즐기기도 했다. 특히 금琴, 슬瑟, 생笙, 축柷 등 관현악기를 모조리 수레에 싣고 가면서 일제히 불게 했고, 수레가 도착하면 취타악기와 번갈아 연주하도록 했다. 마침내 각자 시를 지어 가슴속의 정회를 적어냈는데, 시를 짓지 못하는 자는 벌주를 세 말 마시도록 했다. 사람의 생명이 영원하지 못함을 통감하고 언제 죽을지조차도 알 수 없으니 두려울 뿐이다. 그래서 당시 참석했던 사람들의 관직명, 성명, 연령 등을 열기하고 그 뒤에 시를 적어 넣었다. 후세의 호사가들이 이것을 보게 될 것이다. 모두 30명인데, 오왕사의랑이자, 관중후, 시평무공이고, 자가 세사인 50세의 소소蘇紹가 그 필두다.[12]

먼저 금곡원의 풍경이 눈에 들어온다. 지형에 따라 다양한 나무가 심어져 있고 사람 마음을 즐겁게 해줄 조경시설도 두루 갖추었다. 대부호이자 사치로 이름을 남긴 인물의 별장이니, 아마 우리의 상상 그 이상이었을 것이다. 그곳에서 몇 번이나 자리를 옮겨가며 밤낮으로 이어진 송별연. 금과 슬 연주까지 더해져 분위기가 고조될 무렵 각자 시로 그 정회를 담아냈다. 송별의 아쉬움이 오늘의 공통된 정서이겠으나, 사람의 생명이 영원할 수 없다는 본질적인 고민도 크다. 그러니 대신 이 시를 모아 문집으로 남겨 후세가 기억해주길 바란다는 것이다. 「금곡시서」는 이날 지은 시를 엮은 『금곡시집』金谷詩集의 서문이다.

이날 참석자 가운데 비중 있는 인물이 반악이다. 그는 소년 시절 자태나 거동이 뛰어나 기동奇童이라 불렸다. 현세적 욕망이 강한 인물이어서, 20여 세 때 이미 하양령河陽令에 올랐지만 만족하지 못했고, 석숭과 함께 권세가 가밀賈謐에게 아부하며 공명을 좇았다. 가밀은 혜제惠帝의 황후인 가후賈后의 조카인데, 당시는 가후가 조정의 전권專權을 휘두르며 권세가 하늘을 찌를 만큼 높았던 때였다. 가밀이 나들이를 갈 때면 그와 석숭은 언제나 가밀이 탄 수레먼지만 보고도 바닥에 납작 엎드려 절을 했다고 한다. 권세가에 대한 아부가 어느 정도였는지 가히 상상이 된다. 이런 그의 행동에 대해 그의 모친도 비루하다고 나무랐지만 개의치 않았다.[13] 다음은 반악이 지은 「금곡아회에서 지은 시」金谷集作詩이다.

왕생께선 중신과 함께 나라를 살리고
석군께선 동해와 기수를 수호하시네.
벗들이 각각 멀리 떠나간다 하니
애타는 마음 이별이 한스럽구나.
어찌 그 아쉬움을 말로 할 수 있으리
손을 잡고 성 밖으로 놀러 나왔도다.
아침에 진의 수도 낙양을 출발하여
저녁에 금곡 물가에 당도했는데
굽이진 시내는 굽이굽이 험하고
높은 산비탈은 산길도 가파르다.
푸른 연못엔 물결이 출렁출렁
푸른 버들은 바람에 살랑살랑
솟는 샘물은 용비늘처럼 솟구치고
거센 물살은 구슬처럼 흩날린다.
앞뜰에는 사당나무

뒤뜰에는 오비나무

아름다운 동산엔 석류나무 울창하고

무성한 숲엔 향긋한 배나무 늘어섰다.

꽃이 핀 못가에서 술을 마시다

물 안쪽 섬으로 옮겨 앉아 마시네.

달달한 미주에 얼굴이 붉어져도

그저 술잔이 늦다고 불평하네.

북채를 들고 영고를 두드리며

퉁소와 피리 가락도 맑고 구슬프다.

봄날의 영화 누가 싫다 하리오!

엄동설한 푸른 나무는 진실로 드문 법.

금석 같은 친구에게 마음을 전하노니

백발 되어 돌아갈 때도 함께 가세나.

王生和鼎實　石子鎭海沂

親友各言邁　中心悵有違

何以敍離思　攜手遊郊畿

朝發晉京陽　夕次金谷湄

回溪縈曲阻　峻阪路威夷

綠池泛淡淡　靑柳何依依

濫泉龍鱗瀾　激波連珠揮

前庭樹沙棠　後園植烏棑

靈囿繁石榴　茂林列芳梨

飲至臨華沼　遷坐登隆坻

玄醴染朱顏　但訴杯行遲

揚桴撫靈鼓　簫管清且悲

春榮誰不慕　歲寒良獨希

投分寄石友　白首同所歸

　왕생은 왕후를, 석군은 석숭을 말한다. 먼저 이날 송별연의 주인 공을 언급하고, 이별의 아쉬움을 달래기 위해 금곡원 나들이에 나 섰음을 설명했다. 가는 여정에 따라 험준한 산세와 굽이진 시냇물, 바람에 일렁이는 물결과 살랑이는 버들가지를 시어로 그려냈다. 이 어서 별장 앞뒤의 마당을 가득 채운 다양한 과실수를 열거했는데, 석숭이 「금곡시서」에서 자랑하듯 써낸 내용에 부합한다. 술기운이 오르고 구슬픈 가락마저 귓가에 닿으니 오늘의 이별이 더욱 아쉽게 느껴짐을 표현했다. 이어 엄동설한이 되어 다른 나무의 잎이 다 떨 어져야 소나무의 푸르름을 알 수 있듯이 오늘 이 이별로 우리의 우 정이 얼마나 두터운지를 알게 될 것이니, 죽을 때까지 변치 말자는 내용으로 마무리했다.

　금곡아회는 일차적으로 송별연이지만 일종의 '풍류회'風流會이기 도 했다. 그들이 「금곡시」와 『금곡시집』을 짓게 된 동기는 언제 죽 을지 알 수 없는 짧은 인생을 통감하고, 그런 불안과 허무함을 문학 작품을 남김으로써 스스로 위로하고자 한 것이다. 아회 주최자가 참가자의 관직, 이름 등을 기록함으로써 금곡아회를 인류의 역사 속에 남겨두어 훗날 누군가에게 회고되기를 기대한 것이다. 생명은

화암(華嵒), 「금곡원도」, 상하이박물관.

유한할지언정 문장은 영원히 남을 수 있다는 문학의 가치에 대한 인식이 발전한 결과다.

『금곡시집』이 현재 전해지지 않아 금곡아회에 참여한 30여 명이 누구인지 구체적으로는 알 수 없다. 송별연의 개최자인 석숭, 송별연의 주인인 왕후, 서문에서 언급된 소소, 「금곡시」가 전해지는 반악과 두육杜育 등은 참여가 확실하다. 이 밖에는 당시 막강한 정치권력이던 가밀의 막부 성원인 '이십사우'二十四友 가운데 다수가 참여했을 것으로 추정된다.[14]

> 비서감 가밀이 조정에 참여하자, 경사의 인사들이 따르지 않는 자가 없었다. 석숭, 구양건歐陽建, 육기, 육운 등의 무리들은 모두 절개를 꺾고 문학적 재능으로 가밀을 받들어 모셨는데, 유곤劉琨 형제도 그 속에 있었다. 이들을 이십사우라고 불렀다.[15]

'이십사우'의 '우'友는 일반적인 의미의 '친구'가 아니라 일종의 속관屬官 명이다. 이십사우가 막부 빈객의 신분으로 가밀을 숭배한 것은 자신들의 명예나 권력을 위한 것이었다. 관직과 출사가 재능과 덕행보다 연줄과 당파에 의해 좌우되는 시대였으니, 대다수 문인은 자신의 신념과 자존감을 굽히고 권력에 붙을 수밖에 없었다. 이십사우에 속하는 인물로는 석숭, 반악, 구양건, 육기와 육운 형제, 무징繆徵, 두빈杜斌, 지우摯虞, 제갈전諸葛詮, 왕수王粹, 두육, 추첩鄒捷, 좌사, 최기崔基, 유괴劉瓌, 화울和鬱, 주회周恢, 견수牽秀, 진진陳眕, 곽창郭彰, 허맹許猛, 유눌劉訥, 유여劉輿, 유곤 등이다. 이십사우는 이들 외의 다른 사람은 참여할 수 없는 배타적 조직이었다. 가밀은 이십사우를 초청하여 경사經史를 강론하고, 시문을 지어 증답하거나 음영하기도 했다. 다만 이들은 정치적 현달에 목적을 두고 있기 때문에, 지은 작품도 주로 찬미와 아부의 글이며, 이를 통해 출사와 영달을 도모했다.

이십사우에는 당시 문장에 뛰어났던 인물이 대부분 속해 있었지만, 그들의 문학적 지향이나 풍격은 서로 달랐다. 이십사우 문인집단의 성격을 가장 두드러지게 보여주는 인물은 위에 나온 석숭과 반악이다. 이 밖에 육기는 그의 조부와 부친이 오吳나라에서 고위 관직에 있었다. 오나라가 진에 멸망하자 그는 고향으로 물러나 세상과 격절한 채 10년 동안 학문을 연마했다. 태강 말 동생 육운과 함께 낙양으로 왔지만, 오나라 출신인 까닭에 진에서의 출사가 순조롭지 않았다. 후에 장화의 인정을 받아 관직에 올랐고, 가밀과도 친분을 쌓았다. 그가 가밀의 이십사우에 참가한 것은, 당시 조정의 실세인 가밀이 문학적 재능이 있는 문인들을 뽑아 불러들이자, 서진의 관료로 출사하기 위해서 권귀에게 붙어 공명을 세우고자 한 것으로 보인다.

좌사도 서진 시단 중에서 드물게 강개하고 기백 있는 풍격을 지녔던 시인으로 평가받는데, 역시 이십사우의 일원이었다. 좌사는 한문寒門에서 태어나 학문을 열심히 갈고닦았다. 그는 필생의 힘을 기울여 10년에 걸쳐 「삼도부」를 지었지만, 사람들의 관심을 받지 못하다가 장화의 추천을 받고 이름을 날렸다. 가밀이 정권을 휘두를 때 좌사는 '이십사우'의 일원이었지만, 가밀이 사형당한 후에는 은거하여 학문을 하며 생을 마쳤다.

이처럼 이십사우는, 정치적 출로를 찾기 위해서는 권력에 붙을 수밖에 없었던 시대상을 반영하는 문인집단이고, 금곡아회는 그들을 중심으로 한 송별회이자 풍류회다. 비록 시가창작 활동도 이루어졌지만, 순수하게 문학적 절차탁마나 시가를 통한 교류를 목적으로 한 시회라고는 하기 어렵다. 시회는 무엇보다 작시와 음영이 그 중심에 있어야 한다. 난정아회가 그 역사를 열었다.

4. 난정아회

난정아회는 산수유람과 감상 그리고 산수에서 즐기는 청담, 음주, 시가창작 등을 통해 정신적 만족을 추구했던 모임이다. 그들은 순수하게 그날 자신들이 산수에서 느낀 '그윽한 기분을 나타내고자'창서유정(暢敍幽情) 시를 지으면서 진정한 시회의 탄생을 알렸다.

1) 수계와 난정아회

난정아회는 동진 영화 9년353 3월 3일, 회계태수인 왕희지가 당시 문단의 영수였던 사안, 손작 등 문인 명사 41명을 회계산 난정으로 불러 모아 '수계'修禊와 문학창작을 했던 모임이다. 난정은 동한 때 춘추 시대 월왕越王 구천勾踐이 난초를 심었던 곳에 역정驛亭이 건설되면서 얻어진 이름이다. 현 저장 성浙江省 사오싱 시紹興市 서남쪽에 위치한다.

수계란 자연재해나 질병으로부터 자유롭지 못했던 시대에 무녀

번기(樊圻), 「연음류상도」(宴飮流觴圖), 클리블랜드박물관.

가 신령을 향하여 육체적인 평화와 행복을 구하며 행하던 무속적 기복祈福 의식이었는데, 점차 물가에서 몸을 씻으며 한 해의 액을 떨어버리는 주술적 의미의 전통풍습으로 자리 잡았다. 계禊는 깨끗하다, 몸을 씻다潔는 의미다.[16] 3월 상사일上巳日, 즉 상순의 뱀날에 행해지는 춘계春禊와 7월 14일에 행해지는 추계秋禊가 있다. 특히 춘계는 고대인들이 양기陽氣가 가득 차고 만물이 모두 소생했다고 여겨지는 늦봄에 행해지는 종교적 의식이었다. 한나라 때 수계는 통치계층 사이에서도 유행하여 한 무제나 고후高后도 패수覇水에서 수계를 행했다.[17] 하지만 점차 종교적인 의식이 형식화되면서 만물이 소생한 봄을 즐기는 하나의 대중적인 명절이 되었다. 통치자들도 이 춘계를 기념하여 계연禊宴을 열어 연회와 오락을 즐기고, 시가를 창작하거나 음영했다. 난정아회도 수계 모임이었는데, 종교적 수계 행위보다는 '계연'적 의미가 강했다.

2) 난정아회 참가 문인

난정아회에 참여한 사람은 모두 41명이다. 41명 가운데 26명이 총 40여 수의 「난정시」를 남겼다. 왕희지, 손작, 사안, 사만謝萬, 손통孫統, 원교지袁嶠之, 왕응지王凝之, 왕숙지王肅之, 왕휘지王徽之, 왕빈지王彬之, 서풍지徐豐之 등은 각각 4언시와 5언시를 한 수씩 남겼고, 손사孫嗣, 치담郗曇, 유온庾蘊, 조무지曹茂之, 환위桓偉, 왕현지王玄之, 왕환지王渙之, 왕온지王蘊之, 위방魏滂, 우열虞說, 사역謝繹, 조화曹華 등은 5언시를, 그 외에 유우庾友, 화무華茂, 왕풍지王豐之 등은 4언시를 한 수씩 남겼다. 이 작품들은 현재까지 전해온다. 15명은 작품을 창작하지 못해 벌주 서 말을 마셨다.[18] 손작은 시 외에 후서後序인 「삼월 삼일 난정시 서문」三月三日蘭亭詩序도 지었다. 원래는 왕희지가 손작에게 서문을 부탁했으나, 손작은 이를 사양하고 대신 후서를 지었다고 한다.

난정아회에 참석했던 주요 인물을 살펴보자. 왕희지는 시문보다 서예로 더 유명한 인물이다. 그의 이름을 붙인 '왕희지체'는 서예의 전범으로 꼽히는데, 필세는 "뜬구름처럼 가볍고, 놀란 용처럼 강하

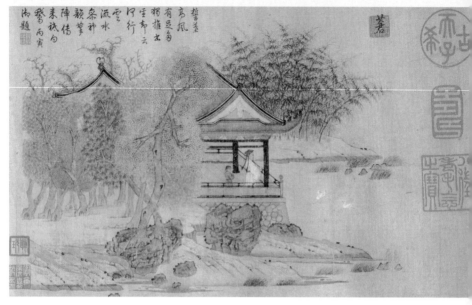

전선(錢選), 「왕희지관아도」(王羲之觀鵝圖), 메트로폴리탄미술관.

다"飄若浮雲, 矯若驚龍: 『晉書』 「王羲之傳」는 평가를 받는다. 그의 필체를 좋아
했던 당나라 태종太宗은 죽어서도 곁에 두고 싶었던지, 그가 쓴 「난
정집서」蘭亭集序를 무덤에 함께 묻어달라고 유언했다고 전해진다.

왕희지는 어려서부터 강직한 성품으로 유명했다. 젊은 시절에는
출사의 의지가 강했지만, 만년에는 벼슬을 버리고 회계에서 은사
들과 산수유람을 즐겼는데, "나는 죽더라도 산수를 마주하고서라
면, 기꺼이 받아들일 수 있다"고 할 정도로 산수에서의 생활을 즐겼
다.[19] 그러나 극단적으로 세상일을 모두 등진 채 철학적 담론이나
시문에만 몰두하는 것에는 비판적이었으니,[20] 비교적 현실적인 사
고방식을 지녔던 인물로 보인다.

왕희지가 회계태수로 있던 영화 연간에, 회계 지역에는 허순, 지
둔支遁, 손작 등과 같은 불리佛理와 현리玄理에 정통한 청담명사들도

많이 있었다. 왕희지는 이들 현학 명사들과 서로 뜻을 같이하며 자주 어울렸다.

> (왕희지는) 도성에 있는 것을 좋아하지 않아 절강浙江으로 남도하자마자 그곳에서 죽을 때까지 머물고 싶었다. 회계에는 산수가 아름다워 명사들이 많이 살았다. 사안도 벼슬에 나아가기 전에 그곳에 머물렀다. 손작, 이충李充, 허순, 지둔 등도 모두 문장으로 세상에 알려진 인물인데, 이들 역시 이 동쪽에 집을 짓고 왕희지와 뜻을 함께하며 어울렸다. (왕희지는) 벗들과 회계산 북쪽에 있는 난정에서 자주 모여 연회를 했는데, 자신이 직접 그 서를 써서 의미를 적었다.[21]

그런데 위의 글에서 언급된 이충, 허순, 지둔은 왕희지가 「난정집서」를 남긴 영화 9년의 난정아회 참석자 명단에는 없다. 그들의 「난정시」도 전해지지 않는다. 이것은 난정에서 아회를 빈번히 열었는데, 영화 9년 3월 3일의 난정아회에는 사안과 손작만 참석했고, 지둔과 허순 등은 참석하지 않았음을 유추할 수 있다.

왕희지에게는 아들이 일곱 명 있었다. 그중 응지, 숙지, 휘지, 현지, 환지, 헌지 등 여섯 명이 이날 자리에 함께했다. 그 가운데 특히 개성 있는 인물로는 왕휘지와 왕헌지를 들 수 있다. 왕휘지는 구속되지 않고 자유분방하여 전형적인 진대인晉代人의 풍류를 지녔다. 한 예로, 산수에 은거하던 어느 날, 눈이 긋고 달빛이 맑게 빛날 때 사방을 바라보며 좌사의 「초은시」招隱詩를 읊고 독작을 하다가 홀연 섬剡 지방에 있는 대규戴逵가 보고 싶어졌다. 대규 역시 산수에서 자적하던 인물이다. 결국 그 밤에 배를 타고 그를 만나러 갔는데, 날이 새서야 겨우 닿았다. 그런데 문 앞에까지 갔다가 그냥 발길을 돌렸다. 이를 보고 하인이 그 이유를 묻자, "흥이 일어서 온 것이고, 흥이 다해서 돌아갈 뿐인데 꼭 만날 필요가 있겠는가"라고 대답했다고 한다. 동진 명사의 구속되지 않는 풍류와 개성을 그대로 보여준다. 왕헌지도 구속되지 않고 한거閑居를 즐겼던, 당시의 으뜸가는 풍류객이었다. 아버지인 왕희지와 함께 서예로 병칭되는데, 왕희지에 비해 힘은 좀 부족하지만 오히려 아취가 풍부하다는 평가를 받는다. 왕응지도 초서草書와 예서隷書에 뛰어났다.

사안도 관직에 있던 시기 외에는 번잡한 세상에 뜻을 두지 않고 회계에서 산수유람과 시가 음영을 즐겼다.[22] 그를 "강남 제일의 풍류재상"江左風流宰相, 唯有謝安:『南帝書』「王儉傳」이라고 평가하는데, 이 말을 그의 삶에 비추어보면 세상사와 일정한 거리를 두고 노장적인 삶을 살았다는 의미로 들린다. 사안은 "만약 죽림칠현을 만날 수 있다면 나는 반드시 그들과 함께 죽림으로 가서 은거하리라"若遇七賢, 必自把臂入林:『世說新語』「賞譽」고 했다. 이런 경향은 그의 동생 사만에게서도 나타난다. 사만은 굴원屈原, 가의賈誼, 손등孫登, 혜강 등 은자 네 명과 출사자 네 명을 중심으로 「팔현론」八賢論을 지었는데, 벼슬을 하지 않고 재야에 머무는 것이 벼슬에 나아가는 것보다 우월한 것이라고 주장하며 결론적으로 은거에 큰 가치를 두었다. 이러한 노장적 경향은 사씨 집안의 문풍이기도 하다.

손작도 젊은 시절 10여 년간을 회계에 은거했었고, 「수초부」遂初賦를 지어 노장적인 생활을 노래하면서 명교보다는 자연을, 출사보다는 은거를 중시했던 인물이다. 당시에 보편적으로 행해지던 출사와 은거를 겸하는 처세방식을 부정하며, 명교와 자연은 서로 융합될 수 없는 대상이라고 여겼다. 그렇기 때문에 죽림칠현 중 산도의 처세방식을 두고 관직에 있으면서도 관직에 있는 것 같지 않고, 은거해도 은거한 것 같지 않다고[23] 비판했다.

이처럼 난정아회 참석자들은 관직이나 세상사에 마음을 두지 않고 오히려 산수를 좋아하여 명산명수를 마음대로 유람하는 등 무엇에도 구속되지 않는 자유로운 영혼을 지닌 인물이 많았다. 이날 모임도 정치적 권위에 의해 타의적으로 구성된 것이 아니라 자의적으로 만들어진 비정치적이고 수평적인 모임이었고, 난정 주위의 산수를 빌려 심회를 풀어내고 풍류적 시가창작을 곁들였다. 난정아회에서 창작된 작품 역시 명리나 공명 등 정치적인 목적에서 벗어나 주체의식을 갖고 작가적 의식과 감정을 표현했다. 난정아회에서 시작된 시회는 점차 지식인 사이에 하나의 완벽한 지적 유희가 되고 문화현상으로 자리매김한다.

한편 15명이 시를 짓지 못해 벌주를 마셨는데, 총 참석자가 41명이니 이들 숫자도 적지 않다. 이에 대해 그들이 작시 능력이 없어서가 아니라, 뛰어난 시를 짓지 못할 바엔 아예 시를 짓지 않는 것이 낫다고 판단한 것이라고 옹호하기도 한다.[24] 확실히 당시에 풍류로 이름을 날린 왕헌지 같은 이가 하루 종일 4언 4구 열여섯 글자를 못 써냈다는 것이 의문스럽기는 하다. 난정아회의 분위기가 강압적이지 않고 자유롭고 수평적이었음을 보여준다.

3) 「난정집서」

왕희지는 난정아회에서 창작된 시가를 모아서 『난정집』을 엮고 서문을 붙였다. 그런데 이 『난정집』 서문은 일반적으로 「난정집서」라는 제목으로 통행되는 유명한 문장과 『세설신어』 「기선」企羡 편에 인용된 「임하서」臨河絃[25] 두 종류가 있다. 어느 것이 진짜 왕희지가 쓴 서문인지를 두고 진위가 엇갈린다.

「난정집서」는 원래 석숭의 「금곡시서」를 모방하여 지은 것이지만,[26] 내용에서는 두 시대 문인들의 정신세계가 현저하게 다르다는 것을 보여준다. 석숭은 "짧은 인생을 통감하고" "언제 죽을지도 알 수 없어" 두려워하면서, 그런 불안과 허무함을 덜고자 문학작품을 남겼다. 반면 왕희지는 우주와 인생에 대한 철학적 사고를 통해 생명에 대한 불안감과 애착을 인정하고 수용했다. 「난정집서」를 보자.

영화 9년 계축년, 계춘의 초순, 회계산 북쪽의 난정에 모였으니, 춘계 제사를 지내기 위해서다. 여러 현사들이 모두 오고, 연장자와 연소자 들이 다 모였다. 이곳은 높은 산과 험준한 봉우리가 있고, 울창한 숲과 크게 자란 대나무가 있고, 맑은 시내와 여울이 있는데 좌우를 서로 비치며 둘러싸고 있다. 시냇물을 끌어들여 술잔을 띄울 곡수로 삼고, 차례로 줄지어 앉았다. 비록 커다란 관현악 소리는 없다 해도 술 한 잔에 시 한 수로도 그윽한 기분을 나타내기에 충분하다. 이날 하늘은 맑고 공기는 청명하며 바람은 따스하고 부드럽다. 우러러 우주의 광대함을 보고, 고개 숙여 만물의 무성함을 살피면서, 눈을 마음대로 움직이고 마음을 활짝 여니, 눈과 귀의 즐거움을 다하기에 충분했다. 참으로 즐거운 일이다.

무릇 사람이 서로 더불어 한 세상을 살아갈 제, 마음속의 회포를 좁은 방 안에서 서로 말하기도 하고, 자신의 처지에 몸을 맡기고 신상의 여러 속박에서 벗어나 유유자적하기도 한다. 이처럼 사람들은 비록 나가고 머무르는 것이 만 가지로 다르고, 조용하거나 시끄러운 태도가 같지 않아도, 만나는 것을 기뻐하여 잠시 자득함으로써 쾌연히 자족하니, 이렇게 늙음이 다가와 있는 것조차 모르게 된다. 그 즐기는 일에도 권태가 느껴지거나, 자신의 감정에도 일의 변천에 따라 여러 가지 감개가 얽히기도 한다. 이전의 그 기쁨들도 순식간에 지나간 자취가 되어버리니 더더욱 감회가 일어나지 않을 수 없다. 하물며 생명이 길건 짧건 모두 자연의 조화에 따라 마침내 끝나게 됨에 있어서랴! 옛사람들이 말한 대로 삶과 죽음 역시 큰 일이니, 이 어찌 슬프지 않겠는가!

매번 옛사람들이 감회를 일으킨 이유를 알게 될 때마다 부절을 하나로 합한 것처럼 내 생각과 똑같으니, 여전히 고인의 문장을 볼 때마다 탄식하고 슬퍼하지 않은 적이 없고, 마음속에 담아둘 수도 없다. 진실로 삶과 죽음이 매한가지라 함은 허황된 이야기이고, 칠백 살을 산 팽조와 일찍 죽은 어린애가 같다는 것도 억지라는 것을 알고 있다. 후세의 사람들이 지금 사람을 볼 때도 지금 우리가 옛사람을 보는 것과 같으리니, 슬프도다! 그런 까닭에 사람들 이름을 순서대로 적고 그 글을 기록한다. 비록 세상이 달라지고 세태가 변한다 해도 감회를 일으키는 이유는 같으리라. 후세에 이 글을 보는 이 또한 이 글에 감회가 있으리라.[27]

먼저 때와 장소, 목적, 참석인사의 상황 등 난정아회에 대해서 개

『난정집서』「신룡본」(神龍本), 베이징고궁박물관.

괄했다. 그리고 찬란한 태양 아래 높은 산과 울창한 숲이 가득 비치
는 맑은 여울을 끼고 앉아 연장자·연소자 할 것 없는 여러 현사가
곡수에 술잔을 띄우고 술 한 잔에 시 한 수를 읊조리는 즐거움을 서
술했다. 이어서는 맑은 하늘과 청명한 공기, 부드러운 바람을 통해
자연과 소통한다. 그 정회가 우주적이며, 감정기조는 낙관적이다.

둘째 단락에서는 인생과 자연에 대한 심미적 향유가 돌연 짧은
생명에 대한 불안감과 애착으로 교차된다. 요약하면, 사람들은 심
미적인 향유나 망아적忘我的인 실천에 전념할 때 생사를 망각하고
'자족'自足할 수 있지만, 이 자족 상태는 영원히 지속될 수 있는 것이
아니다. 어느 순간 그 자족에서 깨어나면 순식간에 세월의 무게와
시간의 흔적이 느껴지고, 생명의 유한함은 누를 수 없는 슬픔으로
마주하게 된다는 것이다. 감정기조가 비관적으로 바뀌었다.

나아가 셋째 단락에서는 고금의 모든 감회는 이렇게 생명의 유한
함에서 기인한 것이지만, 그것은 또 인간이 벗어날 수 없는 필연적
인 것이라 했다. "삶과 죽음이 매한가지"라거나 "수백 년 수명을 누
렸던 팽조와 어린애의 죽음이 같다"는 말이 모두 허황된 억지라는

130

이들의 관념은 지금의 시각으로는 지극히 당연한 것이지만, 생사동일生死同一적 관념에 마춰되어 있던 당시에는 그러한 이성적 관념을 탈피하여 보편적 감성을 솔직하게 드러낸 용기 있는 표현이라고 할 수 있다. 생사동일 관념이란 생과 사의 구별조차 초월하여 생사가 서로 마찬가지라고 여기며, 생과 사의 공포에서 벗어나고자 했던 현학적 관념이다. 이처럼 「난정집서」는 바로 삶과 죽음에 대한 현학적 해석을 뛰어넘어, 생명에 대한 불안감과 애착을 인정하고, 또 그 불안감은 영원할 것임을 수용한 것이다.[28] 이성적 마춰에서 깨어난 진실한 표현이다. 또 생명은 그 유한성 때문에 무한한 가치를 갖게 되는데, 그 가치가 '영원'할 수 있는 방법이 바로 문학이라는 것이다.

따라서 이들에게 문학은 단순히 풍류가 아니라 오히려 생명의 가치에 대한 낭만적이면서도 현실적인 추구라 할 수 있고, 그 작품이 바로 「난정시」다. 그들은 「난정시」에, 산수 속에서 철학을 사유하고 인생의 의미를 탐색하며 자연의 아름다움을 체험하는 내용을 담았다. 그것을 '일상일영'一觴一詠, 즉 술 한 잔에 시 한 수를 돌아가며 읊조리고, 감정을 공유하며 사유를 교류했다. 이것이 시를 통한 담론이다. 시를 남겨 자신의 존재가치를 찾고자 했던 이들의 기준으로 보면, 돈과 물질적 풍요를 좇는 현대인의 삶이 무척이나 가볍게 느껴진다. 「난정집서」는 이처럼 우주와 인생에 대한 철학적 내용을 이성보다는 솔직한 감정으로 표현한 문장이다.

난정아회와 금곡아회, 두 아회는 모두 당시 현사 명류들의 모임이었고, 수려한 산수에서 개최되었으며, 송별연과 수계연이라는 특

허광조(許光祚), 『난정도병서서권』, 타이베이고궁박물관.

정한 계기를 가지고 모였고, 음주와 시가창작을 즐겼으며, 시를 짓
지 못하면 벌주를 마셨다는 점에서 유사하다. 또 시를 지어 한데 엮
고 아회 개최자가 서문을 지었다는 점도 유사하다. 서로 다른 점도
있는데, 첫째, 두 아회의 시대적 배경이 다르다. 금곡아회를 개최했
던 서진의 석숭과 주변 문인들이 사치와 부귀를 숭상하며 거침없는
풍류를 숭상했다면, 난정아회에 참여했던 동진의 문인들은 왕조 멸
망이라는 비극을 경험하고 고향을 등지고 남방으로 이주한 사람들
이어서, 부귀나 공명을 추구하지 않고 안정된 생활을 원했다. 산수
에서 편안하게 즐기거나 서예나 회화 같은 예술을 즐기면서 고아하
고 초탈한 삶을 추구했다. 둘째, 금곡아회는 석숭이 만든 인공 별장
에서 개최된 아회다. 반면 난정은 숭산준령嵩山峻嶺의 울창한 숲 속에
계곡을 끼고 있는 자연경관에 위치한다. 셋째, 금곡아회는 밤낮으
로 금곡간과 별장의 여기저기를 오가며 관현악 연주가 울려 퍼지는
가운데 열린 성대한 연회다. 반면 난정아회는 악기 연주가 없고 흐

르는 물가에 늘어 앉아 '술 한 잔에 시 한 수를 읊으며' 마음속 감회를 편안하게 풀어낸 모임이다. 넷째, 금곡아회의 구성원들은 소소가 석숭의 자부姉夫이고 구양건이 석숭의 조카인 것을 제외하면 대부분 관직으로 맺어진 인물들이다. 정치성이 짙을 수밖에 없다. 이에 반해 난정아회는 가족, 형제, 조카, 사돈 등의 관계에 있는 인물이 다수를 차지하므로, 금곡아회에 비해 상대적으로 정치나 명리적 색채가 진하지 않은 모임이다.

금곡아회가 단순히 송별을 위한 사교적 모임이라면, 난정아회는 수계를 통해 자신을 단정히 하고 한 해의 액을 씻고자 하는 의미도 지니고 있다. 「난정집서」의 내용은 「금곡집서」에 비해 상대적으로 철학적인 면이 강하고 산수의 풍경에 대한 묘사가 자세하다. 「금곡집서」 내용이 주로 오락적인 것을 추구하고, 화려한 경물을 묘사하는 것과는 대조적이다. 이러한 경향은 그들이 창작한 시가에도 그대로 반영되어 나타난다.

4) 「난정시」: 철학을 사유하다

동진의 문인 명사들 모임에서는 철학적 담론과 문학창작이 그 주요 활동이었다. 서진 이후 유행했던 현학적 사유가 아직 영향을 미치고 있었기 때문이다. 그런데 당시의 담론과 창작의 주제는 산수와 관계가 밀접하였다. 심지어 손작은 "산수경치를 보지 않고 글을 지을 수 있는가"라고[29] 하기도 했다. 산수경물을 보고 느낀 아름다움이나 철학적 사유를 담론거리로 삼아, 자신도 그 자연의 흐름 속에 있음을 확인하고, 산수와 자연에 대한 새로운 정취를 시적 언어와 의경으로 표현하는 것이 이 시대 문학의 흐름이었다. 난정아회가 열린 늦봄의 회계산 난정 주위의 경치도 문인 명사들을 자극하여 철학적 담론을 이끌어내고 창작 욕구를 불러일으키기에 충분했다. 우선 철학적 사유가 강조된 시를 보자.

왕희지의 「난정시」는 산수 경치에 대한 철학적 해석을 빌려 생명의 유한성에 대한 상실감을 희석해내고 있다.

저 아득한 우주의 흐름
돌고 돌며 멈추지 않는구나.
변화는 나로 인한 것이 아니고
가고 오는 것도 내가 만든 것이 아니지.
근본 원리는 또 어디에 있는가?
순리에 따르면 이치는 절로 커진다.
기심機心이 있으면 깨달을 수 없으니
만족만 찾다가 이해에 얽매이게 되지.

외물에 얽매임 없이 순리를 따름만 못할 터
소요하며 좋은 시절을 맞으리라.

悠悠大象運　輪轉無停際
陶化非吾因　去來非吾制
宗統竟安在　卽順理自泰
有心未能悟　適足纏利害
未若任所遇　逍遙良辰會

　우선 끊임없이 반복 순환하는 우주의 원리, 자연의 흐름을 표현
했다. 당연한 말이지만, 우리의 유한한 인생도 그 흐름의 일부다. 그
러니 자연의 변화는 인간이 어쩔 수는 없는 것, 그저 자연의 순리대
로 따라야 한다. 그러나 만약 '기심'이 있어서 이러한 이치를 깨닫
지 못한다면, 세속적인 이해에 얽매이고 '지족'至足의 경지에는 도
달하지 못하게 된다. 외물에 얽매임 없이 순리를 따르는 것이란, 일
체의 번뇌를 초탈한 후의 달관적인 심경에 도달한, 담박하고 평화
로운 마음 상태를 말한다. 인생은 자연의 흐름 가운데 하나이니, 그
유한성을 슬퍼하기보다는 그 이치를 따르고 소요하며 즐기겠다는
깨달음이다. 생명에 대한 인식이 철저하게 이성적이고, 그래서 '소
요'逍遙에 대한 갈구 역시 침착하다.
　전통적으로 문인들은 자연의 아름다움이 영원한 것을 보며 그와
는 대조적인 인생의 무상함을 슬퍼한다. 유희이劉希夷의 시구, "해마
다 해마다 꽃은 같건만, 한 해 한 해 사람은 늙어가네"年年歲歲花相似, 歲

歲年年人不同:「白頭吟」 같은 감개가 그것이다. 하지만 이러한 생명의 무상감은 역설적으로 생명이 유한하기 때문에 무엇보다도 가치 있고 소중하게 여겨지는 것이며 좀더 근사한 삶의 가치를 찾게 만든다. 옛 시가는 이러한 번민을 진지하게 담은 까닭에 철학적 의미와 중량감을 갖추고 애상적 정서와 여운을 남기게 되는 것이다. 앞의 「난정시」에서도 자연과 인간을 대비했다. 하지만 아직 삶의 유한함이 주는 불안감과 무상감을 철학적으로 포장하던 시대에서 멀지 않은 까닭에, 전반적으로 이성적으로 철학적인 의미를 부여하는 데 치중했고, 정서적 공감을 이끌어내는 데는 부족하다. 물론 이것은 당시 시풍의 한계이기도 하다. 그래서 「난정시」가 대체로 시의 맛이 떨어진다고 느껴지는 것이다. 그렇다 해도 최초의 시회로서 난정아회가 갖는 의미가 축소되지는 않는다.

왕희지의 다음 「난정시」 역시 구체적인 산수의 형상과 추상적인 자연지도를 결합시켰다.

봄이 만물을 이끌어내니
그곳에 마음을 풀어낸다.
우러르면 푸른 하늘이요
굽어보면 쪽빛 물가인데
가볍게 끝없이 바라보니
시선 따라 이치가 절로 펼쳐진다.
위대하다! 조물주의 공이여
만물에 모두 고르구나.

자연의 소리 비록 달라도

나에게는 새롭지 않은 것이 없네.

三春啓群品　　寄暢在所因

仰望碧天際　　俯磐綠水濱

寥朗無涯觀　　寓目理自陳

大矣造化功　　萬殊莫不均

群籟雖參差　　適我無非新

　전체 시가 "시선 따라 이치가 절로 펼쳐져 있음"을 체득하는 과정을 서술했다. 우러르면 보이는 파란 하늘, 굽어보면 눈에 들어오는 쪽빛 물결 모두 조물주의 힘이 미쳐 자연경물에 끊임없는 변화가 생긴 것으로, 위대한 자연의 이치가 아닌 것이 없다고 했다. 시인의 사유가 구체적인 산수경물에서 추상적인 철학으로 확장되었다. 그런데 이 시에서의 '푸른 하늘'과 '쪽빛 물가'는 모두 난정이라는 특정지역의 경물에 대한 묘사라기보다는 자연의 도를 깨닫게 하는 일반적인 경물에 불과하다. 일종의 관념적인 경물과 큰 차이가 없다는 의미다. 뜻을 얻으면 상을 잊어버린다는 '득의망상'得意忘象적 인식론의 한계라 할 수 있다. 즉 '상'象인 경물은 단지 '의'意인 자연의 이치를 나타내기 위한 도구에 불과해서, 경물도 철학적 이치를 깨닫게 할 수 있을 정도의 보편성만 묘사한 것이다. 그래서 경물 자체의 아름다움은 크게 중요하지 않다. 「난정시」 가운데는 이처럼 철학적 이치를 증명해내기 위한 개괄적 경물묘사가 많은 비중을 차지한다.

당인(唐寅), 「난정아집도」 부분.

5) 「난정시」: 산수의 아름다움을 그려내다

위에서 말한 바와 같이 산수 경물에 대한 관심은 철학적 이치를 논증하려고 출발했지만, 산수자연이 지닌 아름다움은 자연스럽게 사람들의 오감을 자극하고 심미적 감성을 이끌어낸다. 경물에 대한 심미적 감상은 점차 예술화하면서 그 변화의 끝에 산수시가 자리한다. 예를 들어, 왕희지는 또 다른 「난정시」에서 "비록 악기가 없어도 오묘한 샘에서 맑은 소리가 들리고, 피리와 노래가 없어도 긴 읊조림에 여운이 남는다"雖無絲與竹, 玄泉有淸聲. 雖無嘯與歌, 詠言有餘馨라며 산수에 존재하는 자연의 조화로운 운율을 느끼고 자연과 감성적으로 하나가 됨을 표현했다. 산수자연에 대해 비교적 자유롭고 친근하게 접근했고, 그 느낌을 그대로 감성적인 언어로 표현했다. 손통의 「난정시」도 산수에 대한 느낌을 위주로 한 산수시에 가깝다.

주인은 산수를 유람하며
우러러 은사의 발자취를 찾는다.

소용돌이 물결이 큰 물로 흘러들고
듬성한 대나무 사이 오동나무 무성하다.
물결 따라 가벼운 술잔이 맴돌고
시원한 바람은 높은 소나무에 불어온다.
철새가 긴 계곡 사이에서 지저귀고
온갖 자연의 소리 봉우리마다 울려온다.

地主觀山水　　仰尋幽人蹤
回沼激中逵　　疏竹間修桐
因流轉輕觴　　冷風飄落松
時禽吟長澗　　萬籟吹連峯

　　우선 산수 경치를 바라보면서 "은사의 발자취를 찾는다"라는 표
현으로 산수에 대한 흥취를 나타내고, 이어 경물에 대해 비교적 세
심하게 묘사했다. 소용돌이 치는 냇물, 대숲과 오동나무숲, 높은 소

나무에 불어오는 서늘한 바람, 그 사이에 울려 퍼지는 새들의 노래 등 전반적으로 주변 자연에 대한 관찰이 세심해졌고 친근해졌다.

또 이날 다른 문인들도 난정 주위의 산수를 빌려 심회를 풀어냈다. 왕현지는 "마음을 열어 자유롭게 하고, 술을 주고받으며 쌓인 근심을 풀어낸다"消散肆情志, 酣暢豁滯憂고 했고, 조무지는 "때때로 누가 근심하지 않는가, 산림 속에서 풀어내리라. 방외객方外客의 삶을 언제나 그리워하나니, 아득하게 한가로움을 즐길 수 있으리라"時來誰不懷, 寄散山林間. 尙想方外賓, 迢迢有餘閑고 했으며, 왕빈지는 "신선한 꽃이 숲에서 빛나고, 뛰노는 물고기는 맑은 냇물에서 노닌다. 물가로 가 낚시 드리우길 즐기니, 뜻이 어찌 물고기에 있겠는가"鮮葩映林薄, 遊鱗戱淸渠. 臨川欣投釣, 得意豈在魚라고 한 것 등이 그 예다. 여기에 나타난 한적한 정취에는 사회로부터의 어쩔 수 없는 도피나 대항감은 거의 보이지 않는다. 그저 자유롭게 한거하고 자적하며 고아한 삶을 추구하는 정신세계가 반영되어 있다.

이처럼 「난정시」에 표현된 산수 관념은 이원적이다. 즉 산수는 도를 체현하고 깨닫게 하는 매개이며, 그 자체가 심미적인 대상이기도 하다. 그래서 도를 체득하기 위해 산수에 접근하면서도, 산수 그 자체가 주는 보는 즐거움과 듣는 쾌락에서 커다란 만족을 얻는다. 「난정시」에 철학적 경향과 산수시적 경향이 공존하는 것은 바로 이러한 이원적 관념이 반영되었기 때문이다. 다만 아직은 산수에 대해 나를 잊고 동화되는 경지에는 이르지 못해서 진정한 산수시라고 하기에는 부족하다. 산이 나오고 물이 나온다고 해서 무조건 산수시가 아니다. 산수에서 사물物과 자아我가 경계를 잊고 하나가 되는 동화가 있어야 한다. 이러한 철학적 경향과 깊이 때문에 중국 산수시를 단순한 사경시寫景詩와 구분하기도 한다. 「난정시」가 중국 산수시가 나아가야 할 방향을 제시했다고 볼 수 있다.

결론적으로 『난정시집』에 실려 있는 40여 수의 「난정시」에는 주제나 풍격이 모두 비슷한 특징이 있는데, 주로 산수의 경치를 배경으로 사족 문인들의 철학적 사유와 한가한 심경을 서술했다. 4언시가 비교적 철학적인 내용에 치중했다면, 5언시는 경물묘사가 많다. 풍격은 철학적이면서도 청아하고 담백한 맛이 있고 한적의 경향이 뚜렷하다. 동진시풍은 바로 이 「난정시」에서 맛볼 수 있다고 평가되기도 한다.

이후 난정아회는 수많은 문인아회의 풍류적 기준이 되었고, 「난정집서」는 줄곧 서예의 전범이 되어왔다. 또 난정아회가 열렸던 계축년이 돌아오거나 해마다 상사일이 되면 난정아회의 풍류가 시회의 창작 소재로 자주 등장했다. 또 「난정집서」나 「난정시」에 등장하는 글자나 구절을 집자集字하여 시를 짓기도 하는 등 난정아회는 후대의 시회에서 다양한 형식으로 수용되었다. 난정아회는 회화에도 수용되어 수많은 그림의 소재가 되었다.

난정아회는 왕실과 귀족 문인들의 여흥문화에까지 영향을 미쳤다. 중국은 물론이고 조선시대 정조도 규장각을 설치하고 난정아회의 고사를 모방하여 봄마다 조정 신하들과 궁궐 안뜰에서 꽃구경하고 낚시질하는 것을 정례화했다. 1788년부터 시작된 이 모임은 각신閣臣이 주관하였고 각신이 아닌 사람은 참여하지 못했다. 그러다가 계축년인 1793년 3월에 이르러서는 '연소자, 연장자가 모두 모였던'소장함집(少長咸集) 난정아회의 의미를 본떠 그 참여자의 숫자를 확대했다. 정조는 신하들과 함께 술을 마시고 시를 지으며 태평성대를 구가함으로써 화합을 이루고자 한 것인데, 정치적 목적으로 난정아회를 이용한 것이다. 이후 옥계시사玉溪詩社 등 여항문인들의 시사에도 난정아회의 '연소자, 연장자가 모두 모여' '술 한 잔에 시 한 수를 읊는'일상일영 전통이 계승된다.

5. 백련사아회

동진 시대인 402년, 여산의 동림사東林寺에서는 혜원慧遠을 중심으로 승속僧俗이 함께 아미타불상 앞에 모여 서방정토에서 다시 태어나기를 기원하며 염불결사를 맺는다.[30] 결사 이름은 백련사百蓮寺인데, '사'社는 종교나 지향이 같은 사람들이 일정한 목표를 위해 결합한 조직을 말한다. 혜원과 혜영慧永, 혜지慧持 등 승려 12명과 은둔을 표방한 당시 명유名儒인 유유민劉遺民, 장야張野, 주속지周續之, 장전張詮, 종병宗炳, 뇌차종雷次宗 등 귀족 문인 6명으로 구성된 '18현'十八賢이 주체가 되었고,[31] 천여 명의 신도가 함께 참여했다. 18현은 혜원을 지근거리에서 보좌하며 신도를 이끌어 '정토지업'淨土之業을 수행했다. 따라서 이 백련사는 순수한 종교인의 결사라기보다는 종교적 수행을 위해 승려와 귀족이 연합한 결사라 할 수 있다. 백련사는 중국 최초의 결사로서, 후세 문인결사의 효시가 되었다.

혜원은 젊은 시절에는 유가경전과 노장사상을 좋아했으나 특별히 관직을 갈망하지는 않았다. 그러다가 석도안釋道安의 불법 강연을 듣고 불교에 귀의한다. 당시는 스승 도안도 전란을 피해 수행지를 이리저리 옮겨 다녀야 할 정도로 나라 정세가 불안한 시기였다. 혜원 역시 안정적인 수행처를 찾다가 여산의 동림사에 정착했고, 출가한 후에는 20년 동안 속세의 연을 끊고 산문 밖을 나오지 않았다고 한다. 그는 불리에 대한 박학함이나 지고한 인격, 중생을 평등하게 대우하는 태도 등으로 명성이 높아져, 그의 명성을 듣고 세속의 인연과 명예를 버리고 찾아온 사람들이 많았다고 한다. 그러자 송 무제나 환현桓玄 등의 권력자들이 관직으로 초빙하고자 했으나 끝내 고사하고 불학에 정진했다. 그는 방외지사로서 청담과 풍류로 청담가들을 끌어들였을 뿐 아니라, 문장력과 문학적 수양도 뛰어난 가사袈裟 입은 시인으로서 세속의 귀족·문인들과 시를 통해 교유하기도 했다. 백련사 역시 순수한 문학집단이 아니라 일종의 불교적 수련을 위해 결성된 신앙결사에 가깝지만, 종교적 수행 외에 문학적 교류활동도 가졌던 것은 그의 이러한 성향과도 관련 있다. 여산의 여러 도인이 함께 쓴「석문산을 노닐며 쓴 시에 서문을 짓다」遊石門詩幷序에서는, "석 법사혜원는 융안隆安 4년400 2월, 산수를 읊다가 마침내 지팡이를 짚고 여행했다. 이때 취향을 같이하는 문도門徒 30여 명이 함께했는데, 모두 옷을 꾸리고 여정에 올라 새벽에 창연히 흥을 키웠다"[32]라고 되어 있다. 이들이 "산수를 읊었다"는 것은 산수경물을 이미 하나의 독립된 심미적 대상으로 인식했다는 의미다. 이때 함께 여정에 나선 도인 30여 명이 시회를 열어「석문산을 노닐며」遊石門詩라는 제목으로 시를 지었으니, 이들의 문학적 교류의 규모가 컸음을 알 수 있다.

이 밖에 그들의 문학적 교류를 볼 수 있는 사례로, 혜원이 「여산에서 노닐다」遊廬山라는 시를 짓자, 이에 대해 왕교지王喬之, 유유민, 장야 등의 문인들이 각각 「혜원의 「여산에서 노닐다」 시에 받들어 화답하다」奉和慧遠遊廬山라는 제목의 시를 지어 화답한 것이 있다. 특정한 시에 대해 시로 화답하는 것을 '창화'唱和라 한다. 원래의 작품을 '창시'唱詩, 화답한 시를 '화시'和詩라고 하는데, 화시가 있어야만 창화관계가 성립한다. 창화시는 최소한 2인 이상의 문인들이 주고받는 집체적 창작활동이다. 혜원과 왕교지, 유유민 등의 이 작품들은 현재 창시와 화시가 모두 전해지는 작품으로는 최초의 창화시라고 할 수 있다. 다음에 보는 혜원의 창시 「여산에서 노닐다」遊廬山는 「여산 동림사 잡시」廬山東林寺雜詩라는 제목으로도 전해진다.

우뚝한 바위 맑은 기운을 토해내고
깊숙한 동굴에는 신선 발자취 남았네.
드문드문 온갖 자연의 소리 연주되고
산속으로 물방울 소리 울려 퍼진다.
산속 선객 홀로 명상에 들더니
어느새 홀연 자취를 잊어버렸네.
손을 들어 구름문을 두드려보는데
신비한 빗장 어쩌면 열 수 있을까?
마음 흘러가 입도入道의 문을 두드리면
궁극의 이치는 멀지 않을 터.
누가 높은 하늘 끝에 떨쳐 올라

하늘 향해 날갯짓하지 않겠는가?

도리를 얻은 뒤 스스로 균형을 이루리니

깨달은 뒤에는 이로움 따위는 넘어서리라.

崇岩吐淸氣　幽岫棲神跡

希聲奏群籟　響出山溜滴

有客獨冥遊　徑然忘所適

揮手撫雲門　靈關安足闢

流心叩玄扃　感至理弗隔

孰是騰九霄　不奮沖天翮

妙同趣自均　一悟超三益

'신비한 빗장'靈關은 진리에 이르는 깨달음을 비유하는 말이다. '삼익'三益은 강직함, 너그러움, 박학함 등 세 방면으로 도움이 되는 벗을 나타내는데, 여기서는 오히려 세속적 이로움을 비유한다. 이 시는 바위나 동굴, 자연의 소리 등을 통해 여산의 신령스럽고 그윽한 경치를 표현했고, 이어 아름답고 신비스러운 경치를 마주할 때 마음속에 이는 진리에 대한 깨달음, 궁극의 이치를 얻고자 하는 간절함을 표현했다. 출가한 후 20년 동안 산문을 나오지 않을 정도로 불학에 정진했던 시인의 구도에 대한 열정과 간절함이 구마다 잘 나타났다. 시인 내면의 구도에 대한 열정을 표현한 점이 자연의 이치에 대한 철학적 해석에 치중했던 이전의 시풍에서 다소 벗어나고 있음을 보여주지만, 현묘한 자연의 이치나 궁극적 도를 추구하는

정신취향에서 완전히 자유롭지는 못하다. 이 시에 대한 왕교지의
화시 「혜원의 「여산에서 노닐다」 시에 받들어 화답하다」를 보자.

세상을 넘나들어도 이치를 얻긴 어렵고
신묘한 아름다움엔 피아의 구별이 없다.
저 아득하고 밝은 경계를 뚫으니
흐릿하게 진세塵世의 산봉우리 보이네.
뭇 언덕들이 평평하게 펼쳐진 가운데
한 봉우리만 우뚝 하늘로 솟았구나.
드높은 풍경 바위 따라 아래로 흐르고
맑은 기운은 시간 따라 부드러워진다.
신령스러운 꼭대기로 보이는 곳에
한 선객이 그 봉우리를 넘어간다.
긴 강은 우거진 나무 사이에서 빛나고
거센 빗줄기는 가을 솔숲에 내리친다.
아슬아슬 걸어가 깊은 벼랑 내다보니
신비한 계곡물에 만 겹 산이 비치는구나.
바람과 샘물은 먼 곳의 기운을 조절하고
아득한 소리에는 새들의 합창 섞여 있다.
수려한 먼 곳 경치 한적해 보이는데
그 한쪽으로 구강 줄기가 보이는구나.
인생사가 이런 천상계에 속해 있으니
하늘에 퍼지는 맑은 소리 늘 듣는다네.

超遊罕神遇　妙善自玄同

徹彼虛明域　曖然塵有封

衆阜平寥廓　一岫獨淩空

霄景憑巖落　清氣與時雍

有標造神極　有客越其峯

長河濯茂楚　嶮雨列秋松

危步臨絶冥　靈墅映萬重

風泉調遠氣　遙響多喈嘈

遐麗既悠然　餘盼覬九江

事屬天人界　常聞淸吹空

　이 시는 처음과 끝에서 신비한 여산의 경치를 현묘한 자연의 이
치와 연결시켰지만, 전체적으로는 여산의 웅대하고 장활한 경치를
다양한 각도에서 조감하는 데 치중했다. 우뚝 솟은 여산, 바위 절벽
을 따라 드리워진 풍경, 나무 숲 사이로 멀리 반짝이는 구강 물줄기,
만 겹의 산이 차곡차곡 비치어 신비스러운 계곡, 바람과 샘물이 있
어 상쾌한 산 공기, 자연의 소리에 녹아드는 새들의 지저귐 등 한 폭
의 여산풍경화다. 혜원의 작품에서는 구도에 대한 열정이 표현되었
으나, 그 화시인 이 작품에는 구도에 대한 고민보다는 여산 풍경에
대한 묘사에 치중했다. 일견 구도에 대한 고민은 가벼워 보이나, 궁
극의 이치를 찾고자 하는 큰 스님의 간절함에 일개 평범한 문도가
맞장구친다는 것이 어쩌면 주제넘다 여겼던 것은 아닐까 싶다.
　일반적으로 창화시는 창시의 내용에 대한 화답이 주요한 특징이

고, 당나라 중기 이후로는 창시의 '운'에 대한 화운이 필수조건이 된다. 하지만 이 시는 창화시 발생 초기의 작품이라 창화시의 그러한 특징이 제대로 형성되지 않았고, 다만 순수하게 시를 창화하기 위해 창작했다는 점에서 의미가 있다.

당시의 문인들이 산수경물을 대하며 철학적 사고를 연계하던 사유방식은 일정한 조건만 주어지면 아주 쉽게 산수시로 전환된다. 백련사 18현 중 한 사람인 종병도 「산수를 그리며 쓴 서문」畵山水序에서 "산수는 그 형상으로 도를 아름답게 꾸며낸다"山水以形媚道며, 산수의 형상은 도를 체현하는 것이라고 여겼다. 나아가 산수를 그려내는 방법은 "모양에 따라 모양을 그려내고, 색에 따라 색을 나타내는"以形寫形, 以色貌色 것이라고 했는데, 종병은 산수화를 그리는 것을 염두에 두고 한 말이지만 산수시에도 적용할 수 있다. 시가에 자연경물의 모양을 묘사하고 색을 칠하면 산수시가 된다. 왕교지가 지은 위의 시 역시 여산풍경을 선명하게 묘사한 산수시에 가깝다.

백련사아회白蓮社雅會는 유유민과 장야 등 18현 외에 도연명陶淵明도 일정한 교류가 있었던 것으로 추측된다. 혜원법사가 백련사를 결성하고 편지를 써서 도연명을 초빙했는데, 도연명은 "술을 마셔도 된다면 가겠노라"고 해서 그것을 허락했다. 그런데 모임이 있는 날, 갑자기 인상을 쓰더니 돌아가 버렸다고[33] 한다. 도연명이 왜 갑자기 가버렸는지 그 이유를 알 수는 없지만, 혹시 불사에서 열린 모임에 약속한 '곡차'가 준비되지 않아서는 아닐까. 도연명은 당시 동림사에서 멀지 않은 곳에 살았고, 혜원의 속가 제자인 주속지, 유유민과도 절친해서 이른바 '심양삼은'潯陽三隱이라고 불리는 인물이었으며[34] 장야와도 절친한 관계였으므로, 이 백련사의 혜원이나 다른 성원들과도 교류가 있었을 것으로 보인다.

특히 도연명은 창화시가 몇 수 전해지는데, 이는 백련사 문도들이 시를 지어 창화하던 문화의 연장선이라고 볼 수 있다. 실세 도연명은 두어 명의 이웃사람과 사천斜川을 함께 노닐며 산수자연의 아름다운 풍광을 즐기고 그 감흥을 담아 서로 시를 지었다. 「사천을 노닐다」遊斜川 서문에서는, "신유년 정월 5일 날씨는 맑고 화창하며 풍경은 한가하고 아름다워, 이웃 두세 명과 함께 사천에 놀러왔다. 긴 강가에서 증성曾城을 바라보는데, 물고기가 뛰어올라 석양빛에 비늘이 반짝이고, 갈매기는 부드러운 바람을 타고 뒤집으며 날아다닌다. 저 남쪽 언덕은 오래전부터 유명하여 더 이상 감탄스럽지 않지만, 증성은 옆으로 이어져 홀로 물가에 우뚝 솟아있으니, 아득히 영산이 연상되어 그 좋은 이름이 사랑스럽다. 즐거움이 다 채워지지 않아 함께 시를 지었는데, 일월의 흐름과 다른 내 나이를 멈추게 할 수 없으니 애석하구나. 각자 나이와 주소를 적고 그 시일을 적는다"[35]라고 되어 있다. 화창하고 한가로운 자연 풍경을 즐기고 그 여운을 담아 시문으로 그날의 일을 적으며 생명의 유한함을 초탈하고자 했다. 즐거움이 다 채워지지 않아 '시'를 지었다니! 물질적·향락적 즐거움에 익숙한 현대인은 범접하기 어려운 수준이다. 정신적·내면적 즐거움을 추구했던 그들의 풍류가 새삼 경외스럽다.

아무튼 이렇게 시회를 일상적으로 열었던 도연명이고 보면 백련사의 문인들과도 시가교류가 있었음을 유추할 수 있다. 도연명의 작품 가운데 「세모에 장 상시에게 화답하다」歲暮和張常侍는 장야의 시에, 「유 시상에게 화답하다」和劉柴桑는 유유민의 시에 응수한 작품이다. 이처럼 백련사아회는 창화시가 탄생한 아회이고, 그러한 시회문화가 후대 시회에서 문인 상호 간의 창화 문화로 발전했다고 할 수 있다.

산수시를 개척한 사령운도 혜원을 경모했다. 사령운은 27세 때 유의劉毅와 여산에 갔다가 혜원을 한 번 보고는 숙연한 마음으로 감복하여, 사찰에 누대를 세우고 열반경을 번역했으며 못을 파고 백련白蓮을 심어 보시했다. 이로 인해 백련사라는 이름을 얻었다.[36] 사령운은 후일 혜원의 조문弔文에서 "내가 배움에 뜻을 두던 시기에, 혜원법사 문도의 끝자리를 바랐다"予志學之年, 希門人之末:「廬山慧遠法師誄序」고 회고하기도 했다.

이상의 사실을 종합하면, 혜원이 당시 불교계의 거두이자 문학적 재능을 갖춘 인물이어서, 여산의 동림사를 중심으로 많은 문인 학사가 운집했고, 백련사라는 결사 내에도 '시가이군'적 관념을 바탕으로 하는 시가교류의 환경이 형성되었으며, 혜원·도연명·사령운 등을 중심으로 승속을 초월한 시회가 열렸음을 유추할 수 있다.

특히 이 백련사아회는 창화시의 탄생과 밀접한 관련이 있어 의미가 남다르다. 창화시는 당나라 중엽에 시회가 본격적으로 문인들의 교류문화로 정착하면서, 시회에서 가장 애용된 시가 형식이 되었다. 이 창화시가 언제, 누구에 의해 지어지기 시작했는지는 명확하지 않지만, 현존하는 작품을 중심으로 보면 도연명과 이 여산의 동림사를 중심으로 한 백련사아회의 문인들에 의해 본격적으로 지어지기 시작한 것으로 보인다. 창화시는 상대방의 특정한 작품唱詩에 대해 비교적 수평적인 관계에서 적극적이고 능동적으로 시로 화답^{화시}하는 것이다. 상대방의 작품과 상관없이 개별적으로 작품을 짓는 것과는 근본적으로 차원이 다른 문학교류다. '시가이군'적 관념이 가장 잘 반영된 시가 형식으로, 시가창작을 통해 능동적인 판세 맺기를 촉진한다. 그리고 이는 백련사아회에서 창화시를 통해 문인들이 시를 주고받으며 교분을 쌓음으로써, 시가창작이 교류를 위한 직접적인 수단이자 목적이 되었음을 보여준다.

이상과 같이 문인아회는 점차 구체적이고 전문적인 시회로 발전한다. 건안 시기 조비를 중심으로 한 관방의 서원아회에서 문인아회의 틀이 형성되었고, 죽림아회를 통해 문인의 자아 확립과 개성의 실현이 선언되었다. 이후 서진의 이십사우나 금곡아회 같은 정치 지향성이 강한 모임을 거쳐, 난정아회에 와서는 시가창작을 주요 목적으로 하고 상대적으로 평등한 관계의 시회가 탄생했으며, 백련사아회에서 창화시 문화가 탄생하였다. 이렇게 해서 시회는 지적 소통과 문학적 교류의 중요한 시공간이 되었다. 시회문화의 확산으로 연회, 송별, 시재의 경쟁 등을 위한 집단적 시가창작의 기회가 늘어났고, 시가가 크게 발전할 수 있는 시공간이 확보되었다. 그리고 이러한 위진남북조 시회문화를 토대로 후대의 과거제도가 자리 잡을 수 있었고, 문인 간 사적 교류에 시가 광범위하게 사용되면서 시가의 실용적·문화적 효용성이 커질 수 있었다.

6 시회의 확장

시회가 문인 사회의 중요한 교류방식이 되면서 점차 빈번하게 개최되었고, 독립적인 문화로 확대 발전해갔다. 시회문화의 확장은 시회가 본질적으로 갖고 있는 놀이의 지속적 속성과도 관련 있다. "놀이 공동체는 게임이 끝난 후에도 항구적인 조직이 되는 경향이 있다. ……어떤 예외적인 상황 아래 '떨어져 있으면서 함께 있다'는 느낌, 세상에서 벗어나 통상적인 규범을 일시적으로 거부한다는 느낌 등은 어느 한 게임이 끝난 뒤에도 지속되는 것이다."[1] 주로 일회성이던 시회가 구성원 간의 동질성이 확인되고 시회의 목적이 공고해지면서, 중요한 어떤 것을 함께 나눈다는 느낌으로 지속성을 갖고 반복적으로 개최된다. 이러한 시회는 일정한 인적 집단으로 발전하고, 문학적 계통성과 집단개성을 지닌 문학집단으로 발전하기도 한다. 특히 남조 제량齊梁 시대에 그러한 경향이 두드러졌다.

1. 시회 확장의 배경

시회가 확대되고 시회문화가 정착되는 데에는 여러 가지 시대적 요소가 작용했다. 그중 가장 중요한 요소는 남조 송나라·제나라·양나라 황실의 문화정치와 문벌사족의 점진적 몰락 그리고 그에 따른 시회의 인재선발 기능, 당나라의 과거제도와 천거薦擧 문화다.

한문 출신의 유유劉裕가 정권을 잡은 후, 송나라 조정은 정치적·경제적·문화적 권세를 누리던 사족들을 억압하는 한편, 문학을 특히 중시했다. 이러한 분위기에 따라 황실의 친왕들도 재능 있는 문인들을 불러들여 문예를 즐기고 문학아회를 빈번히 개최했다. 사령운이 여릉왕廬陵王 유의진劉義眞에게, 포조鮑照가 임천왕臨川王 유의경劉義慶, 시흥왕始興王 유준劉濬, 임해왕臨海王 유자욱劉子頊 등에게 차례로 임용되면서 문명文名을 떨친 것도 이 시대다. 하지만 이 시대 친왕 문인집단은 문학집단이라기보다 정치적 인재집단에 가깝다. 그들에게 문인들의 문학적 재능은 정치적·행정적 능력과 학문적 수준을 가늠하기 위한 수단에 불과했다.

특히 송 문제가 원가元嘉 16년, 조정에 유학·현학·사학·문학 등의 4관四館을 두고 인재를 배양하면서, 유가 경전보다 문학적 재능과 역사 지식이 중요해졌다. 문인들에게 문학은 더 이상 선택사항이 아닌 자신들의 정체성을 확인할 수 있는 유일한 방안이 되었다.[2]

송나라 황실을 이은 남제南齊의 고제高帝 소도성蕭道成과, 남제를 이어 양나라를 세운 무제 소연蕭衍 역시 문학을 장려하고 문화정책을 폈다. 이처럼 황실에서 당대의 일류 문인들을 불러들여 강론을 벌이고 시회를 여는 등 학술 문화를 이끌자, 이들을 중심으로 문학집단이 형성되면서 시가창작이 늘어나고 시회가 확대되었다.

시회의 확대는 관직을 독점하던 문벌사족의 점진적 몰락과도 밀접한 관련이 있다. 위진 시대에는 문벌사족이 관직과 문화를 주도하면서, "높은 자리에는 한문 출신이 없고, 낮은 자리에는 문벌사족이 없었다"[3]고 한다. 이러한 상황은 송 황실이 사족을 억압하면서 변화를 보이기도 했지만, 근본적인 문제는 사족들 자신에게 있었다. 사족들은 오랫동안 정치적·경제적으로 안정되면서 진취적인 기풍을 상실했고, 안일한 현실에 젖어 정무를 운용할 능력도 없는 백면서생이 되어버렸다. 문벌사족의 지위가 흔들리자 점차 문벌보다는 인재의 실질적인 능력이 중시되었다. 이러한 변화는 양 무제가 능력에 따라 인재를 발탁하는 현재주의賢才主義를 채택함으로써 더욱 현격해졌다. 무제는 수도에 국립대학을 세우고, 오경박사를 두고 학생을 가르치게 했다. 송·제 시대에도 국립 교육기관은 있었으나 귀족자제들을 위한 기구였다. 귀족을 위한 교육기관 외에도 전국의 수재들에게 오관五館을 개방함으로써 학문의 기회를 확대했고 적극적으로 인재를 양성하고자 했다.

문벌사족의 점진적 몰락, 문학 중시 풍토 등으로 관직 출사를 원하는 문인들은 고위관료나 유명 문인의 인정을 받고 출사의 기회를 잡고자 시회를 기웃거리게 되었다.[4] 당시에는 과거제도 같은 선발 방식이 아직 없었으므로, 시회의 중요성은 더욱 커졌다. 시회는 점차 자신의 재능을 알리거나 인재를 발탁하는 주요한 통로가 되었고, 따라서 참여 문인들은 암묵적이고 지속적으로 경쟁을 할 수밖에 없었다. 남조에 작시 능력으로 출사한 예가 무수히 많은데, 대부분 각종 시회에서 시문창작 능력으로 고위 관료나 유명 문인의 눈에 띄어 관직에 오른 경우다. 이러한 풍조는 시회가 발전하는 데 커다란 영향을 미쳤고, 수나라와 당나라의 작시 능력을 통해 관리를 선발하는 과거제도의 초석이 되었다.

위진남북조 시대에 시회를 통해 고위관료나 유명 문인들을 찾아 출사를 구하는 문화는 당나라의 천거문화로 이어진다. 당나라 과거제도는 단순히 시험 당일의 답안지 한 장으로 과거급제가 결정되는 것이 아니었다. 그것보다 평소의 명망이 중요한 영향을 미쳤으므로, 문인들은 시험 전에 고관대작이나 명사들에게 자신의 이름과 재능을 알려야 했고, 또 그들의 추천을 받아 주고관主考官에게 자신의 존재를 알린다면 금상첨화였다. 이를 위해 당나라의 과거응시자들은 자신의 작품을 들고 문학적 재능을 평가받기 위해 동분서주했는데, 이를 '행권'行卷이라 했다. 행권은 주로 시 작품을 바쳤고, 때로는 소설 형태의 글을 바치기도 했다.

유명인사와 권력자들에게 천거를 받기 위한 노력은 유명 문인이라도 예외가 없었다. 왕유는 기왕岐王의 권유로 옥진 공주玉眞公主를 찾아가 「울륜포」鬱輪袍를 연주하고 자신의 시권詩卷을 보여주었는데, 공주는 "향시에서 이런 인물이 1등이 된다면 얼마나 영광스럽겠는가"라며 감탄했다고 한다.[5] 실제 왕유를 천거한 사람이 누구인지에 대한 의견은 엇갈리지만 과거에 응시하기 위해 천거를 구했던 것만은 분명해 보인다. 이백도 과거 응시보다 유명 인사를 찾아다니며 천거를 구하는 데 열중했고, 천보天寶 초 도사 오균吳筠의 추천으로 공봉한림供奉翰林이라는 벼슬에 제수되었다. 두보 역시 과거시험에 낙방하고 장안에서 세월을 보내며 출사의 길을 모색했는데 뜻대로 되지 않았다. 결국 그는 좌승左丞 위제韋濟에게 「위 자승 어른께 받들어 올리다」奉贈韋左丞丈二十二韻라는 시를 지어 올렸다.

……

스스로 자못 뛰어나다고 생각하여

당장에 관직의 요로에 오를 줄 알았습니다.

군주를 요순보다 훌륭한 성군으로 만들고

풍속을 다시 순후하게 바꾸고 싶었습니다.

이 같은 의욕은 결국 부질없어졌지만

길 가며 노래한다고 해서 모두 은자는 아니겠지요.

나귀 타고 30년 동안

나그네로 도성에서 봄을 보냈습니다.

아침이면 부잣집의 문을 두드리고

저녁이면 귀인의 행차를 따라다녔습니다.

……

……

自謂頗挺出　立登要路津

致君堯舜上　再使風俗淳

此意竟蕭條　行歌非隱淪

騎驢三十載　旅食京華春

朝扣富兒門　暮隨肥馬塵

……

　　이 시는 두보가 36세쯤에 지은 것으로 추정된다. 부잣집 문을 두
드리고 귀인의 행차를 따라다녔다 함은 자신의 재능을 이끌어줄 사
람을 찾아 동분서주했음을 회고한 것이다. 이 시는 표면적으로는
자신의 재능을 알아주고 추천했던 위 좌승에게 물러가는 심정을 말
하고 있지만, 진심은 다시 한 번 자신을 추천해주기를 바라면서 자
신의 능력을 알리는 데 있다. 대시인들도 결국 천거를 받느냐 못 받
느냐에 따라 정치적 명운이 걸렸던 것이다. "불우한 처지를 벗어난
사람은 대부분 추천을 받은 경우였으며, 탁월하게 뛰어나 존귀한
사람의 추천을 물리치고 스스로 현달한 경우는 열에 두셋도 되지
않았다."6) 이러한 천거문화는 자연스럽게 문인들의 시회 참여를 확
대했다. 두보가 아침저녁으로 따라다녔다는 부자와 귀인의 행차는
많은 경우가 시회였을 것이다.

　　이처럼 사회 명사와 교류하거나 그들의 천거가 장안의 명성과 성
공을 결정짓는 요소가 되고 그 교류활동에 시회가 중요한 시공간이
되면서, 시회는 점차 확장되어 당대 문인문화의 중요한 부분을 차
지했으며 당시의 번영을 이끌었다.

　　당나라의 '시부취사'식 과거제도가 당시의 번영에 직접적으로
영향을 주었는지에 대해 시론가와 학자들 사이의 의견은 다양하다.
송나라의 엄우는 "당시가 어째서 본 왕조보다 뛰어난가? 당나라 때
에는 시로 관료를 뽑았기 때문이다"7)라며 과거제도가 당시의 발전

에 영향을 주었다고 보았다. 반면, 명나라의 왕세정王世貞은 "사람들이 당나라가 시로 관료를 뽑아서 당시가 뛰어나다고 하는데, 그렇지는 않다. 과거시험에서 지어진 시를 보면 좋은 작품은 드물다"[8]며 시부취사와 과거제도 간의 연관성을 부정했다. 과거제도와 당시의 번영 간의 관계에 대한 의론은 현재까지도 진행형이고, 한마디로 단정하기는 어렵지만, 분명 과거시험장에서 지어진 작품이 인구에 회자된 경우는 드물다. 하지만 과거를 준비하는 당나라 문인들이 작시 능력에서 자유로울 수 없었고 천거를 받기 위한 행권의 방식 역시 시 작품이었던 점을 보면, 넓은 의미에서는 분명 관련이 있어 보인다. 현대의 연구자들은 과거시험 자체보다 오히려 행권문화가 당시의 번영에 커다란 영향을 미쳤다고 보기도 한다.[9]

2. 가족 사회

위진남북조 시대에 사족은 정치적·문화적으로 인재가 가장 밀집한 귀족으로, 문화적 계승자이자 창조 주체였다. 하지만 그들의 정치적 권력이나 문화적 지위는 자신들의 정치적·문화적 노력으로 얻어진 후천적인 것으로, 그 지위는 유동적이고 가변적이었다. 춘추 시대나 한나라의 귀족들 대다수가 왕족 공후公侯의 후예로서, 엄격한 종법제도의 테두리 안에 있었던 것과 차이가 있다. 특히 사족들은 그들의 사회적 지위가 문화적 우월성에 의해 결정되기 때문에 학문, 예술, 문학 등의 분야에서 긴장된 노력을 계속해야 했다. 가문 내에서 가학家學을 엄격히 실시하며 독창적인 가풍을 형성하고자 했고, 특히 문학교육을 중시했다. 이 가운데 진군陳君 사謝씨는 가족 구성원들이 지속적으로 문학교류를 갖고, 비슷한 예술적 목표를 두고 계통성 있는 문학창작을 이루어냈다는 점에서 주목할 만하다. 사씨 출신인 사혼謝混과 사령운, 사조謝朓 등은 지나치게 철학적인 경향을 띠었던 당시 시가에서, 산수를 주요 소재로 하여 서정성을 회복하였고 산수시의 역사를 열었다.

사씨 가운데 문학을 풍류의 기본 소양으로 강조하고 가족 문학아회를 이끌었던 인물로는 동진의 사안이 대표적이다. 사안은 여러 차례 조정의 부름이 있었으나 응하지 않고 회계 등지에서 은거하며, 왕희지 등과 산수를 즐기고 시문을 음영하여 '강남 제일의 풍류지사'로 불렸다. 그는 난정아회의 중심인물이기도 하다. 영강寧康 2년374, 환온桓溫이 왕권찬위를 기도할 때, 사안은 다른 사족들과 연합하여 그의 찬위를 막기도 했다. 전진前秦의 부견苻堅이 침입했을 때는 사현謝玄 등과 함께 수백만 대군을 물리쳐 동진을 전쟁의 위험에서 벗어나 안정 국면으로 들게 했다. 이 공로로 사씨는 높은 작위에 봉해졌다. 이처럼 사안은 진군 사씨가 강력한 신흥사족으로 떠오르게 한 핵심인물이다.

사안은 "나는 항상 교육을 하고 있다"고 자부할 정도로[10] 가학을 중시했다. 특히 문학은 풍류 행위의 여기餘技 정도가 아니라 사족들의 사회문화적 지위를 결정하는 데에서 절대적으로 중요한 기준이었다. 이 때문에 사안은 문학에 특별한 관심을 두고 가족 내에서 자유롭게 문학을 토론하는 분위기를 조성하여 문학가족으로의 길을 이끌었다.

어느 날 사안이 "『모시』毛詩 가운데 어느 구가 가장 아름다운가"라고 묻자, 사현이 "옛날에 내가 갈 적엔 수양버들이 하늘하늘했는데, 지금 내가 돌아올 때는 비가 부슬부슬하다"라고 대답했다. 사안은 "커다란 계획으로 운명을 다스리고, 원대한 계략으로 시대에 알린다"를 읊으며, 이 구가 고아하고 깊이가 있다고 했다.[11] 사현이 답한 구는 자연경물을 빌려 자신의 감정을 표현한 것인데, 대우가 정확하고 자연스럽다. 즉 그는 예술성을 중시했다. 사안이 제시한 구는 현덕한 사람은 자신만을 위해 처세하지 않고 천하를 위해 근심하며, 한 시대보다는 긴 앞날을 내다보고 계략을 세운다는 내용이다. 즉 내용에서 의미가 깊고 전아한 작품을 높이 평가했다. 사도온謝道蘊은 "윤길보는 송頌을 지으매 부드러운 바람처럼 따뜻하고, 중산보仲山甫는 심회를 읊으며 그 마음을 위로한다"[12]고 답했다. 윤길보와 중산보는 모두 서주西周 말의 현신賢臣이다. 사도온은 당시 사안이 정치가로서 조정의 중임을 맡고 있었던 현실 상황을 헤아려, 사안의 넓고 큰 포부와 재상으로서의 풍도를 암시적으로 비교한 것으로 보인다.

이 세 사람의 대화내용을 보면, 이들은 『시경』을 유가의 경전으로 본 것이 아니고, 문학작품으로서 자유롭게 감상하고 비평했음을 볼 수 있다. 유학의 퇴조와 노장사상의 대두 등 당시 철학사조의 변화에 힘입어 순수하게 문학의 예술성을 추구한 것이다. 이러한 훈련은 문학정신을 함양하고 창작을 위한 예술적 소질을 키우는 데 도움이 된다. 이처럼 가족 중심의 시회는 외부의 시회에 비해 정치적 열망에서 벗어나 비교적 자주적이고 평등한 시회문화를 만들어낼 수 있고, 창작에서도 자유롭게 자신의 심미적 정취를 드러내고 상호 절차탁마할 수 있는 기회가 된다. 이들에 의해 산수시가 탄생할 수 있었던 것도 이러한 문학창작의 비정치적·서정적 경향과 무관하지 않다.

사안의 노력으로 고양된 사씨의 문학적 자부심과 응집력은 다음 세대에 이르러 그들만의 '오의지유'烏衣之遊를 만들어냈다.

> 사혼은 풍격이 고준하고 교류가 많지 않았는데, 오직 집안의 령운, 첨瞻, 회晦, 요曜, 홍미弘微 등과만 시문을 즐기며 어울렸다. 항상 모임을 갖는 곳이 오의항烏衣巷이었으므로, 그들의 교유를 '오의지유'라고 한다. 사혼이 말하기를, "옛날 오의지유는 우애가 있었으니 모두 같은 성씨였다네"라 했다. 그들 사씨 외에는 풍류와 명성이 아무리 높다 해도 감히 참석할 수 없었다. ……술을 마시고 즐기며 시를 짓게 했는데, 사령운과 사첨 등이 칭찬을 받았다.[13]

'오의지유'는 가족 내 지도적인 위치에 있던 사혼을 중심으로, 사령운, 사첨, 사회, 사요, 사홍미 등이 모여 즐기면서 시를 지어 절차탁마했던 사씨의 시회를 일컫는 말로, 비정치적이며 수평적인 교류가 특징이다. 사혼은 당시에 "풍류로는 강남 최고"風華爲江左第一:『南史』「謝晦傳」라 평가되고 또 고상한 인격의 소유자였지만, 이 오의지유만큼은 사씨만의 모임으로 운용했다. 당나라의 유우석劉禹錫은 "주작교朱雀橋 근처에는 들꽃이 피었고, 오의항 입구에는 석양이 비친다. 옛날 왕씨·사씨의 집 앞을 날던 제비는, 이제는 평범한 백성집을 찾아 날아든다"朱雀橋邊野草花, 烏衣巷口夕陽斜. 舊時王謝堂前燕, 飛入尋常百姓家: 『金陵五題』「烏衣巷」라고 문벌사족의 쇠락을 표현했다. '오의지유'는 훗날 귀족적 모임이나 그들의 풍류를 일컫는 말로 쓰인다.

사씨 가운데 사령운의 문학적 성취가 가장 높다. 사령운은 사씨의 정치적·문화적 권위가 정점을 찍고 하락하던 시기의 인물인데, 그러한 정치적 위축을 온몸으로 거부하고자 했지만 역부족이었다. 그는 많은 하인을 거느리고 산행을 나서거나, 자신의 장원을 짓겠다고 산림을 마구 훼손하기도 했고, 휴가원도 내지 않은 채 출근을 하지 않고 마음대로 '외유'를 다녔으며, 지방관과도 충돌이 잦았다. 또한 애첩과 하인 간의 추문이 생기자 하인을 죽여버리는 등 남의 이목을 끄는 기행으로 미움을 사기도 했다. 정치적으로도 유의의 휘하에서 관직에 있었던 것이 화근이 되어 유의의 정치적 숙적이었던 송 무제 유유의 탄압을 계속 받았고, 친왕들과 관계가 친밀하다는 이유로 경계의 대상이 되기도 했다.[14] 이렇듯 독특한 기행과 정치적 불운이 겹쳐 결국 반역죄로 불행한 인생을 마감하였다. 그는 문벌사족의 후손이지만 쇠락기에 처해 뜻을 펼치기 어렵게 되자, 그 울분을 산수를 유람하며 벗어나고자 했다. 사혼, 사혜련, 사첨 등의 종형제들과 시를 음영 창화했는데, 일부 작품은 시회가 아니라 서로 멀리 떨어져 있을 때 주고받은 작품이지만 그 관계성이나 정서상으로는 오의지유의 연장선상에 있다. 사령운의 「가을비가 그치고」秋霽 시에 대해 사첨은 「사강락사령운의 「가을비가 그치고」 시에 답하다」答康樂秋霽詩라는 시를 지어 보냈다.

저녁에 비 개이니 날씨 서늘하고
조용한 방에도 맑음이 넘친다.
창문 열고 촛불을 끄니
달빛과 이슬이 하얗게 넘쳐난다.
홀로 잠 못 들어도 할 일이 없고
잠든 이도 역시 편안했다 말하리라.
뜻밖에 「가을비가 그치고」란 시를 얻었는데
그리움과 괴로움이 진실하게 쓰여 있네.
제 벼슬길의 고난함을 한탄하면서
그리운 말과 정을 깊이 새겼구나.
내 비록 위로의 말은 부족하더라도
그대 깊은 근심 잠시나마 가벼워지길.
이것으로 아름다운 글에 답하노니
길게 읊하며 내 삶을 부끄러워한다.

夕霽風氣涼　閑房有餘淸
開軒滅華燭　月露皓已盈
獨夜無物役　寢者亦云寧
忽獲愁霜唱　懷勞奏所誠
嘆彼行旅艱　深玆眷言情
伊餘雖寡慰　殷憂暫爲輕
率率酬嘉藻　長揖愧吾生

사령운의 원시는 전해지지 않지만, 위 시를 통해 사령운이 보낸 시에서 벼슬길의 고난을 토로했고 종제에 대한 그리움을 담았던 것을 알 수 있다. 사첨이 화답한 이 시에도 종형제 간의 깊은 우애, 그리움, 걱정, 위로 등이 간절하게 잘 나타나 있다.

사령운은 특히 사혜련과 우애가 깊었고 문학적으로도 함께 절차탁마했다. 사령운은 사혜련을 서진 문단의 거두인 "장화가 다시 살아난다 해도 바꾸지 않겠다"張華重生, 不能易也: 『南史』 「謝惠連傳」고 할 정도였다. 그는 사혜련을 만날 때마다 문학적 영감을 얻었다고 했는데, 영가永嘉에 머물 때 하루해가 다하도록 완성하지 못하던 시구를 홀연 사혜련 꿈을 꾸고는 바로 '못 가에 봄 풀 자라고'池塘生春草라는 명구를 지어내었다고 한다.[15] 그 스스로도 이 구를 "신이 도운 시구이지 내 언어가 아니다"라며 만족해했다. 이들이 주고받은 증답시가 몇 편 전해지는데, 그들 간의 절친한 정이 특히 잘 드러난다. 사령운은 「종제 혜련에서 답하다」酬從弟惠連에서 "그 끝에 혜련 그대를 만나, 얼굴을 펴고 마음을 열게 되었지. 마음을 열어두니 자연히 말도 통하여, 모든 것이 그렇게 즐거웠네"末路值令弟, 開顏披心胸. 心胸旣云披, 意得咸在斯라 했다. 오랜 병으로 사람들과 교류를 끊은 채 있다가 혜련을 만났을 때 느꼈던 깊은 우애를 회상했다.

가족 간의 문학적 교류는 시회가 일회성에서 상시화常時化하는데 일조했을 뿐 아니라, 심미적 정취나 예술적 풍격에도 영향을 미쳤다. 사씨 시회는 산수시 창작과 관련하여 그 심미적 정취를 구체적으로 드러낸다. 우선 사혼이 동진 철리시哲理詩의 시풍을 적극적으로 변화시켜 산수시의 서막을 열었다. 이를 이어 사령운은 철학적 특징이 여전히 남아 있긴 하지만 산수의 아름다움 자체를 예술적 목표로 삼아 진정하게 산수시를 완성해냈다. 이처럼 철리시에서 산수시로 발전하는 전환적 단계에 사혼, 사령운이라는 두 사씨가 있었던 것은, 단순히 우연의 일치라기보다는 시회를 통한 가풍의 전승과 공통적 문학풍격이 영향을 미친 것이라 할 수 있다. 사씨 시회의 탈정치적·노장적·서정적·예술적 경향이 산수시 창작으로 응집된 것이다.

3. 친왕 문학집단

남조 제·양의 황실이나 친왕들은 정치적 활동보다 문인들과 시가를 음영하고 수창하거나 저술하는 것이 중요한 일상이었다.[16] 이들은 자신들의 우월한 신분에 의존하지 않고, 스스로 작품을 창작하며 문단을 이끌고, 학술 강론·저술 등을 주도했다는 점에서 이전의 황실 문학집단과 다르다.[17]

이른바 문학집단은 순수한 정감과 의지를 자각적으로 표현할 수 있어야 하는데, 이는 문인들의 정치적 독립성과 직접적으로 관련 있다. 하지만 중국 고대의 문인들은 시문 능력을 인정받아 관료로 출세하기를 열망했기 때문에, 황실이나 관료, 문단의 영수로부터 완전히 독립하기는 어려웠다. 다만 이 시대 문학집단의 시부창작이 정치적 교류의 여흥이 아닌, 독립적인 예술창작 행위로 인식되었다는 점에서는 발전적이다.

1) 경릉왕 문학집단

경릉왕竟陵王 소자량蕭子良은 제 무제의 아들로서, 문학을 좋아하여 당시 뛰어난 문인들을 자신의 서저西邸로 불러들여 교류의 장을 마련하고, 문학과 예술을 논했다.

소자량은 어려서부터 맑고 고상하여 빈객들에게 마음을 기울이니, 재능이 뛰어난 선비들이 모두 그 집으로 모여들었다. 서저를 개방하고 ……기실참군인 범운范雲과 소침蕭琛, 신안왕 임방任昉, 법조참군 왕융王融, 위군동각좨주 소연, 진서공조 사조, 보병교위 심약沈約, 양주의 수재 오군 사람 육수陸倕는 문학으로 특히 친밀하게 대우했으니, '경릉팔우'竟陵八友라고 했다. 법조참군 유운柳惲, 태학박사 왕승유王僧孺, 남서주의 수재 제양 사람 강혁江革, 상서전중랑 범진范鎭, 회계 사람 공휴원孔休源도 역시 참여하였다.[18]

경릉왕 문학집단에 참석했던 문인으로는 범운, 소침, 임방, 왕융, 소연, 사조, 심약, 육수 등의 경릉팔우가 중심이었고, 이 밖에 유운, 왕승유, 강혁, 유회劉繪, 장융張融, 주옹周顒 등이 있었다. 경릉왕 자신은 창작보다는 시회나 문학집단의 후원자로서의 역할이 컸고, 소속 문인들의 창작이 두드러졌다. 그들은 일정한 문학적 계통성과 지속적 활동을 보이며 문학집단을 형성했다. 주로 산수경물을 소재로 한 산수시나 영물시, 창화시 창작이 많았다. 또 순문학적 시각에서 문학의 예술성을 지속적으로 실험했는데, 특히 시가 성률聲律과 관련한 담론을 부단히 전개시켜 성률론을 확립하고 이를 시가에 응용하면서 후대 근체시율의 기초를 다졌다.

　이들의 시회를 재구성해보자. 제 영명永明 9년491 사조가 소자륭蕭子隆을 따라 형주荊州로 부임하자 송별연이 열렸다. 이 자리에서는 범운, 심약, 우염虞炎, 유회, 왕융 등이 모두 「사 문학을 송별하는 밤」餞謝文學離夜이라는 제목으로 시를 지었다. 사조 역시 「송별의 밤」離夜이라는 시를 지은 것으로 보아, 여러 문인이 주제와 5언 8구라는 형식을 통일하고 지은 것이라 할 수 있다. 범운과 사조의 작품을 보자.

「사 문학을 송별하는 밤」 범운
양대의 구름이 막 흩어지자
몽저의 물색이 맑게 드리웠다.
먼 산 사라졌다 다시 나타나고
평평한 모래는 끊길 듯 이어진다.
현마다 괴로운 소리 가득하고
이별의 노래에는 쓸쓸함이 넘친다.
그대가 수레 먼지 일으키며 떠나면
나는 동쪽 논에서 조 농사를 지으리라.

陽臺霧初解　夢渚水裁淥

遠山隱且見　平沙斷還緒

分弦饒苦音　別唱多凄曲

爾拂後車塵　我事東皋粟

「송별의 밤」 사조

옥승성은 높다란 나무 뒤로 숨고

은하수는 층층의 누대 위에서 반짝입니다.

헤어지는 사리 아름다운 조도 다하고

이별의 휘장 아래 맑은 거문고 소리 구슬프군요.

부서지는 물결도 되레 끝나는 때를 알건만

제 그리움은 아득하여 마름조차 어렵군요.

고향 산천도 꿈꿀 수 없을 터

하물며 그대들과의 술자리야 말해 무엇하겠습니까!

玉繩隱高樹　　斜漢耿層台

離堂華燭盡　　別幌淸琴哀

翻潮尙知恨　　客思眇難裁

山川不可盡　　況乃故人杯

　범운의 시에서 먼 산의 풍경이 나타났다 사라졌다 하는 것, 물길이 이어졌다 끊어졌다 하는 것은 아득한 거리를 묘사한다. 즉 사조가 떠날 곳이 아득히 멀다는 내용을 담았다. 감정이 벅차면 경물도 그 감정의 색을 입는 법, 연주되는 곡조마다 이별의 슬픔이 넘친다. 이어 그대가 수레의 먼지를 날리며 이곳을 떠나면, 이곳에 남겨진 나는 농사를 지으며 살겠다면서 벗을 상실한 마음을 표현했다. 사조의 시에서 첫 부분에 묘사된 내용은 별이 나무 뒤로 내려와 숨고, 은하수가 빛을 발하는 장면이다. 날이 밝아오니 헤어져야 할 때가

멀지 않았음이다. 이어서 부서지는 물결조차 멈출 때가 있을 듯한
데, 내 그리움은 도무지 멈출 때를 알 수가 없다 한다. 그러니 떠나
는 자의 아쉬움을 어찌 말로 다 하겠는가. 여정을 내딛는 그 순간부
터 오늘의 이 자리가 그리워지리라! 이날 송별연 시회에 참석한 문
인들은 '송별의 밤'이라는 공동의 주제를 통해 서로 이별의 아쉬움
을 나누고 문학적 감성을 공감하며 배웠을 것이다.

　사조는 다시 이들의 시에 「심우솔심약 등 제군들이 「사 문학과 송
별하며 지은 시」에 화답하다」和沈右率諸君餞謝文學라는 시로 마음을 담
았다.

　맑은 술 동이 앞에 두고 이별하는 봄밤

　강가에 서면 다시 나그네가 되겠지요.

　동으로 흐르는 강물을 탄식하며

　고향의 밭두둑 어떨지 궁금하겠지요.

　겹겹의 나무가 날로 무성해지고

　향긋한 모래섬 더욱 쌓여갈 때쯤,

　형주 땅 누대에서 멀리 바라보노라면

　그리움에 젖어 밤마다 돌아오는 꿈 꾸겠지요.

　春夜別清樽　　江潭複爲客

　歎息東流水　　如何故鄉陌

　重樹日芬葿　　芳洲轉如積

　望望荊壹下　　歸夢相思夕

형주는 사조가 부임하게 될 곳이다. 오늘 이 자리의 벗들은 도성에 그대로 있는데 자신만 떠나게 되었으니, 밤마다 돌아오는 꿈을 꾸게 되리라고 하였다. 몸은 비록 떨어져도 마음은 떠날 수 없다는 것이다. 일반적으로 '귀몽'歸夢은 나그네가 고향으로 돌아가는 꿈이라는 뜻으로 쓰이지만, 이 시에서는 벗들이 있는 곳으로 돌아가는 꿈이다. 그래서 벗들이 있는 곳을 '고향의 밭두둑'이라고 표현했다. 타향을 떠도는 이에게 고향은 늘 그리운 곳이듯, 친구들도 그 고향만큼이나 포근한 곳이라는 마음을 담았다. 정든 벗과의 이별이 아프게 다가온다. 그들에게 이별선물로 이 시를 지어 전했다.

경릉왕 문학집단은 때로는 문학적 재능을 겨루기 위해 창작을 하기도 했다. 사조, 심약, 왕융 등이 「악기를 함께 읊다」同詠樂器라는 제목 아래 각각 사조는 금琴을, 왕융은 비파琵琶를, 심약은 피리箎를 선택하여 지었다. 이렇게 서로 다른 주제를 분배하여 지은 시를 분제시分題詩라 한다.[19] 반면 같은 제목으로 지은 시는 동제시同題詩라 한다. 다음은 사조의 작품인 「악기를 함께 읊다·금」인데, 「금을 읊다」詠琴라는 제목으로 전해지기도 한다.

동정호에서 비바람을 맞은 나무
용문산에서 생사고난을 겪은 가지.
깎고 다듬어 촘촘히 화려한 무늬 새기니
부드러운 소리에 맑고 높은 음 충만하다.
봄바람이 혜초를 흔들어대거나
가을달이 아름다운 연못을 가득 채울 때,

바로 별학조別鶴操 가락 연주하면

나그네의 눈물 하염없이 흐르리라.

洞庭風雨幹　　龍門生死枝

雕刻紛布濩　　沖響鬱淸危

春風搖蕙草　　秋月滿華池

是時操別鶴　　淫淫客淚垂

동정호나 용문산은 거문고의 재료가 되는 오동나무의 명산지인데, 특히 모진 풍상을 맞은 나무라야 맑은 소리를 낸다고 한다. 거문고는 예로부터 문인들의 높은 교양을 상징한다. 반면 이 시에서는 오동나무가 좋은 거문고로 다시 태어나기까지의 과정에 자신의 정치적 불우와 좌절을 기탁했다. 시인은 이처럼 하고 있는 말과 하고 싶은 말 사이에 의도적으로 의미적 거리를 둠으로써, 시에 긴장감 있는 함축미를 부여했고 의미를 더욱 유장하게 했다. "사조의 시는 이미 작품 전체가 당대 문인의 것과 흡사하다"고[20] 평가된 것은 그러한 예술성을 말한다.

이처럼 동제시나 분제시는 자연스럽게 시흥이 일어나서 시를 창작하는 것이 아니라, 시를 지어야 하는 상황에 따라 창작하는 것이 대부분이다. 따라서 작품에는 시인의 진실한 내면이나 감성이 충만하게 반영되기 힘들고, 사상성 역시 높은 가치를 지니기는 힘들다.

경릉왕 문학집단은 시가를 '음영'할 때의 리듬감과 성률을 살리기 위해 평측을 조화시킨 창작을 했는데, 이것이 그들의 가장 의미 있는 문학사적 공헌이다. 주광잠朱光潛은 『시론』詩論에서 "중국 시는 본래 음악에서 나왔기 때문에 어느 정도까지 변하든 음악과 완전히 절연할 수는 없다. 문인시는 비록 노래할 수 없을지라도 읊조릴 수는 있어야 한다"[21]고 했다. 위진남북조 시대의 문인들도 작품을 음영했는데, 시회에서도 예외일 수 없다. 시회에서 문인들은 창작자이자 연행자이면서 감상자가 된다. 혼자 시를 짓는 경우라면 눈으로 읽거나 속으로 읊조려보는 것으로 그치겠지만, 다수의 문인과 시회를 열고 시가를 교류하는 상황이라면, 공개적으로 감상하고 공유하게 된다. 이때는 단순히 서로 돌려가며 눈으로 읽기보다는 어떤 형태로든 자신들의 작품을 음영을 통해 들려주게 된다. 따라서 시가를 지을 때는 읊을 때의 음률미까지도 고려하게 된다. 즉 노래와 달리 읊조리는 것은 "언어의 리듬과 음조로 하여금 약간의 형식화된 음악적인 리듬과 음조를 지니게 하는 것"인데, "따라서 부득불 가사의 문자 자체에 음악적인 노력을 기울이지 않을 수 없는 것이다."[22] 이렇게 해서 시가창작에서 한 행을 단위로 평성과 측성을 대비적으로 배치하여 화성和聲을 추구하게 된다. 문자 자체의 화성에 대하여 『몽계필담』夢溪筆談은 다음과 같이 말한다.

옛날 사람들이 문장을 지을 때에는 당연히 법칙에 따라 지었지만 음운을 위주로 하여 짓지는 않았다. 남조의 심약이 그것을 만들면서 음운학을 숭상하는 풍조가 시작되었다. 그는 말하기를 "궁음宮音과 우음羽音이 서로 변환하면 고저강약이 분명해진다. 만약 앞쪽에 가볍고 맑은 음이 출현하면 뒤쪽에는 반드시 무겁고 탁한 음이 있게 된다. 한 문장에서 음운이 완전히 다르고 두 구절 간에는 경중이 전혀 다르다. 이러한 완벽한 수준에 이르면 비로소 문장을 논할 수 있을 것이다"라고 하였다. 이로부터 부염하고 공교한 어휘들은 물론 작문방법도 다양해졌다.[23)

이처럼 시가에 사용된 문자 자체의 사성四聲을 운용하여 언어적 리듬과 음조를 추구했는데, 사성은 각 음의 장단·고저·경중이 비교적 분명하여 음을 조화롭게 운용하는 데 매우 효과적이기 때문이다. 시가에서 한 구를 단위로 사성과 평측이 서로 교차하면 시가의 음조가 다양해지는데, 읽으면 높낮이의 변화로 리듬감이 두드러지므로 듣기에도 좋고 독송하거나 기억하기도 쉬워진다. 즉 심약이 시가에 사성을 도입한 것은 시회 등에서 시가의 수월한 음영과 듣기 및 기억에 좋게 하기 위한 것이었다.

심약을 중심으로 한 경릉왕 문학집단의 시가 음영을 위한 성률미 탐구는 '무엇이 시가인가' 같은 본질적 특성에 대한 고민에서 나온 것이다. 시가는 원래 읊조리거나 노래할 수 있는 대상이었으므로, 시가의 본질적 특성을 살리고자 문자 자체의 화성을 도입한 것이라 할 수 있다. 그리고 이는 이들의 아회가 문학에 중심을 둔 시회였음을 방증한다.

2) 소강 문학집단

소강은 양 무제 소연의 아들이자 소연을 이어 간문제簡文帝에 오른 인물이다. 유견오庾肩吾, 유효위劉孝威, 강백요江伯搖 등 열 명을 고재학사高齋學士로 불러 함께 서적을 편찬했고, 유신庾信과 서릉徐陵, 장장

공張長公, 부홍傅弘, 포지鮑至 등을 문덕성학사文德省學士로 초빙하여 함께 문학을 창작하거나 저술했다.[24] 소강은 이렇게 휘하의 문인들과 학술 강론, 소통, 각종 저술, 불사佛事 활동 등을 즐겼는데, 가장 많이 즐긴 것은 문인들과의 문학아회였고 주로 시회였다.[25] 그런데 그의 작품에 대해 "맑은 어휘로 기교적으로 지었던 작품은 전부 연회에서 지어진 것이고, 조탁으로 이어진 수사도 내용은 모두 규방에서 일어난 일이다"[26]라고 평가한다. 연회에서 지어진 규방 관련 내용이란 바로 궁체시宮體詩를 말한다. 궁체시는 무희나 가기歌妓 등 여인의 움직임이나 자태를 섬세하게 관찰하여 개성적으로 표현한 작품이다. 그런데 궁체시인의 시선은 궁중 여인이나 무희들의 짙은 화장, 화려한 의상, 매끈한 허리 등 눈부신 미모나 요염한 자태에 대한 객관적인 재현이 우선이고, 이성으로서의 감성은 배제된다.

소강의 궁체시「미인의 아침 화장」美人晨粧詩을 보자.

북창에서 아침 거울을 보다가
비단휘장을 다시 펼쳐 가린다.
수줍어 언뜻 나오지 못하면서
화장이 아직 덜 끝났다고 하네.
눈썹먹으로 눈썹 따라 넓게 그렸고
붉은 연지는 뺨을 따라 생생하구나.
화장하고 사람들 앞에 나선다면
반드시 아름답다는 명성을 얻으리라.

北窓向朝鏡　錦帳復斜縈
嬌羞不肯出　猶言粧未成
散黛隨眉廣　臙脂逐臉生
試將持出衆　定得可憐名

　이 시는 화장하는 여인의 모습과 그녀의 수줍음을 표현했는데, 전형적인 궁체시다. 짙은 화장을 한 여성을 바라보는 시선에는 남성으로서의 이성적 감정이나 에로틱한 시선은 이미 배제되었고, 열정 없는 객관적인 묘사가 그 중심이다. 감정을 배제한 채 피아彼我간 일정한 거리를 유지한 관찰자적 관조가 이루어질 뿐이다. 내용은 창백하고 감정은 담담하며 사상은 빈약하다.

　다음 작품은 소강, 유신, 왕훈王訓과 유준劉遵, 서릉 등이 참여한 시회에서 소강의 「춤」詠舞이라는 시에 유신이 지은 화시다. 유신은 소강 문학집단의 대표적 인물로, 서릉과 함께 염려艷麗한 시가를 지어 '서유체'徐庾體라고 불렸다. 훗날 서위西魏에 사신으로 갔다가 억류되어 귀환하지 못하고 북주北周에서 생을 마감했다. 북주에서는 고위 관직에 있으면서도 남쪽 고향에 대한 그리움을 평생 떨쳐내지 못했는데, 그 애절하고 비통한 심정을 수려한 문장에 담아 「애강남부」愛江南賦나 「의영회시」擬詠懷詩 같은 명작을 남겼다. 「「춤」 시에 답하다」和詠舞는 유신의 젊은 시절 작품이다.

규방 꽃 장식 촛대에 불빛이 밝고
'연여' 춤 쌍쌍으로 경쾌하기도 하다.

176

느린 곡조에 맞추어 발을 구르고
상성을 따라서 머리를 숙인다.
발을 돌려 걸음을 앞으로 내디디니
옷깃 나부껴 곡이 끝나지 않을 듯하다.
난새처럼 도는 자태는 거울에 선명하고
학처럼 돌아보면 보는 이들 넋을 잃는다.
일찍이 천상에서 배운 것이지
어찌 인간 세상에서 나온 것이랴.

洞房花燭明　燕餘雙舞輕
頓履隨疏節　低鬟逐上聲
步轉行初進　衫飄曲未成
鸞回鏡欲滿　鶴顧市應傾
已曾天上學　詎是世中生

이 작품은 기녀의 춤 동작을 노래한 시다. 깊숙한 규방 환한 촛불 아래서 두 기녀가 춤을 춘다. 가벼운 몸짓으로 느린 곡조에 맞추어 발로 바닥을 툭툭 치기도 하고, 높은 음에는 머리를 숙이기도 한다. 하늘거리는 옷깃으로 난새가 날 듯 두 팔을 펼치는데, 그 모습이 거울에 비치니 더욱 찬란하다. 필경 선녀들의 춤이지 인간세상의 춤은 아닌 듯하다. 이처럼 무희가 춤추는 곳의 환경, 춤의 자태, 춤곡과 무희의 복장, 춤동작 등을 시청각적인 미감을 살려 객관적으로 섬세하게 그려냈다. 일종의 영물시이기도 하지만, 춤을 묘사하는

데 충실할 뿐 영물시 고유의 비유적 의미나 작가의 언지言志, 서정은 빠져 있다.

시는 아무리 훌륭한 주제를 담았다 해도, 독창적인 내용이나 표현을 얻지 못하면 식상함을 떨쳐낼 수 없다. 시가 언어의 예술인 이유다. 하지만 궁체시는 한결같이 분 바른 여인만을 묘사하느라 언어의 감옥에 갇혀버렸고, 결국 스스로 그 분내에 질식해버렸다. 마음을 담을 여유도 없이.

소강이 소자현蕭子顯, 소역 등과 창화한 작품을 보자. 소자현의 「봄날의 이별」春別 4수에 대해 소강이 화시 「시중 소자현의 「봄날의 이별」 시에 화답하여」和蕭侍中子顯春別詩 4수를 지었고, 다시 소역에게 소자현의 「봄날의 이별」 시에 대해 화답할 것을 명하여 「「봄날의 이별」 시에 명을 받들어 짓다」春別應令라는 작품 4수를 짓게 하였다. '응령'應令은 황태자의 명을 받들어 지은 작품을 말하는데,[27] 이때 소강은 황태자의 지위에 있었다. 먼저 소자현의 「봄날의 이별」 제4수를 보자.

슬픔 안고 눈물 닦는 심정 이별한 사람은 알리라.
복사꽃 자두꽃이 바람에 이리저리 날리니
사람 마음은 나무와 같지 않다고 알고 있었건만
어찌 생각했으랴! 사람의 이별이 꽃 지는 것과 같을 줄을.

銜悲攬涕別心知　桃花李花任風吹
本知人心不似樹　何意人別似花離

이 시는 이별의 슬픔을 노래했다. 옛날에는 몰랐으나 내가 임과 이별을 하고 보니, 꽃잎이 바람에 날려 지는 것이 흡사 내가 이별한 것처럼 보인다. 가슴 가득 상심을 안고 있으니 눈길 닿는 곳마다 내 감정이 이입된 것이리라. 다음은 이 작품에 화답한 소강의 작품 「시 중 소자현의 「봄날의 이별」 시에 화답하여」 제4수다.

> 붉은 복사꽃 하얀 자두꽃이 아침 화장인 듯 고운데
> 초췌한 얼굴에 수줌음 번지니 새로 핀 꽃인 듯하다.
> 그대와 잠시 살다 그대보다 먼저 죽어도 미련 없지만
> 서방정토에 내 영혼을 부를 향이 없을까 걱정되누나.

> 桃紅李白若朝妝　　羞持憔悴比新芳
> 不惜暫住君前死　　愁無西國更生香

이 작품은 사랑하는 임과 함께 살고 싶은 여인의 간절한 소망을 노래한 시다. 내용은 복사꽃과 자두꽃이 고운 봄날, 임을 그리워하다 초췌해진 여인의 얼굴에도 복사꽃 같은 부끄러움이 화사하게 번진다. 그대와 지금 함께할 수만 있다면야 짧은 시간 함께 살다 죽어도 아쉬울 것이 없겠다만, 그저 걱정되는 것은 죽어 서방정토에 가면 영혼으로라도 임을 만나러 돌아올 수 없게 될까 하는 것이다.

다음은 소역이 소강의 명을 받아 지은 「「봄날의 이별」 시에 명을 받들어 짓다」 제4수다.

날 저물어 위수 다리 서쪽에서 서성거리는데
마침 차가운 달이 구름과 나란한 것이 보인다.
만약 달빛이 멀고 가까움을 가리지 않는다면
멀리 있는 그 사람 이 밤에 우는 것도 비추겠지.

日暮徙倚渭橋西　正見涼月與雲齊
若使月光無近遠　應照離人今夜啼

이 작품은 타향을 떠도는 이가 고향 아내에 대한 그리움을 노래
한 시다. 위수渭水 강가에서 산책을 하는데 때마침 구름 사이로 지
나가는 달을 보니 문득 아내가 생각난다. 달은 아무리 멀리 있는 무
엇이라도 다 비출 터, 그렇다면 내가 보고 있는 저 달은 고향에서 나
를 그리워하며 눈물 흘리고 있을 아내도 당연히 비추고 있으리라.
이 세 명의 작품은 모두 민간 여인의 정서를 담았다. 황족인 이들의
체험적 정서나 현실의 반영이 아니라 상상해서 쓴 창작을 위한 창
작이라 할 수 있다.

　전통적으로 '시가이군'적 관념은 시가가 문인들의 교류에 유용
하다는 효용론적 의미도 있지만, 시가를 통해 정서적·의식적으로
'군'群, 즉 집단을 형성할 수 있다는 의미이기도 하다. 제량 시대의
시회 역시 '시가이군'적 관념에 따라 상호 우호적이고도 정서적 공
감을 확인하는 방향으로 진행되면서, 구성원끼리 유사한 문학관념
이나 문학풍격을 형성하여 문학집단으로 발전했다. 실제로 제량 시
대에 친왕 주도의 문학집단이 본격적으로 등장하면서, 시회는 문학

공간이자 문화공간이 되어 문인교류와 문학담론을 촉진시켰다. 또 '예술을 위한 예술'로서 시가를 창작했으며, 독자적인 문학이론과 문학풍격을 형성했다. 경릉왕 문학집단을 중심으로 성률과 관련된 담론이 형성되었고, 시가에 성률이 도입되었다. 소강 문학집단은 "입신立身의 도와 문장의 도는 다르다. 입신은 반드시 신중해야 하지만, 문장은 모름지기 거리낌 없이 자유로워야 한다"며,[28] 문학은 어떠한 사상에 구속되지 않는 자유로운 사고가 전제되어야 한다는 문학관념을 견지했다. 이에 따라 입신의 도와 거리를 둔 궁체시를 창작한 것이다.

이 친왕 문학집단은 자신들의 문학관념을 반영하여 문학비평서나 선집選集, 총집叢集, 유서類書 등을 편찬했는데, 소통 문학집단에서 편찬한『문선』文選, 소강 문학집단의 서릉이 중심이 된『옥대신영』玉臺新詠 등이 그 결과물이다.

4. 문인 시회

위진남북조 시대의 문인아회는 조비가 개최한 서원아회를 시작으로 주로 황실 성원에 의해 주도되다가 점차 사족과 문인 계층으로 확대되었다. 도연명은 이웃과 사천斜川으로 소풍을 갔다가 즐거움이 넘쳐 시를 주고받았고, 백련사아회에 참가했던 장야·유유민과도 시를 주고받았다. 사령운도 회계의 산천에 별장을 짓고, 은사隱士인 왕홍지王弘之, 공순지孔淳之 등과 마음대로 탈속의 정취를 즐겼는데, 당시 그들이 시를 짓기만 하면 귀천을 막론하고 사람들이 너도

진환(陳煥), 「서원아집도」.

나도 경쟁적으로 배웠다 한다. 또 사혜련, 하장유何長瑜, 순옹荀雍, 양
선지羊旋之와도 산수를 유람하며 시문을 지었는데, 당시에는 이들을
'사우'四友라 불렀다고 한다.[29] 이들이 '사우'라고 지칭된 것은 이들
의 모임이 일회성이 아니라 반복적으로 이루어졌음을 의미한다. 이
처럼 시회가 문인들의 교류문화 속으로 깊이 파급되면서 문인이 중
심이 되는 시회가 지속적으로 확대된다. 친왕 문학집단에 비해 사
회적·문학적 영향력이 제한적일 수 있으나, 문학이 정치에서 한결

벗어날 수 있었고, 시회문화나 시가의 하향전파 및 보편화에 상당한 영향을 미치게 된다.

남제의 대표적인 문인 시회로 임방이 이끈 난대아회蘭臺雅會와 용문아회龍門雅會가 있다. 임방은 "최근의 사조와 심약의 시, 임방과 육수의 산문은 실로 문장의 으뜸이며 저술의 모범이다"라고[30] 평가를 받았던 인물이다. 임방은 어사중승御史中丞으로 있을 때 난대취蘭臺聚, 즉 난대아회를 이끌었다. '난대'는 어사대御史臺를 지칭하는 것으로, 어사중승이던 임방이 아회의 주축임을 알 수 있으며 유효작劉孝綽, 유포劉苞, 유유劉孺, 육수, 장솔張率, 은운殷芸, 유현劉顯, 도개到漑, 도흡到洽 등이 주요 성원이다.[31] 육수의 「임방에게 드리는 시」贈任昉詩를 보면 '난대아회'에 대한 자부심을 엿볼 수 있다.

따스한 바람 아름다운 기운 섞이는 곳에
참된 사람들이 함께 노닐고 있네.
장하구나 순문약
어질구나 진태구.
지금의 난대의 모임도
옛 그 모임에 진실로 버금간다네.
임군은 원래 지식에 통달했고
장씨는 욕심 없이 절제하지.
세상에 우뚝한 도씨 형제도 있고
젊은이 사이에 유씨도 보이는구나.

和風雜美氣　下有眞人遊

壯矣荀文若　賢哉陳太丘

今則蘭臺聚　方古信爲儔

任君本達識　張子復淸修

旣有絶塵到　復見黃中劉

순문약荀文若은 천재일우千載一遇 고사에, 진태구陳太丘는 난형난제難兄難弟 고사에 나오는 인물이다. 당시 문인들의 실력이 우열을 가늠하기 어려울 정도임을 난형난제 고사로, 그들 모임은 천 년에 한 번 있을까 말까 한 귀한 만남이라고 천재일우에 비유했다. 임군은 임방을, 장씨는 장솔을, 도씨 형제는 도개와 도흡을 가리킨다.

임방이 어사중승으로 재직한 시간이 길지 않으므로, 이 '난대아회'가 지속된 시간도 그다지 길지는 않은 것으로 보인다. 하지만 그는 비슷한 시기에 '용문취'龍門聚, 즉 용문아회도 전개했는데, 참석문인이 은운, 도개, 유유, 유현, 유효작, 육수 등[32) 난대아회와 거의 비슷한 것으로 보아, 같은 모임이거나 문단의 영수로서 여러 문인 시회를 이끌었을 것으로 보인다.

문인이 중심이 되어 구성된 시회는 진陳나라 때에는 더욱 많아지는데, 후안도侯安都, 강총江總, 서백양徐伯陽 등이 주도했다. 후안도는 스스로 사직을 안정시키는 데 공헌했다고 자부하며 문인과 무인들을 자주 모아 시부를 짓게 하고 평가에 따라 상을 주었다.[33) 강총도 술회시述懷詩를 잘 지어 양 무제의 칭찬을 받았던 대표적 문인이다. 장찬張纘, 왕균王筠, 유지린劉之遴 등의 석학들과 나이를 초월한 망년

우회忘年友會를 맺고 시를 주고받았다.[34] 서백양도 태건太建 초기, 당시의 대표 문인들과 '문회우'文會友를 구성했다. 이들은 금곡아회나 난정아회의 전통을 이어 연회를 열어 시를 짓고 이를 모아 시집을 엮었는데, 서백양이 그 서문을 썼다.[35] 물론 진나라 때의 문학적 성과가 제량문학을 그대로 계승했을 뿐 새로운 문학을 이끌지는 못했지만, 문인 중심의 시회를 확대했다는 점에서 발전적 의미가 있다. 문인 주도의 문학집단과 시회의 증가는 문학의 중심이 점차 황실을 벗어나 문인 계층으로 이동해 갔음을 설명한다.

이처럼 위진남북조 시대에서 친왕이나 문인이 이끄는 문학집단이나 시회는 누구나 자발적으로 참여할 수 있는 것은 아니었다. 아회의 주재자가 고도의 선택권을 갖고 일정한 문학적 재능을 인정받은 문인들을 불러들이게 된다. 당·송 시대 친분 위주의 자발적 시회와는 다른 점이다. 하지만 각 문학집단이나 시회구성원 간의 관계는 상호 배타적이거나 폐쇄적이기보다 개방적이고 느슨했다. 즉 일정한 문학적 재능을 인정받으면 여러 시회에 참여할 수 있었다. 문인들은 시회를 통해 다양한 문학적 영감을 얻을 수 있었고, 창작의 기회를 갖고 새로운 시가 규율을 익히며, 서로 절차탁마하면서 문화적 계층을 형성했다. 이들의 시회활동으로 영물시, 궁체시, 창화시 등이 시대를 대표하는 시체가 되었고, 시가 내용과 형식의 발전을 이끌어낼 수 있었다.

당나라는 중국 시가문학의 절정기였고, 시회문화도 꽃을 피웠던 시기다. 당나라 초·성당 시기에는 주로 황실과 귀족을 중심으로 시회가 전개되었고, 문인 간의 시회는 많지 않았다. 문인 중심의 시회문화는 당나라 중기 이후 본격적으로 확대된다. 시가창작 능력으로 인재를 선발하는 과거제도가 확립되고, 문인군文人群이 점차 확대되면서, 과거를 준비하는 문인들이 시회에 참여하여 시를 짓고 새로운 구법이나 표현을 배우는 기회로 삼기도 했다.

또 과거시험 동기 모임인 '곡강연'曲江宴과 '행원연'杏園宴 그리고 백거이白居易가 주도한 '구로회'처럼 특정한 목적을 지닌 문인아회도 본격적으로 시회의 성격을 띠고 발전했다. 일반 문인들의 교류에서도 시회가 빈번해졌다. 백거이와 원진, 백거이와 유우석, 한유韓愈와 주변 문인 등의 시회는 특히 빈번했다. 또 시회는 장안이나 낙양에 국한되지 않고 각 지역으로 확대되어 지방관이 중심이고 지역 시인들이 참여하는 시회가 유행했다. 당나라 중기 대력大曆 연간에는 포방鮑防, 엄유嚴維가 중심이 되어 절동시회浙東詩會를 이끌고 『대력년절동연창집』大曆年浙東聯唱集을 남겼다. 안진경顔眞卿, 교연皎然도 호주시회湖州詩會를 이끌고 작품을 모아 『오흥집』吳興集을 엮었다. 진소유陳少遊, 장지화張志和의 회계시회會稽詩會, 위응물韋應物, 방유복房儒復 등의 소항시회蘇杭詩會, 한혼韓混의 절서시회浙西詩會 등도 당나라 중기의 지역 시회다.[36] 이처럼 당나라 중기 이후 시회는 단순히 시가동호인의 일회성 모임에 그치는 것이 아니라, 일정한 인적집단으로서 인맥을 형성하면서 이후 시사의 모태가 된다. 이외에도 만남, 송별, 축하, 기념 등을 위한 일회성 시회는 수없이 개최되었으며, 현존하는 많은 창화시나 송별시 등이 그 결과라 할 수 있다.

이후 청나라 때까지 시회는 문인들이 전문성, 아정성雅正性, 귀족성을 갖추어 품격 있는 고급 예술을 창조하고 추구했던 지적 모임

김홍도, 「송석원시사야연도」(松石園詩社夜宴圖), 국립중앙박물관.

이자 우아한 소통문화로 남았다. 청의 왕사정王士禎, 노견회盧見曾 등
이 조직한 양주揚州의 홍교수계虹橋修禊에서, 노견회가 지은 칠언율시
4수에 대해 당시 참여했던 문인뿐만 아니라 전국 각지의 문인들이
창화한 시가 무려 300여 권에 달했다. 이는 문인들이 시회 같은 집
단적 시가창작을 얼마나 중시했는지를 잘 보여준다.

  고려나 조선 문인들에게도 시는 학문의 여기이자 교양의 일부였
다. 명절이나 의식 행사, 잔치, 뱃놀이 등과 같은 행사가 있으면 경

이인문, 「누각아집도」(樓閣雅集圖), 국립중앙박물관.

치 좋은 산이나 강가, 누각이나 정자에 모여 시재를 겨루었다. 고려
시대에는 주로 왕이나 무인정권이 시회를 주재하거나 이끌었다. 따
라서 문인들은 막강한 권력을 휘두르는 이들을 찬미하는 내용으로
작품을 지었으므로, 자연스럽게 유미주의적 경향을 띤다. 이외에도
탈속적 풍류를 즐기며 시를 나누고 거문고를 타는 등 우아한 군자
의 삶을 지향하던 문인 모임도 생겨났다. 대표적인 것이 해동기로

회와 죽고칠현이다. 해동기로회는 최당崔讜 등 벼슬에서 물러난 선비 8명이 정기적으로 모여 거문고와 바둑, 작시, 음주 등을 즐겼던 풍류회였는데, 넓게는 시회적 성격의 풍류회였다. 죽고칠현은 이인로李仁老, 오세재吳世才, 임춘林椿 등 문인 7명이 죽림칠현식의 풍류를 즐기며 시를 창작하여 주고받았던 문인아회다.

이후 문화권력은 최고통치자에서 점차 사대부나 원로 또는 유명 문인에게로 이동한다. 자연스럽게 경관 좋은 누각에서 음악 연주나 음주를 통해 시흥詩興을 돋우고 시를 짓는 문인아회가 늘어났다. 참여자들은 문학인의 의식을 갖고 참여했고, 따라서 '부시'賦詩가 핵심 활동이 되었다. 14세기 전반에는 주로 조정 원로들이 결성한 기로회耆老會가 활기를 띠었는데, 이제현李齊賢이 주도하는 기로회가 시단의 주목을 받았다. 14세기 후반에 와서는 성균관 학관들이 결성한 시회의 활동이 두드러졌다.

시회는 점차 각 지역의 서원으로도 확대되었다. 이달李達은 선조 11년1578 남원 광한루에서 임제林悌, 양대박梁大樸, 백광훈白光勳 등과 시회를 열고 수창한 작품으로 『용성창수집』龍城唱酬集을 엮었다. 또 선조 13년에는 평양 부벽루浮碧樓에서 최경창崔慶昌, 서익徐益, 고경명高敬命 등과 시회를 가졌다는 기록도 있다.

이준李埈은 광해군 14년1622 7월, 이전李㙉, 유진柳袗, 전식全湜 등과 함께 낙강범월시회洛江泛月詩會를 열었는데, 동향문인 25명이 참가해 뱃놀이를 즐기며 「임술년 가을 놀이에서 '청'淸자로 시를 짓다」壬戌秋遊分韻得淸字라는 시를 지었다. 이 해가 임술년이었으므로, 임술년에 지어진 소식의 「적벽부」의 고사를 모방하여 같은 해 같은 달 같은 날인 임술년 7월 16일에 모였던 것이다. 이 밖에 이안눌李安訥이 중심이었던 동악시단東岳詩壇, 안동 김씨가 중심이 된 청풍계아회淸楓溪雅會, 강세황姜世晃이 중심이 된 안산아회案山雅會, 이유수李惟秀가 이끌었던 동원아집東園雅集 등도 대표적인 문인아회다. 또 19세기 말, 구례에서는 매천 황현黃玹과 왕석보王錫輔, 왕사천王師天, 왕사찬王師瓚, 유제양柳濟陽 등이 일기회一器會, 남호아집南湖雅集 등의 시회를 조직하여 왕성하게 활동했다.

또한 조선 후기에는 시를 향유하는 계층이 확대되면서, 시회는 여항의 문인, 전문예술인 등 중인 계층도 향유하는 문화가 되었고, 점차 정기적인 모임을 갖는 시사를 조직하기도 했다. 여항시인들의 낙사시사洛社詩社, 옥계시사, 서원시사西園詩社 등이 그것인데, 자신들이 시회에서 읊은 시를 모아 시집으로 엮어내기도 했다. 비록 이들의 교류가 아회나 시사의 이름으로 불리기는 했으나, 기본적으로 시가창작을 주요 활동으로 하는 시회의 연장선에 있다고 할 수 있다. 이와 같은 조선 후기 시회의 확산은 문화의 하향 이동이자 문화 향유 계층의 확대이기도 하다.

이처럼 문인들에게 시회는 중요한 소통 공간이었다. 문학적 영감을 얻거나 일정한 사상과 세계관을 공유하는 공간이었고, 당시의 새로운 예술적 가치를 확립하고 향유함으로써 배타적 신분계층을 확보할 수 있는 기회였으며, 문학적으로 절차탁마함으로써 문화적 권력을 소유할 수 있는 학습의 장이었다.

7 시회의 문화

고대 문인들이 세상에 나가기 위해 가장 먼저 갖추어야 하는 능력이 작시 능력이었다. 작시 능력을 평가하는 과거시험이 아니더라도, 문인들의 사교공간에서도 필수적인 조건이었기 때문이다. 이러한 시회는 진지하고 엄숙한 행위가 아니라 자유롭게 수행하는 지적 유희로서 지식인의 시 짓기 놀이였고, 일상의 시공간을 벗어난 행위였다. 백거이는 시회에서 시 짓는 분위기를 「배 시중이 문인들과 임정에서 지은 시를 보내와, 이 시를 지어 답을 올리다」裵侍中晋公以集賢林亭卽事詩三十六韻見贈, 以伸酬獻라는 시에서 이렇게 읊었다.

......

창화하느라 붓이 내달리듯 빠르고
묻고 답하느라 술잔이 더디구나.
한 번 읊으매 두 귀가 맑아지고

한 번 마시매 사지가 풀린다.

주인과 손님이 귀천을 따지지 않으니

모두들 누구인지 알지 못하네.

손님 가운데 시마가 있는데

시를 읊을 때는 피로를 모른다 하네.

남은 종이와 먹을 빌려서는

미친 듯한 노래가사를 한 번에 쓸어내네

……

……

唱和筆走疾　問答杯行遲

一詠淸兩耳　一酣暢四肢

主客忘貴賤　不知俱是誰

客有詩魔者　吟哦不知疲

乞公殘紙墨　一掃狂歌詞

……

이렇게 일상에서 벗어난 자유로움은 즐거움과 새로움, 예술성을 탐색하게 한다. 시회는 일종의 문학공간이자 문화공간이었다. 시회 문화와 그들 간의 질서를 구체적으로 살펴보자.

유숙, 『수계도권』 부분.

1. 시회의 시간과 공간

시회는 크게 조정이나 관가에서 정치적 의식행위의 연장선에서 개최되는 경우도 있고, 문인들이 사적으로 교류와 친목을 목적으로 개최하는 경우도 있다. 시회는 개최 목적에 따라 시간과 공간이 결정되는데, 이 시공간적 조건은 시회에서 창작되는 작품의 내용과 풍격에 중요한 영향을 미친다.

1) 시회의 시간

초기의 시회는 특정한 세시절기나 조정 또는 관가의 의식행사를 기념하기 위한 활동으로 개최되었다. 세시절기는 원일元日, 인일人日, 1월 7일,[1] 정월 회일晦日, 상사일上巳日, 3월 3일, 단오절, 걸교절乞巧節, 칠월칠석, 중양절9월 9일, 납일臘日 등이 대표적이다. 이러한 절기에는 전통적인 세시풍속 활동이 중심인데, 궁정이나 귀족 문인들이 기념 연회를 개최할 경우 시문 음영이 빠지지 않았다.

시대마다 중요하게 여기는 세시절기도 약간씩 차이를 보인다. 위진남북조 시대에는 상사일의 '춘계' 활동을 중시했다. 이때 춘계는 만물이 소생한 봄날을 즐기는 하나의 대중적인 명절이었다. 난정아회 외에도 상사일을 기념한 시회가 궁정과 귀족을 중심으로 번번히 개최되었고, 전해오는 작품도 적지 않다. 한편 칠월칠석은 민간에서 여인들이 바느질 솜씨를 좋게 해달라고 기원하는 '걸교절'이기도 하다. 이 걸교 풍습이나 견우직녀의 고사를 노래한 문학작품이 전해오고 있다. 당나라 때는 청명절清明節이나 한식寒食 절기를 중요하게 기념하며 답교踏橋 활동을 했고, 그날 시회를 열어 기념작품을 남기기도 했다.

특정한 세시절기 외에 의식儀式 활동에서 시회가 개최되기도 한다. 조정에서의 석전제釋奠祭, 황제나 태자의 경전강의, 사신 접대 등이 그것이다. 석전제는 『예』 『악』 『시』 『서』를 관장하는 관리가 계절마다 술과 음식을 차려놓고 선대의 성인과 스승들에게 제사를 지내는 행사다. 석전제나 경전강의 등 조정의 의식행사에는 많은 신하가 참여하는데, 이날 시회가 열리면 문인들은 자신의 문학적 가치관이나 풍격과 상관없이 국가적 의례의 성격과 황실의 기호에 맞추어 자신의 재능을 발휘한다. 여기에는 우아하고 정중한 내용, 장엄한 풍격, 화려한 수사가 중요하다.

시회문화가 점차 확대되면서 개인 간의 송별회, 관직전보 등과 같은 목적성 시회와 순수하게 시가창작이나 친분을 목적으로 하는 시회가 점차 빈번해졌다. 이러한 시회는 특정한 날짜와 상관없이 문인들이 의기투합하면 언제든 시회를 열고 서로 교류할 수 있었다. 특히 당나라 중기 이후 시회는 정치적 권위가 희석되고 순수한 정서적 교류 및 문학창작을 위한 모임으로 정착하면서, 문인 사회의 보편적이고 상시적인 문화로 자리 잡는다.

2) 시회의 공간

조정의 연회나 시회는 그 성격에 따라 규모와 장소를 달리한다. 조정 연회는 규모가 큰 '회'會와 규모가 작은 '연'宴으로 구분된다. "연과 회는 예법이 다르다. '회'에서는 조복을 입고 궁정 마당에 관악기와 타악기를 설치하고 천자의 권위를 내세우는 깃발들을 계단 아래 진열한다. '연'에서는 일상복을 입고 관현악기를 설치하고 금위군이 배치된다. '대회'大會는 태극전太極殿에서 거행하고 '소회'小會, 즉 '연'은 동당東堂에서 거행한다."2) 일반적으로 대회일 경우, 황실의 위세와 번성함을 드러내기 위한 의례절차가 중시되므로, 황실 성원이나 귀족, 관료, 공연자, 의장행렬 및 악대 등 수많은 인원을 수용해야 한다. 따라서 넓은 공간이 필요하다. '연'은 상대적으로 좁은 공간에서 개최된다.

궁정의 시회는 일반적으로 소형 연회에서 이루어지는 활동이다. 궁정의 실내에서 열리는 경우도 있지만, 어원·누각 등의 야외에서 열리기도 한다. 조비가 아회를 즐겼던 서원이나 낙양 화림원華林園은 황실 어원이다. 강남으로 남도한 후에도 동진 정권은 낙양 화림원을 모방하여 건강建康, 지금의 난징 궁성 북쪽에 화림원을 건설했다. 송나라 시대에는 또 건강 현무호玄武湖 북쪽에 제방을 쌓고 망루를 세워 '북원'北苑이라 했는데, 후에 '낙유원'樂遊苑으로 명명했다. 남조 궁정의 시회는 이 화림원과 낙유원에서 종종 열렸다.

당나라 때에는 궁정 내의 전각, 어원, 누각 등에서 열리는 시회 외

심시(沈時), 「난정수계도」(蘭亭修禊圖) 부분, 베이징고궁박물관.

에 장안성 동남쪽의 곡강曲江도 중요한 시회장소였다. 특히 과거급 제자들의 축하연이 이 곡강에서 열리면서 중요한 향락과 시회 장소 가 되었다. 곡강대회曲江大會가 가까워지면 먼저 교방敎坊에 연락하여 황제를 청하는 글을 올리게 되는데, 황제는 자운루紫雲樓에서 주렴 을 드리운 채 관람을 하기도 했다. 곡강에서 연회가 열리면 시장이 즐비하게 서는데, 이 때문에 장안 저자거리가 텅 비었고, 유력한 집 안에서는 이날 사위를 간택하기 위해 수레를 끌고 나와 길이 막히 기도 했다.[3]

궁정의 아회문화는 점차 궁정 밖으로 확대되면서 공간적으로 자 유로워졌다. 죽림칠현은 죽림, 즉 대나무 숲에 모여 시를 짓고 즐겼 다. 금곡아회는 그 공간이 개인이 인위적으로 건립한 별장이라는 점에서 아회의 개최를 공간적으로 자유롭게 했다. 특히 위진 이후 문인들은 산수 간에서 육체와 정신의 평화, '소요유'逍遙遊를 향한 정신적 갈구를 풀어낼 수 있다고 여기면서 산수를 즐겼다.

이러한 산수관념은 거꾸로 귀족의 장원 속으로 산수풍광을 끌어들이기도 했다. 당시 귀족들은 막강한 정치권력과 경제력을 토대로 광대한 장원을 보유하고 있었으므로 자연을 축소한 인공정원을 꾸밀 수 있었다. 다음은 남조 시대 수도인 건강에 꾸민 인공정원에 대한 설명이다.

바위와 계곡이 아득히 가로막고, 물과 돌이 맑고 화려하다. 설사 저택의 대문을 더 높이고 벽을 넓히더라도, 흙을 쌓아 샘을 만들고 숲과 연못을 꾸민 것보다 못하다. 그러므로 소나무 산과 계수나무 물가를 좋아하는 자는 소박함을 즐기는 데 그치지 않고 푸른 계곡과 맑은 못을 만들어 아름다운 조망을 이루었다.[4]

이렇게 인공 산과 바위, 연못과 계곡, 소나무와 계수나무 숲 등 은자가 거주하는 환경을 집 안으로 그대로 옮겨왔다. 귀족들은 이렇게 꾸민 정원을 대문과 벽을 높이 올려 집안의 권위와 장중함을 드러낸 저택보다 더 좋아했다. 그리고 이 인공정원 속에서 번거로운 세상을 잊고 유유자적하며 산수를 즐기고 자연을 체득했다. 또 그곳에서 사람들을 불러 모아 시회를 열면, 정원은 시적인 상상력을 촉발시키고 창작을 촉진시키는 장소가 되었다.

당나라 때에도 왕유王維는 종남산終南山 망천輞川의 별장을 사들여 배적裵迪 등의 친구들과 시회를 열고 망천의 여기저기를 소재로 시를 지었다. 백거이와 유우석이 노년에 창화를 즐겼던 낙양의 저택에도 연못과 아름드리나무로 가꾼 정원이 있었다. 백거이는 자신이

"사는 곳에는 대여섯 무畝의 연못, 수천 그루의 대나무, 수십 그루의 큰 나무가 있으며, 정자, 누각, 배, 다리 등이 작기는 하나 그 형태를 갖추고 있다"고[5] 밝혔다. 소나무가 시원한 그늘을 만들고 대나무는 낭창낭창 자연의 소리를 울려대는 정원에 둘러싸여 은둔한 듯 은둔하지 않고 시를 즐기며 사는 삶, 산수에서 지내는 삶과는 거리가 먼 우리는 꿈으로나 그려볼 모습이다.

시회가 산수 간이나 궁정의 후원, 귀족 저택의 원림 등 자연환경에서 개최될 경우, 수려한 자연경관은 시회 참석자들의 아취와 상상력을 자극하여 시가에 흥취를 더한다. 시회의 친자연적 공간 환경은 시가창작에 그대로 반영된다. 조식이 서원 주변의 풍경을 "밝은 달은 은빛 광휘를 맑게 비추며, 하늘의 별들은 여기저기 널려 있네. 가을 난초는 길게 산비탈을 덮었고, 붉은 연꽃은 푸른 연못을 덮었구나"「공연시」라고 묘사한 것, 반악이 금곡원의 풍경을 "굽이 도는 시내는 구불구불 험하고, 높은 산비탈 산길도 가파르다. 푸른 연못엔 물결이 출렁출렁, 푸른 버들은 바람에 살랑살랑. 솟구치는 샘물은 용비늘처럼 솟구치고, 거센 물살은 구슬처럼 흩날린다"「금곡집작시」라고 그려낸 것은 산수시의 일부라 해도 손색이 없다. 이처럼 자연환경에서 열리는 시회에서는 아름다운 경물이 자연스럽게 상상력을 확대시키고 입에서 나오는 대로 시구가 되면서 산수경물에 대한 묘사가 많아지고 다양해진다. 또 가까이에서 산수경물을 관찰하면서 묘사는 갈수록 섬세해지고, 산수 그 자체의 절대적인 아름다움을 인식하게 된다. 왕유가 망천시회輞川詩會에서 읊은 시는 그의 대표적인 산수전원시가 되었다.

2. 시회의 진행방식

1) 출제창작

출제出題 창작이란 시회에서 모임 개최자나 지위가 높은 사람이 창작의 주제와 형식 등 일정한 창작조건을 명령 또는 제시하면 참가자들이 동시에 창작을 진행하는 것을 말한다. 출제자는 직접 창작에 참여하기도 하고 시회만 주재하기도 한다.

시회의 창작주제는 상사일, 석전제, 청명, 송별회 등과 같은 당일의 특정한 행사나 절기를 기념하여 정해지기도 하고, 시회 주재자의 우연한 감상에 의해 인위적으로 현장에서 정해지기도 한다. 출제 상황에 따라 참석자 모두 같은 제목으로, 또는 각각 다른 주제나 제재를 분배하고 시를 짓기도 한다. 특정한 행사나 절기를 기념하는 의식행사에서의 시 창작은 주로 참석자 모두 같은 제목, 즉 동제시를 짓는 경우가 많다. 반면 문학적 재능을 겨루기 위해 모인 시회에서는 즉흥적으로 시제를 분배하여 분제시를 짓기도 한다.

> 분제分題라는 것이 있는데, 옛사람들의 분제는 하나의 사물을 각각 정해 짓게 하는 것이다. 예를 들면 '누구'에게 시 제목으로 '어떤 사물'을 정해 준다는 것이 그것이다. 탐제探題라고도 한다.6)

분제시를 짓기 위해서는 시의 제재를 기계적으로 분배하기도 하고, 특정한 사물의 이름이나 운, 고시의 구를 적은 종이를 준비하여 돌아가면서 하나씩 뽑아 정하기도 한다. 남조의 시회에서 집중적으로 사용한 창작 방식이다. 또 분제시 제목에 '부득賦得……'이라는 표현을 붙이기도 한다.

이른바 '부운賦韻'이란 시부의 부가 아니고, 부여賦予하다의 '부賦'이다. ……대개 당시에는 옛사람의 시구를 나누어주고 짓게 했으며, 그것으로 제목을 삼았다. ……제목이 하나가 아니고, 사람도 한 사람이 아니므로, (나는) 이 구를 얻었다고 표시하게 되는데, 그래서 '부득'이라고 부르는 것이다.[7]

예를 들어 시제가 「부득지상초청청」賦得池上草青青이면, '지상초청청池上草青青이라는 고시구를 분배받아 시를 짓다'라는 의미다. 창작의 주제 외에, '분운'分韻, 즉 특정 운을 분배하여 시를 짓기도 하고, 5언시, 7언시 같은 한 구의 글자 수, 시의 길이와 관련된 운의 수 등의 규칙을 정하기도 한다.

출제창작의 대표적인 예로, 남제 영명 8년490 경릉팔우의 일원인 심약, 사조, 왕융, 유회 등이 '고취곡'鼓吹曲 이름으로 시를 지었던 모임을 들 수 있다. 이들 문인들에게 창작주제로 제시된 고취곡이란, 한나라 이후 조정이나 관가에서 의식악장儀式樂章으로 사용되던 악부곡조다. 이날 시회에서는 「심우솔과 여러 공이 함께 고취곡 이름으로 시를 지어 먼저 완성되는 대로 순서를 정하다」同沈右率諸公賦鼓吹曲名先成爲次와 「같은 제목으로 다시 짓다」同前再賦라는 작품을 지었는데, 같은 날 두 번에 걸쳐 창작한 것임을 알 수 있다. '먼저 완성되는 대로 순서를 정한다'고 한 것으로 보아 약간의 경쟁을 개입시켜 문

주문구(周文矩), 「유리당인물도」(琉璃堂人物圖), 메트로폴리탄미술관.

학적 재능을 겨루었던 모임임을 알 수 있다. 이날 참가자들은 분제 시를 지었다. 1차에서 심약이 「방수」芳樹, 사조가 「임고대」臨高臺, 왕융이 「무산고」巫山高, 유회가 「유소사」有所思라는 고취곡 명으로 시를 지었고, 2차에서는 심약과 사조, 왕융과 유회가 서로 제목을 바꾸어 창작을 했다. 즉 이날 시회는 정치적 권위나 목적에서 비교적 자유로운 순수한 시가창작을 위한 시회였다고 할 수 있다.

일반적으로 문인들의 악부창작은 한나라 악부의 내용과 풍격을 그대로 학습한 모방작을 창작하게 된다. 하지만 이날 시회에서 지어진 작품은 내용과 형식에서 기존 악부창작의 틀을 완전히 탈피했다. 구체적인 작품을 보자. 먼저 왕융의 「무산고」다.

> 높디높은 무산을 마음에 그리며
> 석양녘에 '양대곡'을 부른다.
> 구름은 순간순간 흩어졌다 모이고
> 원숭이와 새소리 간간이 들려온다.

저 무산의 미인이 실제로 기약한 듯
꿈에서 깨어도 눈앞에서 아른거리네.
멍하니 앉아서 그쪽을 바라보노라니
가을바람에 마당의 나뭇잎이 떨어진다.

想像巫山高　薄暮陽臺曲

煙雲乍舒卷　猿鳥時斷續

彼美如可期　寤言紛在矚

憮然坐相望　秋風下庭綠

다음은 유회의 「무산고」다.

고당과 무산
우거진 가운데 서로 마주했구나.
구름 속에서 광채가 나고
노을 속에서 우뚝 솟아 있네.
저녁이면 빗줄기 누대에 멈추고
새벽이면 구름이 절벽을 감싸네.
오고 가는 것 기약하기 어려우니
선연한 아름다움에 슬픔이 인다네.

高唐與巫山　參差鬱相望

灼爍在雲間　氛氳出霞上

散雨收夕臺　行雲卷晨障

出沒不易期　嬋娟似惆悵

　한나라 악부의 「무산고」는 높은 무산에 올라 멀리 고향을 바라보며 그리워하는 내용이다. 이에 반해 왕융과 유회가 지은 「무산고」는 전통적 내용과 상관없이 무산에 전해지는 '무산신녀'巫山神女의 고사를 노래한다. 옛날 초회왕楚懷王이 무산에 놀러 갔다가 고당관高唐觀에서 잠이 들었는데, 꿈속에서 무산의 선녀인 요희瑤姬를 만나 사랑을 나누게 되었다. 요희가 돌아가려 하여 초회왕이 아쉬워하자, 요희는 "저는 아침에는 구름이 되어 산봉우리에 걸려 있고, 저녁에는 비가 되어 산기슭에 내리지요"라는 말을 남기고 사라졌다는 전설이다. 이 이야기는 송옥宋玉의 「고당부」高唐賦에서 문학적 소재로 사용되어 전해지며, 남녀의 사랑을 의미하는 운우지정雲雨之情이라는 말도 이 고사에서 유래했다. 악부시에서 무산신녀의 이야기가 사용된 것은 왕융의 이 작품이 처음이다.

　작품의 내용 전개를 보면 두 작품 모두 무산의 높음, 주변 경물에 대한 묘사, 무산신녀에 대한 암시와 그 기약, 상실감과 망연한 심정 순으로 전개된다. 같은 시회에서 1차와 2차로 나누어 전개된 창작에서 두 작품 모두 무산신녀의 고사가 등장하고 그에 대한 막연한 그리움과 상실감을 노래하는 등, 내용이나 제재, 구성, 주제, 수사 등에서 유사성을 보이는 것은 단순한 우연이라기보다는 2차 작품이 1차 작품을 염두에 두고 창작한 작품일 가능성이 크다. 형식면에서 1차와 2차 작품 모두 5언 8구로 지어졌다.

출제창작의 경우, 시회 참여자들은 자연스럽게 시의詩意가 일어 시를 짓는 것이 아니라 시회 주재자의 출제에 따라 시를 짓는 것이 대부분이다. 시회 참여자들은 그것이 어떤 주제이든 또는 어떤 사물이든, 자신의 창조적 상상력을 발휘해 인공적으로 시의를 구성해 내어 창작하게 된다. 또 시회 자체가 근본적으로 공개적·집단적인 까닭에 작가의 개인적인 정서나 의식보다는 여타의 참여자와 공유하면서 그들이 긴 감동을 느낄 수 있는 보편적이고 익숙한 정서를 노래하게 된다.

2) 창화창작

옛날 공자가 노자를 찾아 예에 대해서 물었다. 돌아갈 때 노자는 공자를 배웅하며 말하기를 "부귀한 사람은 배웅할 때 재물을 선물하고 어진 사람은 배웅할 때 말씀을 선물한다고 들었습니다. 제가 부귀하지 않으니 어진 사람을 빙자하여 그대를 말씀으로 배웅하겠습니다"고[8] 했다. 후대 사람들은 이 말을 좇아 격려성 말이나 권계성 언어를 헌사하는 것이 '어진 사람' '군자'의 상징이라고 여겼고, 시를 주고받는 이유가 되기도 했다. 출제창작이 시회 참여자들의 동시적·개별적 창작이라면, 창화창작은 시간차를 두고 시를 서로 주고받는 쌍방향의 창작이다.

창화창작의 작품으로, 소역과 음갱陰鏗, 주초朱超가 주고받은 창화시가 있다. 소역의 「강주 백화정에서 형초 지방을 그리워하다」登江州百花亭懷荊楚에 음갱과 주초가 화시를 지었다. 먼저 소역의 시를 보자.

눈으로 볼 수 있는 것은 겨우 천 리

어찌 그녀가 있는 초진이 보이겠는가!

지는 꽃잎 길가에 분분히 흩날리고

수양버들은 먼지 쌓인 섬돌을 쓸어낸다.

버들개지는 맑은 하늘에 눈처럼 날리고

연꽃 봉오리는 물 위에서 은빛으로 빛난다.

새로 담근 봄술 기울여볼 참에

멀리 양대의 그리운 임께도 권하노라.

極目才千里　何由望楚津

落花灑行路　垂楊拂砌塵

柳絮飄晴雪　荷珠漾水銀

試酌新春酒　遙勸陽臺人

이 작품은 소역이 여릉왕 소속蕭續과의 정치적 암투로 인해 어쩔
수 없이 헤어져야 했던 이도아李桃兒라는 여인을 그리워하며 지은 시
이다.[9] 시 제목의 '형초'荊楚나 시에 나오는 '초진'楚津은 그녀를 처음
만났던, 그리고 현재 그녀가 있는 형주 지역을 가리킨다. 마지막의
'양대'陽臺는 초회왕이 꿈에서 보고 그리워했던 무산의 신녀가 있는
곳인데, 이 시에서 '양대의 그리운 임'은 곧 이도아를 비유한다.

첫 두 구에서는 보고 싶어도 볼 수 없는 그녀를 향한 간절한 그리
움을 간결하게 표현했다. 낙화 분분히 흩날리니 그 잔향이 임의 향
기인 듯하고, 맑은 하늘에 이리저리 흩날리는 버들개지는 그리운

이 멀리 두고 마음갈피를 잡지 못하는 허전한 내 마음인 듯도 하다. 낙화가 지듯 내 좋은 시절도 영원치 않을 터, 찬란한 봄 풍경은 그래서 더욱 슬프다. 하지만 마지막 두 구에서는 오히려 절제된 감정으로 담담하게 마무리했다. 좋은 봄술 처음 여는 터라 그저 마음속으로나마 그대에게 권하노라고.

　이 시를 보고 음갱이 화시를 지었다. 그런데 일반적으로 시인으로서 시를 지을 때와 독자로서 시를 읽을 때는 시를 접근하는 방법이 다르다. 시인으로서 시를 지을 때는 하고 싶은 말 가운데 불필요한 것을 최대한 덜어내고 압축시켜 표현해야 좋은 시가 된다. 반면 독자로서 시를 읽을 때는 시인이 말하려고 하는 것, 하고 싶었으나 덜어냈던 것이 무엇인지를 자간과 행간 속에서 최대한 찾아내야 한다. 창화시의 화시 작자는 더욱 특별해서, 창시에 대한 독자이자 화시의 창작자다. 증답시도 마찬가지다. 화시 창작은 그렇게 덜어낸 것을 찾아내고 자신의 것은 감추는 작업 속에서 독창성을 발휘해야만 같지만 같지 않고 다르지만 다르지 않은 화시를 지어낼 수 있다. 음갱의 화시 「「백화정에 올라 형초 지방을 그리워한 시」에 화답하다」和登百花亭懷荊楚를 보자.

강릉의 일주관
심양강의 천 리 물결
바람과 안개 속에도 잡힐 듯한데
물길은 아득하니 안타깝구나.
낙화 가벼워 이리저리 날리고

버들가지 끊어질 듯 흩날린다.

등나무 여전히 나뭇가지 타고 자라고

연꽃은 다리 옆까지 뻗쳐 자랐구나.

양대는 참으로 아름다운 곳

저물면 반드시 아침이 오는 법.

江陵一柱觀　尋陽千里潮

風煙望似接　川路恨成遙

落花輕末下　飛絲斷易飄

藤長還依格　荷生不避橋

陽臺可憶處　唯有暮將朝

'일주관'一柱觀은 형주의 지명이고, '심양'尋陽은 초楚 지방에 있는 심양강을 가리킨다. 형초 지역과 그곳에 있는 여인 이도아를 암시한다. 이어서 그 두 곳이 안개 속에서도 잡힐 듯하지만 실제로는 아득한 거리임을 표현했다. 잡힐 듯한 그 거리감은 헤어져 있는 이들의 마음을 더욱 안타깝게 한다. 창시 작자의 애달픈 마음에 대한 동정이자 위로. 이어 창시의 내용을 이어받아 길가에 분분히 날리는 낙화나 섬돌에 흩날리는 수양버들의 불안정한 모습을 표현했다. 이는 임에 대한 그리움으로 마음의 갈피를 잡지 못하는 창시 작자인 소역의 심정을 비유한다. 이어서 멈추지 않고 퍼지며 자라는 등나무와 연을 통해 끊이지 않고 커지는 그리움을 형상화했다. 정情을 품고 경景을 바라보니, 무심하던 경물도 그 마음의 빛깔로 물든 것이리라.

마지막 두 구는 무산신녀의 말을 이용해 임을 그리워하는 소역의 심정을 위로한다. 헤어져 있는 이들에게 가장 큰 바람은 다시 만나는 것이다. 양대의 신녀는 초회왕의 꿈속에서 아침에는 구름으로 머물고, 날이 저물면 비가 되어 내린다는 말을 남기고 사라졌다. 음갱은 날이 저물면 반드시 아침이 온다는 말로, 무산신녀가 구름이 되어 다시 오는 것처럼 소역도 그녀를 만날 수 있을 것이라고 위로했다. 이처럼 화시 작자는 창시 작자가 하고 싶지만 묻어두었던 그 내용과 감정을 최대한 찾아낸 후, 화시를 통해 창시 작자의 처지와 감정을 동정하고 위로한다.

창화 기교면에서도 화시는 창시의 전개과정을 그대로 따라간다. 또 사용된 어휘도 '천리', '망'望, '로'路, '요'遙, '낙화', '표'飄, '하'荷, '양대' 등의 단어가 창시와 겹친다. 화시가 창시와 동일한 어휘를 많이 사용해서 독창성은 다소 떨어질 수 있으나, 같지만 같지 않고 다르지만 다르지 않은 표현을 통해 창시와의 긴밀한 관련성을 드러낼 수 있다. 이러한 수사적 표현은 내용이나 감정에 대한 공감, 현실적 위로 등을 배가하는 효과를 낳는다. 이처럼 화시는 창시의 소재, 내용 및 시의의 전개과정, 어휘 등을 감안하여 현장에서 바로 지어내야 하므로 문인들은 평소에 창작훈련을 꾸준히 해야 한다.

사조의 「왕 주부의 「유소사」에 화답하다」同王主簿有所思는 왕王 주부主簿의 「유소사」라는 작품에 대한 화시다.

기약했던 임 때 되어도 오지 않으니

기다리다 기다리다 베틀에서 내려와

동쪽 밭두둑에서 서성거리는데

달이 뜨고 행인은 드물구나.

佳期期未歸　　望望下鳴機

徘徊東陌上　　月出行人稀

이 시에서 시인은 시 속의 여인이 물레질을 멈추고 밤늦게 밭둑을 서성거리는 장면을 표현하고 있다. 그러나 시인이 정작 말하고자 하는 것은 그것이 아니다. "이제 행인도 드물어진 시간, 임은 오늘도 오시지 않는구나!"이다. 임을 애타게 기다리며 배회하는 여인의 초조함, 실망, 원망, 슬픔 등의 심정을 함축적으로 표현했다.

일반적으로 시인이 말하고 있는 것과 말하고자 하는 것 사이의 거리가 너무 가까우면, 독자가 더 이상 생각할 여지가 없는, 재미없는 시가 된다. 반대로 그 거리가 너무 멀면, 오독誤讀의 여지가 커져서 난해한 시가 된다. 둘 다 좋은 시가 되기는 어려운 조건이다. 이 시처럼 시인이 말하고 있는 것과 말하고자 하는 것 사이의 거리를 이상적으로 유지해야 좋은 작품이 된다. 다른 말로 하면 시인의 뜻이 언어 밖에 있는 것이다. 이 시는 간결한 언어와 깊이 있는 함축 속에서 시인이 말하고자 하는 내용이 자간과 행간에서 잘 묻어났다.

시회 현장에서 상대방의 작품에 내용과 형식을 맞추어 시로 창화創作한다는 것은 상당히 난해한 작업이다. 시고, 시마, 시수라는 말이 지나치지 않을 만큼 옛 문인들이 시에 대해 고민하고 집착했던 까닭이 거기에 있다. 이들의 고민과 집착은 물질적이고 즉흥적이며 쾌감적인 즐거움에 익숙한 현대인들이 쉽게 범접하기는 어렵지 않을까 싶다. 또 그 고심의 크기만큼 그것을 알아주는 이를 만나 창화할 때의 기쁨은 과연 어떠할까. 상상조차 쉽지 않다.

3) 연합창작

시회에서 때로는 여러 문인이 하나의 작품을 창작하기도 한다. 일종의 '시구 잇기'인 연구聯句 창작이 대표적인 형식이다. 연구는 특정한 주제에 대해 문인들이 돌아가며 1인 1구 또는 몇 구씩을 제한된 시간 내에 정해진 운에 맞추어 짓는 것인데, 독자적으로 짓는 것이 아니라 앞 사람이 지은 시구의 내용을 이어서 전체 작품을 완성하게 된다. 따라서 연구는 여러 사람의 합작품이기는 하나, 집단 창작은 아니다. 각 구, 각 연마다 작자를 반드시 밝히도록 되어 있는데, 이는 시인 각 개인의 재능을 경쟁적으로 발휘하고 비교하기 위한 것이다. 이 연구는 유희적 목적으로 창작하는 것이기는 하지만 상당한 순발력이 요구되므로, 그 난이도와 도전성 면에서 시인에게 좋은 창작훈련이 될 수 있다. 또 시회 구성원 간의 협동심과 동질감을 확인할 수도 있다.

연구는 한 무제와 신하들이 「백량대시」柏梁臺詩를 지은 것이 그 시초다. 초기의 연구는 주로 1인 1구씩 지었으나, 제량 시대에 사조가 동료 문인들과 산수를 유람하며 연구를 4구씩 지은 것을 계기로,[10] 문인 개인당 4구씩 짓는 연구가 등장했다. 각각 4구씩 지은 연구는 작가별로 보면 절구 형식에 가깝다. 연구를 훗날 절구의 기원으로 보는 이유다.

다음은 범운과 하손何遜이 주고받은 「범 광주范雲의 집 연구」范廣州宅
聯句다. 먼저 범운의 연구를 보자.

낙양성 동과 서에 살면서도

해를 넘겨 헤어져 있었습니다.

예전 떠나실 때는 눈이 꽃처럼 내렸었는데

오늘 오시는 길엔 꽃이 눈처럼 휘날립니다.

洛陽城東西　卻作經年別

昔去雪如花　今來花似雪

다음은 하손의 연구다.

어슴푸레 저녁 안개 피어오르고

어둠 속에 저녁놀 사라져갑니다.

저를 아끼는 그대 마음 아니었다면

어찌 제가 수레를 멈췄겠습니까?

濛濛夕煙起　奄奄殘暉滅

非君愛滿堂　寧我安車轍

범운은 눈과 꽃의 비유를 바꾸어가며 겨울에서 봄으로 가는 시간의 흐름을 표현했는데, 쉬운 언어로 재치 있고 새롭게 표현했다. 하손 시의 '비군'非君 구는, 한나라 진준陳遵이 술과 친구를 좋아하여 잔치를 자주 벌였는데, 빈객들이 모이면 그들이 돌아가지 못하도록 문을 닫아걸고 그들이 타고 온 수레의 굴레머리에 지르는 못을 뽑아 우물 속에 던져버려 수레를 몰지 못하게 했다는 전고가 있다. 범운과 하손 모두 벗을 오랜만에 만났을 때의 감정을 담았다. 시를 짓는 시인은 오랜만이라고 직접 말을 할 필요가 없다. 보고 싶었다고도, 물론 외로웠다고도 직접 말을 해서는 안 된다. 그저 독자가 시를 읽고 그 마음을 느끼게 만들면 된다. 이 연구시는 전체적으로 간결한 언어와 긴장감 있는 함축 속에 친구를 그리워했던 시인의 감정을 느끼게 한다.

연구는 후대의 시회에서도 문인들이 소일거리처럼 많이 지었던 형식이다. 특히 당나라 중기 이후, 한유와 그 문우들, 백거이와 그 문우들이 연구를 즐겼다. 다음은 이강李絳, 유우석, 백거이, 유승선庾承宣, 양사복楊嗣復이 함께 지은 「꽃밭에서 술을 마시며 지은 연구」花下醉中聯句다.

풍경 좋은 곳에서 함께 취하노라니
꽃잎이 날려 와 술잔에 떨어진다. – 이강
남은 봄 그런대로 즐길 만하니
해가 진다고 재촉하지 말게나. – 유우석
술은 다행히도 해마다 있고
꽃은 당연히 해마다 필 것. – 백거이

잠시 음악 같은 시를 즐겨야 할지니

옥산 무너지듯 취하지는 마시게. - 이강

이 고상한 아회 끝내기가 못내 아쉬우니

좋은 시절이 이보다 더할 수는 없으리라. - 유승선

누가 꽃 시드는 걸 멈추게 하고

봄을 다시 되돌릴 수 있겠는가! - 유우석

우리 벗들은 늘 함께하는데

가인은 언제나 오실까요? - 양사복

세 상공님께 말씀 올립니다.

아회를 끝내려다 또 망설인다고요. - 백거이

共醉風光地　花飛落酒杯 - 李絳

殘春猶可賞　晚景莫相催 - 劉禹錫

酒幸年年有　花應歲歲開 - 白居易

且當金韻擲　莫遣玉山頹 - 李絳

高會彌堪惜　良時不易陪 - 庾承宣

誰能拉花住　爭換得春回 - 劉禹錫

我輩尋常有　佳人早晚來 - 楊嗣復

寄言三相府　欲散且裴回 - 白居易

봄꽃 만발한 곳에서 술잔을 나누며 지은 연구다. 봄이란 계절은
꽃, 낙화, 짧은 시간, 청춘 등을 연상하게 되고 그것을 오래 즐길 수
없음을 안타까워하는 심정으로 귀결되기 마련이다. 하지만 이 연구

는 시회에서의 즐거움을 주로 표현했다.

이상과 같이 시회에서는 출제창작이나 창화창작, 연합창작 등 다양한 방식으로 창작을 진행했으며, 이를 통해 참석자들은 문학적 교류와 정서적 교감, 오락 등을 추구했다. 당나라 중기 이후 시회에서는 창시의 내용과 형식을 그대로 이용하여 화운和韻 또는 차운次韻한 화시로 창화창작하는 것이 가장 보편적인 방식이 되었다.

3. 시회의 경쟁과 평가

1) 경쟁

시회는 일종의 '함께 시 짓기 놀이'다. 함께 놀이하기는 본질적으로 대립적이고 경쟁적이다. 그런데 이 경쟁이란 권력욕망이나 지배 의지에 앞서 우선 남들보다 뛰어나고 싶은 욕망이다. 시회도 누군가에게 인정받고자 하는 인간의 본질적 욕구에 따라 경쟁이 벌어진다. 다만 그 경쟁의 정도에 차이가 있을 뿐이다. 시회에서 경쟁에 이긴다는 것은 자신의 가치를 전문가들에게 인정받는 것이고, 내면적으로는 자기발전에 대한 확신을 얻게 되는 기회다. 따라서 시회에서의 경쟁은 피할 수 없는 현실이었다. 시회의 경쟁은 주로 시회 주재자의 평가에 의해 결정되었고, 때로는 부수적으로 상이나 벌이 주어지기도 했다.

놀이에 일정한 규칙이 필요하듯, 시회에서도 경쟁의 공정성을 담보할 수 있는 '게임의 규칙'이 등장한다. 시회에서 공정한 경쟁을 위한 가장 중요한 규칙은 시간제한이다. 시계가 없던 시절에는 향이나 초가 어느 길이까지 타기 이전 또는 악기연주가 끝나기 이전 등으로 시간을 제한하고 시나 부를 짓도록 했다. 일종의 속작速作을 겨루는 방식이다. 시간 내에 짓지 못하면 비웃음을 사는 것은 물론이고 벌주가 기다리기도 했다. 조비가 정치적 애증관계에 있는 동생 조식에게 자신이 일곱 걸음을 걷기 전에 시를 지으라고 명령한 것도 일종의 시간제한이라 할 수 있다. 조식이 지은 「칠보시」七步詩는 "콩을 삶아 죽을 만들고, 콩잎을 걸러 즙을 만들지요. 콩깍지는 가마 밑에서 타고 있고, 콩은 가마 안에서 눈물을 흘리지요. 본래는 같은 뿌리에서 나왔건만, 서로 들볶는 것이 어찌 이리 급한가요?"[11]이다. 이 시는 이미 황제에 오른 형이 같은 핏줄인 자신에게 가하는 핍박을, 같은 뿌리에서 난 콩깍지가 자신을 태워 콩을 삶아내는 상황을 빌려 비유했는데, 생명의 위협을 느끼며 '일곱 걸음'이라는 시간에 쫓기며 지은 시다.

경릉왕 소자량은 일찍이 밤에 학사들을 불러 모아 초에 불을 붙이고 시를 짓게 했는데, 4운시를 초 한 마디 타는 시간 안에 짓도록 했다. 소문 염蕭文琰이 '초 한 마디 타는 시간에 4운의 시를 짓는 것이 뭐가 어려운가!' 하였다. 그러자 영해令楷, 강홍江洪 등은 구리 바리때를 때리자 시를 짓기 시작하여 그 울림소리가 사라질 무렵 시를 완성해냈는데, 모두 볼 만했다.[12]

초 한 마디 타는 시간 안에 4운시, 즉 8구의 시를 짓는 것이 특별한 경쟁의 의미가 없자, 바리때를 쳐서 그 울림이 끝나기 전에 시를 완성하도록 했다. 지금은 그 바리때 울림소리가 얼마나 지속되는지 알 수 없지만, 조바심이 났을 것은 분명하다. 양 무제가 북위의 사신 왕원략王元略이 귀국하는 것을 송별하는 자리에서 여러 문인에게 30운의 시를 3각 안에 짓도록 제한한 것도 역시 시간을 제한하고 시를 짓도록 한 것이다. 이 자리에서 사징謝徵은 2각 만에 완성해서 좋은 평가를 받았다.[13] 또 다른 자리에서 도항到沆이 200자의 글을 2각 만에 완성하여 올렸는데, 그 글이 매우 아름다웠다고 평가받은 것도[14] 제한시간 내에 좋은 시를 지어낸 예다. 공정한 경쟁을 위해 시간을 제한하는 것이라면, 지어내는 시의 길이가 같아야 하는 것도 중요한 전제다. 당시에는 4운 8구 형식이 많이 사용되었다.

이러한 창작의 시간제한은 시간적 제약이 있는 시회의 특성을 반영한 것이기도 하지만, 창작시간을 제한하여 경쟁의 공정성을 담보하고 문인들의 경쟁을 유도하여 시회의 유희성이 커지는 긍정적인 효과도 얻을 수 있었다. 말할 것도 없이 정해진 시간 안에 시를 짓는 것이 일차적 목표이지만, 더 나아가 제한시간 내에 남들보다 빨리 그리고 잘 짓는 것이 경쟁에서 이기는 방법이다. 창작시간뿐만 아니라 작품성도 경쟁과 평가의 대상이었기 때문이다. 이를 위해 일필휘지로 단숨에 시를 써내려가는 훈련과 정교한 전고 사용, 수사적 어휘 등에 대한 사전 훈련은 필수였다.

특히 당시 문인들은 전시대 또는 동시대 문인의 문학풍조를 배우거나 그들의 마음과 정신을 알기 위해 모였는데, 그러한 모임을 일컬어 '집'集이라 했다.[15] 이 '집'에서 시가창작이 이루어지면 곧 시회가 된다. 이러한 '집'을 통해 전시대 또는 동시대 문인에 대한 학습과 모방, 뇌동적 창작이 이루어지면서, 독창성은 보편화되고 새로운 형식은 확대 보급된다. 남조 제량 시기에 영물시詠物詩나 궁체시의 시체, 평측과 대구 등의 시율이 일시에 정착할 수 있었던 것도 그 '집' 또는 시회의 결과다.

시회에서의 비교와 경쟁이 치열할 경우, 문인들은 조금이라도 새로운 내용이나 기교, 어휘, 구상 등이 등장하면 너도나도 뇌동하여 모방하고, 곧 식상해한다. 즉 시회에서의 암묵적 경쟁으로, 예술적 모방과 창작의 뇌동화, 시가의 평준화 현상을 초래한 것인데, 결과적으로 내용·풍격·의경이 비슷비슷한 작품이 지어졌다. 결국 문인들 스스로 식상함을 느끼고 새로운 변화를 추구하게 되는데, 그것이 당시 문인들이 추구했던 이른바 '신변'新變, 즉 새로운 변화, 독창성이다. 당시의 문학에 대해서 다음과 같이 전해진다.

> 오언시는 많은 형식 가운데 유독 뛰어난 형식이다. 배우고 익숙해지면 하나의 기준이 되고, 그것이 오래되면 어지럽혀지는데, 문장에서도 모든 옛것이 병폐가 되었다. 만약 새로운 변화가 없으면 일인자가 될 수 없었다.[16]

"새로운 변화가 없으면 일인자가 될 수 없었다"는 말은 그 시대 시가가 이미 평준화되어 새로운 변화, 독창성이 절실하게 필요한 시대였다는 의미다. 이에 따라 문인들도 새로움, 즉 나만의 개성을 끊임없이 추구했고, 그 독창성을 심미적 기준으로 평가하기 시작했다. 장융은 "문장의 수사가 당시의 흐름을 거슬러, 홀로 다른 이들과 달랐고,"[17] 육궐陸厥은 "오언시체에 독창성이 두드러졌으며,"[18] 서리徐摛는 "글을 지음에 새로운 변화를 즐기고, 옛 형식에 얽매이지 않았다."[19] 또 왕융, 사조, 심약 등은 처음으로 사성을 시가에 운용하면서 그것을 '신변'이라고 여겼다.[20] 그들이 신변을 추구했던 범위는 다양하다. 내용은 말할 것도 없고, 수사·운율·평측·대구·장법 등 모든 형식을 망라한다. 이러한 신변 추구는 그들이 시가 예술에 대해 부단히 고민한 결과다.

이처럼 시회는 문학창작을 통해 문인들이 서로 정서적으로 소통하고 동질감을 확인하기 위한 목적도 있지만, 문학적 절차탁마도 중요한 목적이었고, 그러다 보니 시회에서의 경쟁은 어느 시대나 존재했다. 남들보다 뛰어나다고 인정받고 싶은 인간의 우월욕구는 더 나은 수준의 창작을 희구하게 했고, 시회에서 확인된 다른 사람의 '더 나은 수준의 창작'은 또 하나의 자극이 된다. 즉 '사회적 촉진'이 된 것이다. 이처럼 시회에서 인정받음에 대한 욕망이 부단히 발현되면서 문인들은 끝없이 신변을 추구했고, 그 결과 중국 시가의 예술적 발전을 이끌었다.

2) 평가

문인들의 시회 활동은 시가창작만 하는 것은 아니다. 시회는 음주와 가무, 청담이나 장기자랑 등이 펼쳐지는 자리이기도 하고, 특정한 주제로 담론이 이루어지는 자리이기도 하다. 현학이 유행하던 시기에는 우주와 인생, 자연이 그 주제였고, 문학이 철학을 앞섰던 제량 시대에는 문학적 가치관과 문학의 형식에 대한 담론이 펼쳐졌다. 또 시회는 현장에서의 창작물에 대한 공개적인 평가나 비평이 수시로 이루어지는 자리이기도 했다. 특히 정서적 소통과 친목 도모를 위한 시회가 아니라 작시 능력을 보기 위한 시회라면, 경쟁은 치열하고 평가에는 예민할 수밖에 없었다. 제 무제의 여러 친왕이 짧은 시를 지어 올렸는데, 소왕昭王 소엽蕭曄은 사령운의 시체를 모방해 지었다. 이 시를 본 제 무제는 "네가 지은 20자의 시가 가장 뛰어나지만, 사령운은 방탕하고 시 형식의 처음과 끝이 불분명하다. 반악과 육기는 받들어 배울 만하고, 안연지가 그 다음이다"고 평가했다.[21] 시를 통해 학문의 깊이와 사상, 문학적 재능을 평가받아야 하는 친왕들의 처지에서 방탕한 시인을 배웠다고 하는 황제의 평가는 일종의 질책이다. 이처럼 평가는 평가자의 사상과 기호에서 결코 자유로울 수 없는데, 특히 정치적 상하관계라는 신분관계에 있을 경우에는 더욱 민감한 문제다. 따라서 시가의 내용은 시회 주재자나 권력자에게 철저하고도 민감하게 맞추어진다.

시회 주재자에 의한 공식적·비공식적 평가도 중요하지만, 공개된 자리에서의 참석자의 시선은 일종의 암묵적인 '사회적 평가'가 된다. 호승우胡僧佑는 "매번 공경들이 연회를 개최하면 반드시 시를 짓고자 했는데, 그는 문장이 비루하여 많은 비웃음을 샀다"[22]고 한다. 창작된 작품이 비루하다고 비웃음을 산 것은 일종의 사회적 평가다.

시회에서는 평가에 따라 상벌이 주어지기도 했다. 상벌은 구체적인 물질적 가치 혹은 그 이상의 가치일 수도 있는데, 상벌이 커질수록 경쟁은 심화된다. 높은 관직에 오르는 영광을 얻기도 하고 때로는 관직의 강등, 면직을 당하기도 한다.[23] 양의 도흡이 황제가 베푼 연회에서 20운의 시를 지었는데 참여한 문인 가운데 최고로 평가되어 비단 스무 필을 상으로 받았다거나,[24] 양 무제가 낙유원에서 개최한 연회에서 저상褚翔이 빠른 시간에 시를 지어 올리자 그를 바로 선성왕문학宣城王文學으로 승진시킨 것이 그 예다.[25] 또 당나라 무측천武則天은 용문龍門 나들이에서 신하들에게 시를 짓게 했는데, 동방규東方虬가 먼저 시를 지어내자 그에게 금포錦袍를 하사하였다가 곧바로 이어서 송지문宋之問이 시를 올리자 칭찬을 아끼지 않으면서 동방규에게 주었던 금포를 빼앗아 송지문에게 주었다고 한다.[26] 이처럼 시회에서 좋은 시를 지은 문인이나 관료에게 상금이나 벼슬, 명예가 주어지면서, 시회는 참여 문인에게는 자신의 재능을 알릴 수 있는 공간이 되었고, 주재자에게는 문인들의 문학적 재능을 평가하여 인재를 발탁할 수 있는 공간이 되었다.

시회는 작품 수준이 상대적으로 떨어지면 사회적 평가를 감수하는 것 외에도 현장에서 벌주를 마셔야 하는 냉혹한 세상이기도 했다. 위나라의 고귀향공高貴鄕公이 화림원에서 베푼 연회에서 시를 짓지 못한 24명이 벌주를 마셨고,[27] 금곡아회나 난정아회에서도 작품을 창작하지 못한 사람들이 벌주를 마셨다. 이백도 도화원 시회에서 벌주 벌칙을 내걸었다. 이처럼 시회의 벌주문화는 경쟁과 오락을 겸한 행위로 시회의 일상적인 행위가 되었다. 문인들이 시가 창작에 모든 것을 걸 수밖에 없는 사회 분위기였다.

시회에서의 공식·비공식적 평가는 어느 시대를 막론하고 존재했는데, 『당재자전』唐才子傳에 당나라 시인들의 시회 모습과 사회적 평가 양상이 잘 나타난다.

당나라 사람들은 서로 모여서 잔치를 열거나 송별을 할 때면 반드시 모인 자리에서 서로 운을 나누고 제목을 정해 시를 짓고는, 그중 우수한 한 사람을 정하여 함께 즐기곤 하였다. 재상 유안劉晏이 강회江淮 지역을 순찰하고 떠나는 송별연에서는 시인들이 전기를 가장 뛰어난 자로 추천하였다. 곽애郭曖 가 공주의 배필이 된 것을 기념하는 축하연에서는 이단李端 이 최고로 추천되었다.

성당盛唐 시절을 돌이켜보면 왕왕 문사들의 모임이 있으면 제현들이 모여 술잔과 투호놀이로 시끌벅적하였으며, 아름다운 산천 풍경을 대하게 되면 옛사람의 정취를 즐기고 온 주위의 즐거움을 이어나간다고 여겼다. 그리고 이른 새벽의 아름다운 풍경이나 그 즐거움을 마음속으로 탄식하고 서러워하였으니, 모든 것을 함께할 수 있었다. 하물며 손님은 갓끈을 끊는 무례함을 감추어주고, 임금은 수레 앞 축을 우물에 버리고 강제로 머물게 하여 즐기는데, 가무가 신이 나고 미인의 향기가 그윽하게 풍겨오면, 번잡하고 쓸데없는 예절이란 모두 벗어버려서 왕공 귀족도 높여 보지 않고 평민 포의도 하찮게 여기지 않는 등 피차의 신분을 잊은 채 서로 마주 앉아 세상일을 담소하면서 시를 지어 주고받았다. 그러다가 누구 하나 붓을 들어 일필휘지하면 둘러앉아 지켜보던 사람들이 놀라움을 금치 못하곤 했으니 얼마나 즐거웠겠는가? 옛사람들이 '촛불을 켜고 밤새 논다'고 하였으니, 그 뜻이 결코 천박하지 않도다. 남녀가 잔치를 벌이면서도 음란에 빠지지 않으니 이야말로 성세가 아니겠는가! 만일 눈앞의 남은 잔에 식은 고기안주 놓고 술잔 한 번 올릴 때마다

백 번 굽실거리면서 주인의 기분을 조금도 놓치지 않는 경우라면, 가히 그만두어야 할 것이다.[28]

이 시대의 시회는 시를 짓고 즐길 수 있으면 그뿐 부귀도 귀천도 따지지 않았다. 또 그 상호관계도 당당하고 평등했으니, 주인의 눈치를 보며 굽실거릴 필요도 없었다. 이는 조비의 서원아회에서 크게 진보한 것이다.

시를 지으면 반드시 그날의 최고 작품을 뽑았는데, 이단이 최고로 추천된 날의 상황은 이러하다. 곽자의郭子儀의 아들 곽애가 승평공주昇平公主와 배필이 되자, 곽애는 장안의 문사들을 불러들여 잔치를 벌였다. 모두 술이 거나해질 무렵, 공주가 축하시를 지어달라고 하자 이단은 기다렸다는 듯 「곽 부마께 드리다」贈郭駙馬를 지어냈다.

젊은 도위님은 풍류가 최고이시니
스무 살에 공을 이뤄 제후에 임명되었네.
금발톱 싸움닭 들고 상원을 지나가고
옥채쩍 말을 몰아 추자나무길을 내달리시네.
향낭은 순욱荀彧의 것이 작아 안쓰럽고
뽀얀 생김새는 하안何晏도 근심 떨치지 못하리.
석양 아래 버드나무언덕에서 퉁소를 부니
길 가던 나그네 멀리 봉황루를 가리키네.

青春都尉最風流　二十功成便拜侯

金距斗鷄過上苑　　玉鞭騎馬出長楸

熏香荀令偏憐少　　傅粉何郎不解愁

日暮吹簫楊柳陌　　路人遙指鳳凰樓

　　위 시는 주로 부마 곽애에 대해 묘사했다. 3, 4구는 곽애의 풍류
를, 5, 6구는 외모를 묘사했다. "향낭은 순욱의 것이 작아 안쓰럽
다" 함은 진나라 때 상서령을 지낸 순욱이 아주 특이한 향을 구하여
옷에 훈증을 하고 다녔다는 고사를 사용한 것이다. "뽀얀 생김새는
하안도 근심 떨치지 못하리"는 위나라의 하안이 미모가 뛰어나 마
치 분 바른 듯했다는 고사를 사용한 것이다. 이 두 전고를 이용해 부
마 곽애의 잘생긴 외모와 멋스러운 풍모가 순욱이나 하안보다 뛰어
났음을 설명한 것이다. 공주는 이 시를 보고 대단히 흡족해했고 주
변 사람들도 감탄해 마지않았다. 다만 이 시를 본 전기가 이렇게 요
구하였다. "이는 필시 미리 준비하여 지어놓았던 것일 테니, 청컨대
나의 성씨인 '전錢'자를 운으로 해서 다시 한 번 지어보시오!" 이에
이단은 다시 「곽 부마께 드리다」라는 제목으로 한 수 읊었다.

　　연못은 거울같이 맑고 풀은 푸르고

　　초승달은 아직 갈고리 같으니 상현달은 아니네.

　　새로 만든 황금담장에서 말 다루는 모습 보고

　　하사받은 동산에서 맘껏 돈을 만들어 쓰네.

　　버드나무는 누각으로 날아들어 옥피리 불고

　　부용꽃은 물 위로 솟아 꽃비녀를 시샘하니

오늘 도위께서 우리를 봐주신다면
긴 바지 벗어버리고 소년처럼 놀고 싶다네!

方塘似鏡草芊芊　初月如鉤未上弦
新開金埒看調馬　舊賜銅山許鑄錢
楊柳入樓吹玉笛　芙蓉出水妒花鈿
今朝都尉如相顧　原脫長裾學少年

이 시의 3, 4구는 부마 곽애의 기개와 풍류를 묘사했다. 이단이 즉석에서 이런 시를 지어내자, 주변에 있던 사람들이 다시 또 크게 놀랐다고 한다. 전기와 이단은 아마도 동시대에 라이벌이었던 듯하다. 이처럼 시회에서는 다양한 형식의 경쟁과 평가를 피할 수 없었다. 심지어 왕공 귀족이나 평민 포의가 함께한 자리에서 일필휘지로 좋은 시를 지어내면 신분고하를 넘어서서 서로 놀라며 칭찬해 마지않았으니, 작시 능력은 이미 신분을 넘어선 문화적 권력이었다. 문인들에게 시회는 문학적 재능을 평가받는 긴장된 자리였지만, 그 경쟁을 통해 배타적 우월성을 확보할 수 있는 자리이기도 했다.

이와 같이 좋은 시를 지으면 그것으로 인정받을 수 있는 시회문화는 문인들에게 충분한 자극이 되었지만, 한편으로는 남들보다 좋은 작품을 지어내야 한다는 심리적 압박과 긴장에서 벗어나기 어려웠다. 좋은 시에 대한 압박은 심지어 과도한 해악을 낳기도 했다. 유희이가 인생의 허무함을 읊어 "해마다 해마다 꽃은 같건만, 한 해 한 해 사람은 늙어가네"라고 표현했다. 이에 그의 외삼촌뻘 되는 송지문이 시구가 마음에 든다며, 아직 세상에 알려지지 않았으니 그 시구를 자신에게 달라고 요청했다. 유희이는 처음에는 주겠다고 했다가 후에 거절하자, 송지문은 하인을 시켜 몰래 그를 죽여버렸다고 한다.[29] 송지문은 좋은 시구에 감동하여 그것을 음미하겠다는 것이 아니라, 그 시구를 자기 것으로 만들어 다른 사람에게 인정받고 싶었던 것이다. 이쯤 되면 좋은 시구가 사람의 마음을 정화하는 것이 아니라 사람을 잡은 꼴이다.

시회에서 좋은 시를 지어내야 한다는 압박과 긴장은 다른 말로 하면 창작과 관련한 제반 조건, 시회 주재자의 기호, 다른 참가자의 실력 등에 대한 불확실성과 우연성을 시회 현장에서 즉시 극복할 수 있어야 한다는 것이다. 시를 짓는다는 것은 깨어 있는 오감을 새로운 언어로 담아내는 일이다. 따라서 좋은 시를 지으려는 문인에게 지적 게으름, 감성적 무딤은 곧 도태를 의미했다. 또 최신의 창작 경향, 최근의 유명 작품에 대한 파악 역시 필요했다. 문인들은 학습과 훈련 등 상시적인 노력을 통해 자신의 능력을 제고할 수밖에 없고, 그것이 시마·시수·시고·시벽 등을 감내하며 좋은 시구에 대한 집착에 가까운 추구를 낳았다. 이러한 자연스러운 절차탁마가 시회가 갖는 긍정적 효과다.

4. 시회와 유희

시회는 문인들 간의 사교에서 빠질 수 없는 행위였고, 자발적으로 참여했던 고급 지적놀이였지만, 작시 자체가 쉬운 작업은 아니

고굉중(顧閎中), 「한희재야연도」(韓熙載夜宴圖)(부분, 베이징고궁박물관.

었다. 게다가 경쟁과 평가에서 자유로울 수도 없는 자리였다. 그러다 보니 잠시 진지함을 내려놓고 유희나 유희적 창작을 통해 작시의 스트레스에서 벗어나 적당한 이완을 찾기도 했다.

고대 문인들의 시회는 많은 경우 술이 곁들여지는 주연이기도 했다. 두보도 "마음을 편안하게 하는 것은 당연히 술이요, 감흥을 풀어내는 것은 시만 한 것이 없다"寬心應是酒, 遣興莫過詩:「可惜」고 했다. 술을 빌려 모임의 흥을 불러일으키고 시를 빌려 마음의 무게를 덜어냈던 것이다. 술은 또 시흥을 불러일으키기도 해서, 백거이는 "술에 미친 듯 취하니 또 시마가 불려 나와, 대낮의 슬픈 읊조림이 해질 때까지 이어진다"酒狂又引詩魔發, 日午悲吟到日西:「醉吟」고 자술하기도 했다. 술자리의 흥을 돋우기 위해 주령酒令놀이도 즐겼다. 주령은 시구나 연구를 대거나 수수께끼 등의 게임을 통해 벌주나 술내기 등을 겨루는 일종의 권주놀이다. 백거이가 "취하여 단삼의 소매를 걷어붙이고 짧은 주령을 읊으며, 웃으며 주사위를 던지고 높은 수 나오라고 외친다"醉翻衫袖抛小令, 笑擲骰盤呼大采:「就花枝」고 한 것도 주령을 하며

226

연회의 흥을 돋우는 모습이다.

다른 오락성 모임과 다르게 시회에서 즐기던 유희로는 오락성이 가미된 실제 창작을 통해 서로 즐기는 것이다. 이때는 창작과 관련한 일정한 게임의 규칙을 준수해야 하며, 그것을 통해 일상생활과는 다른 즐거움을 얻고 긴장을 즐기게 된다. 연구나 잡체시雜體詩, 회문시回文詩 등이 대표적인 형식인데, 감정이나 사상의 표현보다 어휘나 구법의 운용 등 외형적 기교의 발휘에 일차적 목적을 두고 창작하게 된다.

연구는 연합창작의 대표적인 형식으로 앞에서 이미 설명되었다. 잡체시는 인명시人名詩, 수명시數名詩, 약명시藥名詩, 주명시酒名詩, 자미시字謎詩 등처럼[30] 특정한 어휘를 이용해 시를 짓거나 시구의 수에 규칙적인 변화를 준 시를 말한다. 개인의 감정이나 의지, 사회나 사건을 반영하기는 어렵고, 순발력이나 어휘력을 겨루며 즐기기 위한 글자놀이에 가깝다.

다음은 자미시의 한 예다. 소역의 「봄날」春日 시와 그에 대해 포천鮑泉이 지은 「상동왕의 「봄날」 시에 받들어 답하다」奉和湘東王春日 시다. 이 작품은 문자유희적 작품으로 시가의 내용보다 문자의 자유로운 유희적 운용이 일차적 목적이므로 원문을 그대로 싣는다. 먼저 소역의 「봄날」을 보자.

春還春節美　春日春風過

春心日日異　春情處處多

處處春勞動　日日春禽變

春意春已繁　春人春不見

不見懷春人　徒望春光新

春愁春自結　春結詎解申

欲道春園趣　復憶春時人

春人竟何在　空爽上春期

獨念春花落　還以惜春時

다음은 포천의 「상동왕의 「봄날」 시에 받들어 답하다」_{奉和湘東王春日}
이다.

新鶯始新歸　新蝶復新飛

新花滿新樹　新月麗新暉

新光新氣早　新望新盈抱

新水新綠浮　新禽新聽好

新景自新還　新葉復新攀

新枝雖可結　新愁詎解顏

新思獨氛氳　新知不可聞

新扇如新月　新蓋學新雲

新落連珠淚　新點石榴裙

소역의 창시가 5언 18구로 구마다 한 자 또는 두 자의 '춘'_春자를
사용했는데, 화시 역시 창시의 기법을 차용하여 5언 18구로 구마다
한두 개의 '신'_新자를 사용했다. '춘'자와 '신'자는 새롭다, 처음이

다, 시작하다는 의미에서 일정한 유사성을 지닌다. 화시는 구마다 '신'자로 시작하고, 출구에도 같은 위치에 '신'자를 사용하여 대구의 묘미를 살렸다. 환운하는 위치도 창시와 유사하다. 「봄날」이라는 시에 대한 화시인 만큼 봄날의 다양한 '신'新 형상을 반복 나열할 뿐 내용에 깊이가 부족하다. 창시를 바탕으로 문자유희적 목적으로 지었음을 보여준다. 다음의 시 「한 글자에서 아홉 글자로 연구를 짓다」一字至九字詩聯句도 문자유희적 목적의 잡체시다.

동, 서. - 포방

달빛 산책, 시내 산보. - 엄유

잠든 저녁새, 원숭이 울음. - 정개

막힌 돌 위 시냇물, 물 위로 자란 죽순. - 성용

아득아득 요원한 인가, 가도가도 수북한 덩굴. - 진원초

먹물 다 쓸 때까지 시를 짓고, 시를 부치려 다시 봉랍하네. - 진원초

솔 숲 아래 시간 가는 줄 모르고, 구름 속 아련한 곳을 오른다. - 장숙정

흥에 겨워 산길 거리도 알지 못하고, 멋대로 해가 떠 있는 곳도 묻지 말게. - 가엄

숲 속 졸졸 개울물 소리에 귀 기울이고, 성 안 둥둥 북치는 소리 조용히 듣는다. - 주송

東   西 - 鮑防

步月   尋溪 - 嚴維

鳥已宿   猿又啼 - 鄭概

狂流碍石　迸筍穿溪 –成用

望望人烟遠　行行蘿徑迷 –陳元初

探題只應盡墨　持贈更欲封泥 –陳元初

松下流時何歲月　雲中幽處屢攀躋 –張叔政

乘興不知山路遠近　緣情莫問日過高低 –賈弇

靜聽林下潺潺足湍瀨　厭問城中喧喧多鼓鼙 –周頌

한 명씩 돌아가며 구마다 한 글자씩 늘려 시구를 지었으며, 두 번째 구에는 운을 맞추었다. 여러 사람이 즉흥적으로 글자 수와 운, 대구를 맞추며 지은 까닭에 내용상 새로움이나 깊이를 찾기는 힘들다. 즐기기 위한 글자놀이다. 번역시도 원문과 같이 글자 수를 살려 번역을 해보려 했으나 세련된 번역은 필자의 능력 밖인 듯하다. 한 글자가 하나의 뜻을 갖는 한자의 단음절 특성을 활용한 시 형식이니, 한글로는 그 형식을 살리기가 어렵다고 위로하는 수밖에.

이러한 잡체시를 짓기 위해서는 언어를 자유자재로 구사할 수 있어야 한다. 비록 다소 이완된 상태에서의 유희적 창작이라 해도 사전에 무수한 습작과정이 있어야 가능한데, 언어의 부단한 실험정신이 시회를 통해 열매를 맺은 것이라 할 수 있다.

회문시도 시회에서 즐겼던 대표적 문자유희시다. 회문시는 내리 읽으나 치읽으나 의미가 통하는 형식의 시체를 말한다. 그러면서도 평측이나 압운 등 형식을 지켜야 하므로 아주 까다로운 형식이다. 좋은 회문시란 바로 읽어도 순조롭고 쉬우며, 거꾸로 읽더라도 어색한 곳이 없이 뜻이 잘 통하는 작품을 말하는데, 말할 것도 없이

난이도가 높다. 소역의「후원에서 회문시를 짓다」後園作回文詩에 대해
소강과 소륜 蕭綸, 소저 蕭祗, 유신이 회문시이자 창화시를 지었다. 소
역의 창시를 보자.

비탈진 봉우리는 굽이 길을 둘렀고
우뚝 솟은 바위는 연이은 산을 업었다.
꽃은 한가로이 놀던 새에 나부끼고
숲은 우거져 우는 매미를 숨겼네.

斜峰繞徑曲　聳石帶山連
花餘拂戲鳥　樹密隱鳴蟬

거꾸로 읽으면 다음과 같다.

매미가 울며 우거진 숲으로 숨었고
새가 장난하며 한가로운 꽃을 흔든다.
연이은 산은 우뚝 솟은 바위를 업었고
굽은 길은 비탈진 봉우리를 둘렀구나.

蟬鳴隱密樹　鳥戲拂餘花
連山帶石聳　曲徑繞峰斜

이 작품에 대한 소강의 화시「상동왕의「후원에서 회문시를 짓

다」에 화답하다」_{和湘東王後園回文詩}이다.

나무와 구름이 바위산을 이웃하고
물길은 산기슭을 적시며 흐른다.
연못 맑아 물결이 고니떼를 희롱하고
나무에 가을 오니 낙엽이 흩어져 날린다.

枝雲間石峰　脈水浸山岸
池清戲鵠聚　樹秋飛葉散

이 시를 거꾸로 읽으면 다음과 같다.

흩어진 낙엽은 가을 나무에 휘날리고
떼 지은 고니는 맑은 연못에서 노닌다.
산기슭은 물길에 젖어들고
바위산은 구름과 나무를 이웃하네.

散葉飛秋樹　聚鵠戲清池
岸山浸水脈　峰石間雲枝

창시와 화시 모두 5언 4구로, 가을날 후원에서 바라본 풍경을 읊
었다. 창시는 바위산과 새 그리고 매미를, 이에 대한 화시는 바위산
과 고니 그리고 낙엽을 선택하여 소재도 서로 호응한다. 창시는 비

탈진 봉우리와 바위, 숲 속에서 우는 매미, 꽃가지에서 한가로이 장난치는 새를 묘사했다. 화시는 나무 사이로 보이는 구름 덮인 산, 산 밑을 굽이도는 물결, 물새가 즐겁게 노니는 연못, 바람 따라 흩날리는 낙엽 등의 장면을 묘사했다. 내리읽으나 치읽으나 그럴듯한 풍경묘사가 된다. 한자를 마치 떡 주무르듯이 가지고 놀며 시를 지었을 그들의 풍류가 참 탄복스럽다.

5. 사회와 문학후원, 패트런

학문과 예술이 화려한 꽃을 피우려면 몇 가지 기본적인 환경이 갖추어져야 한다. 우선 뛰어난 인재가 있어야 하고, 그들의 자유로운 활동을 장려하고 지원할 정신적·경제적 역량을 갖춘 후원자가 있어야 하며, 오랜 기간 축적된 문화유산이 필요하다.

예술 후원자, 즉 패트런patron은 예술가나 학술단체 등을 재정적으로 지원하는 사람을 일컫는데, 주로 유럽의 예술 후원자를 지칭하는 말로 후원자, 보호자, 스폰서 등과 유사한 개념이다. 동서양을 막론하고 예술가가 하나의 직업으로 독립되기 전, 예술 활동은 왕족이나 귀족의 경제적 후원이 중요한 재원이었다. 결국 예술가나 문인은 정치적·경제적 예속성을 띠어, 경우에 따라서는 예술 후원자가 누구이며 성향이 어떤지, 어떤 목적으로 후원을 받았는지에 따라 창작할 예술의 성격과 형식이 좌우되기도 한다.

한국, 중국 등 동아시아에서 문화와 예술의 후원자는 주로 국가, 황제, 왕실, 고관귀족, 부상富商 등이었고, 이들은 문화소비의 주체이기도 했다. 황제는 전인적 권위와 위상을 과시하는 한편, 적절한 방법으로 지식인을 통제하며 국가적 질서와 통합을 제고하기를 바랐다. 그 중요한 수단 가운데 하나가 유교사회에서는 문학이었고 시였는데, 이를 통해 교화를 수립하고 자신의 공덕을 쌓고자 했다. 따라서 문학에 대한 국가적 지원은 주로 문인들을 과거 등의 제도적 방식을 통해 국가기관에 예속하는 형태, 즉 관직이었다. 관직은 학술, 문화, 문학의 책무에 대한 최고의 보상이자 문학후원이었다. 특히 고대 문인들은 지배계층과 피지배계층 사이에 있는 중간계층으로서 문학적 성공 그 자체보다는 문학적 재능을 기반으로 관료로 진출하고자 하는 경우가 대부분이었기 때문에, '관직'이 갖는 물질적·정신적 의미는 상당히 중요했다. 과거라는 제도적 방식이 아니라도 사회에서 재능을 보인 문인들에게 주는 관직의 임용 및 승진, 천거 등의 기회도 최고의 문학후원일 수 있다. 물론 후대의 과거제도는 문인과 문학을 옭아매는 올가미가 되기도 했다. 문인과 정치의 관계를 간단하게 봉록을 받고 이익을 챙기는 관계로, 문학이나 학문을 봉록을 받기 위해 갖추어야 하는 수단으로 여기면서, 과거제도는 문인들을 정치에 대해서 피동적인 대상으로 만들고 봉건통치를 공고히 하는 수단으로 이용되었다는 점도 무시할 수 없다.

패트런은 예술창작의 경제적·물질적 후원자일 뿐만 아니라 예술가를 이해하고 작품을 평가하고 예술가를 지원하는 사람이어야 한다. 전통 시대 문인들에게 시가창작과 감상은 기본 소양이었으므로 황제나 친왕, 귀족, 고위 관료 등의 후원자들은 시가를 감상하고 향유할 수 있는 능력을 기본적으로 지니고 있었고, 사회의 정신적 버팀목이 되었다. 또 후원자의 물질적 후원은 다량의 문학생산을 독려하고 문학소통과 전파를 가능케 했다. 물질적 후원 가운데 가장 단편적인 경우는 뛰어난 문학작품을 선별하여 상품 성격을 띤 물질적인 보상, 예를 들면 비단을 하사한다든가 하는 것이었다. 역대의 많은 시회에서 이와 같은 물질적 보상이 이루어졌다.[31] 남조의 문인이었으나 후에 북조에 억류되어 인생 후반을 비참하게 살아야 했던 유신도 당시 그를 문학 스승처럼 대했던 북주北周의 조왕趙王 우문유宇文逌의 경제적 후원이 큰 버팀목이 되었다.

　예술후원은 주로 재정적 후원에 큰 비중을 두지만, 예술가 사이에 교류의 장을 마련해주어 질적으로 성숙할 수 있는 기회를 주는 것도 중요한 예술후원이다. 시회는 그런 의미에서 매우 비중 있는 후원의 장이 된다. 대표적인 것이 경릉왕 소자량이나 수왕隨王 소자륭, 소통蕭統, 소강 등 황실 성원이 이끌었던 시회와 문학집단이다.

　경릉왕 소자량은 자신의 서저를 개방하여 경릉팔우가 주축이 된 학술문화의 중심을 형성했다. 그는 많은 인재를 집중시켜 철학적 논변을 전개하고 예술을 연구할 수 있는 분위기를 만들어냈다. 경릉팔우가 처음으로 시가에 사성을 도입하는 데에도 경릉왕이 실질적인 후원자가 되었다. 그는 명승들을 초치하여 불법을 강론하고 새로운 독송법을 만들어냈는데,[32] 문인들이 이 독송법을 배워 시가에 반영한 것이 '신성'新聲, 즉 사성이다. 이에 반해 수왕 소자륭은 본인 자신이 재능 있고 성실한 시인이었으며 많은 시간을 할애하여 사조 등의 문인들과 교류했다는 점에서 적극적인 의미의 문학 후원자였다. 수왕은 사조와 밤낮으로 시를 주고받고 이야기를 나눈 좋은 벗이었다. 사조는 수왕과 교제하면서 문학적으로 서정적이고 진솔한 감정을 표현하였고, 묘사적 감수성을 촉발시켜 시의 기교적 측면을 풍요롭게 하였다.

이처럼 초기 시회문화의 정착과 발전은 황실이나 귀족, 고위관료의 물질적·정신적 후원이 있어 가능했다. 특히 황실 성원이 주도하는 시회는 그 주도자가 최고 권력층이라는 점이 커다란 흡인력을 갖는다. 황실 성원으로서 지니는 유무형의 권력은 문인들이 추구하는 각각의 욕망 실현에서 상당히 매력적인 요소가 될 수 있고, 문학과 시회의 집중적인 발전을 이끌 수 있기 때문이다. 다만 그 예술이 주로 일상적 현실을 떠나 귀족적이고 고아하며 유희와 향락을 지향한다는 점에서는 다소 편향성을 갖는다.

문화적 생산주체로서 시사나 시회에 대한 후원은 명나라 때 특히 활발했다. 유럽의 르네상스에 필적하는 명나라 말의 문예부흥에는 조정의 물질적·정신적 후원이 중요한 역할을 하였지만, 부유한 상인, 문예작품의 수집가도 무시할 수 없는 힘이었다. 시장경제가 발달하고 상업자본이 형성되면서 18세기 이후로는 조정보다는 오히려 양주나 휘주徽州의 부상들이 문학예술의 큰 후원자가 되었다. 양주나 휘주의 문화권력과 상인자본이 결합한 것이다.

6. 시회와 문학전파

시회는 위로는 제왕 귀족에서부터 아래로는 한사寒士에 이르기까지 다양한 계층이 참여하면서 사회적·문화적 영향력이 커졌다. 시회는 시가의 생산뿐 아니라 전파의 공간이었다. 일차적으로 시회 참여문인들에게 작품이 알려지고 서로의 작품을 음영하며 시를 전파하면, 시회에 관심 있는 사람들이 서로 배우고 음영하면서 파급 범위를 넓혀간다. 이어서 문자를 통해 기록되고 다시 서로 베껴 쓰면서 광범위하게 전파된다.

시회문화가 확대되면서 유명세를 지닌 문인의 시회 창작은 많은 문인의 관심 대상이 된다. 특히 궁정문인들의 시회는 조야의 주목을 받을 수밖에 없었고, 그들의 작품은 순식간에 전국으로 전파되고 모방된다.[33] 유신과 서릉도 어린 시절 소통의 동궁을 드나들며 시를 지었는데, 당시의 후진들은 그들의 작품을 경쟁적으로 학습하여 작품을 지을 때마다 서로 전하며 음영했다.[34] 그들이 지은 궁체시가 일시에 시단을 풍미하게 된 것도 궁정 시회에 대한 조야의 관심이 컸기 때문이었다. 당시에도 유명 시인의 최신 작품은 문자기록이나 음영을 통해 서로 알렸는데, 그 소통과 전파의 중요한 매개 공간이 시회였다.

시회에 참석한 문인들뿐만 아니라, 연회나 시회에 참석했던 악공樂工이나 가기도 중요한 시가 전파자다. 당나라 때 왕창령王昌齡과 고적高適, 왕지환이 기정旗亭에 갔을 때, 때마침 이원梨園의 가기들이 와 있었다. 이에 왕창령이 제안을 하나 한다. 가기들이 누구의 시를 노래하는지를 보고 가장 많이 불리는 자를 으뜸으로 삼자는 것이다. 당시에 이 세 사람은 절친한 사이이면서 시가로 비슷한 명성을 얻고 있어 우열을 가리기가 어려웠기 때문이다. 가기들이 순서대로 왕창령의 절구 두 수, 고적의 절구 한 수를 불렀고, 마지막으로 어느 가기가 왕지환의 유명한 작품 「양주사」涼州詞와 절구 두 수를 불러 결국 양지환의 승리로 끝났다.[35] 여기서 중요한 것은 누구의 노래를 불렀는지보다 가기가 시가 전파의 중요한 역할을 하고 있음이다. 이처럼 시회는 문학작품의 창조의 장이자 전파의 장이다.

전통 시대에 문학과 예술의 소비는 국왕과 왕실, 귀족, 관료, 문인 등 소수 지배계층에 국한되었고, 민중으로 확대되기에는 정치·경제·사회의 발전이 선행되어야 했다. 위진남북조 시대에 탄생한 시회는 당나라와 송나라를 거치며 문인들의 아취로 견고하게 자리 잡았다. 문인들은 학술·문화·예술·문학의 창조적이고 지성적인 주체로서, 시회에서의 집단적 교류를 통해 상호 간에 창조적 영감을 얻고 작품을 창작하며 널리 전파했다.

제3부

시의 맛, 시인의 멋

낭간나무를 자르고 깎아 통을 만들고
시를 넣어 봉했으니 내 마음을 적었다오.
바람결에 기쁜 소식은 새가 되어 날아오고
물결 넘어 걱정거리는 용처럼 날아갔지요.

8 시회와 문학

 시회는 집단적이고 공개적인 자리다. 또 다른 사람에게 인정받고
자 하는 경쟁이 암묵적으로 존재하는 곳이기도 하다. 다른 사람에
게 인정받기 위해서는 자신의 창작이 전적으로 사적인 정서나 공감
하기 어려운 의지의 귀착이어서는 안 된다. 다른 사람도 쉽게 공감
할 수 있도록 보편적인 인간의 삶과 정서에 부합해야 한다. 이를 위
해서는 평소 인간의 삶에 대한 섬세한 관찰, 인간의 내면과 정서에
대한 관심 그리고 이해가 필요하다. 이처럼 시회라는 창작환경은
필연적으로 시가의 내용과 형식에 광범위하게 영향을 미친다. 특히
위진남북조 시대는 다양한 형식과 체제, 시율이 형성되는 시기였는
데, 이때 시회라는 창작환경이 커다란 영향력을 발휘했다.

1. 시회의 창작 체재

　시회에서는 주로 증답시, 창화시, 응제시應製詩, 봉화시奉和詩, 영물시, 궁체시 등의 시체를 사용해 창작한다.

　가장 보편적인 창작형식은 서로 주고받는 형식인 증답시와 창화시다. 시가를 주고받는 풍조는 동한 시대에 이미 있었지만, 본격적인 발전은 위진 시대에 시작되었다. 증답시는 선창자의 증시贈詩에 대해 답시를 주고받는 시체인데, 문인아회가 시작되고 문인들의 주체의식이 강화되며 종이가 보급된 위진 시대에 집중적으로 지어졌다. 위진 시대 문인들은 시가를 감정표현에 적합한 체재로 인식하면서, 증답시를 통해 특정한 개인과 개인적 서회를 주고받거나 자신의 포부와 이상을 밝히며 서로 격려하는 등[1] 상호 간의 이해를 도모했다. 증답시에 이어 발생한 창화시도 문인들이 개인적 문학교류에 사용했던 시체다. 화시 작자는 창시라는 특정한 작품을 염두에 두고 그 작품의 내용과 형식에 대한 수용 및 재창조를 시도하며, 거기에 자신의 독창성을 발휘해 작품에 화답한다. 이처럼 증답시와 창화시는 2인 이상의 집체적 창작에 적합한 시체로서 시를 통한 능동적 관계맺기, 즉 시회에 적합한 형식이다. 증답시나 창화시를 통해 문인들은 서로 정서적 동질감을 표현할 수 있고, 상대 작품에 대한 경모나 학습이 가능하다. 특히 시회 현장에서 상대의 시에 대해 즉흥적으로 지어내야 하므로, 문인들의 실제적인 문학적 재능을 평가하기에도 좋은 형식이다.

　창화시는 당나라 중기 이후 시회에서 가장 애용하는 시체가 되는

데, 이때는 창시의 운을 중심으로 화운시和韻詩를 짓는 것이 보통이었다.

> 옛사람들의 창화는 그 전해온 내용에 대해 답하는 것이었다. 처음에는 운에 구속되지 않았다. ······ 당나라 중기 이후로, 원진, 백거이, 피일휴皮日休, 육구몽陸龜蒙 등이 서로 창화했는데, 그때부터 이 체화운시가 비로소 성행하였다.[2]

> (당나라 말기에는) 이러한 차운 화시의 방법이 자리 잡았고 점차 유행처럼 범람했다. 당시 사람들이 모두 이러한 방법을 추종, 마치 순풍을 만난 듯 급속히 퍼져나갔는데, 동운同韻 창화로 반복하여 수창하는 경우가 수십 편이 되어도 끝날 줄을 몰랐다.[3]

당나라 중기 이전의 화시는 창시에 대한 '의미적 화답'和意을 추구한 '비화운시'非和韻詩였고, 중기 이후 원진, 백거이에 이르러 화운시로 지어지기 시작했으며, 말기에는 차운시次韻詩가 확대되었다. 즉 점차 내용보다 형식적 요소가 우선된 것이다. 이러한 예술성 추구는 시회문화나 시가창작이 문인들이 현실에서 한걸음 떨어져 즐기는 풍류의 하나였기 때문이다. 삶의 여유에서 나오는 행위는 필연적으로 예술성을 추구하게 된다.

시회에서는 영물시도 많이 지어졌다. 영물시는 특정한 물체의 물상을 집중적으로 묘사하는, 문학적 기교에 치중할 수 있는 시체다. 하지만 영물시가 궁극적으로 추구하는 것은 단순히 사물 자체에 대한 묘사가 아니라 '탁물언지'托物言志, 즉 특정한 사물에 빗대어 자신의 의지나 감정을 표현하는 것이다. 영물시는 남조 제량 시대에 창작이 집중되었는데, 주로 신변의 소소한 사물을 대상으로 동제시나 분제시로 지었다. 이러한 과정을 통해 시가의 제재 범위가 확대되었고, 사물에 대한 섬세한 접근과 새로운 수사기교를 제고시켰다. 당나라의 시회에서도 영물시는 꾸준히 창작되었다.

이 밖에 응제시나 응령시應令詩, 응교시應敎詩는 황제나 태자, 친왕 등의 명을 받아 창작하는 작품이다. 또 봉화시는 자신보다 신분이 높은 사람이 지은 창시에 대해 화답할 경우에 사용하는 형식이다. 이러한 형식들은 모두 제재나 내용이 한정되어 공적과 덕성의 찬미가 포함된 의식성 창작이 많다. 재치 있는 언어나 미사여구 등 형식적 기교를 통해 자신의 시재를 드러내는 데 치중하고, 문인 자신의 진실한 감정은 표현하기 어렵다.

2. 시회와 시가 내용

'인생을 위한 문학'과 '예술을 위한 문학'. 이것은 문학의 궁극적인 가치를 어디에 둘 것인가와 관련하여 균형점을 찾기 어려운 평행선 같은 명제다. 시회에서의 창작도 인생과 예술을 조화시켜 현실과 미학 사이에서 훌륭한 균형점을 찾기는 상당히 어렵다. 현실적 삶에 비중을 둔 창작을 한다면 한 편의 가슴 뭉클한 집단적 자서나 고백록이 나와 일정 부분 감정적 치유는 가능할 수 있으나, 시회의 분위기나 목적에 부합하기 어렵고, 결국 지속적이고 반복적으로 개최하기는 다소 어려워진다. 시회 자체가 삶의 무게를 잠시 내려놓은 일상적 영역 밖의 시공간이기 때문이다. 또 전통적인 시언지 관념이나 풍자적 효용을 목적으로 하는 창작도 시회에서는 발휘되기 힘들다. 시회는 기본적으로 예술성과 오락성을 지향하는 모임이고, 따라서 시회에서의 창작 역시 예술성과 심미성을 추구한다.

시회가 일상적 영역 밖의 시공간에서 열리는 활동이라면, 그러한 시회의 환경은 작품의 내용에 직접적으로 영향을 준다. 시회는 대부분 조정의 연회, 친왕 주최의 주연, 귀족들의 산수유람, 문인 간의 음주가무 등과 함께 이루어진다. 이러한 환경에서 지은 작품에 인생의 질곡을 비통해하거나 무거운 사회문제를 담거나, 사회 하층민의 생활을 반영하거나, 통치자를 풍자하고 비판하는 내용을 담기는 힘들다. 오히려 주변 환경에 대한 고상하고 예술적인 형상 묘사나 일상의 신변잡사, 화조풍월花鳥風月이나 여인의 모습, 산림에의 은둔 등을 한가한 심정으로 노래하게 된다. 모두 일상적인 삶 속에서 잔잔하게 느낄 수 있는 서정성 강한 상황이나 소재들이다.

특히 위진남북조 시대의 시회에서 인생이나 사회가 아니라 예술을 위한 창작이 이루어졌던 데에는 시대적 요인도 한몫한다. '시는 궁한 이후라야 뛰어나다'詩窮而後工고 한다. 궁이란 물질적 빈궁보다는 실의와 좌절 같은 정신적 가치를 뜻한다. 대체로 문학은 모든 것이 충족된 환경 속에서 나오는 것이 아니라 무언가를 상실하거나 무참하게 버려진 느낌 속에서 더욱 빛을 낸다는 뜻이다. 이런 기준으로 보면, 당시에 시회를 이끌었던 친왕이나 문벌사족은 현실적인 삶의 무게에서 다소 자유로운 귀족들이었다. 또 그 주변의 문인

화암(華嵒), 「서원아집도」, 상하이박물관.

들은 극심한 정치적 혼란이나 그로 인한 신세의 불안함으로 원대한 이상을 가질 수가 없었고, 인생의 의미나 사회적 책임에 대해 크게 고민하지 않았다. 따라서 이 시기 시회에서 창작된 작품은 인생과 사회보다는 예술 그 자체에 집중한 창작이었고, 결국 시가의 내용은 현실에서 괴리되었다.

또 시회에서는 자신의 문학적 재능을 평가받거나 현실적 영달과 출세에 유리한 명성을 얻을 수도 있었으므로, 다른 사람의 평가에서 자유로울 수 없었고, 시회의 분위기와 정서에 민감할 수밖에 없었다. 결국 자신의 사적인 감상이나 술회보다는 시회라는 환경의 집단적 정서나 사교적 응수에 적합한 작품, 타자의 감성을 고려한 보편적 감성 위주의 작품을 창작하게 된다. 당나라 중기에 가서야 문인들은 시회를 순수한 교류 행위의 하나로 인식하면서 자연스럽게 시흥이 일어 시를 짓고 순수한 감정을 교류하게 된다.

3. 시회와 시가 형식

시는 언어의 예술이다. 시를 쓰는 문인의 처지에서 언어의 예술성은 고려하지 않고 사변의 늪에 빠져 있다면 시로서의 느낌을 전달할 수 없다. 반대로 표현의 기교에만 몰두하는 것도 정신이 아닌 말단에만 몰두하는 격이다. 글 짓는 사람에게는 한 글자 한 글자의 뜻을 새기고 언어를 다듬는 일이 행복하면서도 고통스러운 일이다. 또 그러기 위해서는 엄청난 창작훈련이 전제되어야 한다.

시회에서의 창작에 대비하여 문인들은 사전에 창작을 준비하고 연습하게 된다. 시를 짓는다는 것이 배운다고 누구나 할 수 있는 것은 아니지만, 그렇다고 타고난 재능만으로 저절로 시를 잘 지을 수 있는 것도 아니다. 천부적인 감수성은 그렇다 쳐도, 사변적 지식이나 논리적 이치, 언어적 표현 등은 학습과 노력을 통해 어느 정도 갖출 수 있다. 특히 시회에서는 시가의 주제나 제재는 시회 주재자에 의해 즉흥적으로 결정되는 경우가 많으므로 미리 대비하기가 어려울 수 있다. 반면 평가기준인 속작과 정교한 수사에 대비하여, 화려하고 기교적인 어휘의 훈련이나 자연스러운 전고 운용, 평측이나 쌍성 첩운 등의 운율미, 긴장감 있는 함축, 장법에서의 정제미 등 기술적인 것은 사전에 준비할 수 있다.

중국 고전시는 한자가 가진 다양한 특징을 잘 살린 정신문화 유산이다. 율시나 절구, 5언, 7언 등 글자 수는 제한되어 있지만 한자의 풍부한 어휘를 이용해 심도 있는 내용을 담을 수 있고, 한자의 평측과 운율을 운용함으로써 시가의 운율미를 담을 수 있으며, 대구나 장법 등을 통해 구조적 정제미와 통일감을 실현한다. 이러한 시가의 예술성은 오랜 실험과 단련을 거쳐 형성된 것인데, 시회는 이러한 수사기법의 발전에 의미 있는 자극이 되었다.

특히 시회문화가 확대되기 시작한 제량 시대는 중국 고전시가의 다양한 시가 형식이 발전하는 데 중요한 계기가 되었다. 우선 시가의 편폭이 4운 8구로 고정되기 시작했고, 시회에서도 점차 이를 정격으로 여기고 창작하기 시작했다. 이것은 시회의 시간적 유한성이나 경쟁의 공정성 때문만이 아니라, 당시 문인들이 4운 8구가 너무 상세하지도 너무 간략하지도 않아 구조적인 압축미를 지녔다고 인식했기 때문이다.[4] 4운 8구는 최종적으로 율시로 발전한다.

또 시회라는 환경에 맞추어 공개적으로 자신들의 작품을 음영하게 되면서, 문자 자체의 평측과 압운을 조화롭게 운용해 운율미를 고려한 창작을 하게 된다.[5]

심약 등의 시문은 모두 궁상宮商을 사용했는데, 평상거입平上去入으로 사성을 구분하고, 이를 통해 운율을 만들었다. ······ 한 구 다섯 글자 간에는 음운이 모두 다르고, 두 구 간에는 평측이 달랐는데, 더하거나 뺄 수 없었다. 세상에서는 '영명체'永明體라고 불렀다.[6]

즉 심약이 제시한 음률이란 기본적으로 한자의 사성을 기준으로 평측을 구분하고, 한 행을 단위로 행과 행 사이에서의 평성과 측성의 대비적 배치를 통해 시가의 운율미를 추구한 것을 말한다. 이러한 시율은 곧 시회라는 집단적 문학공간의 실험적 창작의 결과로서, 시회문화가 중국시가의 예술성을 제고했음을 보여준다. 이 형식은 당나라 율시의 기초가 된다.

시회라는 창작환경은 수사방면에서도 용사 열풍을 가져왔다. 용사란 옛 경서나 사서 등의 전고를 시가창작에 인용하는 것을 말한다. 용사는 많은 책을 읽어야만 가능하다. 하지만 용사는 단순히 지식을 과시하는 데 그쳐서는 안 되고, 전대의 문학적·역사적 전통을 끌어내고 자신의 상상력을 더해 창의적으로 시가의 함의를 확장하고 시의 멋을 풍부하게 해야 한다. 즉 과거의 것을 적절히 이용해 새로운 것을 표현해야 하는 것이다. 또 전고는 풍부한 운용뿐만 아니라 자연스러운 표현도 중요하다. 용사라는 수사기법 자체가 인공적인 수식이어서 시에 자연스럽게 녹아들지 않으면 시를 껄끄럽게 만들고 시의 맛을 떨어뜨리기 때문이다.

제량 시대에 용사는 시문창작의 중요한 표현기법의 하나가 되었다. 종영鍾嶸은, "문장은 거의 책에서 베낀 것과 같아졌다. 근래에 임방, 왕융 등은 수사의 새로움을 중시하지 않고 새로운 전고를 다투어 좇았는데, 이후 작자들에게 점차 풍속이 되어 구마다 전고 아닌 말이 없고 말에는 전고 아닌 글자가 없으니, 억지로 끌어다 붙이고 합하여 시문을 좀 갉듯함이 이미 심해졌다"[7]라며 문인들이 용사를 과도할 정도로 사용했음을 설명한다.

이 당시에는 과도한 용사가 비판되었지만, 용사라는 표현수법은 갈수록 새로움과 정교함을 추구하여 중요한 시작 기법으로 정착한다. 작가에게는 자기 생각을 효율적으로 표현하고 또 독창성을 나타낼 수 있는 수사기법이었고, 독자에게는 다섯 글자나 일곱 글자로 제한된 시행 속에서 깊고 무한한 의미를 음미할 수 있기 때문이다. 하지만 현대인들에게는 용사가 고전시를 어렵게 느껴지도록 하는 이유 중 하나가 된다. 전고를 이해하기 위해서는 방대한 양의 독서가 있어야 하는데, 경서나 사서 등의 고전학문이 이미 낯설어져 전고를 이해하기 어렵기 때문이다.

"모든 놀이에는 규칙이 있다. 그 규칙은 놀이가 벌어지는 장소와 시간에서 무엇이 통용될지를 결정한다."[8] 이 게임의 규칙은 절대적인 구속력을 갖는다. 시회도 마찬가지다. 시회는 아름다움을 추구하는 놀이의 특성상 일정한 시가 형식과 규칙을 만들어냈고, 이는 지켜야 하는 절대적인 규율이 되었다. 이 규칙은 일정 기간의 절차탁마와 실험, 수정을 거쳐 다른 문인들에게 수용되면서 보편적인 규칙과 전통이 되었다. 위진남북조 시회에서 만들어진 놀이의 규칙, 다양한 시율은 이후 시회에서 지켜야 하는 근체시율로 발전한다.

시가는 다양한 시율에 맞추어 지어야 하므로, 고대 문인들은 평소의 독서도 시가창작에 초점을 맞추었다. 원호문元好問이 쓴 「독서십법」讀書十法에 따르면 문인들의 독서는 곧 창작준비이기도 했다. 그 열 가지는 '중요한 사건은 요약해둔다'記事, '좋은 구절을 기록해둔다'纂言, '알기 어려운 어휘는 분류·기록해둔다'音義, '외워두면 좋은 문장은 기록해둔다'文筆, '전대 문인의 독특한 문투를 분류·기록해둔다'凡例, '서로 관련 있는 문장의 본문을 기록해둔다'諸書關涉引用, '모범이 될 만한 옛사람의 행위를 따로 기록해둔다'取則, '시를 쓸 때 이용할 일화나 말을 분류·기록해둔다'詩材, '자신의 독창적 견해를 기록해둔다'持論, '내가 모르는 어휘나 옛 일을 따로 기록해둔다'闕文 등이다.[9] 열 가지 독서법의 공통점은 중요한 정보를 기록해둔다는 것인데, 이는 후일의 전고활용에 유용한 자료가 되기 때문이다. 현재의 기준으로 보면 용사는 작품의 참신성을 방해하는 부정적인 수사기법일 수 있다. 하지만 고대 문인들에게는 '이고위신'以故爲新의 창작법, 즉 옛것을 새롭게 엮어 참신한 뜻을 만들어내는 독창적 창작법이었다.

사실 무언가 새로 배울 것, 공부할 거리, 즐거울 놀이를 발견하고도 자기 혼자만 알고 있으면 재미도 없을뿐더러 그것으로 그친다. 남과 서로 나누고 교류하면서 또 다른 새로움을 발견하게 되고 새로 배울 것이 많아지며 즐거움도 훨씬 커진다. 고독하게 밤을 새우며 공부한다고 지혜가 늘어나는 것도 아니다. 자기 생각을 보여주고 평가를 듣고 의견을 받아들이며 절차탁마하는 것, 그것이 교류가 필요한 이유다. 자신의 시가창작 경험을 교류할 수 있는 곳, 다른 사람을 통해 문학적 영감을 얻을 수 있는 곳, 지적 게으름, 정서적 무딤에 빠지지 않게 자극받는 곳, 그곳이 시회일 수 있다. 시회 참가자들은 고독한 독서와 창작에 머물지 않고 창작의 시공간과 정서, 체험, 유희를 공유함으로써, 시가창작 능력을 향상시키고 스스로 정체되지 않을 수 있었으며, 상호 간 인정을 받으면서 지적 만족을 키울 수 있었다. 시회가 오랜 역사를 이어올 수 있었던 배경이다.

9 시회의 작품

    문인들에게 시회는 만남, 이별, 축하 등 인생사의 중요한 시기에 소중한 사람들과 기쁨을 함께하거나 좌절을 위로받고 상처를 치유하는 공간이었고, 자신의 능력을 발휘하고 상대의 문학적 재능을 평가하거나 학습하는 절차탁마의 장이었다. 또한 사상적·문학적 취향을 주고받는 교류의 장이자 고급문화를 향유하는 풍류적 모임이었고, 새로운 소식과 좋은 작품을 전파하는 매개적 공간이었으며, 때로는 언어적 유희를 즐기는 유희의 시공간이었다. 이러한 시회의 복합적 성격은 각 시회의 개최목적에 따라 다양한 색깔의 다채로운 작품을 낳았다.

1. 출사, 시로써 나를 알리다

1) 하늘처럼 영원하시길

당나라는 위진남북조 시대의 긴 혼란을 끝낸 통일왕조다. 통일제국은 정치·경제·사회·문화 모든 면에서 활력이 넘쳤다. 특히 개국623 초부터 안록산安祿山의 난755이 있었던 130여 년간은 역사에 드문 태평성세였다. 오랜 태평성세는 대내외에 당 제국의 위세를 떨쳤을 뿐 아니라 학술, 종교, 예술, 문학 등 각 방면의 문화도 자유로운 발전을 이루어냈다. 특히 문학은 황제마다 문학을 애호하여 문인들을 궁정학사로 두고 부시창화賦詩唱和를 즐기면서 자연스럽게 장려되었다. 태종은 진왕秦王 시절 18학사들을 초빙하여 문학관을 열었고, 즉위한 후에는 홍문관弘文館을 설치하여 서적을 편찬하거나 학사들과 시가를 음영했다. 측천무후도 정권을 잡은 후 문치文治를 크게 일으켰는데, 과거시험으로 인재를 널리 초빙하자 전국에서 만여 명의 응시자가 몰렸다.

중종中宗, 이현(李顯) 역시 궁정시회를 자주 열고 신하들과 시가 창화를 즐겼다. 당시의 궁정시회를 재구성해보자. 경룡景龍 3년709 9월 9일 중양절, 중종은 많은 신하를 거느리고 장안 어원 북쪽에 있는 임위정臨渭亭에 올랐다. 이날 전통명절도 기념할 겸 연회를 베풀면서, "일생의 흥취를 맘껏 누리라"須盡一生之興:「御製序」고 주문했다. 이 자리에서 중종은 「9월 9일 임위정에 높이 올라 짓다」九月九日幸臨渭亭登高作라는 시를 지었고, 따르는 신하들에게도 각각 운을 나누어 4운, 즉 8구의 오언시를 짓도록 했다. 아울러 가장 늦게 시를 짓는 사람은 술잔 가득 벌주를 마셔야 한다고 가볍게 압박했다. 위안석韋安石은 '지'枝, 소괴蕭瓌는 '휘'暉, 이교李嶠는 '환'歡, 심전기沈佺期는 '장'長 등 신하 24명이 각각 운을 분배받고 시를 지었다. 위안석이 가장 먼저 시를 지어 칭찬을 받았고, 가장 늦게 지은 우경야于經野와 노회신盧懷愼은 벌주를 마셨다. 이날 지은 중종의 시와 신하들의 봉화시가 지금도 전해진다.[1] 다음은 중종의 작품 「9월 9일 임위정에 높이 올라 '추'秋자로 짓다」九月九日幸臨渭亭登高得秋字이다.

구 월 구 일 한가을을 맞아
석 잔 술에 흥취 이미 거나하다.
계화 띄워 가득한 술동이를 맞고
꽃잎을 불어 술잔에 띄운다.
장방의 신수유는 이미 익었고
도팽택은 국화를 막 거두었지.
어찌 저 서쪽 사막에 있어야만
마음대로 노닌다 할 수 있으랴.

九日正乘秋　三杯興已周

泛桂迎尊滿　吹花向酒浮

長房萸早熟　彭澤菊初收

何藉龍沙上　方得恣淹留

장방비장방(費長房)은 유명한 주객이자 도사였는데, 자신의 제자인

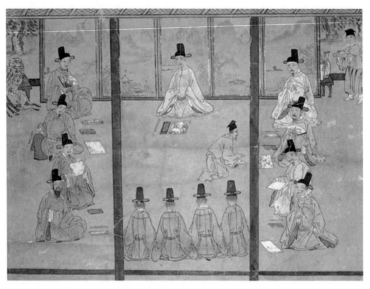

작자 미상,「효종어제희우시회도」(孝宗御題喜雨詩會圖).

항경恒景에게 재앙이 닥칠 것을 예감하고, 중양절에 붉은 주머니에 산수유를 넣어 팔뚝에 걸고 높은 산에 올라가서 국화주를 마시면 액을 막을 수 있다고 알려주었다고 한다. 중양절 풍습은 여기서 유래했다. 이 시에서도 장방의 고사와 국화주를 즐겼던 도팽택, 즉 도연명의 고사를 통해 중양절 풍습을 표현했다. 가을이 절정을 넘어선 시기에, 따사로운 가을햇볕을 느끼며 즐기는 중양절의 정취를 그려냈다. 석 잔 술에 이미 주흥이 도니, 오늘의 이 자유로움은 저 넓은 사막을 마음대로 노닐 때와 다를 게 없다고 했다. 중종의 시에 화답한 신하의 시를 보자. 먼저 이교의 작품 「9일에 '환'歡자로 명을 받들어 짓다」九日應制得歡字이다.

좋은 계절 삼추가 저무는 시절
중양절 구일이 즐겁습니다.
신선의 술잔에는 국화가 떠 있고
귀한 음식에는 난향이 배었습니다.
천지기운을 부리니 하늘 가깝고
높이 올라보니 우주가 광활합니다.
오늘 만수무강 곡을 골라서
응당 악기로 타야 할 듯합니다.

令節三秋晚　重陽九日歡

仙杯還泛菊　寶饌且調蘭

御氣雲霄近　乘高宇宙寬

今朝萬壽引　宜向曲中彈

이교는 자신이 부여받은 '환'자를 운자로 삼아 위 시를 지었다. 신하로서 중양절 연회를 받드는 감상과 황제의 만수무강을 축원하는 내용을 담았다. 황제가 베푸는 연회, 그 화려함·고귀함·신성함을 표현하기 위해 '선배'仙杯, '보찬'寶饌 등 수사적 표현이 동원되었다. 이교와 심전기는 이 시기의 대표적인 시인으로서, 특히 화려한 수사와 엄정한 격률에 뛰어나 궁정시인으로서 빛을 보였다. 다음은 심전기의 작품 「9일 임위정에서 연회를 모시며 명을 받들어 '장'長 자로 짓다」九日臨渭亭侍宴應制得長字 이다.

천지기운을 움직여 가을이 되니

높이 올라 깃털모양 술잔을 올립니다.

위 문제는 국화꽃을 하사했고

한 무제는 수유 주머니를 선사했지요.

가을은 처마 빗물받이 구리색도 변하게 했고

맑은 날씨는 은수나무에도 색을 더했습니다.

해마다 중양절은 경사스러운 날

오래오래 하늘처럼 영원하시길 기원합니다.

御氣幸金方　憑高薦羽觴

魏文頒菊蕊　漢武賜茰房

秋變銅池色　晴添銀樹光

年年重九慶　日月奉天長

　　우선 가을 중양절 연회장면을 묘사했고, 위 문제와 한 무제가 신하들에게 국화와 수유를 하사했던 전고를 빌려, 오늘 이 자리도 중종이 은혜를 베풀어 열린 것임을 비유했다. 이어 가을이 되어 사물과 나무의 빛깔이 변함을 언급했다. 일월日月은 이날 9월 9일을 말하는데, 이 숫자 '9'九는 '오래되다' '영원하다'라는 뜻의 '구'久로 해석할 수 있다. 황제와 왕조의 성덕과 수명이 영원하기를 기원한 내용이다. 궁정문인들이 보기에 황제와 신하 간의 시문창화가 빈번한 이 시기가 더 이상 좋을 수 없는 이상적인 태평성대였던 것이다.

　　황제라는 신성한 권력 앞에서 관료나 문인들이 표현할 수 있는 감정은 이처럼 제한적일 수밖에 없다. 이날 창화에 참여한 문인 24명은 이날이 중양절이라는 점, "일생의 흥취를 맘껏 누리라"는 중종의 주문, 그리고 중종이 지은 시가의 풍격에 맞추어 화시를 짓고 성덕을 찬양하는 내용을 담았다.

궁정시회는 중양절에 국한되지 않고 다양한 시공간에서 수시로 열렸다.

중종은 정월 그믐날 곤명지로 행차하여 시를 지었고, 신하들에게도 응제시 100여 편을 짓게 했다. 전각 앞을 오색 깃발로 장식한 후, 상관소용上官昭容에게 한 편을 뽑아 어제곡御製曲을 만들도록 명하였다. 신하들이 모두 그 아래로 모여들었다. 잠시 후, 시를 적은 종이가 한꺼번에 전해졌는데, 각각 자신의 이름을 확인하며 돌려받았다. 오직 심전기와 송지문, 두 사람의 시만 전해지지 않았다. 나중에 다시 한 장이 전해져서 다투어 받아보니 심전기의 시였다. 평가하여 이르길, "두 사람의 시가 기교는 대등하다. 심전기 시의 낙구 '미천한 소신 보잘것없는 재주를 갈고 닦았으니, 예장의 재주를 올리나이다'는 사기詞氣가 이미 다하였다. 송지문 시의 '밝은 달 지는 것도 걱정 없으니, 내가 야광주를 가져왔기 때문이네'는 시의 기세가 오히려 힘 있게 솟구쳤다"고 했다. 심전기가 이에 굴복하고 더 이상은 겨루지 않았다.[2]

이날 백여 편의 응제시가 지어졌고, 최종적으로 송지문의 시가 최고 평가를 받았다. 이러한 궁정시회에서 탄생한 응제시는 자연히 내용상 대각체臺閣體의 느낌이 농후할 수밖에 없다. 대각이란 송나라 때 한림원翰林院의 별칭인데, 일반적으로 궁정이나 관청을 의미한다. 대각체는 주로 관리들에 의해 지어지면서 내용은 태평성세를 찬양하고, 수사는 전아하며, 대구는 공교하고, 성률은 조화로운 시문 풍격을 말한다. 현대적 시각에서는 문학적 가치가 높을 수가 없다. 심전기와 송지문을 지나면서 궁정의 응제시는 점차 압운, 평측, 대구 등이 엄정한 5언 또는 7언 율시로 지어진다.

『당시기사』唐詩紀事나 『전당시화』全唐詩話, 『당음계첨』唐音癸簽 등에는 당나라 조정에서 개최한 연회가 기록되어 있는데, 이 기록만 보아도 당시에 황제가 개최하는 연회가 상당히 빈번했음을 알 수 있다. 궁정시회는 초·성당 시기에 특히 빈번했고, 이후 시회는 점차 지방 관료나 문인 사이로 확대된다.

2) 공정하게 인재를 선발하시니

시회가 권력 주변에서 개최되면, 그 시회는 정치성에서 자유로울 수 없다. 당연히 시회에서 자신의 작시 능력을 보여 출사나 승진의 기회를 얻고자 하는 경향이 강했다. 이러한 정치성은 특정한 관료나 문인을 중심으로 하는 '문생'門生 관계에서 두드러지는데, 그런 관계를 형성하는 가장 결정적인 계기가 과거시험이다. 즉 과거시험을 주관하고 자신을 뽑아준 주고관을 중심으로, 주고관과 급제자 사이에는 문생 관계가, 급제자와 급제자 사이에는 '동년'同年 관계가 형성되어 강한 정치적 인맥이 된다. 이들의 정치적 모색이나 문학적 수창에서 시회는 중요한 시공간이었고, 이 공간을 통해 그들의 교유는 더욱 긴밀해졌다.

당 무종武宗 회창會昌 3년843, 복야僕射 왕기王起와 그 문생들이 열었던 시회의 모습을 재구성해 보자. 왕기가 과거시험을 세 번째 주관하여 진사를 선발하자, 화주자사華州刺史로 있던 주지周墀가 그것을 축하하면서 글을 지어 보냈다.[3] 무종이 진사 선발이 인재를 제대로 뽑지 못한다고 걱정하여 특별히 두 번의 경험이 있는 왕기에게 과거를 주관하도록 한 것인데, 그가 주관하여 뽑은 인재는 모두 저명한 인사들이어서 그의 감식안에 탄복했다고 한다. 왕기와 주지는 이전에 한림원에서 함께 근무했던 경험이 있는 사이다. 주지가 왕기에게 보낸 시「왕 복야의 과거 주관을 축하하며」賀王僕射放榜다.

과장에서 세 차례나 유생을 교화하면서
30여 년간 높은 명성을 알리셨지요.
외람되이 '목계부'木鷄賦로 공의 보좌임을 자랑했었고
또 공을 모시고 금마문에서 황궁으로 들어갔지요.
제가 비록 월계수를 먼저 꺾어 기쁘면서도
춘란이 가장 늦게 피는 것 또한 부럽습니다.
용문으로 가 풍수를 보고자 하지만
국방의 일이 잠시도 군영 떠남을 허락하지 않는군요.

文場三化魯儒生　三十餘年振重名
曾忝木鷄誇羽翼　又陪金馬入蓬瀛
雖欣月桂居先折　更羨春蘭最後榮
欲到龍門看風雨　關防不許暫離營

금마문은 한나라 때의 궁문 이름인데, 학사들이 황제의 조서를 기다리는 곳이다. 여기서는 한림원에서 함께 근무했던 경험을 표현하기 위해 사용되었다. 월계수를 먼저 꺾었다 함은 진사에 먼저 급제한 것을, 춘란이란 신진급제자를 비유한다. 자신은 진작에 급제했지만 지금 막 급제한 신진급제자를 보니 부럽기도 하다는 비유다. 용문에서 풍수를 본다 함은 도성에 가서 은사인 왕기를 뵙는다는 것을 말한다. 이 시는 왕기가 공정하게 과거를 주관하여 오랫동안 명성을 유지하고 있음과 자신과 왕기와의 정치적 인연, 과거급제자 후배들에 대한 격려와 함께 그들과 함께하고 싶은 마음을 표현했다. 이 시가 도착하자 왕기와 함께했었던 진사들이 너도나도 축하했고, 왕기는 화답시 「주 시랑이 보낸 시에 답하여」和周侍郎見寄를 지었다.

공원貢院 떠난 지 20년
다시 과장을 주관하게 될지 누가 알았으랴!
양엽궁으로도 옛 과녁을 뚫을 수 있거늘
계수나무가지라고 어찌 새 향기만 좋아하리.
구중궁궐 함께 있었을 때를 늘 추억하나니
육의를 처음 읊을 때 야광주인 그대를 얻었지.
아는 사이이나 만나지 못했다고 말하지 마시게
연화봉에 있는 그대 조서 내려 부르고 싶다네.

貢院離來二十霜　　誰知更忝主文場

262

사환(謝環), 「행원아집도」(杏園雅集圖) 부분.

楊葉縱能穿舊的　桂枝何必愛新香
九重每憶同仙禁　六義初吟得夜光
莫道相知不相見　蓮峰之下欲征黃

이 시의 3, 4구는 주지의 시 5, 6구에 대하여 신진급제자도 소중
하지만 오랜 친구인 그대도 소중하다는 의미를 비유적으로 설명한
것이다. 육의六義란 시를 말한다. 그대와 시를 처음 읊을 때 이미 그
대가 얼마나 뛰어난 인재인지 알았다는 말이다. 주지와 왕기의 시
모두 상대에 대한 칭송과 자신에 대한 겸손, 서로에 대한 신의를 표
현했다.

왕기가 이 시를 짓자 자리에 있던 진사 22명이 시를 지어 창화했
다. 이들은 모두 왕기가 선발한 급제자들이다. 왕기의 시에 대한 창
화여서, 내용은 대부분 왕기의 시 내용을 이어 주지가 장래에 높은
관직에 오를 것을 기원하는 내용, 왕기의 공정한 선발에 대한 찬양,
부족한 자신이 진사에 올랐다는 겸손함, 왕기의 문생이 된 것에 대
한 감사함 등이다. 대표적으로 구상경丘上卿과 최헌崔軒의 작품을 보

자. 먼저 구상경의 「왕기의 시에 화답하다」和主司王起이다.

늘 공정한 도리로 많은 문사를 선발하시니
봉황이나 큰 기러기가 아니면 이름 얻지 못하네.
궁중에서 연회 열리니 당당한 발걸음 이어지고
궁궐에서 조서 나오니 천하에 명성 가득하네.
관잠과 의복은 모두 전대의 존귀함을 넘었고
문생은 계속해서 후대의 영광을 차지하네.
봉황지에 잇달아 들어가는 것을 보게 될지니
도당이 어찌 관영에 머물게 하겠는가!

常將公道選諸生　不是鴛鴻不得名
天上宴回聯步武　禁中麻出滿寰瀛
簪裾盡過前賢貴　門館仍叨舊學榮
看著鳳池相繼入　都堂那肯滯關營

　봉황이나 큰 기러기는 뛰어난 인재를, 관잠과 의복은 관모와 관복을, 봉황지는 재상의 지위를, 도당은 재상이 정사를 처리하는 중서성을 비유한다. 관영은 현재 주지가 있는 군영을 의미하는데, 마지막 구는 주지도 훗날 재상에 오를 것이라고 칭송한 것이다. 이 시역시 왕기의 공정한 선발과 그에 힘입어 자신이 영광스럽게 궁궐에 들어갈 수 있었다는 점, 왕기의 문생들 가운데 높은 지위에 오른 이가 많으니 자신도 왕기의 문생이 된 것이 영광스럽다는 것, 주지의 앞날에 대한 기대 섞인 기원 등을 표현했다. 이 시는 주지가 쓴 명名, 영瀛, 영榮, 영營 운을 차운했다.

다음은 최헌의 「왕기의 시에 화답하다」和主司王起이다.

만조의 관리 중 절반이 은사님 문생인데
새 방문에 이 부족한 사람도 이름을 올렸네.
나라의 그릇은 예부터 옥조각도 거둘 줄 알았고
천자를 배알할 땐 함께 영주에 오르는 듯했네.
함께 한림원에 오르니 삼 년의 미담이 되었고
이어서 도화원에 들어가니 구족의 영광이었네.
함께 연화봉 바라보며 백설곡白雪曲 듣고
선곡에 화답하려 하니 마음은 부끄러움뿐이네.

滿朝朱紫半門生　新榜勞人又得名
國器舊知收片玉　朝宗轉覺集登瀛
同升翰苑三年美　繼入花源九族榮
共仰蓮峰聽雪唱　欲賡仙曲意怔營

나라의 그릇은 국가의 인재인 왕기를, 옥조각은 여러 신진급제자를 비유한다. 영주에 오른다 함은 선계仙界에 드는 것을 말하는데, 문사들이 영광을 입어 조정에 들어간 것을 비유한다. 함께 한림원에 오른다는 것은 왕기와 주지가 한림원에서 함께 근무했던 일을 의미한다. 연화봉을 바라본다는 것은 주지가 자사로 있는 화주 쪽을 바라본다는 의미다. 설창雪唱이란 고상한 노래의 대명사인 백설곡을 듣는다는 것인데, 주지의 시를 접했음을 말한다. 선곡仙曲은 신선세계의 노래로 역시 주지의 시를 비유한다. 시의 내용은 왕기가 선발한 인재들이 조정에 가득하다는 칭송, 자신과 같이 부족한 사람도 뽑아준 덕분에 영예를 입을 수 있었다는 감사함, 왕기와 주지의 순조로운 벼슬길에 대한 찬양을 표현했다. 마지막은 부족한 실력으로 화시를 지었다는 겸손을 표현했다.

구상경과 최헌의 시 모두 전체 시가 용사와 비유로 연속되어 다소 난해하다. 이 자리는 왕기의 문생이자 이제 막 급제한 과거시험 동년들이 모두 모인 자리여서, 서로 돋보이려는 경쟁이 치열할 수밖에 없다. 진사급제자는 당시 최고의 문학적 재능과 직관적 감성을 지닌 사람들이었다. 따라서 자신의 학식과 문학재능을 최대한 발휘해서 창작했으며, 이것이 비유와 전고를 많이 사용한 이유다. 수사 방면에 치중한 까닭에, 삶에 대한 깊은 철학적 성찰이나 충만한 감정을 느끼기는 힘들다.

이처럼 과거시험이 주고관이나 추천자에 의해 좌우되자, 주고관과 문생의 관계는 갈수록 긴밀해졌고 심지어 붕당으로 발전하기도 했다. 그러자 왕기는 상소를 올려 선발해준 은혜에 따라 사적으로 문생이 되어 당파를 이루고 공공의 이익을 배격한다고 지적하고, 진사에 급제한 자들이 권세가들을 찾아다니거나 그들의 연회에 참여하지 못하게 할 것과 과거급제자들의 축하연인 곡강대회에도 조정의 관원이 참가하는 것을 금지하도록 하는 청원을 올렸다. 이 상소는 황제의 승낙을 받아 시행되었지만, 얼마 지나지 않아 사람들은 다시 유명인사를 찾아다니고 문생들과 인맥을 형성했다.

2. 우리네 인생길이 같을진대

1) 그저 처세에 서툴렀나보오

같은 문생이나 과거시험 동년은 때로는 정치적 운명을 함께하기도 한다. 유종원柳宗元과 유우석이 그러하다. 유종원과 유우석은 정원貞元 9년 과거시험 동년이자 함께 영정혁신永貞革新에도 가담했던 정치적 동지이자 문우다. 영정혁신은 당시 환관과 관리들이 부패와 전횡으로 백성을 수탈하자 왕숙문王叔文 등이 환관의 전횡을 압박하고 재정을 개혁하는 등 정치적 혁신을 추구한 것을 말한다. 이때 유종원과 유우석도 적극적으로 참여했다. 그러나 환관과 구세력이 왕숙문을 몰아내고 헌종을 내세워 집권하자 혁신은 1년도 못 채우고 끝이 났다. 왕숙문의 세력은 더욱 약화되었고, 영정혁신에 참가했던 인물들은 결국 먼 외지로 폄적되었다. 유종원은 영주사마永州司馬로, 유우석은 낭주사마朗州司馬로 폄적되었는데, 두 지역 모두 장안에서 멀리 떨어진 남쪽 외진 지역이다. 폄적 생활은 원화元和 10년 815까지 10년 동안 이어졌다.

이후 그들의 능력을 아까워하는 사람들의 노력으로 장안으로 돌아올 수 있었지만, 재차 권신들의 배척을 받았다. 유우석은 거기에 더해 꽃을 보며 지었던 시 한 수가 권신들의 심기를 건드리기까지 했다. 다시 유종원은 유주자사柳州刺史로, 유우석은 연주자사連州刺史로 발령이 났다. 이 둘은 결국 다시 함께 장안을 떠나 먼 폄적길에 올랐고, 형양의 갈림길에서 서로의 안위를 걱정하며 이별의 시를 주고받았다. 유종원의 「형양에서 유몽득유우석과 갈림길에서 헤어지며」衡陽與夢得分路贈別 다.

십 년 세월 초라함 끝에 도성으로 돌아왔건만
오령 밖 먼 곳으로 다시 갈 줄 어찌 알았겠소!
복파장군 지났던 옛길도 산천풍광은 그대로요,
묘석 부서진 자리에도 초목은 여전히 푸르다오.
그저 처세에 서툴러서 물의를 일으켰나보오.
문장으로 이름 얻는 것도 잠시 멈춰야겠지요.
오늘 강가에서 이별하는 것이라 하지 맙시다.
천 가닥 눈물이 흘러도 갓끈 씻고 고결하게 살아야지요.

十年憔悴到秦京　誰料翻爲嶺外行
伏波故道風烟在　翁仲遺墟草樹平
直以慵疏招物議　休將文字占時名
今朝不用臨河別　垂淚千行便濯纓

10년이라는 오랜 폄적생활을 끝내고 장안으로 돌아왔을 때는 정치적 고난이 끝난 줄 알았다네. 어찌 또다시 저 먼 남쪽 땅 오령五嶺 너머 가게 될 줄 알았겠는가! 그것도 우리 두 사람이 같은 처지로 말일세. 힘 있는 자들에게 부지런히 눈도장 찍고 적당히 굽실거려야 했었나 보네 그려. 억울하지만 어쩌겠는가! 그저 내가 세상사에 영리하게 대처하지 못해서라고 할 수밖에. 어쩌면 이제는 문장으로 명성을 얻는 것조차 조심해야 할지 모른다네. 세상은 어차피 우리 편이 아니지 않는가! 그래도 어지러운 세상에는 갓끈 씻으며 고결한 삶을 지켰던 옛 선인들처럼 그렇게 살아야 하지 않겠는가!

유종원은 이렇게 서로를 위로하고 시를 맺었다. 다시 폄적된 이유를 처세에 서툰 자신의 탓으로 돌렸지만, 자간과 행간 속에는 이번 인사에 대한 불만을 느낄 수 있다.

인간사엔 늘 영고성쇠가 교차된다. 그 영고성쇠가 어느 누구에게도 비켜가지 않는 것이 또 인간사의 이치이기도 하다. 한때 청운의 꿈을 품었었고, 과거에 급제하여 임금과 백성의 안위를 지키고자 했었지만, 지금은 그저 귀양 가는 신세다. 그런데 갈림길에서 두 눈에 들어온 산천풍광은 여전히 의연하다. 궁달도, 부귀영화도 인간사에는 영원한 것이란 없는데, 산천과 초목은 옛것 그대로구나! 이 시를 받고 유우석은 「다시 연주자사 벼슬을 받고 형양에 이르러 유유주가 헤어지며 준 시에 화답하다」再授連州至衡陽酬柳柳州贈別로 답했다.

도성을 떠난 지 십 년 만에 함께 조서를 받들고
상강 너머 천 리 여정 또 갈림길에 섰습니다.
거듭된 발령이라도 황승상과 사례가 다르고
세 번이나 축출된 유하혜도 부끄럽겠지요.
멀리 시선을 두면 북으로 가는 기러기 아련하고
애끊는 슬픔은 원숭이 울음소리 듣는 듯하지요.
유주의 계강은 동으로 흘러 연산을 지나가니

우리 서로를 바라보며 자주 「유소사」 부릅시다.

去國十年同赴召　渡湘千里又分岐
重臨事異黃丞相　三黜名慚柳士師
歸目幷隨回雁盡　愁腸正遇斷猿時
桂江東過連山下　相望長吟有所思

거듭된 발령이라도 황승상과 사례가 다르다 함은, 한 선제宣帝 때
능력을 인정받아 영천태수穎川太守에 두 번 제수된 황패黃霸의 전고
를 인용한 것인데, 자신도 두 번째로 연주자사로 제수되었지만 실
제 그 운명은 다른 것을 말한다. 세 번이나 축출된 유하혜柳下惠란
유종원을 비유한 것인데, 유종원이 세 번이나 폄적된 것은 유하혜
와 같지만 기본적으로 능력이나 품격이 다르다는 이야기다. 유종
원은 영정永貞 원년 소주자사邵州刺史로, 그 임기가 끝나기도 전에 다
시 영주사마로, 그리고 이번에 유주자사로 세 번째 폄적되었다. 「유
소사」는 악부곡조명인데 주로 임을 그리는 가사를 담는다. 이 시는,
지금 우리는 갈림길에서 헤어져야 하지만 그대가 가는 유주의 계강
이 내가 가는 연주 땅으로 흘러드니, 우리는 늘 함께 이어져 있다고
위로한 내용이다. 이들은 시 한 수로는 부족했는지 다시 시를 몇 편
더 주고받는다. 첫 수는 7언 율시로 주고받았는데, 이때부터는 7언
과 5언의 절구로 지었다. 유종원이 다시 유우석에게 준 시 「몽득과
다시 헤어지며」重別夢得 다.

지난 이십 년 모든 일을 함께 겪었는데
이제 기로에서 동과 서로 헤어져야지요.
황은을 입어 귀향을 허가하신다면
만년에는 이웃집 늙은이 하도록 합시다.

二十年來萬事同　今朝岐路忽西東
皇恩若許歸田去　晚歲當爲鄰舍翁

　지난 20년이란 정원 9년 두 사람이 같은 해에 진사가 되어 벼슬
에 오른 후, 함께 왕숙문에게 인정을 받아 정치 혁신을 꾀했다가 폄
적되었고, 다시 조서를 받고 장안으로 돌아왔다가 또 함께 귀향을
가게 된 지금까지의 시간을 말한 것이다. 이 시는 지금은 우리가 헤
어져야 하지만 다시 만나면 서로 이웃하며 늙어가자는 기약이다.
긴 좌절의 세월은 제세의 열정도 식게 만들었나 보다. 다음은 유우
석의 답시 「유유주에게 다시 답하다」重答柳柳州이다.

　약관에 우국의 마음을 함께 품었던 시절
　기로에 서서 되돌아보니 아득하군요.
　함께 농사하며 늙어갈 수 있게 되면
　서로 백발 쳐다보며 만사를 내려놓읍시다.

弱冠同懷長者憂　臨岐回想盡悠悠
耦耕若便遺身老　黃髮相看萬事休

약관을 넘어서며 먼 후일 나라를 위해 젊음을 바치겠다는 꿈을 꾸었지만, 지금 돌아보니 그때의 뜨거웠던 우국지정憂國之情도 이제는 아득하기만 한 일이다. 그보다 이 부침 심한 벼슬길 벗어던지고 출세와 명리도 내려놓은 채 그저 농사나 지으며 그대와 함께하고 싶다. 만년에 함께하자는 유종원의 시에 대한 화답이다. 벼슬길에 대한 회의가 깊이 묻어난다. 유종원은 다시 붓을 들어 시를 써내려 갔다. 시가 오가는 횟수가 늘어갈수록 가슴 저 밑바닥에 눌러두었던 슬픔이 사슬처럼 끌려 나온다. 다음은 유종원의 시 「유원외에게 세 번째 주다」三贈劉員外 이다.

역사 기록도 진실로 착오가 있고,
세상사도 틀려질 수 있음을 알아가지요.
오늘 이 갈림길에 섰으니
언제나 다시 돌아올 수 있을까요?

信書成自誤　經事漸知非
今日臨岐別　何年待汝歸

세상사가 기대와 상식을 저버릴 때가 있다. 때로는 어제의 상식이 오늘은 통하지 않는 경우도 있다. 그런데 그런 경험이 여러 번 겹치면, 그런 것이 세상사라고 스스로 위로하기도 한다. 세상은 어차피 내 마음과는 다른 것 아니던가! 현실적 고난과 심리적 고통을 겪은 후 이제는 달관한 듯한 모습까지 읽힌다. 그래도 지난번 폄적은

문징명(文徵明), 「동원도」(東園圖), 베이징고궁박물관.

10년이나 걸렸었는데 이번에는 언제쯤 끝이 날까 하는 간절한 마음만은 감출 수가 없다. 그대인들 어찌 알겠는가마는, 그래도 절실해서라네!

이 두 사람은 과거시험 동년이라는 인연이 있고, 정치적 운명을 걸고 함께 행동했던 벗이며, 이제는 폄적된 신세의 좌절과 쓸쓸함까지 오롯이 함께하는 인생 동지다. 그러니 갈림길에 서서 쉽게 발걸음이 떨어지지 않는다. 그런데 "언제나 다시 돌아올 수 있을까요?"란 그 간절한 물음에 살얼음 같은 정치판을 걸어온 이가 또 무슨 말로 대답할 수 있을까? 그저 터럭만큼이라도 희망찬 이야기를 해본다. 그러나 그 희망은 이제 벼슬도 명예도 아니다. 5언 절구에 유우석 역시 5언 절구로 「유자후에게 답하다」答柳子厚로 대답했다.

　　나이로는 옛날 백옥보다 어리고

한스러움이라면 장형보다 크지요.
함께 관직을 그만둘 때가 되면
서로 힘 합쳐 새장을 벗어납시다.

年方伯玉早　恨比四愁多
會待休車騎　相隨出羈羅

　　백옥은 춘추 시대 거원蘧瑗의 자인데, 여러 번 천거를 받았으나 임
용되지 않았던 인물이다. 백옥보다 나이가 어리고 뛰어난데도 정치
적 불우함을 경험했고 그것도 아직 끝나지 않았다는 의미다. '사수'
四愁는 장형張衡의 「사수시」四愁詩를 말하는데, 자신의 한탄과 우울한
마음을 기탁한 시다. 이 시는 젊은 시절부터 겪어야 했던 수많은 정
치적 풍파로 이제 마음속에는 한스러움으로 가득하고, 그러니 언젠
가 관직을 그만두게 되면 이 새장 같은 생활을 벗어던지고 자유로
움을 얻고 싶다는 내용이다. 젊을 때는 간절하게 꿈꾸었던 관직이
이제는 새장 같아 벗어나고픈 곳이 되었다. 20여 년간 정치그물에
얽매여 고생했던 사람의 내심이 묻어난다.
　　이날 형양의 시회는 정치적 울분, 뜻을 펼칠 수 없는 좌절, 운명에
대한 체념, 삶과 관직에 대한 회의 등 이런저런 감정이 북받치듯 터
져 나온 자리였고, 서로의 그러한 감정을 위로하고 위로받는 치유
의 자리였을 듯하다. 시가 있었기에 그나마 속마음을 진실하게 털
어놓을 수 있었을지도 모른다.
　　유우석은 4년 후인 원화 14년 모친의 상을 치르고 다시 임지로

돌아가던 중 형양 근처에서 유종원의 사망소식을 듣는다. 가는 길에 지난날 유종원과 헤어졌던 곳에 다시 들러, "옛날 내 오랜 벗과, 이곳 상강 가에서 헤어졌었지요. 내 말은 숲 속에서 울부짖었고, 그의 배는 산에 가려 사라졌더랍니다. 지금 내 말은 다시 그 길에서 울어대는데, 그의 배는 번개처럼 사라져버렸습니다. 천 리에 초목은 여전히 푸르건만, 그 사람은 이제 보이지 않습니다"憶昔與故人, 湘江岸頭別, 我馬映林嘶, 君帆轉山滅, 馬嘶循古道, 帆滅如流電, 千里江蘺春, 故人今不見:「重至衡陽傷柳儀曹」라고 통곡했다고 한다.

유종원과 유우석의 아름다운 우정은 지금도 회자된다. 유종원이 죽은 후, 유종원의 문우였던 한유는 묘지명에서 그들의 우정을 기록해 후세에 남겼다. 내용은 이러하다. 유종원과 유우석이 각각 유주자사柳州刺史와 파주자사播州刺史로 폄적되었을 때다. 이때 유우석은 노모를 모시고 있었는데, 유종원은 "파주 땅은 너무 멀고 외진 곳인데 어찌 노모를 모시고 가겠느냐"며 자신과 임지를 바꿔줄 것을 황제께 간언했고, 배도裴度 등의 상소에 힘입어 유우석의 임지가 파주에서 연주자사로 바뀌었다. 파주는 지금의 구이저우 성貴州省, 연주는 지금의 광둥 성廣東省에 위치한다. 자신의 어려움보다 친구의 불우한 처지를 먼저 생각했던 쉽지 않은 용기다. 한유는 이들의 고귀한 사귐을 기록하여 후세에 남기는 한편, 세상 사람들의 이기적인 사귐을 이렇게 꿰뚫어 보았다. 참고할 만하다.

아아! 선비는 궁할 때 비로소 절개와 의리가 드러나는 법이다. 사람들은 평소에는 같이 모여 살며 서로 받들고 기뻐하고, 서로 불러 마시고 먹고 놀며 즐긴다. 억지로 웃으며 말하고, 서로 겸손한 태도를 취하며, 손을 잡고 간과 쓸개간담(肝膽)라도 꺼내서 서로에게 보여줄 듯이 행동한다. 하늘을 향해 간절한 마음으로 살아서나 죽어서나 서로 배신하지 않을 것을 맹세하는데, 정말로 믿을 수 있을 것 같다. 그러나 일단 터럭 같은 이해관계라도 얽히게 되면, 서로 모르는 사이인 것처럼 반목한다. 함정에 빠지면 손을 내밀어주는 것이 아니라 오히려 밀쳐버리고 또 돌을 던지는데, 모두들 그러하다. 이러한 행동들은 짐승이나 오랑캐도 차마 하지 않는 것이지만, 사람들은 자기 계획대로 되었다고 여긴다. 자후유종원의 교훈을 들으면 조금은 부끄러워질 것이다.[4]

이 문장에서 유래된 간담상조肝膽相照는 서로 간과 쓸개를 꺼내어 보일 만큼 진심을 터놓고 격의 없이 지내는 절친한 사귐을 말한다. 유우석과 유종원의 절친한 우정이 당시 문단의 영수였던 한유의 문장을 통해 세상에 긴 울림을 낳았다. 조석으로 변하는 인심, 이익을 따라 동분서주하는 가벼운 사귐이 너무 당연시되는 요즘, 그의 통절한 일침이 뼈아프게 느껴진다.

2) 그대의 좌절은 너무 길었소

유우석은 연주자사로 나간 후 다시 기주夔州, 화주和州로 폄적되었다가 낙양으로 초치된다. 낙양으로 돌아가는 도중 양주에서 그동안 마음속으로 경모하며 시를 주고받던 백거이를 처음으로 만났다. 백거이는 이때 항주자사杭州刺史 임기를 마치고 낙양으로 돌아가는 길이었다. 동갑인 둘은 자연스레 술을 마셨고, 백거이는 좌절 속에서 긴 세월을 보낸 유우석을 위로하는 시 「술을 마시고 유 태수에게 주다」醉贈劉二十八使君를 지었다. 당 경종敬宗 보력寶曆 2년826 겨울의 일이다.

나에게 잔을 가져와 술을 마시게 하시니
그대 위해 젓가락 치며 노래를 불러보리다.
시라면 나라의 명수는 오직 그대뿐이지만
운명이 사람을 누르니 어쩔 수 있었겠습니까!
눈을 들어 경치를 바라보아도 늘 서글프고
조정에 고관백작 가득한데 홀로 실의했구려.
재주와 명성이 높아 넘어진 것임을 아는데
이십삼 년 세월 그대의 좌절은 너무 길었소.

爲我引杯添酒飮　與君把箸擊盤歌
詩稱國手徒爲爾　命壓人頭不奈何
擧眼風光長寂寞　滿朝官職獨蹉跎
亦知合被才名折　二十三年折太多

23년간의 좌절이란 유우석이 순종順宗 영정 원년805 9월 연주자사로 처음 폄적되었다가 부임 도중 다시 낭주사마로 전보되었던 일부터, 낙양으로 돌아가게 된 지금까지의 굴곡의 세월을 개략적으로 말한 것이다. 유우석은 자신의 정치적 불운을 차마 자기 입으로는 내어 말할 수 없었지만, 23년은 너무 길었다는 백거이의 위로에 그

동안의 외로움과 괴로움이 치유되는 듯했을 것이다. 게다가 재주와 명성이 뛰어나서 시라면 나라의 명수라 할 만하지만 운명이 끌고 가서 사람의 힘으로 어쩔 수 없었던 것이라고 이야기해주니 마음이 얼마나 따뜻해졌을까 싶다. 백거이도 정치적 불우와 폄적을 경험한 사람으로서 유우석의 심정을 누구보다 잘 알고 있었을 것이다. 그러니 경치만 바라보아도 늘 서글펐으리라고 위로할 수 있었다. 백거이의 위로를 받은 유우석은 「낙천이 양주에서 처음 만난 자리에서 준 시에 화답하다」酬樂天揚州初逢席上見贈라는 시로 답한다.

파산과 초수 그 쓸쓸한 땅에서
이십삼 년간 버려진 채 살았지요.
옛 벗 그리워 공연히 「사구부」 읊고
고향은 도끼자루 썩을 세월만큼 변했더군요.
가라앉은 배 옆으로 수천 척 배가 지나가고
병든 나무 앞에는 수만 그루에 꽃이 피더이다.
오늘 그대가 들려준 노래 한 곡 덕에
잠시 술을 마시며 마음을 가다듬습니다.

巴山楚水凄涼地　二十三年棄置身
懷舊空吟聞笛賦　到鄉翻似爛柯人
沉舟側畔千帆過　病樹前頭萬木春
今日聽君歌一曲　暫憑杯酒長精神

파산巴山은 사천四川 지역을, 초수楚水는 호남 일대를 가리키는데, 여기서는 유우석이 그동안 폄적되었던 지역을 말한다. 「사구부」란 죽림칠현의 한 명인 상수가 옛 벗인 혜강과 여안呂安의 고거를 지나는데, 홀연 피리소리가 들려와 심정이 쓸쓸해져서 사마소司馬昭에 의해 형장의 이슬이 되어버린 친구들을 그리며 지었다는 작품이다. 여기서는 자신의 옛 친구인, 그러나 이미 세상을 떠난 왕숙문, 유종원 등에 대한 그리움을 표현한다. 도끼자루가 썩는다 함은 『술이기』述異記에 나오는 내용으로, 진나라의 왕질王質이라는 사람이 땔감을 하다가 동자 두 명이 바둑 두는 것을 보고 구경을 했는데, 구경을 마치고 나니 자신이 들고 있던 도끼자루가 이미 썩어 있었고, 집에 와보니 이미 백여 년이 흐른 뒤라 사람들이 모두 죽고 없어졌다는 이야기다. 유우석은 이 이야기를 통해 자신이 고향으로 돌아오니 세상은 너무나 변해 있어서 격세지감이 느껴진다는 내용을 비유했다. 가라앉은 배와 병든 나무는 정치적 불운에 처해 있던 유우석 자신을 비유한다. 자신은 가라앉고 병들어 있었지만, 많은 이는 출세의 가속도를 높이고 있었다는 내용이다. 그러고는 백거이의 시 한 수에 다시 마음을 가다듬는다고 했다. 23년 거칠게 굴곡졌던 삶이 시 한 수로 치유될 수 있을까만은, 이제 그 마음을 알아주는 이를 만났으니 이 또한 다행 아니겠는가!

유우석과 백거이의 이날 만남은 이렇게 끝났지만, 그 후 낙양에서도 꾸준히 교류를 이어갔다. 백거이가 유우석에게 세 가지 희망을 말한 적이 있다. "하나는 이 세상이 맑고 평화롭기를, 하나는 내 몸이 건강하기를, 하나는 늙을 때까지, 그대와 자주 만나기

작자 미상, 「향산구로도」(香山九老圖) 부분, 타이베이고궁박물관.

를"一願世淸平, 二願身强健. 三願臨老頭, 數與君相見:「贈夢得」이라고.

낙양으로 돌아오게 된 유우석은 한림학사翰林學士, 태자빈객분사太子賓客分司 등에 오르며, 만년에는 비교적 순탄한 관직을 지냈다. 그러나 젊은 시절의 좌절이 너무 뼈아파서일까? 만년의 유우석은 현실의 영달보다 시문에 마음을 두고 벗들과 교유를 즐기며 지냈다. 당시 백거이도 낙양에서 관직에 있었으므로, 둘은 꾸준히 시를 주고받아 '유·백'이라는 호칭을 만들어냈다. 다음 시는 개성開城 3년838 67세의 두 사람이 낙양에서 주고받은 시로 유우석의 「낙천이 찾아와서 술을 사서 즐기고 그것을 7언시로 전하다」樂天以愚相訪沽酒致歡, 因成七言聊以奉答이다.

젊을 땐 술집 깃발 아래서 취했으니
예비관료라 노란 옷에 턱도 노랬었지.
청운에 높이 올라 출사의 길을 찾다 보니
어느새 쓸쓸한 백발에 바삐 오가는 술잔.
경사서적을 뒤져 고사를 겨루며 즐거움 찾고

280

손님이 한가한 나를 찾아오니 미친 듯 흥겹구나.
거친 풀밭 마당에서 홀로 사는 것보다 나으니
매미소리가 차가워질 때까지 함께하노라.

少年曾醉酒旗下　同輩黃衣頷亦黃
蹴踏靑雲尋入仕　蕭條白髮且飛觴
令征古事歡生雅　客喚閑人興任狂
猶勝獨居荒草院　蟬聲聽盡到寒螿

약속도 없이 낙천이 찾아왔다. 서둘러 술을 사 와서 거친 안주를 내어 자리를 만들고, 지난날을 이야깃거리 삼아 즐기다 그 흥을 담아 이 시를 지었다. 노란 옷은 출사 전의 예비관료들이 입었던 옷을, 턱이 노랗다 함은 수염이 나기 전인 젊은 시절을 말한다. 첫 두 구는 출사 전 젊은 시절을 표현했는데, 그 시절에는 술집에서 호기롭게 마시기도 했었다. 이후 청운의 꿈을 실현하기 위해 출사의 길을 모색하다 보니, 세월은 어느새 흘러 백발이 되는 것조차 알지 못했다. 되돌아보니 한순간이다. 한편으로 덧없고 쓸쓸해지는 순간, 주령으로 분위기를 바꾼다. 경서나 사서를 뒤져 고사를 겨룬다는 것이 곧 주령을 말하는데, 지식을 과시하며 술자리의 흥을 돋우는 놀이를 말한다. 우리 모두 바빴던 젊은 날을 보내고 이제는 한가하게 즐기고자 하니, 오늘 밤은 매미소리가 가을저녁을 채울 때까지 함께하리라. 칠순을 눈앞에 둔 두 사람에게는 그 어떤 현실적인 욕망보다 이 순간이 소중할 듯싶다.

날이 저물고 이제는 돌아가야 할 즈음, 백거이는 「몽득과 함께 술을 사서 한가히 마시고, 또 후일을 약속하다」與夢得沽酒閑飲且約後 라는 시를 지어 건네며 후일 다시 만나기로 한다.

젊을 때도 생계를 걱정하지 않았는데
늙은 후에 누가 술값을 아끼겠는가?
함께 만 전으로 술 한 말을 사고
서로 보니 칠십에서 삼 년이 부족하네.
한가히 아령 하느라 경사서적 뒤적이고
취하여 맑은 읊조림 들으니 음악보다 낫네.
다시 국화 노랗고 가양주 익기를 기다려
그대와 함께 취해 한 차례 도연해지리라.

少時猶不憂生計　老後誰能惜酒錢
共把十千沽一斗　相看七十欠三年
閑征雅令窮經史　醉聽淸吟勝管弦
更待菊黃家醞熟　共君一醉一陶然

백거이가 낙양에서 태자소부太子少傅로 있을 때의 작품이다. 아령은 술자리에서 하는 게임, 즉 주령을 말한다. "취하여 맑은 읊조림 듣는다" 함은 서로 시를 읊는 것을 말하는데, 그것이 음악소리보다 좋다고 했다. 가히 시인다운 면모다. 이 시는 동갑내기 벗이자 뜻과 취향이 잘 맞는 유우석과의 평소의 즐김을 적은 것이다. 이들이 이렇게 주고받은 시는 『유백창화집』劉白唱和集으로 엮어져 전해진다. 백거이는 유우석을 높여 '시호'詩豪라고 평가하며 "유우석의 시는 신이 보호하고 지지해주었다"고 평가했다.[5]

그해 67세이던 백거이는 '취음선생'醉吟先生이라는 가공인물에 가탁해서 자신의 만년의 삶을 묘사했다. 「취음선생전」에 따르면, 그는 스스로 "천성이 술을 좋아하고 거문고를 탐닉하며 시 읊기를 즐겼으므로, 모든 술꾼 음악쟁이 시객들이 다 모여들어 사귀었노라"고 했다. "숭산의 승려 여만如滿은 공문空門, 즉 불교의 벗이요, 평천 사람 위초韋楚는 산수의 벗이요, 팽성의 유몽득은 시의 벗이요, 안정의 황보낭지皇甫曙는 술벗이다. 그들과 만날 때면 흥겨움에 집으로 돌아가는 것도 잊을 정도였다."[6] 이 벗들과 평소의 교유는 이러했다.

좋은 시절과 아름다운 풍경을 볼 때마다 또는 눈이 내린 아침이나 달이 뜬 밤에, 친한 친구들이 오면 반드시 먼저 술동이의 먼지를 털고, 다음에 시 상자를 열었다.

종종 흥에 겨워 이웃까지 신발을 끌고 가거나, 지팡이를 짚고 마을로 가거나, 말을 타고 도성에 나가거나, 보따리를 매고 교외에 나가거나 했다. 보따리에는 거문고 하나 베개 하나, 도연명과 사령운의 시집 몇 권을 넣었다. 대나무장대 좌우 양쪽에 술병을 매달고 물가를 찾아 산수를 바라보거나 기분이 내키는 대로 갔다. 거문고를 끌어안고 술잔을 끌어 즐기다가 흥이 다하면 돌아왔다. 이렇게 십 년 세월을 지내니, 그 사이에 지은 시가 천여 수가 넘었다.[7]

이렇게 한 수 한 수 읊은 것이 어느새 책 한 권이 되고, 세월을 더해 문집이 되었으며, 소중한 정신문화가 되었다. 요즘 우리도 이들처럼 가끔은 친구 집을 찾아가기도 하고, 가끔은 산수로 소풍을 가고, 가끔은 술잔을 앞에 두고 기쁨이나 좌절을 토로하기도 한다. 그런데 그 품격은 좀 달라 보인다. 그들은 삶의 커다란 고비마다 또는 삶의 구석구석 평범한 시간에도 오감을 열어두고 사유를 가다듬어 새로운 시어로 입혀냈다. 그 평범했던 기록들이 모여 5만여 수의 당시를 남겼고 위대한 정신문화로 응집되었다. 문화는 이처럼 거창한 구호가 아니라 평범하고 일상적인 순간이 쌓여 만들어진다.

3) 제게 주신 「행로음」

유종원이나 유우석, 백거이, 원진처럼 정치적 역풍에서 살아남아야 했던 이들의 굴곡진 벼슬길이 슬프기도 하고 꺾여버린 제세의 꿈도 한탄스럽지만, 그래도 그것은 출사라도 한 이들의 이야기다. 진사과는 50세에 급제해도 빠른 것이라고 할 정도로 경쟁이 치열했으니 그 낙오자도 무수했을 것인데, 평생 청운의 꿈을 좇느라 고단했던 이들의 회한을 무엇이라 말할 수 있을까. 저물녘 석양 아래 갈 길 몰라 하는 나그네의 모습이 그런 것 아닐까? 돌아갈 수도 없고, 그렇다고 그대로 길을 가자니 발아래 아무것도 밟히지 않는 듯한 불안감이 두렵고 허무하다. 오늘 그런 벗이 먼 길을 찾아왔다.

백거이가 장안에서 좌습유左拾遺 겸 한림학사로 있을 때인 38세의 어느 날, 유劉 주부라는 고향 친구가 찾아왔다. 유 주부는 구체적인 이름은 알 수 없지만, 백거이와는 근 20년 전 부리촌符離村에

서 사귀었던 친구다. 백거이는 11세 되던 해, 부친이 팽성현령彭城縣
令으로 부임하면서 부리현符離縣 주진촌朱陳村으로 이사했고, 이후 약
10여 년을 그곳에서 살았다. 주진촌에 살던 이 시기가 백거이에게
는 나름대로 평화로운 시기여서 좋은 기억으로 남아 있는 듯하다.
근 20년 만에 타향에서 만난 친구. 초췌한 모습, 말로 하지 않아도
그간의 삶이 어떠했을지 대강 추측이 된다. 그런데 그 마음을 위로
할 방법이란 그저 한잔 술로 함께했던 지난날을 추억하고, 헤어지
면서 서로 시를 주고받는 것이 전부다.「술을 마신 후 유 주부가 지
어준 긴 시에 빠르게 써서 화답하고 이를 또 장대와 가이십사 선배
의 형제들에게 부치다」醉後走筆酬劉五主簿長句之贈兼簡張大賈二十四先輩昆季라
는 시가 그것이다. 장대張大, 즉 장철(張徹)와 가이십사賈二十四, 즉 가속(賈餗)
는 어린 시절을 함께했던 친구들인데, 그들에게도 이 시를 보내 벗
의 소식과 마음을 알렸다. 유 주부가 지은 시는 전해지지 않는다. 백
거이는 그 마음을 받아 '주필'走筆, 즉 내달리듯 빠르게 이 시를 적어
냈다. 마음이 절실하면 충만한 감정은 그대로 밀려나와 자간과 행
간에 고스란히 담긴다. 전체 시가 7언시 100구의 장시여서 부분적
으로 발췌해서 소개한다. 시의 도입부다.

유형은 글이 뛰어나고 행동 올연하여
십오 년 전에 이미 이름 크게 났었지요.
그때 부리촌에서 서로 알게 되었는데
제 나이 스물, 유형 나이 서른이었습니다.

마음이 서로 통하니 나이 차이도 상관없어
같은 고을에 살며 날마다 사귐을 가졌지요.
아침에는 쓸쓸한 누옥으로 저를 찾아오고
저녁이면 적막한 고찰로 유형을 방문했었지요.

아침저녁 오고 가며 언제나 함께했는데,
궁벽한 동네에서 할 만한 것이 뭐 있었겠습니까?
가을밤에는 등잔불 아래서 연구시를 짓고
춘설 내린 아침이면 난한주를 기울였지요.

푸른 비호陴湖를 나는 흰 갈매기를 좋아했고
맑은 수수灘水의 살진 붉은 잉어를 사랑했답니다.
한가롭게 꽃가지 잡고 서서 서로 이야기 나누고
취한 몸 부축하며 낙화 밟으며 돌아오곤 했지요.

장형 가형 형제도 같은 마을에 살아서
한가한 틈을 타 자주 찾아오곤 했었는데
장마철이면 몇 날 며칠을 초당에서 지새고
달밤에는 석교에서 산보를 하기도 했었지요.

제 나이 점점 들어가던 어느 날
거울 속 무성해진 수염을 보고 흠칫했습니다.
마음은 미래를 걱정하며 서로 의지를 북돋웠지만

몸은 눈앞 현실에 얽매여 각자 입신의 길을 찾게 되었지요.

저보고 어디를 그리 급하게 가느냐 하셨던가요?
향공진사가 되어 과거 보러 떠났었답니다.
이천 리 길 먼 이별로 교유가 끊어지게 되자
삼십 운의 송별시로 제 갈 길을 위로해주셨었지요.

劉兄文高行孤立	十五年前名夙習
是時相遇在符離	我年二十君三十
得意忘年心迹親	寓居同縣日知聞
衡門寂寞朝尋我	古寺蕭條暮訪君
朝來暮去多携手	窮巷貧居何所有
秋燈夜寫聯句詩	春雪朝傾暖寒酒
陣湖綠愛白鷗飛	濉水淸憐紅鯉肥
偶語閑攀芳樹立	相扶醉踏落花歸
張賈弟兄同里巷	乘閑數數來相訪
雨天連宿草堂中	月夜徐行石橋上
我年漸長忽自驚	鏡中冉冉髭鬚生
心畏後時同勗志	身牽前事各求名
問我栖栖何所適	鄕人薦爲鹿鳴客
二千里別謝交遊	三十韻詩慰行役

그 옛날 부리촌에 살던 가난한 시절, 초라한 집과 고찰을 오가며

심주(沈周), 「위원아집도」(魏園雅集圖), 랴오닝성박물관.

서로 꿈을 이야기했고, 호숫가 풍경 좋은 곳에서 함께 술을 마시거나 낙화를 감상하기도 했다. 긴긴 가을밤에는 흐릿한 등불 아래 서로 연구시를 지어가며 즐겼고, 달빛이 교교한 때는 석교를 산책하기도 했다. 춘설 내린 아침이면 난한주를 나눠 마시며 추위를 물리치던 기억도 참 따뜻하다. 서로 뜻이 통하고 감정이 비슷했으니 열 살의 나이 차이도 문제가 되지 않는 망년지우忘年之友였던 그들. 그러다가 어느 날, 철이 들 듯 현실에 이끌려 길을 떠나야 했던 백거이에게, 삼십 운 육십 구의 긴 송별시를 지어주며 청운의 길을 격려했고 후일의 만남을 약속했다. 연구와 송별시를 짓게 된 상황처럼 이들에게 시는 명리와 상관없이 자신을 표현하고 마음을 나누는 도구였고, 헤어질 때는 서로 증표처럼 주고받았으며, 그런 자리는 어디든 시회가 되었다.

이 단락에서 이어지는 내용은 과거시험을 보러 장안으로 올라와 오늘이 있기까지의 백거이 자신의 인생에 대한 회상이다. 시골에서 홍진 가득한 장안 땅을 처음 밟았을 때 신세의 초라함, 의지할 벗도 없는 쓸쓸함, 낯선 도시가 주는 두려움 등으로 주눅이 들었던 기억이 생생하다. 가씨, 장씨 형제들과 자신 그리고 동생이 과거시험에 영예롭게 급제했던 일도 어제인 듯 생생하고, 그렇게 해서 자신은 운 좋게도 간관諫官직에 올라 임금을 지척지간에서 모시며 어가를 따르거나 대궐에서 조회를 모실 수 있었다는 지난날도 이야기했다. 아울러 자신은 재주가 미천해서 궁중연회를 모시거나 조서를 써내는 일이 늘 버겁다고 솔직하게 털어놓는다. 이어 아직 벼슬길에 오르지 못한 유 주부에게, 지금은 물소처럼 웅크리고 있지만 "한번 소리 내어 울부짖으면 반드시 크게 울 것"三年不鳴鳴必大이고 "당연히 사람들을 놀라게 할 것"豈獨駭鷄當駭人이라고 위로한다. 이어지는 다음 시구는 그들이 만났던 그날을 묘사했다.

노송과 대나무 드리워진 신창리新昌里 제 집
직책이 임금을 모시는 것이라 대문은 늘 닫혀 있지요.
해 질 무렵 한림원 당직을 마치고 돌아왔는데
옛 벗이 문 앞에 왔다기에 잠시 문을 열었답니다.

말에서 내리는 이를 바라보니
온 옷에 먼지, 유형, 어디서 오시는 길인지요?
손을 맞잡고 안부를 묻느라 끝이 없는데
처음엔 고향 이야기, 나중엔 떠나온 것이 후회된다고.
기양岐陽에서 벼슬 찾아 떠도는 것도 괴롭고
강동江東에서 노닌 것도 시간낭비였다고 하셨지요.

그러고는 제게 지어 주신 「행로음」 한 편
한 구 한 구가 사금을 입힌 듯합니다.

세월은 부질없이 빨라 백발을 재촉하지만
험난한 삶에도 청운의 꿈만은 굽히지 않으셨군요.
그러나 누가 저 아득한 자연의 의지를 알겠습니까?
얄팍한 재능은 쓰이고 뛰어난 재능은 버려진 걸요.

저는 관리 반열에 올라 높은 구름 속에 들어
재주 넘게 붉은 궁궐계단 근신近臣이 되었구요.
유형은 난새나 봉황처럼 가시덤불 속에 살면서
오히려 청포 걸친 채 뽑히길 기다리고 있군요.

슬픕니다. 현재임을 알고도 추천하지 못하면서
그저 봉래전만 들락날락하고 있으니까요.
한 달 이백 장의 간언 용지가 부끄럽고
일 년 삼십만 냥의 봉급도 창피하군요.

흔히 말하듯, 허튼 영예 무에 그리 중요하겠습니까!
겨우 몇 번 만났는데 어느새 늙어버린 것을요.
잠시나마 술잔 기울이며 타향살이를 위로해봅시다.
부리촌 추억을 나누고 옛 친구의 안부를 물어봅니다.

북쪽 길녘 이웃은 몇 집이나 떠났으며
동쪽 숲 옛 집에는 누가 살고 있는지
무리촌武里村 꽃은 여전히 피고 질 터
유구산流溝山 풍경도 응당 그대로겠지요.

이렇게 그대의 긴 시에 화답합니다만
술에 취해 이별하면 이번엔 또 어디로 가시려는지요?
통함과 막힘은 언제나 있는 일임을 꼭 명심하십시오.

부침이 빠르거나 늦다고 탄식하지도 마시기 바랍니다.

슬픔을 머금고 기로에 서서 다시 격려드립니다.
이별 후에도 식사는 잘 챙겨 드셔야 합니다.
유형!
주매신이 금의환향한 것 잘 알고 계시지요?
쉰 살에 얻는 영광도 늦은 것이 아니랍니다.

晚松寒竹新昌第	職居密近門多閉
日暮銀臺下直迴	故人到門門暫開
迴頭下馬一相顧	塵土滿衣何處來
斂手炎涼敍未畢	先說舊山今悔出
岐陽旅宦少歡娛	江左羈遊費時日
贈我一篇行路吟	吟之句句披沙金
歲月徒催白髮貌	泥塗不屈靑雲心
誰會茫茫天地意	短才獲用長才棄
我隨鵁鷺入烟雲	謬上丹墀爲近臣
君同鸞鳳棲荊棘	猶著靑袍作選人
惆悵知賢不能薦	徒爲出入蓬萊殿
月慚諫紙二百張	歲愧俸錢三十萬
大底浮榮何足道	幾度相逢卽身老
且傾斗酒慰羈愁	重話符離問舊遊
北巷鄰居幾家去	東林舊院何人住

武里村花落復開　流溝山色應如故

感此酬君千字詩　醉中分手又何之

須知通塞尋常事　莫歎浮沉先後時

慷慨臨歧重相勉　殷勤別後加餐飯

君不見買臣衣錦還故鄉　五十身榮未爲晚

　절친했던 친구, 늘 마음 한구석에 미안함으로 남아 있는 벗, 소식도 모르던 그 벗을 헤어진 지 근 20년 만에 만났다. 그것도 수천 리밖 먼 객지에서. 한 사람은 출세의 가도에 있고, 한 사람은 아직 청운의 뜻을 펼치지 못한 채 이리저리 떠도는 신세다. 두 사람에게 궁달은 엇갈렸지만, 흐르는 세월은 같았던지라 둘 다 백발이 성성하다. 서로 옛정을 확인하고, 서로의 신세를 걱정해주며, 옛날을 회상한다. 이 상황에서 어찌 술을 마시지 않을 수 있겠는가! 백거이는 일찍이 "어느 때 술이 없으면 안 되나, 하늘 끝 외진 곳에서 옛 친구를 만나 정담할 때라. 청운의 뜻을 둘 다 펴지 못하고, 성성한 백발에 서로가 놀랐지"何處難忘酒, 天涯話舊情. 靑雲俱不達, 白髮遞相驚:「何處難忘酒」第一라고 하지 않았던가!

　그런데 그 벗이 지금 다시 떠나야 한다며, 「행로음」 시 한 수를 지어준다. 「행로음」, 인생길 험난함을 노래하는 전통 악부 곡조다. 고단했던 친구의 삶, 그 노래 말고 무엇으로 표현해낼 수 있으리! 이후 백거이는 유 주부가 써준 그 장편의 「행로음」에 답하여, 미친 듯이 빠르게 진술한 마음을 적어 내려갔을 것이다. 의기투합하여 청운의 뜻을 함께했던 벗이니, 하고픈 말도 산처럼 많을뿐더러 복잡

한 감정까지 북받쳐 감당하기 힘들다. 하지만 시간은 한정되어 있다. 벗은 또다시 기약 없는 길을 나서려 한다. 할 말은 많지만, 그래도 무엇보다 몸조심하라는 말, 너무 낙심하지 말라는 말, 희망을 잃지 말라는 격려가 빠질 수 없다. 백거이의 진정성이 그대로 묻어난다. 작아지는 유 주부의 뒷모습을 끝내 붙잡고 서 있을 백거이의 모습이 눈에 선하다.

이 시에는 고대 문인들에게 시 또는 시회가 어떤 것이었는지 잘 나타나 있다. 한가한 시절에는 연구를 서로 즐기면서 창작훈련을 했고, 이별에 앞서서는 송별시를 이별선물처럼 주고받으며 서로의 아쉬움을 나누었다. 때때로 지난날을 회상하거나 반가움을 표현할 때도 시를 지어 벅찬 감정을 절제하기도 했으며, 벗에 대한 격려의 글 역시 시를 지어 전했다. 이 시기의 시회는 이렇듯 문인들의 정감세계에 자연스럽게 자리 잡고 있었다. 백거이가 "형편이 좋으면 시로써 서로 경계하였고, 형편이 나쁘면 시로써 서로를 권면하였으며, 서로 멀리 있을 때에는 시로써 위로하였고, 같이 지낼 때는 시로써 서로 즐겼지요."「與元九書」라고 했던 것을 이 시에서 그대로 느낄 수 있다.

3. 그대 마음 이어 짓노라

백거이는 자가 낙천樂天이다. 그는 가난한 집안에서 태어나 학문에 대한 각고의 노력 끝에 비교적 높은 관직에까지 올랐던 인물이다. 대여섯 살 때부터 시를 지었다고 하는 그는 자신의 어린 시절을 이렇게 회상했다.

대여섯 살 때 시 짓기를 배웠고, 아홉 살 때 성운을 이해했습니다. 열대
여섯 살에 비로소 진사과라는 것을 알고 열심히 공부했습니다. 스무 살
이후에는 낮에는 부賦를, 밤에는 서書를 지었고, 틈나는 대로 시를 짓느
라 잠잘 시간도 없었습니다. 입과 혀에 부스럼이 나고, 팔꿈치에는 굳은
살이 생겨 자라서도 살가죽이 차오르지 않았으며, 늙기도 전에 이미 이
가 약해지고 머리가 하얗게 쇠었으며, ……열심히 배우고 애써 글을 짓
다가 그리된 것입니다. 또 집이 가난하고 변고가 많은 것이 슬펐으며,
나이 스물일곱에야 향공鄕貢 시험에 응시하였습니다. 급제 후, 비록 이
부吏部의 시험 준비에 전념했지만, 시 짓기를 그만두지는 않았습니다.[8]

당시 출세를 위한 유일한 길은 과거에 급제하는 것이었고, 진사
과를 위해서는 시를 잘 지어야 했으므로, 집집마다 아이가 아주 어
릴 때부터 운을 익히고 시를 학습하게 하는 것이 유행이었다. 요즘
같은 조기교육 열풍이 당나라에도 있었던 것이다. 백거이는 진사과
에 응시하기 위해 시부와 문장을 훈련했는데, 팔꿈치에 굳은살이
생길 정도로 치열하게 했다. 진사과에 급제한 후에는 비서성교서랑
秘書省校書郎, 한림학사, 좌습유 등 당시 글재주가 있다는 문인들이 선
망하는 관직을 두루 거쳤다. 그는 간관에 임명되자 많은 직언을 올
렸는데, 이것이 결국 화가 되어 강주사마江州司馬로 폄적되었다. 당
시 그를 폄적시킨 표면적인 이유는, 그의 모친이 꽃을 구경하다가
우물에 빠져 죽었는데도 그는 「상화」賞花나 「신정」新井 같은 시를 지

어 명교名敎를 훼손했다는 것이었다. 강주사마에서 사면되어 충주자사忠州刺史로, 다시 장안의 주객랑중主客郎中 겸 지제고知制誥로 승진했다. 지제고는 문인으로서는 최고로 영광스러운 자리다. 이때 그는 여러 차례 상소를 올렸으나 받아들여지지 않자 권력의 쟁투를 피해 항주로 외임을 자처했다.

백거이와 절친한 교유를 나눈 문학지기로 원진이 있다. 백거이와 원진은 과거시험 동년이며, 이들의 교유와 시가 창화가 긴밀하여 '원·백'元·白이라 한다. 원진은 자가 미지微之로, 9세 때부터 시문을 지었다고 한다. 원화 원년에 급제하고 우습유右拾遺에 임명되었는데, 문체가 다소 직설적이라 권력자들의 불편을 사기도 했다. 후일 통주사마通州司馬로 있으면서 당시 강주사마로 폄적되어 있던 백거이와 많은 시를 주고받아 시인으로서 '원·백'의 명성을 알리게 되었다. 원화 14년 장안에서 지제고로 승진했고 다시 2년 만에 재상으로 임명되었지만, 이것이 다른 권신들의 배척을 받아 결국 동주자사同州刺史로, 다시 월주자사越州刺史로 전보되었다. 그는 월 지방의 산수풍광을 좋아하여 그곳에 있던 8년 동안 많은 시를 지었다.

원진과 백거이는 젊은 시절 의식적으로 문학혁신운동을 전개했던 사람들이다. 그들의 문학주장은 현대적 언어로 말한다면 '인생을 위한 문학'이라고 할 수 있다. "문장은 시대에 부합되게 지어야 하고, 시가는 현실에 부합되게 지어야 한다"文章合爲時而著, 歌詩合爲事而作:「與元九書」, 곧 문학은 시대와 사회를 반영하고 인생을 구제하는 수단이어야 한다는 것이다. 시대나 사회와 거리가 있는 문학적 음풍농월을 반대한 것인데, 이러한 가치관에 따라 사회적 부조리를 고

발하고 풍자한 신악부시新樂府詩를 지어 사회를 구제하고자 했다.

이 두 사람은 정치적 역정이 서로 달라 대부분의 창화 작품이 먼 거리에서 주고받은 것이다. 같은 장소에서 함께 교류하며 시를 지었던 시기는 그다지 많지 않다. 백거이가 항주자사로, 원진이 월주자사로 있던 시기가 그래도 가까운 지역에 있으면서 평화롭게 함께 시를 지어 나누고 즐겼던 시기다. 장경長慶 3년823 8월, 원진은 월주자사 겸 절동관찰사浙東觀察使에 제수되어 그해 10월에 부임했다. 부임 도중 항주에 들렀는데, 백거이는 한 해 전에 항주자사로 부임해 있었다.

> (백거이와 원진) 둘은 우정이 원래 깊었는데, 항주와 월주는 경계를 이웃하고 있으므로, 시편을 주고받는 데는 열흘도 걸리지 않았다. 두 지역 경계에서 만나면, 여러 날이 지나서야 헤어졌다.[9]

원진은 백거이가 이미 오래전부터 "내 시를 아껴주는 사람은 이 세상에서는 오직 그대뿐"「與元九書」이라고 했던 문학지기다. 그 원진이 전당강錢塘江을 사이에 둔 월주의 자사로 부임했으니, 반가움이 누구보다도 컸을 것이다. 백거이는 그 부임에 대한 기쁜 마음을 「원미지가 절동관찰사에 제수되어, 항주와 월주에 이웃할 수 있음을 기뻐하며 먼저 시를 보내다」元微之除浙東觀察使, 喜得杭越鄰州, 先贈長句라는 시에 담아 전했다.

회계산과 경호는 놀기 좋은 곳인데

무소허리떠 황금인장의 고관으로 온 그대.

내 관직이 그대보다 비록 낮다 해도

그대가 다스릴 지역이 나와 이웃한답니다.

고을 누각에서 천 산에 뜬 달을 보며 즐기고

강가에서는 양쪽의 봄을 모두 즐길 수 있지요.

항주 월주의 좋은 풍광에 시와 술의 주인들

그런 우리가 있는데 또 누구와 함께하겠소.

稽山鏡水歡游地　　犀帶金章榮貴身

官職比君雖校小　　封疆與我且爲鄰

郡樓對玩千峰月　　江界平分兩岸春

杭越風光詩酒主　　相看更合與何人

　　백거이가 월주로 부임하는 원진에게 지어준 환영사다. 그대가 경치 좋은 월주에 태수라는 높은 직책으로 와서 나와 이웃하게 되었으니, 이제 두 곳을 비추는 달빛과 봄빛을 함께 즐길 수 있으리라는 내용이다. 게다가 두 사람 모두 시와 술을 즐기는 사람이니, 즐기기에는 우리 둘로도 충분하다고 했다. 백거이는 "오직 시와 술을 벗하면, 잠도 밥도 잊노라"但遇詩與酒, 便忘寢與飧:「自詠」라고 스스로를 표현했다. 이제 시와 술을 함께할 마음 맞는 친구까지 가까이 왔으니, 어찌 쌍수 들어 환영하지 않겠는가! 이에 대해 원진도 백거이가 사용한 신身, 린鄰, 춘春, 인人 운을 순서대로 사용해「낙천이 인근 군에 부임하는 것을 기뻐하며 지어준 시에 화답하다」酬樂天喜鄰郡로 화답했다.

절름발이 나귀와 수척한 말이 세상의 짝이었는데
자색 인끈과 붉은 관복이 꿈속에 나타났지요.
부절이 우연히 맞아 고을을 마주하게 되었고
문장으로 드물게 이웃으로 짝하게 되었지요.
호수에 일렁이는 흰 파도를 늘 눈 보듯 하고
등불이 미인을 비추는데 봄을 무에 기다리겠소.
늙어서 무엇하러 또 서로 경쟁을 하리오.
그대 따라 취향 사람이나 되어보려 하오.

塞驢瘦馬塵中伴　紫綬朱衣夢里身
符竹偶因成對岸　文章虛被配爲鄰
湖翻白浪常看雪　火照紅妝不待春
老大那能更爭競　任君投募醉鄉人

　원진도 백거이도 모두 정치적 배척으로 나귀와 수척한 말을 타며
초라하게 지내던 적이 있었다. 그런데 지금은 비교적 안정된 벼슬
길을 가고 있고 서로 이웃한 지역을 다스리게 되었으니, 호수에 일
렁이는 흰 파도를 함께 평화롭게 감상할 수 있으리라. 취향은 술마
을로 번역할 수 있겠는데, 뜻은 술에 취해 정신이 흐릿한 경계, 술을
마시고 느끼는 즐거운 경지를 의미한다. 술이 좋아 취음선생으로
자호했던 백거이와 그 친구답게 서로 '취향'에서 즐길 기대에 부푼
듯하다.
　오랜만에 만난 친구와 회포를 다 풀려면 몇 날 며칠로도 부족할

듯하지만, 그래도 임지를 지키는 것이 우선이니 어쩔 수 없이 길을 떠나야 한다. 월주와 항주, 서로 이웃한 지역이라 산 위의 달과 강가의 경치를 함께 즐기며 시와 술을 나누리라 즐거워했지만, 잠시 미뤄두어야 한다. 원진은 그 아쉬움을 담아 「낙천에게 주다」贈樂天를 적어 내려갔다.

이웃 동네라 쉽게 갈 수 있다 하지 마오
서로 헤어진 후에 어쩔 수 있겠소?
늙어서 만날수록 헤어지기가 어려우니
백발로 기약할 날 서로 많지 않아서지요.

莫言鄰境易經過　彼此分符欲奈何
垂老相逢漸難別　白頭期限各無多

멀면 멀어서 못 만난다고 하지만, 가까이 있으면서도 만나지 못하면 안타까움은 더 큰 법이다. 이 시에는 그런 안타까움에, 나이가 있으니 다시 만날 날이 많지 않다는 조급함까지 담았다. 그러니 더더욱 함께해야지 않겠는가! 이에 대해 백거이가 다시 「즉석에서 미지에게 답하다」席上答微之를 지어냈다.

나는 절강 서쪽에 살고 있고
그대는 절강 동쪽으로 가지요.
강으로 막혀 있다고 하지 마시게.

천 리가 한 동네 아니겠나!
부귀한들 누가 그대에게 술을 권하겠소.
오늘 밤 나를 위해 술잔 비우세나.

我住浙江西　君去浙江東

勿言一水隔　便與千里同

富貴無人勸君酒　今宵爲我盡杯中

함께하고픈 마음을 솔직하게 표현한 원진에게 그 마음을 다 안다
는 듯, 천 리가 한 동네 아니겠냐고 위로의 말을 건넸다. 그러면서
삼천 리 먼 길을 떠돌았던 외로운 신세끼리, 부귀한 신분에 올랐지
만 나 말고 누가 그대에게 기꺼이 술을 권하겠냐며 서로에게 술을
권한다. 그들의 시는 여기서 끝나지 않는다. 원진이 다시 붓을 들어
「다시 (백거이에게) 주다」重贈로 화답했다.

　영롱을 보내 제 시를 노래하라 하셨는데
　제 시는 대부분 그대와 이별한 가사지요.
　내일이면 또 강가에서 이별할 텐데
　달이 지고 물결 고요할 때 떠나렵니다.

休遣玲瓏唱我詩　我詩多是別君詞

明朝又向江頭別　月落潮平是去時

문징명, 「진상재도」(眞賞齋圖), 상하이박물관.

상영롱商玲瓏은 백거이의 가기를 말하는데, 그녀가 노래를 잘해 원진에게 파견한 것이라 이해할 수 있겠다. 원·백 두 사람은 오늘 이렇게 만나기 전에는 늘 멀리 떨어진 채로 시를 주고받았다. 그러니 그때 주고받은 시는 모두 이별한 가사요, 그리움의 노래였다는 것이다. 그런데 이렇게 만난 것도 잠시, 내일 또다시 월주로 떠나야 하고 이별 가사를 써야 한다. 가까이 있든 멀리 있든 이별은 늘 힘들다.

두 사람이 밤이 새도록 술 한 잔 마시고 시 한 수 지어 건네고, 다시 그 운에 맞추어 시를 지어 화답하는 모습이 눈에 그려진다. 그사이 그동안 쌓였던 하고많은 사연과 정감이 오가고, 때로는 고운 시어와 운율로 꿰어져 나왔다. 이것이 그네들이 마음을 전달하고 상대의 마음을 읽어내는 방법이고 놀이이자 풍류였다. 시를 마치 농담 풀어내듯 적어내는 그들의 감성과 시재가 부러울 따름이다.

밤새 시를 주고받고도 여전히 전하고픈 감성이 남아서일까? 다음 날 아침 배에 오르며 전해준 원진의 시에 백거이는 「미지가 배를 타고 전해준 시에 답하다」答微之上船後留別를 지어 화답한다.

등불 아래 술잔 나누며 헤어지고
배 안과 강둑에서 서로 돌아보지요.
돌아와 빈 방에서 꿈을 꿀 터
잠이 들면 응당 먼저 월주로 가리다.

燭下尊前一分手　舟中岸上兩回頭
歸來虛白堂中夢　合眼先應到越州

　이 시는 그대를 보내고 돌아와 잠이 들면 꿈에서라도 바로 그대
있는 월주로 달려가겠다는 내용이다. 이 시만 읽으면 마치 어느 여
인이 사랑하는 임을 멀리 떠나보내는 마음을 표현한 시인 듯하다.
두 남자의 우정이 참으로 다정도 하지 싶다. 이심전심인가, 원진도
이별 후에 저녁노을을 바라보며 마치 여인이 임을 그리는 듯 아쉬
운 마음을 「이별 후 석양녘에 서릉에서 바라보며」別後西陵晚眺라는 시
에 적어 보냈다.

해가 져도 붓과 벼루를 놓지 못하고
석양녘 부질없이 누대에 올라 바라봅니다.
그대와 다시 만날 날 언제일까요?
밀물은 저녁이면 다시 돌아오는군요.

晚日未抛詩筆硯　夕陽空望郡樓台
與君後會知何日　不似潮頭暮却回

물론 백거이는 다시 이 시에 대한 답시를 지어 보냈다. 이들의 시를 통한 교류는 여기서 끝나지 않는다. 월주에 도착한 원진은 「낙천에게 관사를 자랑하다」以州宅誇于樂天라는 시를 지어 보내며 자신의 소식을 전했다.

고을 성곽이 빙 둘러 구름에 닿을 듯 높고
경호와 회계산이 시야 가득 들어옵니다.
사방이 언제나 병풍처럼 둘러 있으니
온 식구가 하루 종일 누대에 올라 있지요.
은하는 처마 앞으로 떨어질 듯하고
고각 소리는 땅 아래에서 울리는 듯하지요.
나는 옥황상제 모시는 신하였는데
폄적 와서도 봉래산에 사는 듯하네요

州城迥繞拂雲堆　鏡水稽山滿眼來
四面常時對屛障　一家終日在樓台
星河似向檐前落　鼓角驚從地底回
我是玉皇香案吏　謫居猶得住蓬萊

자신의 임지인 월주의 아름다운 풍광과 높이 위치한 관사에서 바라본 전망 등을 표현하고, 마치 봉래산 선경 속에 사는 것 같다는 농담 섞인 자랑까지 늘어놓았다. 그랬더니 백거이도 농담으로 받아넘긴다. "그대가 속으로 강남의 주군州郡을 헤아리고 있는 것을 알고

있다네, 항주를 제외하면 모두 그만 못하다고"知君暗數江南郡, 除却餘杭盡
不如.「答微之誇越州州宅」라고. 월주도 좋지만 그래도 항주만은 못함을 그
대도 잘 알고 있으리라고 가볍게 받아넘겼다. 친구 간의 악의 없는
농담이 묻어난다. 이 시에 이은 원진과 백거이의 수창이 한 차례 더
이어져 작품이 전해진다.[10] 이들의 이러한 원거리 시가 수창은 엄
격한 의미에서 시회는 아니다. 하지만 공간이 달라져도 시를 지어
즐기는 마음은 변함이 없어서, 시를 지속적으로 주고받았고 화운과
차운도 즐겼다. 시를 지어 이상과 정서를 노래하고 작품을 교류하
는 시회의 정신이 이미 문인들의 생활 속에 깊이 파고들었다. 특히
원·백처럼 친분 있는 사람과의 시회교류에서는 이미 경쟁은 희석
되고 정서적 소통에 더 큰 무게가 있었다.

　항주와 월주 사이, 백거이와 원진의 지속적인 시가교류는 '죽통
체시'竹筒遞詩, 즉 대나무편지함에 시를 넣어 전달했다는 고사를 만들
어냈다. "관기인 상영롱과 사호호謝好好는 뛰어난 재주로 응대했다.
원진이 회계, 즉 월주에 부임하자 시가 수창에 참여했는데, 매번 대
나무편지함에 시를 채워 오가며 전했다."[11] 원·백이 서로에게 전하
는 작품을 넣기 위해 대나무를 잘라 전용우편함을 만들었고, 상대
에게 줄 시를 지으면 여기에 넣어 상영롱이나 사호호 같은 가기를
보내 서로에게 전했다는 것이다. 백거이는 「원 미지와 창화한 시는
늘 죽통에 시를 넣어 전하여 운율을 서로 맞추어 완성했으므로, 이
시를 지어 답하다」與微之唱和來去常以竹筒貯詩陳協律美而成篇因以此答라는 시에
서 이 대나무편지함에 대해 이렇게 적었다.

낭간나무를 자르고 깎아 통을 만들고
시를 넣어 봉했으니 내 마음을 적었다오.
바람결에 기쁜 소식은 새가 되어 날아오고
물결 넘어 걱정거리는 용처럼 날아갔지요.

揀得琅玕截作筒　緘題章句寫心胸
隨風每喜飛如鳥　渡水常憂化作龍

　원진과 백거이의 대나무편지함 시가 수창은 장경 3년 10월에서 다음 해 5월까지 반년간 계속되었다. 휴대폰으로 문자와 소식을 실시간으로 전할 수 있는 현대문명도 좋지만 이들의 대나무편지함도 참 멋스럽다. 거기에는 무언가를 기다리는 행복감이 있다.

　백거이는 섬세한 감성을 지닌 시인이자 자상한 선비였으며 어진 행정가이기도 했다. 유학자 집안의 자손으로, 자신이 받은 유가적 훈도를 백성을 위해 실천하여 가난하고 억눌린 백성들을 한없이 동정하고 그들을 구제하고자 했다. 그는 강주사마 이후 관직에 크게 애착하지 않았고, 특히 항주자사는 현실 정치에 대한 욕심을 버리고 스스로 원했던 지방관이었음에도 항주에서 높은 치적을 쌓아 군민들의 칭송을 받았다. 이후 잠시 소주자사蘇州刺史를 역임한 후 낙양으로 돌아가 명목만의 관직에 있으면서, 유우석 등과 수창하거나 향산사香山寺에서 승려들과 결사를 맺고 불교에 의지하는 삶을 살았다. 스스로 취음선생, 향산거사香山居士라고 자호했다.

4. 시로 맺은 인연

1) 바람에 꽃은 날마다 시들고

시회는 남성의 문화다. 봉건 시대 학문이 남성의 특권처럼 여겨졌기 때문이기도 하지만, 유가적 시교관에 의해 시가는 남성의 사회활동에 적합했기 때문이다. 그래서인지 여성 간 또는 남녀가 시회를 개최하고 작품을 주고받았다는 기록이 많지 않다. 물론 시가 작품뿐만 아니라 여성에 대한 기록을 잘 남기지 않는 전통 사회의 인습도 한몫한다. 또 봉건 시대라도 청춘남녀의 사랑은 아름다운 이야기를 무수히 만들어냈겠지만, 그것이 시가의 주제가 되지 않았다. 예외적으로 남성문인들과 소통할 수 있는 여성 신분이 가기였다. 예기藝妓, 악기樂妓 등으로도 불리고 신분이 비천했지만, 그들 가운데 일부는 학문적 기초와 문학적 소양을 지닌 경우가 있어 문인들과 작품을 주고받기도 했다. 다만 남성 문인들은 이들 가기와 나눈 문학적 교류를 드러내고 싶지 않았던지, 그들의 작품이 전해지는 경우는 드물고 일부 가기의 작품만 전해지는 경우가 많다. 당나라의 설도薛濤가 그나마 대표적인 여류시인으로서 시회 활동에 참여했다.

설도는 성도成都의 가기다. 어려서부터 총명하고 시문에 뛰어났다고 한다. 원래 장안에서 태어났으나 성도의 하급관리로 가게 된 부친인 설원薛員을 따라 성도로 이사하였고, 부친 사후 열여섯에 악적樂籍에 이름을 올렸는데, 이때 이미 시재로 명성이 높았다. 이 시대의 가기는 문학과 음악 등 예술 전반에 일정한 소양을 갖춘 일종의 예인藝人이며, 후대의 창기娼妓와는 거리가 있다. 설도는 문학적 명성이 높았던 만큼 많은 절도사나 시인들과 교류하고 시로써 창화했다. 만년에는 두보초당杜甫草堂이 있던 완화리浣花里에 살면서 문 앞에 창포를 가득 심어두었다고 한다. 여성으로는 드물게 『당재자전』에도 실렸는데, 판단력이 빠르고 온화한 성격에 시문을 좋아하였다고 기록되어 있다.

설도는 절도사를 11명 섬겼는데, 이 가운데 위고韋皐, 고숭문高崇門, 무원형武元衡, 왕파王播, 단문창段文昌, 이덕유李德裕 등 절도사 6명과 창화한 작품이 현존한다. 이들과의 교유는 주로 반半공적인 관계여서, 작품도 사적인 감정보다는 담담하게 사교적인 예를 갖추어 지어낸 시들이 대부분이다. 절도사의 행적과 성취를 칭송하거나 서로의 시재에 대해 칭찬하고, 서로의 선물이나 관심에 감사하는 글이다. 이런 글에는 그의 풍부한 교양과 재치, 섬세한 감성이 잘 표현되어 있다.

현존하는 작품을 보면 설도와 무원형의 문학적 교류가 두드러진다. 무원형은 성공한 정치인이기도 했고 시문과 음악에 모두 높은 소양을 갖고 있는 인물이어서 설도와는 통하는 면이 있었고, 설도 역시 자신의 재능을 알아봐준 무원형과 편안한 교류를 유지했던 것으로 보인다. 무원형은 성도에 약 7년 정도 절도사로 재임했다. 다음은 무원형이 성도로 부임할 당시 쓴 「가릉역에 적다」題嘉陵驛이다.

펄럭펄럭 깃발이 산천을 휘감고
역참은 아스라한데 비는 안개 같았지.

가릉에 반쯤 왔을 때 머리가 이미 희었는데

촉문 서쪽에서는 또 푸른 하늘에 올라야 했네.

悠悠風斾繞山川　山驛空濛雨似烟

路半嘉陵頭已白　蜀門西上更靑天

무원형이 검남서천절도사劍南西川節度使에 임명된 것은 원화 2년
807 10월이므로, 실제 촉蜀 땅에 온 것은 원화 3년808 즈음으로 추정
된다. 첫 구는 촉, 즉 사천에 부임하는 행렬의 모습을, 2구는 그 여
정이 길고 아득했음을, 3, 4구는 촉으로 오는 길의 험난함을 표현했
다. 이 시를 보고 설도는 「가릉역 시에 속작하여 무 상국에게 바치
다」續嘉陵驛詩獻武相國라는 시를 지어, 힘든 여정을 거쳐온 무원형을 위
로하고 촉 지방을 소개했다.

촉문 서쪽에서는 또 푸른 하늘에 올라야 하지요.

힘을 다해 공을 위해 '촉국현'을 부릅니다.

탁문군과 사마상여 모두 절세의 인물이고

금강과 옥첩산으로 산과 강을 바칩니다.

蜀門西更上靑天　强爲公歌蜀國弦

卓氏長卿稱士女　錦江玉疊獻山川

우선 첫 구를 무원형의 시구를 그대로 사용함으로써 시를 이
어 화답한다는 의도를 표현함과 동시에 촉으로 오는 여정의 고단

여동(呂彤), 「초음독서도」(蕉蔭讀書圖), 청화대미술관.

함을 위로했다. 이어 촉지방의 풍광을 노래한 곡조인 '촉국현'을 부른다고 함으로써 촉 지방에 온 무원형에 대한 환영의 마음을 표현했다. 다음 3구와 4구는 촉 지방의 대표적인 인물인 사마상여司馬相如와 탁문군卓文君, 대표적인 산과 강인 금강과 옥첩산을 이끌어내어 촉 지방 사람으로서의 자부심을 표현하는 동시에, 무원형에게도 그러한 뛰어난 인물과 수려한 산천을 지닌 곳에 왔음을 나타냈다. 절도사로 부임한 무원형을 처음 만났을 때 지은 작품인데, 환영의 뜻을 표현하면서 가볍지도 무겁지도 않게 담담한 느낌을 담아냈다. 이 시 외에 「무 원형 상국에게 바치다」上川主武元衡相國 2수도 설도가 무원형에게 지어준 시인데, 화려하고 흥겨운 연회의 장면을 묘사한 시다. 이러한 시회를 통해 무원형은 설도의 문학적 재능을 잘 알고 있었기에, 그가 후일 재상에 오르자 원진이 설도에게 교서랑 벼슬을 주자고 건의할 수도 있었다. 이 일은 무산되었지만, 설도에게는 교서校書라는 이름이 붙여져 불리기도 한다.

설도는 절도사 외에 당나라의 유명한 시인 묵객墨客들과도 교류했다. 설도와 시를 주고받은 시인으로 원진, 백거이, 우승유牛僧孺, 영호초令狐楚, 배도, 염수嚴綬, 장적張籍, 두목杜牧, 유우석 등 20여 명이 추정된다. 그러나 상대가 가기이다 보니 문인들의 작품이 제대로 전해지지 않는 경우가 많고, 설도 자신도 시에서 상대의 이름을 밝히지 않고 관직만 밝힌 경우가 많아, 그녀가 수창酬唱한 문인이 누구인지 정확하게 파악하기 어려운 경우가 많다. 설도에게 지어준 작품이 확실하게 전하는 시인은 원진「설도에게 부치다」(寄贈薛濤), 백거이 「설도에게」(與薛濤), 왕건王建,「촉에 있는 설 교서에게 부치다」(寄蜀中薛校書) 등이다. 받는 사람이 확실한 설도의 작품은 원진에게 보낸 「옛 시를 원 미지에게 주며 이 시를 보내다」寄舊詩與元微之, 유우석에게 보낸 「유 빈객의 「옥무궁화」시에 화답하다」和劉賓客玉蕣, 옹도雍陶에게 보낸 「옹 수재가 파협도를 준 것에 답하다」酬雍秀才眙巴峽圖 등이다. 절도사와 시인 외에 이름이 전해지거나 성씨나 관직명, 항렬만 전해지는 사람과의 창화시도 30여 편이 넘는다. 이외에 자연물을 소재로 한 영물시가 전해지는데, 섬세한 감성과 여성적 정서가 부드럽고 온화하게 녹아 있다. 설도가 문학적 재능을 지닌 가기로 유명했었고, 또 성도가 당나라의 인재가 모인 문화도시였으므로, 설도는 시회에 참여할 기회가 많았고, 그래서 이들 작품은 그때 지어진 것으로 보인다.

설도는 당시에 이미 유명했던 원진과 교류가 있었다. 원진이 원화 4년 감찰어사監察御史로 동천東川에 파견되어 촉에 왔을 때 설도와 만났던 것으로 보인다. 설도 역시 이때 이미 시인으로서 명성이 높았던지라 원진도 그녀를 만나고 싶어 해서 당시 동천절도사 엄사공嚴司空의 주선으로 만날 수 있었다. 먼저 「옛 시를 원 미지에게 주며 이 시를 보내다」寄舊詩與元微之를 보자.

시편의 가락은 사람마다 특징이 있지만

섬세하고 매끄러운 것은 나만 홀로 알지요.

달 아래 꽃을 노래할 때는 어둡고 흐릿함을 좋아하고

비 오는 아침 버들을 노래할 때는 축 늘어졌다 하지요.

오래도록 푸른 보석 깊이 감추어 두고는

늘 붉은 종이에 내 주변을 적어낸답니다.

나이가 들어 이제는 정리해둘 수가 없어서

그대에게 보내니 멋진 남자들과 열어보구려.

詩篇調態人皆有　細膩風光我獨知

月下詠花憐暗澹　雨朝題柳爲欹垂

長教碧玉藏深處　總向紅箋寫自隨

老大不能收拾得　與君開似敎男兒

이 시는 『전당시』全唐詩에는 원진의 작품으로도 수록되어 있으나, 시의 내용이나 표현으로 봐서 설도의 것으로 보는 것이 타당해 보인다. 시에는 자신의 작품에 대한 자신감과 자신만의 시풍에 대한 자부심이 잘 나타난다. 이 시는 설도 자신이 그동안 지었던 작품을 모아 원진에게 보내며 지은 시다. 원진이 촉 지방에 머문 시간은 몇 개월 되지 않는다. 원진이 아무리 유명한 시인이라 해도, 자신과 문학적 교류가 없었던 사람에게 작품을 모아 보낼 리는 없을 것이다. 이 시가 나오기까지, 자신의 작품에 대한 이해와 인정이 있을 만큼 서로 문학적 교류가 있었을 것으로 추정된다. 이 밖에도 후에 원진이 강릉江陵에 폄적되어 있을 때 강릉이 촉에서 멀지 않은 까닭에 설도가 강릉에 다녀왔으며, 이때 강릉 지역을 노래한 「무산묘를 찾아뵙고」謁巫山廟, 「능운사를 노래하다」賦凌雲寺, 「죽랑사당에 적다」題竹郞廟 등의 시를 지었을 것으로 추정되기도 하지만 확실하지는 않다. 이처럼 몇몇 작품을 통해 설도와 원진이 같은 시공간에서 문학적 정서를 교류하며 시를 지어 나누었을 것으로 유추할 수 있다.

촉을 다녀간 후 10여 년이 지나 한림승지翰林承旨로 전보된 원진은 「설도에게 부치다」寄贈薛濤라는 시를 지어 보냈다.

금강처럼 매끄럽고 아미산처럼 빼어나게
탁문군과 설도를 있게 했네.
언어는 앵무새 말을 훔친 듯하고
문장은 봉황의 깃을 나눈 듯하네.
수많은 시인 묵객들은 붓을 멈추었고
벼슬아치마다 성도 부임 꿈을 꾸길 바라네.
이별 후 그리운 이, 안개 낀 강 저 너머
그대 집 앞 창포도 오색구름처럼 피었겠지.

錦江滑膩蛾眉秀　幻出文君與薛濤
言語巧偸鸚鵡舌　文章分得鳳凰毛
紛紛辭客多停筆　个个公卿欲夢刀
別後相思隔烟水　菖蒲花發五雲高

먼저 매끄럽고 빼어난 설도의 아름다움을 표현했고, 그녀의 언어와 시문을 앵무새와 봉황에 비유해 칭찬했다. 많은 시인 묵객들은 그녀 앞에서 시 짓기를 조심스러워했고, 벼슬아치들은 성도로 발령 나기를 내심 희망했다는 말로써 그녀의 시재와 유명세를 표현했다. 그리고 그리운 그녀가 아득히 멀리 있다는 거리감을 표현했다. 설도는 만년에 집 앞에 창포를 가득 심어두었다고 하는데, 마지막 구는 그 내용을 묘사한 것이다. 원진은 촉을 떠난 후 10여 년이 훨씬 지난 이때까지도 설도와 꾸준히 소식을 전하며 "그대 집 앞 창포" 소식을 궁금해했던 것은 아닐까? 호사가들은 원진과 설도가 연인 관계였다고 전하기도 한다. 사실 이 시는 그저 오랜 문우에게 사교적인 예를 갖추어 보낸 편지로 보기는 어렵다. 호사가들의 추측은 설도의 작품 가운데 최고의 작품으로 꼽히는 「춘망사」春望詞 4수도 원진을 그리워하며 지은 시라고 한다. 다음은 「춘망사」 4수 가운데 제1, 3수다.

꽃이 펴도 함께 감상하지 못하고
꽃이 져도 함께 슬퍼할 수 없지요.
서로가 그리운 때를 묻는다면
꽃 피고 꽃 지는 때라 하지요.

花開不同賞　花落不同悲
欲問相思處　花開花落時

바람에 꽃은 날마다 시들어가고
만날 기약은 여전히 아득하군요.
한 사람의 마음은 맺지 못하고
부질없이 한마음 풀만 맺었지요.

風花日將老　佳期猶渺渺

不結同心人　空結同心草

멀리 떨어져 함께할 수 없는 임, 함께 '동
심결'同心結을 맺고픈 임에 대한 설도의 그
리움과 애상이 간결하고 고운 언어 속에 잘
나타났다. 꽃은 여성의 젊음, 미모를 상징
하기도 한다. 바람에 꽃이 날마다 시들어간
다 함은 말 그대로 계절의 흐름을 나타내기
도 하지만, 젊은 여성의 미모가 날이 갈수
록 시들어간다는 의미이기도 하다. 하롱하

비단욱(費丹旭),「유음사녀
도」(柳蔭仕女圖), 베이징고궁
박물관.

롱 연분홍 꽃잎이 가벼운 날, 저렇게 내 봄도 스러지려나! 꽃이 피
면 함께하자던 기약, 꽃이 지는 지금도 여전히 기다리고 있으니, 찬
란히 스러지는 봄은 여인을 더욱 외롭게 만든다. 그러니 꽃처럼 젊
을 때 그 임과 좋은 약속을 맺고 싶으나 기약이 없으니 안타까움은
커져갈 수밖에 없다. 이 「춘망사」가 원진에 대한 사랑이 이루어지
지 못함을 가슴 아파하며 지은 시라고 하지만 확실한 기록은 없다.
시로 맺은 그들의 인연, 그 마음까지 맺지는 못했던 것일까?

참고로 우리 가곡 「동심초」는 이 「춘망사」 제3수를 김억이 가사를 번안하고 김성태가 곡을 붙여 재탄생한 것이다.

> 꽃잎은 하염없이 바람에 지고
> 만날 날은 아득타 기약이 없네.
> 무어라 맘과 맘을 맺지 못하고
> 한갓되이 풀잎만 맺으려는고.
> 한갓되이 풀잎만 맺으려는고.

2) 「연자루」에 남긴 하소연

어느 날 장중소張仲素가 백거이를 찾아왔다. 장중소는 백거이보다 두어 살 많고 백거이가 어린 시절을 보냈던 부리촌 사람이니 고향친구나 다름없다. 그도 시를 즐겼던지라 이런저런 이야기 끝에 새로운 시를 읊어주었다. 옛사람들은 현장에서 창작한 작품이 아니더라도, 자신이나 유명시인의 최근 작품을 읊어보며 서로 감상하기도 했다. 그 가운데 「연자루」燕子樓 3수가 있었는데, 알아보니 관반반關盼盼이라는 기녀가 지은 작품이었다. 관반반은 백거이 자신이 교서랑으로 있을 때, 서주徐州에 갔다가 장 상서張尙書, 자는 음(愔)가 주최한 주연에서 본 적이 있는 장 상서의 애기愛妓였다. 당시 백거이는 그녀에게 "바람에 살랑대는 모란꽃"風颱牧丹花 같다는 시구도 지어주었다. 이 시대는 모란꽃을 최고의 꽃으로 여겼던 때였다. 장중소를 통해 전해들은 소식은 장 상서는 10여 년 전에 세상을 떠났고, 그 뒤 관반반은 옛사랑을 생각하며 시집을 가지 않고 팽성彭城에 있는 장씨 옛 집의 연자루에서 쓸쓸하게 살고 있다고 했다. 다음은 장중소가 읊어준 관반반의 「연자루」 3수 가운데 제1, 2수다.

> 연자루의 희미한 등불 새벽서리와 함께할 때
> 홀로 합환침대에 누웠다가 일어나지요.
> 그리움으로 온밤 지새니 그 정 얼마이런가?
> 땅 모퉁이 하늘 끝도 큰 것이 아니랍니다.

樓上殘燈伴曉霜　獨眠人起合歡床

相思一夜情多少　地角天涯不是長

> 북망산 송백은 근심안개에 갇혀 있고
> 연자루 안에는 그리움에 휩싸였지요.
> 춤추는 칼과 신발 묻어버려 노랫소리 사라졌고
> 붉은 소매에 향기 사라진 지 십일 년이랍니다.

北邙松柏鎖愁烟　燕子樓中思悄然

自埋劍履歌塵散　紅袖香銷一十年

　　동틀 무렵이 되어 희미하게 느껴지는 등잔불, 공기 속으로 전해지는 새벽 서리의 싸늘함은 여인 자신이 새벽까지 잠 못 들고 있음을 표현한다. 끝내 잠 못 이루고 일어나 앉았으니, 그 그리움은 어디가 끝일까? 무엇으로 그 그리움의 크기를 말할 수 있을까? 저 하

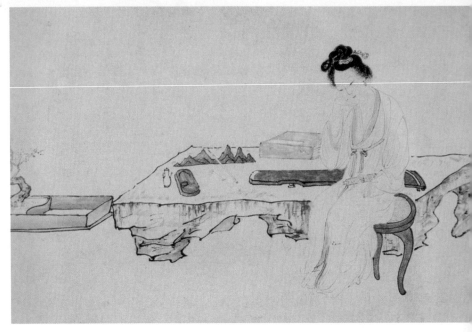

오위(吳偉), 「무릉춘도」(武陵春圖) 부분, 베이징고궁박물관.

늘 끝, 땅 모퉁이까지의 공간 크기도 자신의 그리움보다는 크지 않
으리라 했다. 제2수에서 북망산 송백은 죽은 임을, 연자루 안은 자
신을 가리킨다. 이어 장 상서가 죽고 난 후 더 이상 예인으로서 춤
을 추지 않고 임을 그리워하고 있음을 표현했다. 자신을 아껴주었
던 임을 떠나보내고 쓸쓸함을 견디며 그리움으로 삶을 지탱하고 있
는 관반반의 애달픈 심정이 느껴진다. 이 작품에 대해 백거이는 원
시의 운과 내용을 이용해 아래의 화시를 지었는데, 임을 보내고 수
절하고 있는 관반반에 대한 연민의 정을 담았다.

　청문 가득한 달빛, 주렴 가득 엉긴 서리

희미한 등불과 싸늘한 이불 속에서 뒤척인다.
연자루에 서리 깃든 차가운 달밤
가을이 오직 그대에게는 길고 길리라!

滿窗明月滿帘霜　被冷燈殘拂臥床

燕子樓中霜月夜　秋來只爲一人長

조각된 허리띠와 비단저고리 색이 연기처럼 바랬구나.
몇 번이나 입으려 했다가 이내 눈물만.
'예상곡'을 춤추지 않은 그때부터
빈 상자에 접어 넣어둔 지 십일 년이라.

鈿帶羅衫色似烟　几回欲著卽潸然

自從不舞霓裳曲　疊在空箱十一年

시인은 온전히 관반반의 처지가 되어 이 시를 적었다. 첫째 수는
관반반의 제1수에 화답하여 새벽까지 잠 못 드는 여인의 그리움을
표현했다. 둘째 수 역시 관반반의 시 제2수와 연결된다. 그 옛날, 아
름답게 조각된 허리띠와 비단저고리를 입고 임 앞에서 '예상우의
곡'霓裳羽衣曲 춤을 추었다. 그러나 이제는 색이 바래버린 그 저고리,
그 위로 한때의 아름다움을 뒤로하고 시들어버린 자신의 청춘과 사
랑이 겹쳐진다. 낡고 빛바랜 그 비단저고리에는 좋은 시절 그 추억
이 고스란히 담겨 있으나, 이제는 내 춤을 봐줄 사람도 없고 그날로

되돌아갈 수도 없으니, 그 옷만 보아도 눈물이 앞선다. 추억은 삶을 풍요롭게도 하지만 가끔은 이렇게 사람을 괴롭히기도 한다. 어느 순간, 차마 그 아픔을 마주할 수 없어 아픔 동여매듯이 상자 안에 넣어두고 해를 넘겼다. 그리고 열한 해.

백거이는 마치 그녀가 된 양 그녀의 아픔을 읽어냈다. 비단저고리는 잊지 못할 지난날에 대한 추억이요 아득한 그리움이고, 그것을 상자에 넣는 순간 그 그리움은 아픔이 된다. 예정된 아픔이 클 줄 알면서도 그것을 버리지 못하는 것은, 아픈 만큼 그 추억이 소중하기 때문이리라. 청춘도 사랑도 이제는 다시 돌아올 수 없다.

백거이는 이 화시뿐 아니라 「고 장 복야의 여러 가기에 대한 생각」感故張僕射諸妓이라는 별도의 절구도 한 수 지어 장중소에게 주었다.

> 황금으로 미인을 사는 것도 아깝지 않아 했으니
> 꽃 같은 서너 명을 골라 뽑았었지.
> 노래와 춤을 가르치느라 정성을 다했는데
> 하루 아침에 떠나니 따르지 않았네.

> 黃金不惜買蛾眉　揀得如花三四枝
> 歌舞教成心力盡　一朝身去不相隨

시 내용은 장 상서가 가기들을 사들이고 정성들여 노래와 춤을 가르쳤다는 것과 그가 죽고 나니 다 소용없더라는 허무감을 담았다. 고인이 된 장 상서에 대한 애도사에 가깝다. 그래서인지 마지막

구는 마치 그 가기들이 미망인으로 남은 것을 질타하는 듯한 느낌도 든다. 이 시가 관반반에게는 비수처럼 들렸을까. 백거이의 시를 전해들은 관반반은 울며 말하기를 "공께서 돌아가신 뒤 첩도 뒤따라 죽고 싶었으나, 백 년이 흐른 후에 우리 공께서 여색을 좋아하여 따라 죽은 첩이 있다는 말을 듣게 되실까 두려웠습니다. 공을 욕되게 하고 싶지 않아 애써 삶을 꾸려온 것이었습니다"라고 했다 한다. 그러고는 「백 공의 시에 화답하다」和白公詩라는 시를 지어 보냈다.

> 홀로 빈 누대를 지키며 수심을 거두니
> 그 모습은 봄 지난 모란꽃 같지요.
> 식구들은 사람의 깊은 속도 모르고서
> 구천을 따라가지 않는다고 놀려대지요.

自守空樓斂恨眉　形同春後牡丹枝
舍人不會人深意　訝道泉台不去隨

봄 지난 모란꽃이란 표현은 백거이가 옛날 자신에게 '바람에 살랑대는 모란꽃'이라고 했던 말을 연상시키기 위해 사용했다. 그 '모란꽃'이 이제 '봄'을 한참 넘겼다. 관반반은 이 시를 보낸 후 10여 일을 식음을 끊고 슬퍼하다가 세상을 떠났다고 한다. 모든 화가 입에서 나오니 말을 조심하라지만, 시도 때로는 조심해야 될 말이 된다.

5. 함께 겨루고 배우고

1) 유신체를 배우다

문인들이 시회를 여는 이유 가운데 문학적 절차탁마도 중요한 목적이다. 이때 시가창작은 학습이자 경쟁이고 오락이다. 당 고종 조로調露 2년680 정월 대보름 밤, 진자앙陳子昂, 최지현崔知賢, 진가언陳嘉言, 한중선韓仲宣, 고근高瑾, 장손정은長孫正隱 등의 문인들은 함께 모여 등 축제를 즐겼다. 당나라 때 정월 대보름이면 5만 개의 등륜燈輪, 즉 수레바퀴 모양의 등을 세우고 남녀노소가 그 아래를 돌며 3일 밤을 즐겼다.

> 신룡神龍 연간에 도성에서는 정월이면 화려한 등불을 내다 거는 등회 행사를 열었다. 금오군에서도 이날은 금령을 풀고 밤에 다니는 것을 특별히 허가했다. 귀족에서부터 신분이 낮은 노비나 장사꾼들까지 밤에 놀지 않는 이가 없었다. 수레와 말이 거리를 가득 메워, 사람들을 돌아볼 틈이 없었다. 왕공과 공주의 집에서는 말 위에서 악기를 연주하며 서로 화려함을 경쟁했다. 문인들은 모두 시 한 수씩을 지어 그 일을 기록했다. 지은이가 수백 명에 달했다.[12]

대보름날 밤이면 평소의 통행금지도 해제되어 신분고하를 막론하고 달밤의 풍류와 오락을 즐길 수 있었다. 문인 귀족들에게는 시를 지어 기록하는 것도 중요한 풍류이자 오락이었다. 진자앙과 그 친구들도 이날 등 축제를 구경하고 연회를 열어 즐기던 끝에 「상원날 밤 유신체로 시를 짓다」上元夜效小庾體라는 제목으로 시를 지었다. 상원上元이란 정월 대보름을 말한다. '소유'小庾란 유신을 말하고 '소유체'小庾體란 그의 문학풍격을 말한다. 유신은 위진남북조 시대의 문학성과를 집대성한 시인으로 평가되며, 남북조 후기와 당나라 초기에 문인들이 열심히 학습했던 시인이다. 이날 문인들이 모방하고자 했던 유신체庾信體는 풍월과 색정色情을 화려하게 노래했던 유신의 전기 시풍을 말한다. 문인들은 모두 춘春을 운자로 사용했다. 먼저 진자앙의 작품 「상원날 밤 유신체로 시를 짓다」上元夜效小庾體이다.

정월 대보름 달빛도 곱고 새로우니

멋지게 노닐며 초봄을 즐긴다.

서로 불러 낙성 구비에서 즐기고

함께 모여 소평진에서 연회를 연다.

누대에서 진주 같은 기녀를 바라보고

수레에서 옥 같은 여인을 쳐다본다.

아름다운 밤 아직 끝나지 않았으니

마음 가는 대로 등륜 밑에서 즐기리라.

三五月華新　遨游逐上春

相邀洛城曲　追宴小平津

樓上看珠妓　車中見玉人

芳宵殊未極　隨意守燈輪

이 시는 상원날 밤 화려한 등륜 아래서 즐기는 향연 장면과 젊은 학사들의 들뜬 감정을 표현했다. 이 상원일 시회의 창작 목적은 작품을 통해 즐거운 분위기를 고조시키면서 또 유신체를 누가 잘 모의해내느냐 하는 것이었다. 특히 이 시대 젊은 문인들에게 필생의 목표는 관직 진출이었고, 이를 위해서는 당시 시문창작의 흐름에 예민할 수밖에 없었다. 당시에는 남조풍의 화려한 시체가 궁정을 중심으로 유행했으므로, 그에 걸맞은 시체를 모의한 것이다. 진자앙은 후에는 문학에는 '풍골'風骨이 있어야 한다고 주장하며 남조시풍을 비판했지만, 이 당시는 갓 스무 살의 청년이라 당시 문단의 흐름을 거부하지는 못했다. 「상원날 밤 유신체로 시를 짓다」라는 같은 제목의 한중선과 고근의 작품도 비슷한 풍격을 보인다. 먼저 한중선의 작품을 보자.

타향에서 대보름을 맞는 이들
서로 짝하여 등륜을 구경한다.
빛이 수많은 화려한 등에서 비치니
그림자가 나뭇가지마다 새롭다.
노래와 종소리 북리에 가득하고
거마는 남촌에 넘쳐난다.
오늘 밤 어느 곳이 놀기 좋을까?
오로지 낙양성의 봄이라네.

他鄉月夜人　相伴看燈輪

光隨九華出　影共百枝新

歌鐘盛北里　車馬沸南鄰

今宵何處好　惟有洛城春

다음은 고근의 작품이다.

새해 정월 대보름 밤

서로 아는 한두 명이

수레 나란히 끌고 골목을 나와

날듯이 몰아 못가로 내달린다.

등불은 마치 달빛인 듯

사람 얼굴은 흡사 봄빛인 듯.

멋지게 노는 일 끝이 없으니

서로 즐기며 태양 솟기를 기다린다.

初年三五夜　相知一兩人

連鑣出巷口　飛轂下池湑

燈光恰似月　人面并如春

遨游終未已　相歡待日輪

위 두 작품 모두 화려한 등륜이 내뿜은 휘황찬란한 불빛과 들뜬 도시의 분위기, 이를 쫓는 젊은 청춘들의 향락 등을 주로 표현했다.

이날 시회의 분위기도 그렇고 모방하고자 했던 '소유체'도 가볍고 향염香艶한 시풍이었기 때문에, 이날 지어진 작품은 모두 내용이나 감정에 깊이가 부족하다.

참고로 유신은 젊은 시절에는 향염한 작품을 지었지만, 후기에는 시풍의 변화를 보여 고국이 멸망하고 타국에 억류된 신세의 한을 절제된 감정과 수려한 언어로 응축해냈으며, 이백과 두보의 시풍에도 영향을 주었다. 그러한 시풍의 변화는 시회에서 많이 지었던 영물시 창작에도 나타난다. 유신의 「기러기」詠雁는 유신 후기의 시가적 성취를 볼 수 있는 작품이다.

남으로는 동정호를 그리워하고
북으로는 안문관을 생각한다.
벼도 기장도 모두 좋으니
날아갔다가는 다시 날아온다.

南思洞庭水　　北想雁門關
稻粱俱可戀　　飛去復飛還

이 시는 겉으로는 기러기를 노래한 영물시이지만, 사실은 한 왕조에 절개를 지키지 못하고 변절한 시인 자신에 대한 자조의 심정을 표현한 것이다. 남북을 가리지 않고 먹이를 찾아 이리저리 날아다니는 기러기의 모습에서, 남조 신하로서의 절개를 버리고 북조에서 벼슬살이를 하며 북조 왕실의 녹을 먹고 살아가고 있는 자신의 모습을 발견한 것이다. 시인이 자신의 운명에 대한 출구 없는 고민을 체념적으로 자조했다.

이처럼 훌륭한 시는 시인이 하고자 하는 말을 자신의 독백이 아니라 객관적인 대상을 통해 독자에게 전달한다. 이른바 달을 그리지 않고 그 주변을 채색함으로써 달을 하얗게 나타내는 방법이다. 이 시도 시인 내면의 번민을 시인이 직접 고통스럽다고 말하는 경우보다 시인의 내적인 아픔이 더욱 진하게 다가온다. 유신은 이처럼 사물 속에 자신의 내면을 응축시키고 긴장감을 부여해서 영물시의 예술적 성숙을 이끌었다.

2) 망천을 함께 노닐며

초·성당의 시회는 아직 궁정이나 관가에서 공적인 성격을 띠고 개최되는 것이 일반적이었지만, 아주 특별한 예외도 있었다. 바로 왕유가 그의 친구 배적, 동생 왕진王縉 등과 종남산의 망천에서 가졌던 시회다.

왕유는 자가 마힐摩詰인데, 이름과 자는 유마힐維摩詰을 둘로 나눈 것이다. 개원 9년721 진사에 급제했고, 우습유, 상서우승尙書右丞 등의 관직에 올랐다. 그는 음악에도 정통했으며, 화가로서 화의畫意로 시를 지어 "시 속에 그림이 있다"詩中有畫고 평가받는다. 만년에는 반관반은半官半隱의 처세태도를 보이며 산수의 정취에 심취했는데, 종남산 자락에 있는 송지문의 남전별서藍田別墅를 사들이고 그곳에서 날마다 배적, 최흥종崔興宗, 구위丘為 등과 함께 노닐며 거문고와 술을 즐거움으로 삼고, 경물과 기이한 경승을 시로 적어냈다.

구영(仇英),「망천십경도」(輞川十景圖) 부분, 랴오닝성박물관.

　특히 배적은 왕유의 도우道友라 할 수 있을 만큼 삶의 취향이나 철학적 경향이 매우 유사해서 왕유와 잘 맞았던 것으로 보인다. 왕유의「망천에서 한거하며 배수재 적에게 주다」輞川閑居贈裴秀才迪에 그들의 경향이 표현되었다.

　　차가운 산 검푸르게 바뀌고
　　가을 물은 날로 줄어 졸졸 흐른다.
　　지팡이 짚고 사립문 밖으로 나가
　　바람 쐬며 저녁 매미소리를 듣는다.
　　나루터에 석양이 뉘엿뉘엿하고
　　빈 마을엔 한 줄기 연기 오를 때면
　　다시 접여를 만나 술에 취하고
　　다섯 버드나무 앞에서 맘껏 노래하네.

寒山轉蒼翠　秋水日潺湲

倚杖柴門外　臨風聽暮蟬

渡頭餘落日　墟里上孤烟

復値接輿醉　狂歌五柳前

　계절이 조금씩 가을옷을 갈아입는 시절, 매미소리가 요란한 저녁 무렵, 한쪽으로는 석양이 잔 빛을 보이는 길로 한 은자가 지팡이 짚고 나섰다. 으레 그러하듯 이웃 사는 지기를 찾아가는 길이다. 접여는 춘추 시대 초나라의 은자 육통陸通을 말하는데, 정치가 어지러워지자 미친 척 가장하고 세상과 격절한 채 살았다는 인물이다. 사람들은 그를 초나라의 미치광이楚狂라 불렀다. '다섯 버드나무'는 오류선생五柳先生으로 자호한 도연명을 말하는데, 도연명 역시 권력의 속성에 환멸을 느끼고 벼슬을 당당히 내던졌던 인물이다. 이 시에서 접여는 배적을, 도연명은 왕유 자신을 비유한다. 망천에 한거하며 마음 맞는 친구 배적과 함께하는 소중한 시간, 이 시에 그 기분을 담았다.

이렇게 고대 문인들에게 시회는 그 규모를 떠나 삶을 향기롭게 즐기는 방식이자 자신의 유연자적한 삶을 표현하는 방식이기도 했다. 따라서 관직을 멀리한 채 은둔한 문인들도 시회는 멀리하지 않았다. 새소리와 꽃향기에 취해 여유로운 봄날이나, 처마 밑 빗물소리와 솔바람소리로 마음을 씻어내는 여름철, 또는 알록달록한 단풍잎과 고고한 달빛이 아름다운 가을이나, 눈 내리는 밤 은은한 매화향기 풍길 때, 벗을 찾아 시를 짓고 나누었다. 그 자리에서 사람과 자연의 경계를 넘어 자연의 흐름 속에 하나됨을 표현했고, 자연 속의 한적함과 자유로움을 시에 담아냈다. 시회가 주로 관가 주변에서 개최되던 시절, 왕유의 망천시회는 문인 간의 정치적 의도가 없는 순수한 교유문화로 탄생했다.

왕유는 특히 배적과 함께 한가함을 나누며 망천 계곡에 있는 화자강華子岡, 문행관文杏館, 녹채鹿柴, 궁괴맥宮槐陌, 죽리관竹里館 등 20여 곳의 경치를 주제로 절구를 지었고,[13] 이를 엮어 『망천집』輞川集이라 불렀다. 이 『망천집』에 수록한 왕유와 배적의 시 40수는 정신적 자유와 한적한 심태를 나누며 지은 산수전원시의 정수라 할 수 있다. 다음은 『망천집』에 수록된 왕유의 작품들이다.

「죽리관」
홀로 그윽한 대숲 속에 앉아
금을 타보고 휘파람도 불어본다.

깊은 숲이라 사람들은 알지 못하고
밝은 달빛이 찾아와 비춰준다.

獨坐幽篁裏　彈琴復長嘯

深林人不知　明月來相照

「궁괴맥」
비탈길에 녹음 드리운 홰나무
그윽한 그늘 아래 가득한 푸른 이끼.
대문 앞 청소는 해야 하리라
행여 산사의 스님이 오실지도 모르니.

仄徑蔭宮槐　幽陰多綠苔

應門但迎掃　畏有山僧來

「죽리관」은 속세에서 벗어나 자연과 하나되어 사는 은자의 삶을
통해 죽리관의 그윽한 풍경을 표현했다. "밝은 달빛이 찾아와 비춰
준다"라는 표현으로 자연과 사람의 경계를 넘어선 소통을 담았다.
「궁괴맥」은 홰나무 길이라는 뜻인데, 녹음과 이끼가 가득한 깊은
숲 속 홰나무 길, 행여 스님이 오실지도 모르니 손님 맞을 청소 정도
는 해야 한다는 표현으로 역설적으로 인적이 끊긴 한적함을 표현했
다. 두 편 모두 인간의 삶을 자연풍경 속으로 끌어들여 자연의 한적
함을 표현했다.

왕유는 만년에는 이처럼 산수를 음영한 작품에 산수를 즐기는 마음과 불교적 사유를 표현함으로써 '자연시인' '산수전원시파'山水田園詩派라는 종파를 열었다. 『망천집』에 수록된 망천시회의 작품이 그의 대표작이다. 다음은 같은 주제의 배적의 작품이다.

「죽리관」
죽리관을 오고 가며
날마다 도와 서로 친해진다.
드나드는 것은 오직 산새뿐
깊고 그윽하니 속세인이 없다네.

來過竹里館　日與道相親
出入唯山鳥　幽深無世人

「궁괴맥」
대문 앞의 홰나무 길
바로 의호로 향하는 길이네.
가을되어 산촌에는 비가 많은데
잎이 떨어져도 쓰는 사람 없구나.

門前宮槐陌　是向欹湖道
秋來山雨多　落葉無人掃

「죽리관」은 진세에서 벗어나 조용한 자연에서 지내는 생활과 죽리관의 그윽한 풍경을 표현했다. 「궁괴맥」은 대문 앞에서 의호로 이어지는 홰나무 길의 가을비가 내린 후의 적막한 풍경을 표현했다. 시에 여운은 다소 부족하지만 읽는 사람을 차분하게 만든다.

두 사람이 지은 작품을 같은 주제별로 비교해보면, 서로 운을 맞추지도 않았고, 상대방의 작품에 대해 창화한 것도 아니며, 시회에서의 교유와 관련한 감정을 표현한 작품은 더더욱 아니다. 일반적인 시회에서의 창작과 다른 점이다. 마치 망천의 경치를 주제로, 그 주제에만 충실한 개별적인 창작으로, 시회에서 영물시를 짓는 것과 유사하다고 할 수 있다.

왕유의 망천시회는 당시로서는 특별하게 문인 간의 사적인 시회라는 점, 망천이라는 제한된 공간에서 반복적으로 개최된 생활 속의 시회였다는 점, 또 송별이나 감정을 교류하는 작품이 아니라 주로 산수전원시를 지었다는 점, 자연 속에서의 유연자적함을 즐기는 시회였다는 점, 『망천집』이라는 시집을 엮었다는 점에서 상당히 특징적이고 발전적이다. 시회문화가 당나라 중기 이후에 문인 사회에 급격히 확대되었다는 점에서 보면, 왕유의 이 망천시회는 사적인 문인시회를 본격적으로 개척했다고 할 수 있다. 당나라 중기 이후에는 '원·백'과 '유·백' 외에 한유도 그 주변 문인들과 자주 시회를 열었고, 각 지역으로도 파급되었다.

3) 가을 저녁 시회

당나라 중기 이후 문인시회와 창화문화가 안정적으로 정착하고,

점차 화운과 차운까지 일반화되면서, 창화시는 시회의 고정적인 형식이 된다. 그래도 영물시 또는 특정한 주제의 동제시나 분제시도 꾸준히 지어졌다. 때로는 자신들의 시회 광경도 시회 창작의 소재나 주제가 되기도 했다. 당나라 말기의 대표 시인인 육구몽과 피일휴의 작품을 통해, 그들의 시회 광경과 시회에 임하는 문인들의 속마음을 엿볼 수 있다. 먼저 육구몽의 「가을 저녁 시회에서 '성'成자로 짓다」秋夕文宴得成字를 보자.

> 문객들 막 당도하니 저녁은 때마침 맑고
> 동발銅鉢 소리가 멀리서는 작은 징 소리인 듯.
> 오가는 술잔은 형가가 시정市井에서 놀 듯 힘 있고
> 시구 찾기는 조성을 얻기보다 어렵다네.
> 산 넘어온 친구는 함께 모여 옛이야기 하고
> 처마 옆 둥지의 새는 시 읊는 소리에 놀라네.
> 양효왕 주변에는 문객들이 많아서
> 다섯 운의 시를 어렵게 칠등으로 지어냈네.

> 筆陣初臨夜正清　擊銅遙認小金鉦
> 飛觥壯若游燕市　覓句難于下趙城
> 隔嶺故人因會憶　傍檐栖鳥帶吟驚
> 梁王座上多詞客　五韻甘心第七成

시회가 서로 친분을 확인하거나 만남과 이별 등을 기념하기 위한 창작이라면, 경쟁은 그다지 문제되지 않는다. 하지만 본격적으로 시재를 비교하기 위한 창작이라면 경쟁이 벌어지는데, 이때 시간 제한은 필수적이다. '격동'擊銅은 격발최시擊鉢催詩 고사를 담고 있다. 남제 경릉왕 문하의 문인학사들이 작시 경쟁을 할 때 동발을 쳐서 그 울림소리가 그치기 전에 시를 완성하게 했다는 이야기다. 제한된 시간에 시를 짓거나 시재가 영민함을 비유한다. 동발을 치면 소리가 아주 묵직하게 울린다. 이에 반해 징, 특히 작은 징은 소리 울림이 아주 짧다. 동발을 쳤는데 작은 징 소리처럼 들렸다는 것은 시가를 짓는 데 주어진 시간이 아주 짧게 느껴졌다는 의미다. 조성趙城은 예부터 무사나 협객이 많기로 유명한 지역이어서, 그 지역을 차지하기가 어려웠다. 여기서는 시 짓기의 어려움을 표현하는 데 사용되었다. 육구몽 같은 유명 시인에게도 시 짓기는 매한가지로 어려운 일이었다. 양효왕은 많은 빈객을 초치하여 극진하게 대접했던 한나라의 유무劉武를 말하는데, 이날 참여했던 문인이 많았음을 설명한다. 이 시는 가을날 맑은 저녁에 친분이 있는 사람들이 모여 시를 짓는 장면과 시를 지을 때의 초조함, 시 짓기의 어려움, 그리고 경쟁의 치열함 등을 표현했다. 시회에 임하는 시인들의 솔직한 심정이다. 육구몽이 겨우겨우 7등을 했다고 하니, 참가자 수도 적지 않고 수준 있는 문인도 많이 참여한 시회였다. 이 시기에 육구몽과 많은 시가를 창화했던 피일휴도 이날 시회에 참여했다. 피일휴의 시「가을 저녁 시회에서 '요'遙자로 짓다」秋夕文宴得遙字를 보자.

매미소리도 시들고 나뭇잎도 모두 쓸쓸한데

시회는 떠드는 소리도 없고 밤은 점점 깊어간다.
고아한 시가라면 '눈'雪을 읊는 것이 좋고
뛰어난 재주라면 '구름'으로 화답하기가 최고네.
바람이 향기 나는 초에 부니 시간재기 어렵고
달빛 아래 맑은 초 향은 너무 쉽게 사라진다.
끝없는 현언 담론 끝에 한 잔 술이라면
고고하고 강직했던 개관요도 용서하리라.

啼螿衰葉共蕭蕭　文宴無喧夜轉遙
高韻最宜題雪贊　逸才偏稱和雲謠
風吹翠蠟應難刻　月照淸香太易消
無限玄言一杯酒　可能容得蓋寬饒

　매미소리도 이제 잠잠하고 가을 나뭇잎도 소슬해진 시간, 시 짓느라 몰두한 시인들이 만들어내는 깊은 적막 사이로 밤은 소리 없이 깊어간다. 시를 많이 지어보고 시회에 자주 참여했던 시인일수록 시회에서 짓기 좋은 주제를 잘 알 수 있으리라. 피일휴에게는 '눈'과 '구름'이 그런 주제였는데, 이날 주제는 '가을 저녁 시회'였으니 적당히 긴장이 되었을 수 있겠다. 좋은 시를 짓고픈 시인의 욕심에 시간은 언제나 짧다. 향기 나는 초가 전해오는 그 맑은 향기도 느낄 여유가 없으니 말이다. 오늘 이 시회, 어떻게 시 한 수로 끝낼 수 있겠는가! 고준한 현학 담론에서 이런저런 희로애락까지, 술 한 잔, 시 한 수에 인생을 담으리니, 이 정도 풍류라면 청렴하고 강직했던 한나라 개관요蓋寬饒라도 눈감아주지 않겠는가!

육구몽과 피일휴 그리고 지금은 누군지 알 수 없는 문인들이 어느 가을저녁에 모여 시회를 가졌다. 이처럼 문인들은 송별이나 축하 같은 특별한 계기가 있지 않더라도, 꽃빛에 물든 봄밤에, 꽃을 찾는 나비만 분주한 나른한 오후에, 사각사각 낙엽 부딪는 소리 소슬한 가을밤에, 눈 내리는 고즈넉한 밤에, 새로 담은 술을 처음 맛볼 때처럼 어느 때든 마음을 맞추어 시회를 열고 시를 지었다. 그러다 보니 일상적인 삶 속에서도 소소한 순간이나 새로운 경험을 늘 시로 구상해보고, 새로운 감성이나 사유를 시어로 갈무리해야 했다. 다른 사람의 삶에 대한 관찰, 자신의 삶에 대한 철학적 성찰도 모두 시적 사유로 정리했다. 그 사유가 곧 시가 된다. 그러니 시벽, 시마, 시고를 자처할밖에! 솔바람 푸른 향기에 댓잎 소리 낭창낭창한 곳도 좋고, 바람 시원한 정원이나 달빛 고운 정자도 좋으며, 매화 향기 은은한 사랑방, 복사꽃 아련히 떠가는 계곡 등 마음 맞는 시우詩友만 있다면 어디든 그것으로 족했다. 권세와 재물, 그런 것이 있으면 있는 대로 없으면 없는 대로 문인들은 격조 있는 삶을 추구했고, 그 격조의 중심에 시회가 있었다.

느림과 여유의 소통공간

• 맺는말

    요즘 사람들에게 시는 지나치게 경건하거나 지나치게 가볍다. 특히 고전시는 경건할 뿐 아니라 어렵기까지 하다. 한자, 그것도 고문으로 지어지고 많은 함축적 시어들로 연속되어 번역조차 어렵기 때문이다. 때로는 우리말로 번역된 시조차 전고나 비유적 의미에 대한 설명이 없으면 도무지 무슨 내용인지 알 듯 말 듯하다. 그러니 대중은 쉽게 접근하기 어렵다. 그런데 고대 문인들에게 시는 생활 속에 녹아든 문화였다. 그 생활 속의 사회문화를 통해, 시에 대한 우리의 경건함을 조금 흔들어보고 그 시대와 소통하고 싶었다.

    근대화 이전, 한국과 중국은 문인의 나라였고 문학의 나라였다. 혼자 있을 때나 함께 있을 때, 개인이나 가정 또는 나라와 사회에 어떤 일이 생겼을 때, 여행을 하거나 친구와 만나고 헤어질 때 시를 지었다. 실용과 속도, 경제성을 추구하는 요즘의 시각으로 보면 옛 문인들의 시에 대한 애착이 조금은 낯설기까지 하지만, 그것이 그네들의 삶이었고 풍류였으며 자존심이었고 우리 선조들의 정신문화였다.

시회에는 많은 이야기가 있었다. 이 책을 저술하기 위해 시회를 재구성하고 묻혀 있던 시회를 찾아가는 과정은 스토리텔링이었다. 서로 송별을 아쉬워하며 증표처럼 시를 주고받았고, 아픔을 이야기하며 시로 위로했고, 특정한 감상과 경험을 시로 기록했으니, 그 시회와 작품 안에는 수많은 이야기가 담겨 있었다. 시회가 사회성을 띠면, 시도 사회성을 띤다. 그런데 우리는 모든 고전시를 현대의 시를 읽듯, 단독의 작품으로 상상하며 이해하고 연구한다. 그 많은 고전시가 전부 혼자 지은 시던가! 시 속에 감추어진 많은 이야기를 살려내고 현대적 옷을 입혀 현대인의 감정적 공허함을 채우고, 정신적 황폐함을 치유하며, 삶에 아름다운 향기를 불어넣을 수 있게 해야 한다.

세상은 갈수록 치열해지고, 경쟁은 당연시된다. 그 경쟁에 적응하고 속도에 몰두하느라 많은 것을 스쳐 지나오면서 소외되거나 잊혀졌다. 경쟁과 속도에 노출될수록 우리는 여유로운 삶을 갈망한다. 그런데 언제부터인가 여유로운 삶이란 경제적으로 부족함이 없다는 의미로 상치되었고, 소비문화가 사회적 지위가 되어버렸다. 결국 오늘도 상식과 도덕이 돈 앞에서 무기력했다는 뉴스가 이어지고 있다.

진정 여유롭고 운치 있는 삶은 어떤 것일까? 보리밥에 아욱국으로 배를 채우고 맑은 샘물을 마실지라도, 때로는 새소리와 꽃향기에 취하고, 때로는 빗소리와 바람소리에 귀 기울일 수 있는 느림과 여유, 그것이어야 할 것이다. 하지만 그것이 반나절이나 한나절쯤 이라면, 아니 길게 잡아 한 달쯤이라면 눈 질끈 감고 여유를 부려보 겠지만, 한평생 그렇게 살려면 상당한 용기가 필요한 일이다. 현대 사회에서 느림과 여유를 누리며 살기란 결코 쉽지 않을 듯하다. 대 신 옛 문인들의 시 속의 여유와 운치를 즐겨볼 만큼의 여유라면 그 건 누려봄 직하지 않을까? 시흥을 잃고 시정詩情이 무엇인지도 경험 하기 어려운 이 상실과 결핍의 시대에, 마음을 가다듬고 진정한 자 아찾기를 해볼 일이다.

시회가 고대 문인들의 일상적 놀이였고 그 안에는 많은 스토리가 있었던 것처럼, 우리도 많은 지적 놀이공간, 정서적 소통공간을 만 들어 우리의 이야기와 삶을 시로, 시처럼 엮어내길 바란다. 금곡아 회와 난정아회의 문인들이 후세의 누군가에게 기억되길 바랐던 것 처럼 그런 마음으로.

옛사람들의 시회교류를 찾아다니느라, 정작 필자는 혼자 책상에 서 헤맸었다. 이 책이 나올 수 있도록 오랫동안 뒤에서 지켜봐주신 부모님께 감사한 마음을 전해야겠다. 먼 곳에 계신 아버님께서 이 책을 보았으면 무척 좋아하셨으리라. 어려운 시기에 출판을 결정해 주신 김언호 사장님, 부족한 원고를 읽고 좋은 의견을 주신 유재화 위원님, 백은숙, 이지은, 김광연, 신종우 편집자님, 김태수, 김영길 디자이너님께도 감사의 말씀을 드린다.

2016년 2월

詩遊 강필임

제1부 풍류, 시로 즐기다

1 동아시아 문화와 사회

1) 白居易,「與元九書」: "今所愛者, 並世而生, 獨足下耳. 然百千年後, 安知復無如足下者出, 而知愛我詩哉. 故自八九年來, 與足下小通則以詩相戒, 小窮則以詩相勉, 索居則以詩相慰, 同處則以詩相娛. 知吾罪吾, 率以詩也. 如今年春遊城南時, 與足下馬上相戲, 因各誦新豔小律, 不雜他篇, 自皇子陂歸昭國裏, 迭吟遞唱, 不絕聲者二十里餘. 攀·李在傍, 無所措口. 知我者以爲詩仙, 不知我者以爲詩魔. 何則? 勞心靈, 役聲氣, 連朝接夕, 不自知其苦, 非魔而何? 偶同人當美景, 或花時宴罷, 或月夜酒酣, 一詠一吟, 不覺老之將至. 雖騶驂鸞鶴·遊蓬瀛者之適, 無以加於此焉, 又非仙而何?"

2) 金昌翕,「藝苑十趣」: "崖寺歲暮, 風霰交山. 夜寒僧眠, 孤坐讀書. 春秋暇日, 登高遠眺. 形神散朗, 詩思湧發. 掩門花落, 卷簾鳥啼. 酒甕乍開, 詩句初圓. 曲水流觴, 冠童畢會. 一飲一詠, 不覺聯篇. 良夜肅淸, 朗月入軒. 擊扇誦文, 聲氣遒暢. 經歷山川, 馬頓僕怠. 據鞍行吟, 有作成囊. 入山讀書, 課滿歸家. 心充氣溢, 下筆如神. 良友遠阻, 忽然相値. 細問所業, 勸誦新作. 奇文僻書, 聞在交友. 送奴乞來, 急解包裹. 分林隔川, 佳友對居. 釀酒報熟, 寄詩佇和."

3) 嚴羽,『滄浪詩話』「詩評」.

4) 辛文房, 『唐才子傳』卷1 崔顥 條.

5) 『論語』「先進篇」: "曰: 莫春者, 春服旣成, 冠者五六人, 童子六七人, 浴乎 沂, 風乎舞雩, 詠而歸. 夫子喟然歎曰: 吾與點也."

6) 李白, 「春夜宴從弟桃花園序」: "夫天地者萬物之逆旅也. 光陰者百代之 過客也. 而浮生若夢, 爲歡幾何. 古人秉燭夜遊, 良有以也. 況陽春召我以 煙景, 大塊假我以文章. 會桃花之芳園, 序天倫之樂事. 群季俊秀, 皆爲惠 連, 吾人詠歌, 獨慚康樂. 幽賞未已, 高談轉淸. 開瓊筵以坐花, 飛羽觴而 醉月. 不有佳詠, 何伸雅懷. 如詩不成, 罰依金谷酒數."

7) 『新唐書』「選擧志」: "永隆二年, 考功員外郞劉思立建言, 明經多抄義條, 進士唯誦舊策, 皆亡實才, 而有司以人數充第. 乃詔自今明經試帖粗十得 六以上, 進士試雜文二篇, 通文律者然後試策."

8) 沈旣濟, 「詞科論」: "太后頗涉文史, 好雕蟲之藝. 永隆中, 始以文章選士. 及永淳之後, 太后君天下二十餘年, 當時公卿百辟, 無不以文章達."

9) 『舊唐書』「高適傳」: "天寶中, 海內事干進者注意文詞."

10) 王定保, 『唐摭言』述進士(下) 條: "進士爲時所尙久矣, 是故俊義實在其 中. 由此而出者, 終身爲文人, 故爭名常爲時所重."

11) 王定保, 『唐摭言』卷1 散序進士 條.

12) 王定保, 『唐摭言』卷1 述進士 條.

13) 曹道衡, 『蘭陵蕭氏與南朝文學』, 中華書局, 2004, 64쪽.

14) 당시의 변영과 과거제도와의 관계는 이 책 제6장 1절 참고.

2 시회의 개념

1) 楊衒之, 『洛陽伽藍記』卷4 法雲寺: "寺北有侍中尙書令臨淮王彧宅. 彧博 通典籍, 辨慧淸悟. 風儀詳審, 容止可觀. …… 彧性愛林泉, 又重賓客. 至 於春風扇揚, 花樹如錦, 晨食南館, 夜遊後園. 僚寀成群, 俊民滿席, 絲桐 發響, 羽觴流行, 詩賦並陳, 淸言乍起. 莫不飮其玄奧, 忘其褊恡焉. 是以 入彧室者謂登僊也. 荊州秀才張斐裳裳爲五言, 有淸拔之句云: '異秋花共 色, 別樹鳥同聲.' 彧以蛟龍錦賜之, 亦有得緋紬緋綾者. 唯河東裴子明爲 詩不工, 罰酒一石. 子明飮八斗而醉眠, 時人譬之山濤."

2) 요한 하위징아, 『호모 루덴스』, 연암서가, 2010, 51쪽.

3) 白居易, 「與劉蘇州書」: "得雋之句, 警策之篇, 多因彼唱此和中得之, 他人 未嘗能發也, 所以輒自愛重."

4) '시사'라는 용어는 당나라 초기에 이미 등장했는데, 두보의 조부인 두심언

(杜審言)이 강서(江西)의 길주(吉州)에서 조직한 상산시사(相山詩社)가 최초이다. 余之禎『(萬曆)吉安府志』卷12: "相山, 在城隍崗, 山一名西原, 平衍幽曠, 步入卽有林壑思致. 唐杜審言司戶吉州, 嘗置相山詩社."

5) 이 밖의 시회와 유사한 개념어를 정의하면, '아회' '문인아회'는 문인이 모임의 주요 구성원으로 소집된 모임으로, 정치적·문학적 목적이 반드시 같을 필요는 없으며, 특정한 목적을 위해 일시적으로 소집된 일회성 모임이다. 문인아회가 일회성에 가깝다면, '문인집단'은 동일한 활동주체가 지속적인 모임활동을 갖는 것이라 할 수 있다. '문학아회'는 문학창작을 주요 목적으로 하는 문인 간의 일회성 모임이고, '문학집단'은 문학창작을 주요 목적으로 지속적이고 반복적인 모임 활동을 전개하는 문인군으로서 문학아회가 확대·발전·심화된 것으로 정의할 수 있다. 집단적 동질성을 확인하는 것이 일차적 목적이면 문인아회 또는 문인집단이고, 문학창작이 일차적 목적이면 문학아회 또는 문학집단이라 규정할 수 있다. 고대 문인들의 창작활동은 시가가 중심 장르였으므로, 문인아회나 문인집단의 활동을 모두 시회라고 단정하기는 어렵지만, 문학집회나 문학집단의 활동은 일반적으로 시회라고 할 수 있다. '연집'(讌集), '아집'(雅集) 등은 아회와 유사한 의미의 용어로, 우아하고 고상한 모임을 의미하는데, 반드시 조직적이거나 정기적인 것은 아니다. '연회'(宴會)는 음주와 가무가 중심이 되는 흥겨운 모임을 일컫는다.

6) 『太宗實錄』太宗 14年 7月: "戊子, 上詣成均館, 行爵獻于先聖先師, 仍御明倫堂. 館員率諸生五百餘人, 入庭行禮畢, 親策時務 …… 命河崙·趙庸·卞季良·卓愼監收試卷, 以酉初一刻爲限, 辰時還宮. 對策者五百四十餘人. 擧子白日場, 自此始."

7) 아르놀트 하우저 지음, 백낙청 옮김, 『문학과 예술의 사회사 2』, 창비, 1999, 273쪽.

3 시회의 기원

1) 『漢書』「藝文志·詩賦略」: "古者諸侯卿大夫交接隣國, 以微言相感, 當揖讓之時, 必稱詩以諭其志, 蓋以別賢不肖而觀盛衰焉. 故孔子曰: '不學詩, 無以言'也."

2) 『呂氏春秋』: "晉人欲攻鄭, 令叔嚮聘焉, 視其有人與無人. 子産爲之詩曰, '子惠思我, 褰裳涉洧. 子不思我, 豈無他士.' 叔嚮歸曰: '鄭有人, 子産在焉, 不可攻也. 秦荊近, 其詩有異心, 不可攻也.' 晉人乃輟攻鄭. 孔子曰:

'詩云無競維人, 子産一稱而鄭國免.'"

3) "誦詩三百, 授之以政, 不達, 使於四方, 不能專對, 雖多, 亦奚以爲."

4) 『左傳』僖公 23년.

5) 『水經注』卷11 易水 條 酈道元 注: "闞駰稱燕太子丹遣荊軻養秦王, 與賓客知謀者祖道於易水上, 皆素衣冠送之於易水之上. 荊軻起爲壽, 歌曰 '風蕭蕭兮易水寒, 壯士一去兮不復還.' 漸離擊筑, 宋如意和之. 爲壯聲, 士髮皆衝冠, 爲哀聲, 士皆流涕."

6) 『論語』「子路」: "子路問曰: '何如斯可謂之士矣?' 子曰: '切切偲偲, 怡怡如也, 可謂士矣. 朋友切切偲偲, 兄弟怡怡.'"

7) 『論語』「陽貨」: "可以興, 可以觀, 可以群, 可以怨."

8) 『鹽鐵論』「論儒」: "齊宣王褒尊儒學. 孟軻淳于髡之徒受上大夫之祿, 不任職而論國事. 蓋齊稷下先生千有餘人."

9) 『漢書』「地理志」: "漢興, 高祖王兄之子(劉)濞於吳, 招致天下之娛遊子弟, 枚乘·鄒陽·嚴夫子(忌)之徒興於文·景之際, 而淮南王(劉)安亦都壽春, 招賓客著書. 而吳有嚴助·朱買臣, 貴顯漢朝, 文辭并發, 故世傳楚辭."

10) 『史記』「梁孝王世家」: "(梁孝王)招廷四方豪傑, 自山以東遊說之士莫不畢至. 齊人羊勝·公孫詭·鄒陽之屬."

11) 『西京雜記』卷4: "梁孝王遊於忘憂之館, 集諸遊士, 各使爲賦."

12) 『漢書』「王襃傳」: "上令襃與張子僑等并待詔, 數從襃等放獵, 所幸宮館, 輒爲歌頌, 第其高下, 以差賜帛. 議者多以爲淫靡不急, 上曰: "不有博弈者乎? 爲之猶賢乎已.' …… 辭賦比之, 尙有仁義諷諭鳥獸草木多聞之觀, 賢於倡優博弈遠矣."

13) 『藝文類聚』卷56: "漢孝武皇帝元豊三年作柏梁臺, 詔群臣二千石, 有能爲七言者, 乃得上坐, 皇帝曰: '日月星辰和四時.'"

14) 풍류에 대한 해석은 다양하고 포괄적이며 시대에 따라 다르다. 『한어대사전』(漢語大詞典)의 '風流' 해석은 ①바람의 흐름(風流動或流逝) ②유행(風行, 流傳) ③풍습(風尙習俗) ④유풍(猶遺風, 流風餘韻) ⑤얽매이지 않음(灑脫放逸, 風雅瀟灑) ⑥문학작품의 뛰어남을 형용(形容文學作品超逸佳妙) ⑦걸출하여 평범하지 않음(傑出不凡) ⑧걸출한 인물(指傑出不凡的人物) ⑨풍도(風度) ⑩품격(風操, 品格) ⑪총애(榮寵) ⑫풍격, 유파(流派) ⑬운치가 아름다움(風韻美好動人) ⑭화려하고 가벼움(花哨輕浮) ⑮남녀의 사통(指男女私情事) 등이다.

15) 辛恩卿, 『風流-동아시아 美學의 근원』, 보고사, 1999, 21쪽.

16) 『資治通鑑』券75: "何晏與夏侯玄荀粲王弼之徒, 競爲淸談, 祖尙虛無. ······ 由是天下士大夫爭慕效之, 遂成風流."

17) 劉義慶, 『世說新語』「品藻」: "明帝問謝鯤, 君自謂何如庾亮, 答曰: '端委廟堂, 使百僚準則, 臣不如亮, 一丘一壑, 自謂過之.'"

18) 『文選』卷50「逸民傳論」: "易稱遯之時義大矣哉. 又曰: '不事王侯, 高尙其事.' 是以堯稱則天, 而不屈潁陽之高. 武盡美矣, 終全孤竹之絜. 自茲以降, 風流彌繁, 長往之軌未殊, 而感致之數匪一. 或隱居以求其志, 或迴避以全其道. 論語, 孔子曰: 隱居以求其志, 行義以達其道. 又曰: 賢者避世, 其次避地. 或靜己以鎭其躁, 或去危以圖其安, 言或靜黙隱居, 以鎭心之躁競. 或去彼危難, 以謀己之安全也. 或垢俗以動其槪, 或疵物以激其淸. 言或垢穢時俗以動其槪, 或疵點萬物以發其淸. ······ 彼雖硜硜有類沽名者, 然而蟬蛻稅囂埃之中, 自致寰區之外, 異夫飾智巧以逐浮利者乎."

19) 劉義慶, 『世說新語』「言語」: "諸名士共至洛水戲. 還, 樂令問王夷甫曰: '今日戲樂乎?' 王曰: '裴僕射善談名理, 混混有雅致; 張茂先論史漢, 靡靡可聽; 我與王安豐戎也. 說延陵·子房, 亦超超玄箸.'"

20) 劉義慶, 『世說新語』「排調」: "陸擧手曰: 雲間陸士龍. 荀答曰: 日下荀鳴鶴. 陸曰: 旣開靑雲睹白雉, 何不張爾弓, 布爾矢? 荀答曰: 本謂雲龍騤騤, 定是山鹿野麋. 獸弱弩彊, 是以發遲."

21) 요한 하위징아, 『호모 루덴스』, 연암서가, 2010, 36쪽.

22) 예사는 정사(徵事)라고도 부르는데, 왕검(王儉)이 처음으로 제창했다(『南史』「王摛傳」: "尙書令王儉嘗集才學之士, 總校虛實, 類物隷之, 謂之隷事, 自此始也"). "정사란 하나의 사물을 제시하고 그것과 관련한 견문을 서로 견주는 것인데, 그 수가 많은 자가 이긴다"(胡應麟「少室山房筆叢正集」卷23「華陽博議(下)」: "征者, 共擧一物, 各疏見聞, 多者爲勝). 예사는 남조의 문인들이 즐기던 일종의 고급 지적 오락 활동으로, 위진의 청담에 버금갈 만큼 유행했다.

23) 劉義慶, 『世說新語』「任誕」: "王孝伯言, 名士不必須奇才. 但使常得無事, 痛飮酒, 熟讀離騷, 便可稱名士."

24) 曹道衡·沈玉成,「南朝文學三題」(『文學評論』, 1990. 1기): "高門世族對文化的興趣更多地集中於文學, 品藻人物的重要標準也從風度, 語言轉移到文學才能方面."

25) 劉義慶, 『世說新語』「問學」: "夏侯湛作周詩成, 示潘安仁. 安仁曰: 此非徒溫雅, 乃別見孝悌之性. 潘因此遂作家風詩."

26) 鐘嶸,「詩品序」: "太康中, 三張二陸兩潘一左, 勃爾俱興, 蹤武前王, 風流未沫, 亦文章之中興也."

27) 유협도 "은중문의 「고흥」과 사숙원의 「한정」은 수사를 흩뜨려 놓은 문체
여서 공허하고 부박하다. 비록 도도한 풍류가 있으나, 문장의 내용은 깊이
가 없다"(殷仲文之孤興, 謝叔源之閑情, 幷解散辭體, 縹渺浮音, 雖滔滔
風流, 而大溈文意:『文心雕龍』「才略」)고 했고, 또 "진이 중흥하여, 오직
명제만 재학(才學) 있는 선비를 존중하여, 온교의 청결한 문장에 눈을 돌
려 중서령으로 임명했다. 이때부터 조책(詔策)이 풍류를 지니게 되었다(晉
氏中興, 唯明帝崇才, 以溫嶠文清, 故引入中書. 自斯以後, 體憲風流矣:
『文心雕龍』「詔策」)고 하여 풍류를 문학적 아취와 동일한 개념으로 사용
했다.

4 시회의 탄생배경

1) 曹丕,『典論』「論文」: "蓋文章經國之大業, 不朽之盛事. 年壽有時而盡, 榮
樂止乎其身. 二者必至之常期, 未若文章之無窮. 是以古之作者, 寄身於
翰墨, 見意於篇籍, 不假良史之辭, 不托飛馳之勢, 而聲名自傳於後."

2) 劉義慶,『世說新語』「問學」: "袁伯彦作名士傳成, 宏以夏侯太初·何平叔
·王輔嗣爲正始名士, 阮嗣宗·嵇叔夜·山巨源·向子期·劉伯倫·阮仲容·
王濬仲爲竹林名士, 裴叔則·樂彦輔·王夷甫·庾子嵩·王安期·阮千里·
衛叔寶·謝幼興爲中朝名士. 見謝公. 公笑曰:我嘗與諸人道江北事, 特作
狡獪耳. 彦伯遂以箸書."

3) 당시에 이미 이러한 폐단을 깨닫고 동소(董昭)가 바로잡을 것을 청원하는
상소를 올리기도 했다.(『三國志』「魏書·董昭傳」: "竊見當今年少, 不復
以學問爲本, 專更以交遊爲業. 國士不以孝悌淸修爲首, 乃以趨勢遊利爲
先. 合黨連群, 互相褒歎, 以毀譽爲罰戮, 用黨譽爲爵賞, 附己者則歎之盈
言, 不附者則爲作瑕釁.") 이 상소문은 중정제의 폐해를 지적한 것이지만
당시 문인들이 인물품평에서 자유롭지 못했음을 반증한다.

4)『晉書』「左思傳」: "司空張華見而嘆曰, 班張之流也. 使讀之者盡而有餘,
久而更新, 於是豪貴之家競相傳寫, 洛陽爲之紙貴."

5) 「紙賦」: "蓋世有質文則治, 有損益故札隨時變, 而器與事易. 旣作契以代
繩兮, 又造紙以當策. 夫其爲物, 闕美可珍, 廉方有則, 體潔性眞, 含章蘊
藻, 實好斯文, 取彼之淑, 以爲此新, 攬之則舒, 舍之則卷, 可屈可伸, 能幽
能顯. 若乃六親乖方, 離群索居, 鱗鴻附便, 授筆飛書, 寫情於萬里, 精思
於一隅."

6) 요한 하위징아 지음, 이종인 옮김, 『호모 루덴스』, 연암서가, 2010, 254쪽.
7) 요한 하위징아 지음, 이종인 옮김, 『호모 루덴스』, 연암서가, 2010, 255쪽.

제2부 시의 나라가 열리다

5 시회의 재구성

1) 曹丕, 「與吳質書」: "昔日遊處, 行則同輿, 止則接席, 何嘗須臾相失! 每至觴酌流行, 絲竹幷奏, 酒酣耳熱, 仰而賦詩."
2) 曹丕, 「與朝歌令吳質書」: "每念昔日南皮之遊, 誠不可忘. 旣妙思六經, 逍遙百氏, 彈棋閒設, 終以博弈, 高談娛心, 哀箏順耳. 馳騖北場, 旅食南館, …… 皦日旣沒, 繼以朗月, 同乘幷載, 以遊後園, 輿輪徐動, 賓從無聲, …… 時駕而遊, 北遵河曲, 從者鳴笳以啓路, 文學託乘於後車."
3) 『文選』卷20 公宴條: 五臣注: "漢曰, 公讌者, 臣下在公家侍讌也."
4) 應瑒, 「侍五官中郎將建章臺集詩」: "公子敬愛客, 樂飲不知疲." 應瑒, 「公宴詩」: "魏魏主人德, 佳會被四方." 王粲, 「公宴詩」: "願我賢主人, 與天享巍巍. 克符周公業, 奕世不可追."
5) 『文心雕龍』 「明詩」: "幷憐風月, 狎池苑, 述恩榮, 敍酣宴, 慷慨以任氣, 磊落以使才."
6) 『晉書』 「嵇康傳」: "所與神交者, 唯陳留阮籍, 海內山濤, 預此流者, 河內向秀, 沛國劉伶, 籍兄弟咸, 琅邪王戎, 遂爲竹林之遊, 世所謂竹林七賢也."
7) 劉義慶, 『世說新語』 「德行」: "王隱晉書曰: '魏末阮籍, 嗜酒荒放, 露頭散髮, 裸袒箕踞.'"
8) 『晉書』 「山濤傳」: "與嵇康·呂安善, 後遇阮籍, 便爲竹林之交, 著忘言之契."
9) 「思舊賦幷序」: "余與嵇康呂安居止接近, 其人並有不羈之才, 然嵇志遠而疏, 呂心曠而放, 其後各以事見法. 嵇博綜技藝, 於絲竹特妙. 臨當就命, 顧視日影, 索琴而彈之. 余逝將西邁, 經其舊廬."
10) 『晉書』 「阮咸傳」: "山濤擧咸典選, 曰: 阮咸貞素寡欲, 深識淸濁, 萬物不能移. 若在官人之職, 必絶於時."
11) 劉義慶, 『世說新語』 「汰侈」: "石崇每要客燕集, 常令美人行酒, 客飲酒不盡者, 使黃門交斬美人."
12) 石崇, 「金谷詩序」: "余以元康六年, 從太僕卿出爲使持節監靑徐諸軍事征虜將軍. 有別廬在河南縣界金谷澗中, 或高或下, 有淸泉茂林, 衆果竹柏藥草之屬, 莫不畢備. 又有水碓魚池土窟, 其爲娛目歡心之物備矣. 時征西大將軍祭酒王詡當還長安, 余與衆賢共送往澗中, 晝夜遊宴, 屢遷其坐. 或登高臨下, 或列坐水濱. 時琴瑟笙築, 合載車中, 道路並作. 及住, 令與鼓吹遞奏, 遂各賦詩, 以敍中懷. 或不能者, 罰酒三斗. 感性命之不永, 懼凋落之無期. 故具列時人官號姓名年紀, 又寫詩箸後. 後之好事者, 其覽之哉. 凡三十人, 吳王師議郞關中侯始平武功蘇紹字世嗣, 年五十, 爲首."

13) 『晉書』「潘岳傳」: "岳性輕躁, 趨世利, 與石崇等諂事賈謐, 每候其出, 與崇輒望塵而拜. 構湣懷之文, 嶽之辭也. 諡二十四友, 嶽爲其首. 諡晉書限斷, 亦嶽之辭也. 其母數誚之曰: 爾當知足, 而乾沒不已乎? 而嶽終不能改."

14) 금곡아회 참석자를 추정해보면, 조터(曹攄)의 「贈石崇詩」 제2수에 "涓涓谷中泉, 鬱鬱巖下林. …… 人言重別離, 斯情效於今"라는 표현에서, 조터라는 인물도 금곡아회에 참여한 것으로 보인다. 또 석숭과 증답시를 주고받은 유곤, 구양건 역시 참석했을 가능성이 크다. 이외에 『金樓子』「雜記(下)」의 "금곡의 모임에 전 강읍령 소형양, 중모 반표, 패국 유수가 시를 짓지 못해 세 말의 벌주를 마셨다"(金谷聚, 前絳邑令邵滎陽·中牟潘豹·沛國劉遂不能著詩, 幷罰酒三斗)고 한 것을 보면, 소형양(邵滎陽), 반표(潘豹), 유수(劉遂) 등도 참석했으나 시를 짓지 못해 벌주를 세 잔 마신 것으로 보인다.

15) 『晉書』「劉琨傳」: "祕書監賈謐參管朝政, 京師人士無不傾心. 石崇·歐陽建·陸機陸雲之徒, 並以文才降節事謐, 琨兄弟亦在其間, 號曰二十四友."

16) 『風俗通義』「祀典」: "周禮女巫掌歲時以祓除疾病, 禊者, 潔也."

17) 『漢書』「五行志」: "高后八年三月祓霸上"; 師古曰: "祓除惡之祭也."

18) 劉義慶, 『世說新語』「企羨」注 王羲之「臨河敍」: "右將軍司馬太原孫丞公等二十六人, 賦詩如左. 前餘姚令會稽謝勝等十五人, 不能賦詩, 罰酒各三斗." 시를 짓지 못해 벌주를 마신 사람은 사괴(謝瑰), 변적(卞迪), 구모(丘髦), 왕헌지(王獻之), 양모(羊模), 공치(孔熾), 유밀(劉密), 우곡(虞穀), 노이(勞夷), 후면(後綿, 一作 澤), 화기(華耆), 사승(謝勝), 임의(任儗, 一作 汪假), 여계(呂系), 여본(呂本) 등 15명이다.

19) 『晉書』「王羲之傳」: "羲之旣去官, 與東土人士盡山水之遊, 弋釣爲娛. …… 徧遊東中諸郡, 窮諸名山, 泛滄海, 歎曰 '我卒當以樂死.'"

20) 『晉書』「謝安傳」: "嘗與王羲之登冶城, 悠然遐想, 有高世之志. 羲之謂曰; 夏禹勤王, 手足胼胝, 文王旰食, 日不暇給. 今四郊多壘, 宜思自效, 而虛談廢務, 浮文妨要, 恐非當今所宜."

21) 『晉書』「王羲之傳」: "不樂在京師, 初渡浙江, 便有終焉之志. 會稽有佳山水, 名士多居之, 謝安未仕時亦居焉. 孫綽李充許詢支遁等皆以文義冠世, 幷築室東土, 與羲之同好. 嘗與同志宴集於會稽山陰之蘭亭, 羲之自爲之序以申其志."

22) 『晉書』「謝安傳」: "初辟司徒府, 除佐著作郎, 幷以疾辭. 寓居會稽, 與王羲之及高陽許詢·桑門支遁遊處, 出則漁弋山水, 入則言詠屬文, 無處世意."

23) 『晉書』「孫綽傳」: "山濤吾所不解, 吏非吏, 隱非隱."

24) 桑世昌, 『蘭亭考』卷1 引『碧溪黃徹詩話』: "當時得預者, 往往皆知名士, 豈獻之輩, 終日不能辭於十六字哉. 切意古人持重自惜, 不欲率爾, 恐貽久遠譏議, 不如不賦之爲愈."

25) 劉義慶, 『世說新語』「企羨」注에 인용된 왕희지의 「임하서」는 다음과 같다. "永和九年, 歲在癸醜, 暮春之初, 會於會稽山陰之蘭亭, 修禊事也. 群賢筆至, 少長咸集. 此地有崇山峻嶺, 茂林修竹, 又有淸流激湍, 映帶左右, 引以爲流觴曲水, 列坐其次. 是日也, 天朗氣淸, 惠風和暢, 娛目騁懷, 信可樂也. 雖無絲竹管弦之盛, 一觴一詠, 亦足以暢敍幽情. 故列序時人, 錄其所述. 右將軍司馬太原孫公等二十六人, 賦詩如左, 前餘姚令會稽謝勝等十五人, 不能賦詩, 罰酒各三斗." 「난정집서」의 첫 단락과 내용과 문자가 비교적 일치한다.

26) 劉義慶, 『世說新語』「企羨」: "王右軍(羲之)得人以蘭亭集序方金谷詩序, 又以己敵石崇, 甚有欣色."

27) 王羲之, 「蘭亭集序」: "永和九年, 歲在癸丑, 暮春之初, 會於會稽山陰之蘭亭, 修禊事也. 群賢筆至, 少長咸集. 此地有崇山峻嶺, 茂林修竹, 又有淸流激湍, 映帶左右, 引以爲流觴曲水, 列坐其次. 雖無絲竹管弦之盛, 一觴一詠, 亦足以暢敍幽情. 是日也, 天朗氣淸, 惠風和暢, 仰觀宇宙之大, 俯察品類之盛, 所以遊目騁懷, 足以極視聽之娛, 信可樂也. 夫人之相與, 俯仰一世, 或取諸懷抱, 悟言一室之內, 或因寄所托, 放浪形骸之外. 雖取舍萬殊, 靜躁不同, 當其欣於所遇, 暫得於己, 快然自足, 曾不知老之將至. 及其所之旣倦, 情隨事遷, 感慨系之矣. 向之所欣, 俯仰之間, 已爲陳述, 猶不能不以之興懷, 況修短隨化, 終期於盡. 古人云: 死生亦大矣, 豈不痛哉! 每覽昔人興感之由, 若合一契, 未嘗不臨文嗟悼, 不能喩之於懷. 固知一死生爲虛誕, 齊彭殤爲妄作. 後之視今, 亦猶今之視昔, 悲夫! 故列敍時人, 錄其所述. 雖世殊事異, 所以興懷, 其致一也. 候之覽者, 亦將有感於斯文."

28) 「난정집서」가 위작임을 설명하는 이유 가운데 하나로, 인간의 유한함에 대한 이러한 반노장적 인식이 현학에 경도되어 있던 당시의 관념일 수가 없다는 것이다. 대표적으로 궈모뤄(郭沫若) 선생이 일찌감치 이러한 주장을 했다. 그는 『세설신어』의 「임하서」가 원문이며 「난정집서」의 "夫人之相與" 이하 문장은 당나라 사람들이 덧붙인 것이라 본다. 또 왕희지가 자연에 본격적으로 은거한 것은 만년의 일이므로 난정아회를 가졌던 50세 전후에는 아직 출사에 대한 열의가 없다고 할 수 없고, 또 강직한 골기로 유명했던 그가 "삶과 죽음 역시 큰일이니, 이 어찌 슬프지 않겠는가"와 같은 탄식을 써냈다는 것은 맞지 않는다고 이의를 제기하기도 했다(郭沫若, 「由王謝墓誌的出土論到 '蘭亭序'的眞僞」, 「蘭亭序」與老莊思想」 등 문장 참고, 『郭沫若古典文學論文集』, 上海, 上海古籍出版社, 1985).

29) 劉義慶, 『世說新語』 「賞譽」: "孫興公爲庾公參軍, 共遊白石山, 衛君長在坐. 孫曰: '此子神情都不關山水, 而能作文!'"

30) 釋顧常, 『佛祖通載』 卷7: "時晉室微, 而天下奇才多隱居不仕. 若彭城劉遺民, 豫章雷次宗, 雁門周續之, 新蔡畢穎之, 南陽宗炳·張士民·李碩等, 從遠遊, 并沙門千餘人結白蓮社. 於無量壽像前, 建齋立誓, 期生淨土."

31) 陳舜兪, 『廬山記』 卷1: "遠公與慧永·慧持·曇順·曇恒·竺道生·慧睿·道敬·道昺·曇詵·白衣·張野·宗炳·劉遺民·張詮·周續之·雷次宗·梵僧佛馱耶舍·佛馱跋陀羅, 十八人者, 同修淨土之法, 因號白蓮社."

32) 廬山諸道人, 「遊石門詩并序」: "釋法師以隆安四年仲春之月, 因詠山水, 遂杖錫而遊. 於時交徒同趣三十餘人, 咸拂衣晨征, 悵然增興."

33) 佚名, 「蓮社高賢傳」: "時遠法師與諸賢結蓮社, 以書招淵明, 淵明曰: '若許飮則往.' 許之, 遂造焉. 忽攢眉而去."

34) 蕭統, 「陶淵明傳」: "時周續之入廬山, 事釋慧遠, 彭城劉遺民, 亦遁迹匡山, 淵明又不應徵命, 謂之潯陽三隱."

35) 「遊斜川詩序」: "辛酉正月五日, 天氣澄和, 風物閑美. 與二三鄰曲, 同遊斜川. 臨長流, 望曾城, 魴鯉躍鱗於將夕, 水鷗乘和以翻飛. 彼南阜者, 名實舊矣, 不複乃爲嗟歎. 若夫曾城, 傍無依接, 獨秀中皋. 遙想靈山, 有愛嘉名. 欣對不足, 率共賦詩. 悲日月之遂往, 悼吾年之不留. 各疏年紀鄕里, 以記其時日."

36) 『佛祖統紀』 卷26: "(謝靈運)至廬山一見遠公, 肅然心伏, 乃卽寺築臺, 翻涅槃經, 鑿池植白蓮, 時遠公諸賢同修淨土之業, 因號白蓮寺."

6 시회의 확장

1) 요한 하위징아 지음, 이종인 옮김, 『호모 루덴스』, 연암서가, 2010, 49쪽.

2) 『南史』「王承傳」: "時膏腴貴游, 咸以文學相尙, 罕以經術爲業."

3) 劉毅, 「上疏請罷中正除九品」: "上品無寒門, 下品無士族."

4) 『梁書』「任昉傳」: "(任)昉好交結, 獎進士友, 得其延譽者, 率多升擢, 故衣冠貴游, 莫不爭與交好, 坐上賓客, 恒有數十."

5) 辛文房, 『唐才子傳』卷2 王維 條.

6) 王定保, 『唐摭言』卷8 怨怒 條.

7) 嚴羽, 『滄浪詩話』: "或問 '唐詩何以勝我朝.' 唐以詩取士, 故多專門之學, 我朝之詩所以不及也."

8) 王世貞, 『藝苑巵言』: "人謂唐人以詩取士, 故詩獨工, 非也. 凡省試詩類鮮佳者."

9) 程千帆, 『唐代進士行卷與文學』, 上海古籍出版社, 1980, 49~55쪽.

10) 劉義慶, 『世說新語』「德行」: "謝公夫人敎兒, 問太傅那得初不見君敎兒? 答曰: 我常自敎兒."

11) 劉義慶, 『世說新語』「文學」: "謝公因子弟集聚, 問毛詩何句最佳, 遏稱(謝玄)曰: 昔我往矣, 楊柳依依, 今我來思, 雨雪霏霏. 公曰: 訏謨定命, 遠猷辰告. 謂此句偏有雅人深致."

12) 『晉書』「王凝之妻謝氏傳」: "吉甫作頌, 穆如淸風. 仲山甫永懷, 以慰其心."

13) 『南史』「謝弘微傳」: "混風格高峻, 少所交納, 唯與族子靈運·瞻·晦·曜·弘微以文義賞會, 常共宴處, 居在烏衣巷, 故謂之烏衣之遊. 混詩所言, '昔爲烏衣遊, 戚戚皆親姓'者也. 其外雖復高流時譽, 莫敢造門. ……嘗因酣讌之餘, 爲韻語以獎勸靈運·瞻等."

14) 『宋書』「謝靈運傳」: "廬陵王義眞少好文籍, 與靈運情款異常. 少帝卽位, 權在大臣, 靈運構扇異同, 非毀執政, 司徒徐羡之等患之, 出爲永嘉太守."

15) 鍾嶸, 『詩品』引『謝氏家錄』: "康樂每對惠連, 輒得佳語. 後在永嘉西堂, 思詩竟日不就, 寤寐間, 忽見惠連, 卽成 '池塘生春草.' 故嘗雲: '此語有神助, 非吾語也.'"

16) 曹道衡·沈玉成, 『南北朝文學史』: "(蕭統兄弟)在政治上活動極少, 主要生活內容便是與文士們吟詠酬唱, 著述編書"(人民文學出版社, 1998).

17) 친왕이 주도한 문학집단으로 대표적인 것이 제나라 경릉왕 소자량 문학집
단, 양 무제 소연(蕭衍) 문학집단(沈約, 江俺, 任昉, 王僧孺 등), 소통 문학
집단(劉孝綽, 陸倕, 劉勰, 王筠 등), 소강 문학집단(庾肩吾, 庾信, 徐摛, 徐
陵, 蕭子顯, 鐘嶸, 鮑至 등), 소역 문학집단(王籍, 劉之遴, 顔之推, 何思澄
등) 등을 들 수 있다.

18) 『資治通鑑』卷136: "子良少有淸尙, 傾意賓客, 才雋之士, 皆遊其門. 開西
邸, ……記室參軍范雲, 蕭琛, 樂安王任昉, 法曹參軍王融, 衛軍東閣祭酒
蕭衍, 鎭西功曹謝朓, 步兵校尉沈約, 揚州秀才吳均陸倕, 幷以文學尤見
親待, 號曰八友. 法曹參軍柳惲, 太學博士王僧孺, 南徐州秀才濟陽江革,
尙書殿中郎范縝, 會稽孔休源亦預焉."

19) 현재 전해지는 작품만도 사조, 왕융, 우염, 유운(劉惲)의「잡곡명을 정해
함께 짓다」(同賦雜曲名),「자리에서 보이는 하나의 사물을 정해 함께 짓
다」(同詠座上所見一物) 등이 있다.「잡곡명을 정해 함께 짓다」는, 사조는
「추죽곡」(秋竹曲), 단수재(檀秀才)는「양춘곡」(陽春曲), 강조청(江朝請)은
「녹수곡」(淥水曲), 도공조(陶功曹)는「채릉곡」(採菱曲), 주효렴(朱孝廉)은
「백설곡」을 분배받아 지었다. 또「자리에서 보이는 하나의 사물을 정해 함
께 짓다」는, 주변 사물 가운데 유운은「돗자리」(席), 왕융은「휘장」(幬), 우
염은「발」(簾), 사조는「돗자리」(席) 등의 제목으로 지은 영물시이다. 즉
'同賦…' '同詠…'의 제목을 썼지만, 참석자가 각각 서로 다른 곡조명이나
사물 등을 선택하여 시가를 창작한 것이므로, 실제적으로는 분제시에 가
깝다. 이 작품들은 개별적으로「돗자리를 읊다」(詠席詩),「휘장을 읊다」(詠
幬詩)와 같이 영물시로 전해지기도 한다.

20) 嚴羽, 『滄浪詩話』「詩評」: "謝朓之詩, 已有全篇似唐人者."

21) 朱光潛 지음, 정상홍 옮김,「중국시는 왜 율의 길로 가게 되었는가」(中國詩
何以走上律的路), 『詩論』, 동문선, 1991.

22) 朱光潛 지음, 정상홍 옮김,「중국시는 왜 율의 길로 가게 되었는가」(中國詩
何以走上律的路), 『詩論』, 동문선, 1991.

23) 沈括, 『夢溪筆談』「藝文」: "古人文章, 自應律度, 未以音韻爲主. 自沈約
增崇韻學, 其論文則曰: 欲使宮羽相變, 低昂殊節. 若前有浮聲, 則後須切
響. 一簡之內, 音韻尺殊. 兩名之中, 輕重悉異. 妙達此旨, 始可言文. 自後
浮巧之語, 體制漸多."

24) 『南史』「庾肩吾傳」: "與劉孝威·江伯搖·孔慶通·申子悅·徐防·徐摛·王
囿·孔鑠·鮑至等十人, 抄撰衆籍, 豊其果饌, 號高齋學士. ……簡文開文
德省置學士, 肩吾子信·徐摛子陵·吳郡張長公·北地傳弘·東海鮑至等

354

충其先.”

25) 『梁書』「簡文帝本紀」: “太宗幼而敏睿, 識悟過人, 六歲便屬文, 高祖驚其 早就, 弗之信也, 乃於御前面試, 辭采甚美. 高祖歎曰: ‘此子, 吾家之東阿.’ ……篇章辭賦, 操筆立成. ……引納文學之士, 賞接無倦, 恒討論篇籍, 繼 以文章. 高祖所製五經講疏, 嘗於玄圃奉述, 聽者傾朝野. 雅好題詩, 其序 云:余七歲有詩癖, 長而不倦. 然傷於輕艶, 當時號曰宮體.”

26) 『隋書』「經籍志」: “淸辭巧制, 止乎袵席之間, 雕琢蔓藻, 思極閨閨之內.”

27) 이 밖에 황제의 명령을 받고 지은 시를 응조시(應詔詩) 또는 응제시(應製 詩), 황제나 황태자 이외의 왕이나 공주의 명을 받아 지은 시를 응교시(應 敎詩)라고 한다.

28) 蕭綱, 「誡當陽公大心書」: “立身之道與文章異, 立身先須謹重, 文章且須 放蕩.”

29) 『宋書』「謝靈運傳」: “靈運父祖並葬始寧縣, 幷有故宅及墅, 遂移籍會稽, 修營別業, 傍山帶江, 盡幽居之美. 與隱士王弘之·孔淳之等縱放爲娛, 有 終焉之志. 每有一詩至都邑, 貴賤莫不競寫, 宿昔之間, 士庶皆遍, 遠近欽 慕, 名動京師. 作山居賦幷自注, 以言其事. …… 靈運旣東還, 與族弟惠連 ·東海何長瑜·潁川荀雍·泰山羊璇之, 以文章賞會, 共爲山澤之遊, 時之 謂之四友.”

30) 蕭綱, 「與湘東王書」: “近世謝朓沈約之詩, 任昉陸倕之筆, 斯實文章之冠 冕, 述作之楷模.”

31) 『南史』「到漑傳」: “昉還爲御史中丞, 後進皆宗之. 時有彭城劉孝綽, 劉苞, 劉孺, 吳郡陸倕·張率, 陳郡殷芸, 沛國劉顯及漑·洽, 車軌日至, 號曰蘭臺 聚.”

32) 『南史』「陸倕傳」: “(任)昉爲中丞, 預其宴者, 殷芸·到漑·劉孺·劉顯·劉孝 綽及陸倕而已, 號曰龍門聚.”

33) 『陳書』「侯安都傳」: “自王琳平後, 安都勳庸轉大, 又自以功安社稷, 漸用 驕矜, 數招聚文武之士, 或射馭馳騁, 或命以詩賦, 第其高下, 以差次賞賜 之. 文士則褚介, 馬樞·陰鏗·張正見·徐伯陽·劉刪·祖孫登, 武士則蕭摩 訶·裴子烈等, 並爲之賓客, 齋內動至千人.”

34) 『陳書』「江總傳」: “梁武帝撰正言始畢, 製述懷詩, 總預同此作, 帝覽總詩, 深降嗟賞.” “尙書僕射范陽張纘, 度支尙書琅邪王筠, 都官尙書南陽劉之 遴, 並高才碩學, 總時年少有名, 纘等雅相推重, 爲忘年友會. 之遴嘗酬總 詩, 其略曰: ‘上位居崇禮, 寺署郁栖息. 忌聞曉驪唱, 每畏晨光艶. 高談意 未窮, 晤對賞無極. 探急共遨遊, 休沐忘退食. 曷用銷鄙吝, 枉趾觀顔色.

下上數千載, 揚搉吐胸臆.' 其爲通人所欽挹如此."

35) 『南史』「徐伯陽傳」: "伯陽敏而好學, 善色養. 家有史書, 所讀者近三千餘
卷. ……太建初, 與中記室李爽·記室張正見·左戶郎賀徹·學士阮卓·黃
門郎蕭詮·三公郎王由禮·處士馬樞·記室祖孫登·比部郎賀循·長史劉
刪等爲文會友, 後有蔡凝·劉助·陳暄·孔範亦預焉, 皆一時士也. 遊宴賦
詩, 動成卷軸. 伯陽爲其集序, 盛傳於世."

36) 『新唐書』「藝文志」에 수록된 창화시집만 20여 종에 이르는 사실이 문인의
시적 교류가 많았음을 설명한다. 대표적 시회총집으로 당 태종 시기의 『한
림학사집』(翰林學士集), 중종 시기의 『경룡문관기』(景龍文館記), 대력 연
간의 『대력연절동연창집』(大曆年浙東聯唱集), 『오흥집』, 대화(大和) 연
간에서 회창 시기의 『여락집』(汝洛集), 『낙중집』(洛中集), 『낙하유상연
집』(洛下遊賞宴集), 대중(大中) 연간 양양(襄陽) 지역의 『한상제금집』(漢
上題襟集), 함통(咸通) 연간 소주(蘇州) 시인들의 『송릉집』(松陵集) 등이
있다. 이 중 『한림학사집』과 『경룡문관기』가 당나라 초기 궁정시회의 작품
집이라면, 나머지는 당나라 중기 이후 각 지역의 시회 작품집이다.

7 시회의 문화

1) 宗懍, 『荊楚歲時記』: "正月七日爲人日. 以七種菜爲羹, 剪彩爲人, 或鏤金
薄爲人, 以貼屛風, 亦戴之頭鬢, 又造華勝以相遺, 登高賦詩."

2) 『藝文類聚』「決疑要」注: "宴之與會, 威儀不同也. 會隨五時朝服, 庭設金
石, 旌頭之衣, 鶡尾以列陛, 讌則服常服, 設絲竹之聲, 宿衛列仗, (大)會於
太極殿, 小會於東堂." 『藝文類聚·晉起居』注: "武帝太康元年, 詔曰, 江
表初平, 天下同其歡豫, 王公卿士, 各奉禮稱慶, 其於東堂小會, 設樂使加
於常."

3) 尤袤, 『全唐詩話』 卷5.

4) 『宋書』「隱逸傳」: "巖堅閑遠, 水石淸華, 雖復崇門八襲, 高城萬雉, 莫不蓄
壤開泉, 髣髴林澤, 故知松山桂渚, 非止素玩, 碧澗淸潭, 翻成麗矚."

5) 「醉吟先生傳」: "所居有池五六畝, 竹數千竿, 喬木數十株, 台檄舟桥, 具体
而微."

6) 嚴羽, 『滄浪詩話』「詩體」: "有分題, 古人分題, 或各賦一物, 如云送某人分
題得某物也, 或曰探題."

7) 兪樾, 『茶香室四鈔』 卷12: "所謂賦韻者, 非詩賦之賦, 乃賦予之賦. ……
蓋當時以古人詩句分賦衆人, 使以此爲題也. …… 題非一題, 人非一人,

而已所得此句也. 故曰賦得."

8) 『史記』「孔子世家」: "吾聞富貴者送人以財, 仁人送人以言. 吾不能富貴, 竊仁人之號, 送子以言."

9) 『南史』「廬陵威王(蕭)續傳」: "始, 元帝(蕭繹)母阮修容得幸, 由于貴嬪之力, 故元帝與簡文相待, 而與廬陵王少相狎, 長相謗. 元帝之臨荊州, 有宮人李桃兒者, 以才慧得進, 及還, 以李氏行. 時行宮戶禁重, 續具狀以聞. 元帝泣對使, 訴於簡文, 簡文和之, 不得. 元帝猶懼, 送李氏還荊州, 世所謂西歸內人者. 自是二王書問不通, 及續薨, 元帝時爲江州, 聞問, 入閤而躍, 履爲之破. 尋自江州復爲荊州."

10) 王士禎, 『帶經堂詩話』卷1: "聯句昔人各賦四句, 分之自成絶句, 合之乃爲一篇. 謝朓·范雲·何遜·江革輩多有此體."

11) 劉義慶, 『世說新語』「文學」: "文帝嘗令東阿王七步中作詩, 不成者行大法. 應聲便爲詩曰: 煮豆持作羹, 漉菽以爲汁. 其在釜下然, 豆在釜中泣. 本自同根生, 相煎何太急? 帝深有慚色."

12) 『南史』「王僧孺傳」: "竟陵王子良嘗夜集學士, 刻燭爲詩. 四韻者則刻一寸, 以此爲率. 文琰曰: '頓燒一寸燭, 而成四韻詩, 何難之有!' 乃與令楷·江洪等共打銅鉢立韻, 響滅則詩成, 皆可觀覽."

13) 『梁書』「謝徵傳」: "時魏中山王元略還北, 高祖餞於武德殿, 賦詩三十韻, 限三刻成. 徵二刻便就, 其辭甚美, 高祖再覽焉."

14) 『梁書』「到沆傳」: "時高祖讌華光殿, 命群臣賦詩, 獨詔沆爲二百字, 二刻使成. 沆於坐立奏, 其文甚美."

15) 『隋書』「經籍志」: "別集之名, 蓋漢東京之所創也. 自靈均已降, 屬文之士衆矣, 然其志尚不同, 風流殊別. 後之君子, 欲觀其體勢, 而見其心靈, 故別聚焉, 名之爲集."

16) 『南齊書』「文學傳論」: "五言之制, 獨秀衆品. 習玩爲理, 事久則瀆, 在乎文章, 彌患凡舊. 若無新變, 不能代雄."

17) 『南齊書』「張融傳」: "融文辭詭激, 獨與衆異."

18) 『南齊書』「陸厥傳」: "厥少有風槩, 好屬文, 五言詩體甚新變."

19) 『梁書』「徐摛傳」: "屬文好爲新變, 不拘舊體."

20) 『梁書』「庾肩吾傳」: "齊永明中, 文士王融謝朓沈約文章始用四聲, 以爲新變."

21) 『南齊書』「高祖十二王傳」: "(武陵昭王曄)剛穎儁出, 工弈棊, 與諸王共作短句詩, 學謝靈運體以呈上. 報曰: 見汝二十字, 諸兒作中最爲優者. 但康樂放蕩, 作體不辯有首尾. 安仁士衡深可宗尚, 顏延之抑其次也."

22) 『梁書』「胡僧佑傳」: "每在公宴, 必強賦詩, 文辭鄙俚, 多被嘲謔."

23) 『三國志』「魏書·三少帝紀」: "帝行辟雍, 會命群臣賦詩. 侍中和迫·尙書 陳騫等作詩稽留, 有司奏免官."

24) 『梁書』「到洽傳」: "詔洽及沆·蕭琛·任昉侍燕, 賦二十韻詩, 以洽辭爲工, 賜絹二十匹."

25) 『梁書』「褚翔傳」: "中大通五年, 高祖宴群臣樂遊苑, 別詔翔與王訓爲 二十韻詩, 限三刻成. 翔於坐立奏, 高祖異焉, 卽日轉宣城王文學, 俄遷爲 友."

26) 辛文房, 『唐才子傳』卷1 宋之問 條.

27) 『三國志』「高貴鄉公傳」: "(高貴鄉公)幸華林, 嗣群臣酒, 酒酣, 上授筆賦 詩, 群臣以次作. 二十四人不能著詩, 授罰酒."

28) 辛文房, 『唐才子傳』卷4 錢起 條.

29) 辛文房, 『唐才子傳』卷1 劉希夷 條.

30) 嚴羽, 『滄浪詩話』「詩體」: "至於建除, 字謎, 人名, 卦名, 數名, 藥名, 州名 之詩, 只成戲謔, 不足法也."

31) 『梁書』「文學傳書」: "高祖聰明文思, 光宅區宇, 旁求儒雅, 詔採異人, 文章 之盛, 煥乎俱集. 每所禦幸, 輒命群臣賦詩, 其文善者, 賜以金帛."

32) 「南齊書」卷40: "(永明)五年 …… 移居鷄籠山邸, 招致名僧, 講語佛法, 造 經唄新聲, 道俗之盛, 江左未有也."

33) 『梁書』「劉孝綽傳」: "孝綽辭藻爲後進所宗, 世重其文, 每作一篇, 朝成暮 遍, 好事者咸諷誦傳寫, 流聞絶域."

34) 『南史』「梁本紀」: "當時後進, 競相模範, 每有一文, 都不莫不傳誦."

35) 辛文房, 『唐才子傳』卷3 王之渙 條.

제3부 시의 맛, 시인의 멋

8 시회와 문학

1) 嚴羽, 『滄浪詩話』「詩評」: "古人贈答多相勉之辭, 蘇子卿云 '願君崇令德, 隨時愛景光.' 李少卿云 '努力崇明德, 皓首以爲期.' 劉公幹云 '勉哉修令 德, 北面自寵珍.' 杜子美云 '君若登臺輔, 臨危莫愛身.' 往往是此意."

2) 徐師增, 『文體明辨序說』「和韻詩」條: "古人賡和, 答其來意而已. 初不爲 韻所縛. …… 中唐以還, 元白皮陸更相唱和, 由是此體始盛."

3) 辛文房,「唐才子傳」卷8 論曰.

4) 『南齊書』「樂志」: "尋漢世歌篇, 多少無定, 皆稱事立文, 並多八句. 然後轉韻, 時有兩三韻而轉, 其例甚衆. 張華夏侯湛亦用前式. 傅玄改韻頗數, 更傷簡節之美. 近世王韶之顏延之並四韻乃轉, 得賒促之中. 顏延之謝莊作三廟歌, 皆各三章, 章八句, 此於序述功業, 詳略爲宜."

5) 封演,「聞見錄」: "沈約文辭精拔, 盛解音律, 遂撰四聲譜. 時王融·劉繪·范雲之徒, 慕而扇之, 由是遠近文學轉相祖述, 而聲律之道大行."

6) 『南齊書』「陸厥傳」: "(沈)約等文皆用宮商, 以平上去入爲四聲, 以此制韻. …… 五字之中, 音韻悉異, 兩句之中, 角徵不同, 不可增減, 世呼爲永明體."

7) 鍾嶸,「詩品序」: "至乎吟詠情性, 亦何貴於用事. …… 故大明泰始中, 文章殆同書抄. 近任昉王元長等, 詞不貴奇, 競須新事, 爾來作者浸以成俗, 遂乃句無虛語, 語無虛字, 拘攣補衲, 蠹文已甚."

8) 요한 하위징아 지음, 이종인 옮김, 『호모 루덴스』, 연암서가, 2010, 48쪽.

9) 안대회, 『선비답게 산다는 것』, 푸른역사, 2007 재인용.

9 시회의 작품

1) 計有功, 『唐詩紀事』 卷9.

2) 尤袤, 『全唐詩話』 卷1 上官昭容 條: "中宗正月晦日幸昆明池賦詩, 群臣應制百餘篇. 帳殿前結彩樓, 命昭容選一篇爲新飜御製曲. 群臣悉集其下. 須臾, 紙落如飛, 各認其名而懷之. 惟沈佺期·宋之問二詩不下. 移時, 一紙飛墮, 競取而觀, 乃沈詩也. 評曰. '二詩工力悉敵. 沈詩落句云: 微臣雕朽質, 羞睹豫章才, 盖詞氣已竭. 宋詩云: 不愁明月盡, 自有夜珠來, 猶陡健擧.' 沈乃伏, 不敢復爭."

3) 王定保, 『唐摭言』 卷3 慈恩寺題名遊賞賦詠雜記 條.

4) 韓愈,「柳子厚墓誌銘」: "嗚呼. 士窮乃見節義. 今夫平居里巷相慕悅, 酒食游戲相徵逐, 詡詡强笑語, 以相取下, 握手出於肺肝相示. 指天日涕泣, 誓生死不相背負, 眞若可信. 一旦臨小利害, 僅如毛髮比, 反眼若不相識. 落陷穽不一引手救, 反擠之, 又下石焉者, 皆是也. 此宜禽獸夷狄所不忍爲, 而其人自視以爲得計. 聞子厚之風, 亦可以少愧矣."

5) 辛文房, 『唐才子傳』 卷5 劉禹錫 條.

6) 白居易,「醉吟先生傳」: "性嗜酒耽琴謠詩, 凡酒徒琴侶詩客多與子遊. …… 與嵩山僧如滿爲空門友, 平泉客韋楚爲山水友, 彭城劉夢得爲詩友,安定皇甫朗之爲酒友. 每一相見, 欣然忘歸."

7) 白居易,「醉吟先生傳」: "每良辰美景或雪朝月夕, 好事者相遇, 必爲之先
拂酒罍, 次開詩筐. ……往往乘興, 履及鄰, 杖於鄕, 騎遊都邑, 肩昇適野.
昇中置一琴一枕, 陶謝詩數卷, 昇竿左右, 懸雙酒壺, 尋水望山, 率情便
去, 抱琴引酌, 興盡而返. 如此者凡十年, 其間賦詩約千餘首."

8) 白居易,「與元九書」: "及五六歲, 便學爲詩, 九歲諳識聲韻. 十五六, 始知
有進士, 苦節讀書. 二十已來, 晝課賦, 夜課書, 間又課詩, 不遑寢息矣. 以
至於口舌成瘡, 手肘成胝, 旣壯而膚革不豐盈, 未老而齒髮早衰白, ……
蓋以苦學力文之所致. 又自悲家貧多故, 年二十七方從鄕賦. 旣第之後,
雖專於科試, 亦不廢詩."

9)『舊唐書』「白居易傳」: "交契素深, 杭·越鄰境, 篇詠往來, 不間旬浹. 嘗會
於境上, 數日而別."

10) 원진의「重誇州宅旦暮景色, 兼酬前篇末句」와 백거이의「微之重誇州居
其落句有西州羅刹之謔因嘲茲石聊以寄懷」가 그 작품이다.

11) 王讜,『唐語林』卷2: "官妓商玲瓏·謝好好, 巧手應付, 從元稹鎮會稽, 參
與酬唱, 每以筒竹盛詩來往."

12) 劉肅,『大唐新語』: "神龍之際, 京城正月望日盛飾燈影之會. 金吾弛禁, 特
許夜行. 貴遊戚屬及下隸工賈, 無不夜遊. 車馬騈闐, 人不得顧. 王主之家,
馬上作樂以相誇競. 文士皆賦詩一章, 以紀其事. 作者數百人."

13) 王維,「輞川集序」: "余別業在輞川山谷, 其遊止有孟城坳·華子岡·文杏
館·斤竹嶺·鹿柴·木蘭柴·茱萸沜·宮槐陌·臨湖亭·南垞·欹湖·柳浪·
欒家瀨·金屑泉·白石灘·北垞·竹里館·辛夷塢·漆園·椒園等, 與裴迪閑
暇, 各賦絶句云爾."

참고문헌

逯欽立 輯校,『先秦漢魏晉南北朝詩』, 中華書局, 1995.

嚴可均 輯,『全上古三代秦漢三國六朝文』, 中華書局, 1995.

彭定求 等 撰,『全唐詩』, 中華書局, 1988.

陳壽 撰, 裴松之 注,『三國志』, 中華書局, 1982.

房玄齡 等 撰,『晉書』, 中華書局, 1996.

沈約 撰,『宋書』, 中華書局, 1996.

蕭子顯 撰,『南齊書』, 中華書局, 1995.

姚思廉 撰,『梁書』, 中華書局, 1995.

李延壽 撰,『南史』, 中華書局, 1995.

李延壽 撰,『北史』, 中華書局, 1995.

魏征 撰,『隋書』, 中華書局, 1996.

劉昫 撰,『舊唐書』, 中華書局, 1995.

司馬光 撰,『資治通鑒』, 中華書局, 1992.

曹丕 著, 夏傳才 注,『曹丕集校注』, 中州古籍出版社, 1992.

傅亞庶 註譯,『三曹詩文全集譯注』, 吉林文史出版社, 1997.

韓格平 註譯,『竹林七賢詩文全集譯注』, 吉林文史出版社, 1997.

阮籍 著, 陳伯君 校註,『阮籍集校注』, 中華書局, 1987.

嵇康 著, 戴明揚 校注,『嵇康集校註』, 人民文學出版社, 1962.

陸機 著, 金壽聲 點校,『陸機集』, 中華書局, 1982.

潘岳 著, 董志廣 校註,『潘岳集校註』, 天津古籍出版社, 2005.

陶潛 著,『陶淵明集』, 中華書局, 1979.

謝靈運 著,『謝靈運集校注』,中州古籍出版社,1985.

鮑照 著,『鮑參軍集注』,上海古籍出版社,1980.

謝朓 著,曹融南 校注,『謝宣城集校注』,上海古籍出版社,1991.

沈約 著,陳慶元 校箋,『沈約集校箋』,浙江古籍出版社,1995.

江淹 著,俞紹初·張亞新 校註,『江淹集校註』,中注古籍出版社,1994.

何遜 著,『何遜集』,中華書局,1980.

庾信 著,倪璠 注,『庾子山集注』,中華書局,1980.

沈佺期·宋之問 著,陶敏·易淑瓊 校註,『沈佺期宋之問集校注』,中華書局,
2001.

陳子昂 著,彭慶生 注釋,『陳子昂詩注』,四川人民出版社,1981.

王維 著,陳鐵民 校注,『王維集校注』,中華書局,1997.

李白 著,王琦 注,『李太白全集』,中華書局,1995.

杜甫 著,仇兆鰲 注,『杜詩詳註』,中華書局 本,1995.

賈島 著,齊文榜 校注,『賈島集校注』,人民文學出版社,2001.

孟郊 著,華忱之·喻學才 校注,『孟郊詩集校注』,人民文學出版社,1995.

柳宗元 著,王國安 箋釋,『柳宗元詩箋釋』,上海古籍出版社,1998.

劉禹錫 著,瞿蛻園 箋證,『劉禹錫集箋證』,上海古籍出版社,2005.

白居易 著,朱金城 校,『白居易集箋校』,上海古籍出版社,1988.

元稹 著,『元稹集』,中華書局,2000.

劉義慶 撰,劉孝標 注,余嘉錫 箋疏,『世說新語箋疏』,上海古籍出版社,1995.

楊衒之 著,周祖謨校,『洛陽伽藍記交釋』,科學出版社,1958.

顏之推 著,王利器 撰,『顏氏家訓集解』,中華書局,1993.

鍾嶸 著,曹旭 集注,『詩品集注』,上海古籍出版社,1994.

張溥 撰,『漢魏六朝百三家集題辭注』,人民文學出版社,1981.

應劭 撰,『風俗通義』,上海古籍出版社,1995.

計有功 著,王仲鏞 校箋,『唐詩記事』,中華書局,2007.

辛文房 著,傅璇琮 主編,『唐才子傳校箋』,中華書局,1990.

王讜 著,周勳初 校證,『唐語林校證』,中華書局,1997.

張鷟 著,丁如明 等 校点,『朝野僉載』『唐五代筆記小說大觀』,上海古籍出版
社,2000.

劉餗 著,『隋唐嘉話』『唐五代筆記小說大觀』本.

李肇 著,『唐國史補』『唐五代筆記小說大觀』本.

劉肅 著,『大唐新語』『唐五代筆記小說大觀』本.

韋絢 著,『劉賓客嘉話錄』『唐五代筆記小說大觀』本.

王定保 著,『唐摭言』『唐五代筆記小說大觀』本.

嚴羽 著, 郭紹虞 校釋,『滄浪詩話校釋』, 里仁書局, 1983.

沈括 著, 李文澤·吳洪澤 譯,『夢溪筆談全譯』, 巴蜀書社, 1996.

胡震亨 著,『唐音癸籤』, 上海古籍出版社, 1981.

尤袤 著,『全唐詩話』『歷代詩話』本, 中華書局, 1997.

桑世昌,『蘭亭考』商務印書館, 民國25.

吳文治 著,『中國文學史大事年表』, 黃山書社, 1987.

陸侃如 著,『中古文學係年』, 人民文學出版社, 1998.

曹道衡·劉躍進 著,『南北朝文學編年史』, 人民文學出版社, 2000.

陶敏·傅璇琮 著,『唐五代文學編年史』, 遼海出版社, 1998.

徐公持 著,『魏晉文學史』, 人民文學出版社, 1999.

鈴木修次 著,『漢魏詩の研究』, 大修館書店, 昭和42.

曹道衡·沈玉成 編著,『南北朝文學史』, 人民文學出版社, 1998.

葛曉音 著,『八代詩史』, 陝西人民出版社, 1989.

錢志熙 著,『魏晉南北朝詩歌史述』, 北京大學出版社, 2005.

閻采平 著,『齊梁詩歌研究』, 北京大學出版社, 1994.

佐藤利行 著, 周延良 譯,『西晉文學研究』, 中國社會科學出版社, 2004.

薑劍雲 著,『太康文學研究』, 中華書局, 2003.

馬海英 著,『陳代詩歌研究』, 學林出版社, 2004.

喬象鍾·陳鐵民 主編,『唐代文學史』, 人民文學出版社, 1995.

余英時 著,『士與中國文化』, 上海人民出版社, 2003.

胡大雷 著,『中古文學集團』, 廣西師範大學出版社, 1996.

郭英德 著,『中國古代文人集團與文學風貌』, 北京師範大學出版社, 1998.

曹道衡 著,『蘭陵蕭氏與南朝文學』, 中華書局, 2004.

劉躍進 著,『門閥士族與永明文學』, 三聯書店, 1996.

趙以武, 著,『唱和詩研究』, 甘肅文化出版社, 1997.

王力 著,『古體詩律學』, 人民大學出版社, 2004.

傅璇琮 著,『唐代科舉與文學』, 陝西人民出版社, 1995.

程千帆 著,『唐代進士行卷與文學』, 上海古籍出版社, 1980.

川合康三 著, 심경호 옮김,『중국고전시, 계보의 시학』(『中國のアルバ-系譜の
詩學』, 研文出版, 2002. 12. 한국어판), 이회문화사, 2005. 6.

신은경 지음,『풍류, 동아시아 미학의 근원』, 보고사, 1999.